Tolstoi's Short Stories

The Classic Books

톨스토이 단편선

레프 톨스토이

북로드

차 례

이반 일리치의 죽음

1

멜빈스키 재판의 휴정 시간, 판사들과 검사들이 법원 건물 내에 있는 이반 예고로비치 세베크의 사무실에 모였다. 대화는 어느새 그 유명한 크라소프 사건으로 옮겨갔다. 표도르 바실리예비치는 열을 내며 그 사건은 애초에 사법부가 관여할 일이 아니었다고 주장했고, 이반 예고로비치는 그에 맞서 자기 의견을 고수하고 있었다. 그러나 표트르 이바노비치는 처음부터 둘의 논쟁에 개입하거나 어느 쪽 편도 들지 않고 방금 배달된 신문 〈베도모스치〉를 들여다보고 있었다. 잠시 후 그가 입을 열었다.

"여러분! 이반 일리치가 죽었답니다."

"설마 그럴 리가?"

"여기 있으니 직접 읽어보시오."

그는 이렇게 말하며 표도르 바실리예비치에게 신문을 넘겨주었다. 신문에서는 아직도 갓 인쇄된 잉크 냄새가 풍겼다.

진한 검은색 테두리를 둘러친 부고란에는 이렇게 적혀 있었다.

프라스코비야 표도로브나 골로비나가 사랑하는 남편 이반 일리치 골로빈의 사망 소식을 알립니다. 그는 항소법원의 판사로 1882년 2월 4일 타계했습니다. 발인은 금요일 오후 1시입니다.

이반 일리치는 거기 모인 신사들의 동료였으며, 모두 그에게 호감을 가지고 있었다. 그는 이미 수주일 동안 병상에 누워 있었으며 불치병이라는 소문까지 나돌고 있었다. 그의 자리는 아직 공석으로 남겨두었지만, 그가 죽으면 알렉세예프가 그 자리에 임명될 것이고, 알렉세예프의 자리에는 빈니코프나 시타벨이 임명될 것이라는 얘기가 나오고 있었다. 그래서 그 방에 모여 있던 고위직 인사들은 이반 일리치의 부고 소식을 듣고 그의 죽음으로 인해 법원 내에서 어떤 자리 이동과 승진이 있을지를 맨 먼저 떠올리며 머릿속으로 계산기를 두드리느라 여념이 없었다.

표도르 바실리예비치는 생각했다.

'이번에는 분명 내가 시타벨이나 빈니코프의 자리를 차지하게 되겠지. 오래전부터 나한테 약속된 자리였으니까. 그렇게 되면 개인 사무실도 생기고 연봉도 8백 루블은 더 오를 거야.'

표트르 이바노비치는 또 이런 생각을 했다.

'칼루가에 있는 처남부터 이쪽으로 데려와야지. 그럼 아내도 기뻐할 테고, 처갓집 식구들한테 해준 게 뭐가 있냐는 말 같은 건 쏙 들어가겠지.'

그러고는 표트르 이바노비치가 말했다.

"그가 얼마 살지 못할 거라고 짐작은 하고 있었소. 거참, 안됐군."

"그런데 병명이 뭐라던가요?"

"의사들도 정확히 모른답니다. 여러 의사들에게 진료를 받았지만 결과가 매번 달라서 정확한 진단은 내리지 못했대요. 내가 마지막으로 보았을 때는 그래도 상태가 꽤 호전된 것 같았는데……."

"나는 설 이후로는 그를 찾아가 보지 못했어요. 한번 가봐야지 하는 생각은 늘 있었지만 말입니다."

"가신 재산은 좀 있소?"

"부인이 조금 지니고 있는 모양인데 얼마 되지는 않는 것 같더군요."

"어쨌든 조문을 가기는 해야 하는데 좀 멀어야 말이지요."

"당신 집에서 멀다는 거겠죠. 거기서는 어디나 멀지 않소?"

"저 친구는 내가 강 건너에 사는 게 아무래도 못마땅한가 봅니다."

표트르 이바노비치는 미소를 지으며 세베크에게 말했다. 그리고 그들은 휴정이 끝날 때까지 도시의 어디에서 어디까지가 멀다는 둥 그런 얘기를 하다가 법정으로 들어갔다.

동료 이반 일리치가 죽었다는 소식을 들은 사람들은 그의 죽음으로 인한 법원 내의 자리 이동을 맨 먼저 떠올림과 동시에 묘한 안도감을 느꼈다. 가까운 사람이 죽었을 때 으레 그렇듯이 그들 또한 동료의 사망 소식을 듣고 죽은 사람이 내가 아니라서 다행이라는 생각을 했던 것이다. 그들은 '그 친구는 죽었지만 어쨌든 나는 이렇게 거뜬히 살아 있다'는 생각에 마음이 놓였다. 그와 동시에 소위 이반 일리치의 친구들이라고 하는 사람들은 이제 예의상 도의적인 의무를 다하고, 추도식에 참석해 미망인을 위로하며 조의를 표해야 하는 일이 은근히 귀찮게 여겨졌다.

그중 남달리 친했던 사람은 표도르 바실리예비치와 표트르 이바노비치였다. 특히 표트르 이바노비치는 법률학교 시절부터 이반 일리치와 친구였으며, 그에게 신세를 많이 졌다고 생각하고 있었다. 표트르 이바노비치는 저녁 식사를 하는 자리에서 아내에게 이반 일리치가 죽었다는 소식을 전하면서 처남을 이쪽으로 전근시킬 수 있을지도 모른다고 말했다. 그런 다음 잠시 쉴 새도 없이 곧바로 외투를 걸치고 이반 일리치의 집으로 출발했다.

이반 일리치의 집 현관 앞에는 사륜마차와 승합마차가 한 대씩 서 있었다. 아래층 현관의 옷걸이 옆 벽에는 금칠을 한 술과 레이스로 장식된 비단 덮개가 씌워진 관 뚜껑이 세워져 있었다. 마침 검은 상복을 입은 두 여인이 외투를 벗고 있었다. 한 사람은 표트르 이바노비치가 본 적이 있는 이반 일리치의 누이동생이었고 다른 사람은 전혀 모르는 여자였다. 표트르 이바노비치의 동료 시바르츠가 위층 계단을 내려오다가 현관으로 들어오는 그를 보고 걸음을 멈추더니 한쪽 눈을 찡긋해 보였는데, 마치 이렇게 말하는 듯했다.

'이반 일리치는 참 어리석은 사람 아닌가? 자네와 나는 그렇지 않

은데 말이야.'

영국풍의 구레나룻을 기른 얼굴에 프록코트 차림의 호리호리한 시바르츠의 모습은 항상 그렇듯 우아하고 위엄이 느껴졌다. 표트르 이바노비치는 유쾌하고 가벼운 그의 성격과 전혀 어울리지 않는 그의 평소 모습이 이곳 분위기와는 꽤 잘 맞는다는 생각이 들었다.

표트르는 두 여인이 먼저 지나갈 수 있도록 길을 비켜주고는 천천히 그녀들을 따라 위층으로 올라갔다. 시바르츠는 움직일 생각을 않고 층계에 그대로 서 있었다. 표트르는 그가 왜 그런지 알고 있다. 의심할 나위 없이 오늘 밤 카드놀이 할 곳을 알려주려고 그러는 것이었다. 두 여인들은 계단을 올라가 미망인의 방으로 들어갔다. 진지하게 입술을 꼭 다물고 있었지만 두 눈에 장난기가 다분한 시바르츠는 눈썹을 씰룩거리며 그에게 망자가 누워 있는 오른쪽 방의 빈소를 가리켰다.

방에 들어선 표트르는 누구나 그렇듯이 이런 분위기에서는 어떻게 하면 좋을지 몰라 잠시 주춤했다. 성호를 긋는 것이 가장 무난하다는 것을 알고 있었지만, 머리 숙여 절까지 해야 할지는 확신이 서지 않았기 때문이다. 그래서 그는 중간을 택하기로 했다. 그는 방으로 들어서면서 살짝 고개 숙여 절하는 시늉을 하며 계속 성호를 그어댔다. 그렇게 두 손과 머리를 움직이면서 그는 방 안을 휘둘러보았다. 이반 일리치의 조카로 보이는 두 청년이 마침 성호를 그으며 방을 나가는 중이었다. 한 명은 김나지움(제정러시아 때 중등교육기관—

옮긴이) 교복을 입은 학생이었다. 그리고 한 늙은 부인이 꼼짝도 하지 않고 서 있었는데, 눈썹이 유난히 치켜 올라간 부인 하나가 그 노파 곁에 바싹 붙어 서서 귓속말을 속닥거렸다. 프록코트 차림의 서글서글하면서도 단호해 보이는 부사제가 고요한 분위기를 깨뜨리는 어떤 행위도 용납하지 않겠다는 듯 엄한 표정을 지으며 또랑또랑한 목소리로 뭔가를 읽고 있었다. 주방 하인 게라심이 표트르의 앞을 조용히 지나가면서 마룻바닥에 무언가를 뿌렸다. 이것을 보자 표트르는 그제야 시체 썩는 냄새를 희미하게 느꼈다. 그는 마지막으로 이반 일리치의 병문안을 왔을 때 서재에서 이 사내를 본 적이 있다. 그때 이 사내는 이반 일리치를 정성껏 간호했고, 이반 일리치도 그를 꽤 신뢰하는 것 같았다.

표트르 이바노비치는 계속 성호를 그으면서 시신이 담긴 관과 부사제와 구석 탁자에 놓인 성상 중간쯤을 향해 살짝 고개 숙여 절을 했다. 그러고는 자기가 너무 오래 성호를 긋고 있었던 것 같아 잠시 멈추고 이반 일리치의 시신을 주의 깊게 바라보았다.

시신은 차갑게 굳은 사지를 관 속의 부드러운 천에 폭 파묻듯 뻗고, 영원히 들지 못할 그의 머리는 베개 위에 뉘여 있었다. 죽은 자들이 다 그렇듯 그의 몸은 굉장히 묵직해 보였다. 또한 모든 시신이 그렇듯이 밀랍 같은 누런 이마와 푹 꺼진 관자놀이, 윗입술을 내리누를 듯이 도드라지게 솟은 코를 의기양양하게 드러내고 있었다. 그의 얼굴은 살아 있을 때하고 딴판이었다. 마지막으로 보았을 때보다 훨씬 여위기는 했지만 죽은 자들이 으레 그렇듯 살아 있을 때보다 얼굴이 더 좋아 보이고 사뭇 엄숙한 표정이었다. 마치 해야 할 일을 다 끝냈다고, 그것도 아주 잘 끝냈노라고 말하는 듯한 얼굴이었다. 그뿐 아니라 살아 있는 사람을 꾸짖거나 경고하는 듯한 표정이 엿보이기도 했다.

표트르 이바노비치는 그처럼 경고하는 듯한 표정은 이 상황에 걸맞지 않을뿐더러 적어도 자신한테 해당되는 것은 전혀 아니라고 생각했다. 그러나 어쨌든 무언가 불쾌한 기분이 든 그는 서둘러 다시 성호를 긋고는 스스로도 경망스럽게 느껴질 정도로 허둥지둥 돌아서서 재빨리 방을 나갔다.

통로로 쓰이는 옆방으로 들어가자 시바르츠가 기다리고 있었다. 시바르츠는 다리를 넓게 벌리고 서서 뒷짐을 진 손으로 실크해트(높은 원통 모양의 남성용 모자—옮긴이)를 만지작만지작하고 있었다. 표트르 이바노비치는 유쾌하고 단정하며 우아한 시바르츠를 보자 불쾌한 마음이 사라졌다. 그는 시바르츠가 추도식은 물론 아무리 우울한 일에도 좀처럼 감정이 흐트러지지 않는 사람이라는 것을 깨달았다. 시바르츠의 표정은 마치 이렇게 말하고 있는 것 같았다.

'제아무리 이반 일리치의 추도식이라도 우리의 평소 습관을 참을 이유가 없지 않겠나. 다시 말해 오늘 밤 하인들이 새 양초 네 자루에 불을 켜서 가져오는 동안 우리는 새 카드 한 벌을 가져다 섞고 있을 거라는 말이야. 추도식 때문에 즐거운 저녁 시간을 포기해야

할 아무런 이유가 없는 거야.'

표트르가 옆을 지나가자 시바르츠는 실제로 표도르 바실리예비
치의 집에 모여 카드놀이를 하기로 했으니 꼭 오라고 귓속말을 했
다. 그러나 표트르는 아무래도 오늘 밤에 카드놀이를 할 운이 못 되
는 듯했다. 그때 미망인 프라스코비야 표도로브나가 다른 부인 몇
명과 함께 자기 방에서 나오더니 그들에게 빈소를 가리키며 "이제
곧 추도식이 열릴 테니 안으로 들어가시지요."라고 말했던 것이다.
땅딸막하고 뚱뚱한 그녀는 날씬해 보이려고 꽤 신경 써서 차려입기
는 했지만 어깨 아래로 펑퍼짐한 몸매를 가릴 수는 없었다. 그녀는
검은 상복에 머리에는 검정색의 긴 레이스 베일을 쓰고 있었다. 관
을 마주 보고 서 있던 부인처럼 그녀의 눈썹도 기묘하게 치켜 올라
가 있었다.

시바르츠는 우물쭈물 고개만 가볍게 끄덕이고는 그 자리에 가만
히 서 있었다. 들어가겠다는 것인지 들어가지 않겠다는 것인지 알
수 없었다. 미망인은 표트르 이바노비치를 보고 한숨을 쉬며 다가
와 그의 손을 잡으며 말했다.

"저는 당신이 남편의 가장 친한 친구라는 것을 잘 알고 있답니
다……."

그녀는 자신의 말에 적합한 행동과 대답을 기대하며 그를 바라보
았다.

표트르 이바노비치는 빈소에서 성호를 그어야 했듯이 이번에도

그녀의 손을 잡고 슬픈 듯 한숨을 내쉬며 "그럼요."라고 대답해야 한다는 것을 알고 있었다. 그리고 그는 실제로 그렇게 했다. 그의 한마디에 기대했던 효과가 나타났다. 그 자신의 감정이 복받친 것은 물론 미망인도 감동했던 것이다. 그녀가 말했다.

"이쪽으로 오세요. 추도식이 시작되기 전에 드릴 말씀이 있어요. 저에게 팔을 좀 빌려주시겠어요?"

표트르 이바노비치는 그녀에게 팔을 내밀었다. 두 사람은 안타깝다는 표정을 지으며 한쪽 눈을 찡긋하는 시바르츠 앞을 지나 방으로 들어갔다. 장난기 어린 시바르츠의 눈빛이 이렇게 말하는 듯했다.

'자네는 아무래도 카드놀이를 못하게 된 것 같군. 다른 파트너를 구하더라도 섭섭해하지 말게. 하지만 5명이 해도 되니 빠져나올 수 있다면 끼워주지.'

표트르 이바노비치는 한층 더 깊고 슬픈 한숨을 내쉬었고, 프라스코비야 표도로브나는 더욱 감격하며 그의 팔을 꽉 붙잡았다.

그들이 들어간 거실은 전체적으로 장밋빛 크레톤 사라사 천으로 장식되어 있었고, 희미한 램프불이 밝혀 있었다. 그들은 탁자 가까이 가서, 그녀는 긴 소파에, 그리고 그는 등받이가 없는 나지막하고 푹신한 의자에 앉았다. 스프링이 망가진 의자가 자꾸만 꿀렁거려서 그는 앉아 있기가 몹시 불편했다. 미망인은 그에게 다른 의자에 앉으라고 말하고 싶었지만 지금 자기 처지에 그런 배려까지 한다는 건 좀 지나친 듯해 그만두었다.

표트르 이바노비치는 의자에 앉았을 때 돌연 이반 일리치가 초록색 나뭇잎이 그려진 장밋빛 크레톤 사라사 천으로 거실을 장식하면 어떻겠냐고 물어본 기억이 났다. 그때 마침 미망인이 소파로 가려고 탁자 옆을 지나가다가 (거실에는 자질구레한 장식품들과 가구들이 잔뜩 들어차 있었다) 검정색 만틸라(의례용으로 쓰는 베일이나 망토—옮긴이)의 레이스 장식이 탁자 테두리의 조각 장식에 걸리고 말았다. 표트르가 그녀를 도와주려고 몸을 일으키려는데 의자가 꿀렁거리면서 그를 살짝 튕겼다. 미망인이 직접 탁자에 걸린 레이스를 풀려고 하자 표트르는 조금 전에 자기를 튕긴 의자를 누르며 다시 주저앉았다. 그러나 미망인이 여전히 레이스를 벗기지 못하고 쩔쩔매는 것을 보고 그가 다시 일어나려고 하자 의자가 또 한 번 꿀렁거리면서 삐걱거리기까지 했다.

마침내 레이스로 인한 작은 소동이 정리되자 비로소 미망인은 깨끗하고 하얀 면 손수건을 꺼내더니 눈물을 흘리기 시작했다. 레이스 사건으로 불편한 의자와 씨름하느라 마음이 상한 표트르 이바노비치는 얼굴을 찌푸리고 앉아 있었다. 이 어색한 분위기가 해소된 것은 이반 일리치의 식사 담당 집사 소콜로프가 들어왔을 때였다. 그는 프라스코비야 표도로브나가 생각해둔 묘지 가격이 2백 루블이나 한다고 알려주었다. 그러자 그녀는 울음을 그치고 억울한 일을 당한 듯한 표정으로 표트르를 쳐다보며 프랑스어로 말했다.

"제가 감내하기에는 너무 힘드네요."

표트르는 지금 그녀의 입장에서 얼마나 힘든지 다 안다는 표정을 지어 보였다.

"잠시 담배라도 피우고 계세요."

그녀는 우울하면서도 서글서글한 목소리로 그에게 말하고, 소콜로프와 함께 묘지 가격을 논의하기 시작했다.

표트르 이바노비치는 담배를 피우면서 그녀가 다른 묘지의 가격을 하나하나 물어보고 자신의 살림살이에 적합한 곳으로 결정하는 소리를 들었다. 묘시를 정한 후 그녀는 장례식에 교회 성가대를 부르는 문제까지 지시를 내렸다. 소콜로프가 물러가자 그녀는 탁자 위에 놓인 앨범들을 한쪽으로 치우면서 표트르에게 말했다.

"일일이 제가 다 신경 써야 하네요."

그녀는 담뱃재가 탁자에 떨어지려는 것을 보더니 재떨이를 급히 표트르 쪽으로 밀고는 말을 이었다.

"너무 슬퍼서 아무것도 할 수 없다는 말은 위선이라고 생각해요. 저는 반대로 그이를 위해 이것저것 신경 쓰는 것이 낫답니다. 위안이 되는 건 아니지만 조금이나마 슬픔을 덜 수 있거든요."

그녀는 눈물이 나려고 하는지 또다시 손수건을 꺼냈다. 그러나 억지로 참는 듯 몸을 한 번 떨고는 감정을 추스르며 차분한 목소리로 말을 이었다.

"그건 그렇고, 드릴 말씀이 있답니다."

표트르 이바노비치는 또다시 꿀렁거리며 자기를 튕기려는 의자를 간신히 누르면서 몸을 조금 굽혔다.

"죽기 전 며칠 동안 그이의 고통은 이루 말할 수 없을 정도였답니다."

"그렇게 고통이 심했나요?"

그가 물었다.

"네, 아주 끔찍했어요! 숨을 거두는 순간까지 비명을 그치지 못했답니다. 몇 분도 아니고 몇 시간을 말이에요. 사흘 밤낮을 숨도 못 쉴 정도로 비명을 질러댔죠. 정말 견디기 어려웠어요. 지금 생각하면 제 자신이 어떻게 견뎠는지 모를 지경이었답니다. 세 칸이나 떨어진 방에서도 들렸거든요. 그 소리를 어떻게 듣고 있었는지!"

"의식은 있었나요?"

그의 물음에 그녀가 속삭이듯 대답했다.

"마지막 순간까지 의식을 잃지 않았답니다. 숨을 거두기 15분쯤 전에 우리한테 작별 인사까지 했어요. 볼로댜를 방에서 내보내라는 말도 했답니다."

어린 시절에는 천진난만한 소년으로, 그다음에는 함께 공부를 하는 학생으로, 그리고 성인이 되어서는 직장 동료로서 그토록 친했던 한 남자가 겪었을 고통스러운 죽음을 떠올리자, 표트르 이바노비치는 이 여인과 자신의 가식적인 모습에 기분이 나쁜 한편 서늘한 공포감에 휩싸였다. 죽은 사람의 하얀 이마와 입술을 내리누를

듯 높이 솟은 코가 눈앞에 어른거리면서 소름이 끼쳤다.

'말도 안 돼! 사흘 밤낮을 고통에 시달리다 죽다니! 그것은 언젠가는, 아니 지금 당장이라도 나에게 닥칠 수 있는 일이 아닌가!'

이런 생각이 들자 그는 무서웠다. 그러나 곧 그 자신도 어떻게 그럴 수 있었는지 몰랐지만, 으레 이런 상식적인 생각이 떠올라 마음의 안정을 되찾았다.

'이 일은 이반 일리치에게 일어난 것이지 나에게 일어난 일이 아니야. 그런 일은 나하고는 아무 상관 없고, 나에게 그런 일이 일어날 리도 없어.'

그는 또 이렇게 생각했다.

'우울한 분위기 때문에 쓸데없는 생각에 빠진 거야. 시바르츠의 표정도 그랬잖아. 그럴 필요가 전혀 없다고.'

이런 생각이 들자 웬만큼 마음이 편해진 표트르 이바노비치는 관심 있는 눈빛으로 이반 일리치의 마지막 순간에 대해 이것저것 묻기 시작했다. 마치 죽음이란 것이 그 한 사람에게만 닥친 특수한 사건일 뿐이며 자기와는 아무 상관 없는 일인 것처럼.

미망인은 이반 일리치가 견뎌야 했던 무시무시한 육체적 고통들에 관해 장황할 정도로 세세한 부분까지 이야기했다. 하지만 세세한 부분까지 얘기했다고는 하나 표트르 이바노비치가 들은 이야기는 그녀가 보고 느낀 것에 지나지 않는 것으로, 이반 일리치가 겪은 실제 고통과는 상당한 거리가 있는 것이었다. 그러고 나서 미망인은 지금이야말로 자신의 용건을 말할 때라는 듯이 말을 이었다.

"오! 표트르 이바노비치 씨! 저는 얼마나 힘들었는지 모른답니다. 제가 감내하기에는 너무나 힘든 고통이었어요."

그녀는 또다시 눈물을 흘리기 시작했다. 표트르는 한숨을 쉬고 가만히 기다렸다가 그녀가 코를 풀고 나자 입을 열었다.

"기운 내세요……."

그러자 비로소 그녀는 자기 용건을 말하기 시작했다. 그것은 남편이 죽었으니 자기가 어떻게 하면 정부로부터 연금을 타낼 수 있겠는가 하는 것이었다. 그녀는 겉으로는 유족 연금에 관해 궁금한 것이 많은 척했다. 그러나 그는 이내 그녀가 자신이 모르는 부분까지 아주 상세하게 알고 있다는 것을 알았다. 사실 그녀는 남편이 죽고 나서 정부로부터 받을 수 있는 연금이 어떤 것이 있는지 모두 다 꿰고 있었으며, 그녀가 정말로 알고 싶은 것은 어떻게 하면 좀더 많은 돈을 받아낼 수 있느냐 하는 것이었다.

표트르 이바노비치는 무슨 방법이 없을까 곰곰이 생각해보았다. 그러나 이내 귀찮은 생각이 들어 괜히 정부가 인색하네 어쩌네 하면서 아무래도 돈을 더 받아내기는 힘들 거라고 얼버무렸다. 그러자 미망인은 한숨을 쉬며 이제는 이 조문객 곁에서 빠져나갈 구실을 찾는 듯했다. 그런 눈치를 챈 그는 서둘러 담배를 비벼 끄고 자리에서 일어나 미망인의 손을 꼭 쥐어준 다음 방에서 나왔다.

표트르 이바노비치가 들어간 식당에는 이반 일리치가 골동품 상점에서 구입했다며 무척이나 아끼던 시계가 걸려 있었다. 거기에는 사제 한 명과 추도식에 참석하러 온 지인 몇 명이 있었다. 그중에는 아름다운 숙녀가 된 이반 일리치의 딸도 있었다. 그녀는 머리끝에서 발끝까지 검은색으로 치장하고 있어서 가뜩이나 가는 허리가 더욱 가늘어 보였다. 그녀는 몹시 침울하고 굳은 표정을 짓고 있었다. 언뜻 화난 듯도 보였는데 마치 표트르가 무슨 잘못이라도 저지른 듯한 태도로 인사를 건넸다. 그녀의 뒤에는 마찬가지로 화난 표정의 청년 하나가 서 있었다.

표트르 이바노비치기 얼굴을 아는 그 청년은 부유한 집안 출신의 예심판사로, 소문에 의하면 그녀의 약혼자라고 했다. 표트르는 침울한 표정으로 인사하고 그들을 지나쳐 빈소로 향했다. 그때 계단 밑에서 김나지움에 다니는 이반 일리치의 아들이 나타났다. 제 아버지를 쏙 빼닮은 그 아이는 표트르 이바노비치가 기억하고 있는 법률학교 시절의 젊은 이반 일리치의 모습과 판박이였다. 눈물에 젖고 퉁퉁 부은 소년의 눈에서 볼 수 있는 것은 더 이상 순수한 열서너 살 소년의 눈빛이 아니었다. 소년은 표트르 이바노비치를 보자 얼굴을 찌푸리며 창피해하면서도 곤혹스러운 표정을 지었다. 표트르는 소년을 향해 고개를 살짝 끄덕이고는 빈소로 들어갔다.

추도식이 시작되자 그곳은 촛불과 탄식, 고통에 찬 신음 소리, 향냄새와 눈물, 흐느낌으로 가득 찼다. 표트르 이바노비치는 잔뜩 얼굴을 찌푸린 채 눈을 내리깔고 앞에 있는 사람의 발만 쳐다보았다.

그는 단 한 번도 시신을 향해 눈길을 주지 않았고, 침울한 기분에 빠지기 쉬운 분위기에서도 시종일관 냉정함을 잃지 않았다. 그러고는 맨 먼저 일어나는 사람들 무리에 섞여 그 방을 나왔다.

현관에는 아무도 없었다. 그때 주방 하인 게라심이 빈소에서 뛰어나왔다. 그는 억센 손으로 사람들이 벗어놓은 외투들을 하나하나 들춰 보더니 표트르 이바노비치의 외투를 찾아 그에게 건네주었다.

표트르 이바노비치는 무슨 말이라도 건네야 할 것 같아 이렇게 말했다.

"게라심, 자네는 어떤가? 많이 슬프지?"

그러자 게라심은 농부 특유의 하얗고 고른 이를 드러내며 대답했다.

"다 하느님의 뜻입니다요. 우리 모두 언젠가는 그 길을 가게 마련이죠."

게라심은 늘 열심히 일하는 사람처럼 힘껏 문을 열어젖히더니 큰 소리로 마부를 불러 표트르 이바노비치가 마차에 타는 것을 도와주었다. 그러고는 할 일이 태산이라는 듯 황급히 현관 계단을 뛰어올라 갔다.

표트르 이바노비치는 향 냄새며 시신 썩는 냄새, 페놀 냄새를 맡다가 밖으로 나오자 차갑고 신선한 공기가 유달리 상쾌하게 느껴져 기분이 좋았다. 마부가 그에게 물었다.

"어디로 모실까요?"

"아직은 많이 늦지 않았으니 표도르 바실리예비치 집으로 가세."

그가 탄 마차는 표도르 바실리예비치의 집으로 향했다. 첫판이 거의 끝나갈 무렵 표도르의 집에 도착한 그는 다섯 번째 멤버로 카드놀이에 낄 수 있었다.

2

이반 일리치는 평생 지극히 단조롭고 평범하지만 한편으로 굉장히 고된 삶을 살았다.

항소법원 판사였던 그는 마흔다섯 살의 나이로 생을 마쳤다. 그는 페테르부르크의 여러 관공서에서 오랫동안 관직 생활을 하며 나름대로 출세한 관리의 아들로 태어났다. 하지만 출세라고 하는 것이, 어떤 일이든 수행할 능력이 전혀 없는데도 오랜 경력과 높은 직위 때문에 파면되거나 실직할 염려가 없다는 그런 의미였다. 그의 아버지와 같은 부류의 관리들은 하는 일 없이 자리만 차지하고 앉아서 1년에 6천에서 1만 루블의 연봉을 받으며 늙어 죽을 때까지 아무 걱정 없이 편안하게 지낼 수 있었다.

삼등문관(제정러시아 시대 관리 등급으로 세 번째 높은 직급—옮긴이)이었던 그의 아버지 일리야 예피모비치 골로빈 또한 별 필요도 없이 세워진 관청들을 옮겨 다니며 쓸데없이 자리를 차지하고 있었던 인물 가운데 하나였다.

그에게는 아들이 셋 있었는데, 둘째 아들이 바로 이반 일리치였다. 맏아들은 근무지만 다를 뿐 자기 아버지와 같은 전철을 밟아 나름대로 출세했고, 별 하는 일 없이 높은 연봉을 받아먹을 수 있는 근무연한에 다다른 상태였다.

셋째 아들은 말 그대로 실패자였다. 그는 하는 일마다 잘되지 않았고, 여러 일을 전전하다 지금은 철도 관련 일을 하고 있었다. 그의 아버지와 형제들은 물론 형수들조차 그를 만나고 싶어 하지 않았고, 부득이하게 얼굴을 마주칠 수밖에 없을 때 말고는 그를 생각하기조차 싫어했다. 그들의 누이이자 외동딸은 그레프 남작과 결혼했는데, 그 또한 장인처럼 페테르부르크의 관리였다.

둘째 아들 이반 일리치는 그야말로 '집안의 자랑'이었다. 그는 자기 형처럼 냉정하지도 않고 융통성 없는 성격도 아니었으며, 자기동생처럼 흐리터분하지도 않았다. 그는 두 형제의 중간적 인물로 똑똑하고 쾌활하고 서글서글하고 예의 바른 사내였다. 그는 동생과 함께 법률학교에서 공부했다. 결국 동생은 졸업하지 못하고 5학년 때 퇴학을 당했지만, 이반 일리치는 전 과정을 우수한 성적으로 마쳤다. 그의 전 생애에서 변함없이 보여준 품성은 이미 법률학교 시절부터 나타난 것이었다. 그는 유능하고 친절했으며, 쾌활하고 부드러우면서 사교성도 좋았다. 더구나 자기의 의무라고 생각한 것은 엄격히 실천하는 강단도 있었다. 물론 그가 자신의 의무라고 생각하는 것들은 모두 최고위층 사람들이 자신들의 의무라고 생각하는 것과 같은 종류였다.

이반 일리치는 어렸을 때나 어른이 되어서나 누구에게 아첨하는 인물은 아니었다. 하지만 아주 일찍부터 그는 날벌레가 불빛에 모여들 듯이 본능적으로 사회의 최고위층에게 끌렸다. 그는 최고위층 사람들의 태도와 사회관이 옳다고 믿으며 그들과 친밀한 관계를 유지해나갔다. 그 역시 유년 시절과 청년 시절 뭔가에 푹 빠질 때도 있었지만, 그러한 것들로 인해 그의 삶이 크게 좌우되지는 않았다. 잠시 스쳐가는 바람에 지나지 않았던 것이다. 여자에 빠지기도 했고 허영에 들뜨기도 했으며, 졸업할 무렵에는 자유주의 사상에 골몰하기도 했다. 그러나 그 모든 일을 하면서도 그는 자신이 본능적으로 정해놓은 정도에서 한 치도 벗어나지 않았다.

그는 법률학교 시절 스스로 생각하기에도 몹시 부끄러운 짓을 저지르기도 했다. 그러한 짓을 하면서 스스로에게 혐오감을 느끼기도 했다. 그러나 나중에 고위층 사람들이 아무렇지 않게 그런 짓을 한다는 것을 알고 나서는 그다지 나쁜 일은 아니라고 생각했다. 썩 좋은 일은 아니었지만 부끄러운 짓을 했다는 생각을 떨쳐버렸으며, 간혹 다시 그 일이 떠오를 때도 더 이상 자신을 경멸하거나 후회하지 않았다.

이반 일리치는 법률학교를 졸업하자마자 십등문관이 되었다. 그는 아버지가 옷을 사 입으라고 준 돈을 가지고 샤르메르 양복점에 가서 양복을 맞췄고, 라틴어로 '유종의 미를 거둬라'는 문구가 적힌 작은 메달을 시곗줄에 매달아 한껏 멋을 냈다. 그리고 스승인 공작에게 작별 인사를 한 후, 친구들과 함께 최고급 식당 도논에서 송별회를 했다. 또한 최고급 상점을 다니며 미리 사둔 속옷, 면도기, 세면도구, 화장품, 휴대용 모포 등을 역시나 새로 구입한 최신형 트렁크에 담아서 아버지가 주선해준 '현지사 특별보좌관' 일을 수행하러 지방으로 떠났다.

이반 일리치는 첫 번째 근무지에서 곧바로 법률학교 시절과 마찬가지로 어렵지 않게 나름의 방식대로 자리를 구축해나갔다. 그는 할 일을 충실히 수행하며 조금씩 경력을 쌓아갔다. 그리고 동시에 즐겁고 교양 있는 우아한 생활을 누렸다. 때때로 상부의 명령에 따라 시골 지역으로 출장을 갔는데, 지위 고하를 따지지 않고 모든 사람들을 정중히 대했다. 그의 일은 주로 분리파 교도에 대한 문제를 해결하는 것이었는데, 그는 자신에게 주어진 그 일을 빈틈없이 청렴결백하게 처리했다. 그런 점에서 그는 자부심을 가지고 있었다. 아직 젊고 소소한 재미를 즐기는 성격이었지만, 일을 할 때는 매우 신중하고 관료적이었으며 때로는 냉혹하기도 했다. 그러나 친구들하고 있을 때는 유쾌하고 재치 있는 농담도 서슴없이 하면서도 착하고 예의 바르게 행동했다. 그래서 자신의 상관인 현지사와 그의 부인은 프랑스어로 '볼수록 호감 가는 청년'이라며 마치 가족처럼 그를 좋아했다.

세련된 법조인 이반 일리치는 첫 번째 근무지에서 자신에게 관심을 가졌던 여인들 가운데 한 사람을 사귀기도 했다. 한때는 모자 가게 여주인하고 관계를 맺기도 했다. 그는 시종무관들이 출장을 내려오면 술자리를 마련해 함께 어울렸고, 저녁을 먹고 나면 멀리 나가서 여흥을 즐기기도 했다. 그러는 한편 현지사와 그 부인의 총애를 얻는 일에도 소홀하지 않았다. 그러나 늘 품위 있고 고상한 그였기에 이런 행동을 비난하거나 나쁘게 말하는 사람은 없었다. '젊음이란 한때의 객기다'라는 프랑스 격언처럼 충분히 넓은 아량으로 포용할 수 있는 일이었다. 깨끗한 손에 깔끔한 셔츠를 입고 프랑스어를 지껄이는 그의 행동거지는 그 지방 상류층에게서 흔히 볼 수 있는 것으로 다른 고위층들도 으레 그러기 마련이었다.

이반 일리치가 그곳에서 5년을 근무했을 때 다른 지역에서 일할 기회가 찾아왔다. 법률제도가 새로 바뀌면서 새로운 인물이 필요했던 것이다.

그리고 이반 일리치가 바로 그 새로운 인물이었다.

그에게는 예심판사의 직책이 주어졌다. 물론 그 자리를 맡게 되면 다른 지방으로 옮겨가야 하고, 이제까지 애써 쌓아온 인맥들을 버리고 새로운 환경에서 처음부터 다시 시작해야 했다. 그러나 그는 기꺼이 받아들였다. 그의 친구들은 그를 위해 송별회를 열어주었다. 그들은 한데 어울려 기념사진을 찍었으며, 그를 위해 은제 담뱃갑을 선물했다. 마침내 그는 새로운 근무지로 떠났다.

예심판사가 된 이반 일리치는 이전의 특별보좌관 시절에 그랬던 것처럼 단정하고 예의 바르게 행동하여 그곳 사람들의 신임과 존경을 얻는 데 성공했다. 그에게 예심판사직은 이전의 특별보좌관보다 훨씬 더 흥미 있고 매력적이었다. 샤르메르 양복점에서 맞춘 고급 양복을 입고 잔뜩 긴장해서 굳은 표정으로 현지사의 면담을 기다리는 청원자들이나 선망의 눈길로 자신을 바라보는 하급 관리들 앞을 지나쳐 거리낌 없이 현지사의 집무실로 들어가 느긋하게 지사와 함께 차를 마시고 담배를 피우던 특별보좌관 시절도 즐겁고 재미있었다. 그러나 그때는 그의 권한이 직접적으로 미칠 수 있는 사람이 몇 안 되었다. 지방 출장이나 가야 만날 수 있는 지역 경찰서장이나 분리파 교도가 고작이었다.

물론 이반 일리치는 그들을 대할 때도 예의 바르고 정중한 태도를 잊지 않았다. 그리고 그들을 동료처럼 친근하게 대하는 것을 즐겼는데, 당장이라도 그들을 파면할 수 있는 막강한 권력을 가진 사람이 생각했던 것과 달리 격의 없이 소탈하다는 인상을 심어주고 싶었던 것이다.

그러나 예심판사가 되자 모든 사람들, 즉 아무리 높은 직위에 있는 대단한 사람들도 이반 일리치의 영향 아래 있었다. 서류에 제목 한 줄 달고 그 밑에 형식적인 문장 몇 개만 적으면 제아무리 직위가 높고 중요한 권력자라도 피고나 증인으로 소환할 수 있었다. 또한 자기가 원하면 그들에게 앉으라는 말도 하지 않고 그냥 세워둔 채로 묻는 말에 대답하라고 요구할 수 있었다.

물론 이반 일리치는 그러한 권력을 악용하지 않았다. 오히려 너그러운 방식으로 그러한 권력을 누리려고 노력했다. 그러나 그러한 권력의식과 그것을 자기 의지에 따라 사용할 수 있다는 사실 자체가 새로운 직책으로부터 얻을 수 있는 가장 큰 흥미이자 매력이었다.

이반 일리치는 일을 할 때, 즉 사건을 심리할 때 그 일과 관계없는 사항들을 신속하게 분리할 줄 알았다. 그리고 서류를 작성할 때는 자신의 견해를 배제하고 객관적인 사항들만 간략하게 기입했으며, 특히 꼭 필요한 형식적인 절차를 단 하나도 빼놓지 않고 정리하는 방식을 빨리 터득해서 아무리 복잡한 사건이라도 능숙하게 처리했다. 당시에 이것은 꽤 파격적인 일 처리 방식이었다. 그리하여 그는 1864년에 공포된 법률을 최초로 실제 적용한 인물들 가운데 하나였다.

예심판사가 되어 새로운 도시에 정착한 이반 일리치는 새로운 사람들과 사귀며 새로운 인맥을 쌓았다. 그는 새로운 발판을 내디디면서 이전과는 조금 다른 태도를 취했다. 그 도시의 권력층과는 약간 거리를 두고, 그곳 법조인들이나 실세를 가진 부유한 귀족들과 친하게 지내면서, 웬만큼 정부에 비판적인 견해를 드러내는 온건한 자유주의와 앞선 시민의식을 보여주었다. 동시에 자신의 고상한 옷맵시를 유지하는 데 결코 소홀하지 않았으며, 새로운 직무를 맡은 이후부터는 자연스럽게 턱수염도 길렀다.

새로 부임한 곳에서도 이반 일리치는 여전히 유쾌하고 즐겁게 지냈다. 현지사에 대한 불만을 토로하기도 하는 화기애애한 사교계 분위기도 마음에 들었다. 봉급도 이전보다 더 많이 올랐고, 새로 배운 휘스트(카드놀이의 일종―옮긴이)도 그의 생활에 큰 즐거움이었다. 그는 카드놀이를 즐길 줄도 알았고, 예리한 데다 상황 판단이 빨라 게임에서 늘 이겼다.

새로 옮겨간 곳에서 2년쯤 근무했을 때 이반 일리치는 지금의 아내를 만났다. 프라스코비야 표도로브나 미헬은 이반 일리치가 드나들던 사교계에서 가장 매력적이며 영리하고 가장 돋보이는 처녀였다. 이반 일리치는 예심판사 업무에서 잠시 벗어나 기분 전환한다는 생각으로 장난처럼 가볍게 만나면서 부담 없이 관계를 맺었다.

이반 일리치는 특별보좌관 시절에는 춤을 몹시 좋아했지만 예심판사가 되고 나서는 거의 춤을 추지 못했다. 가끔 한 번씩 춤을 추기도 했지만, 이건 그저 자신의 신분이 새로 생긴 기관의 오등관리에 지나지 않는다 하더라도 춤에 있어서는 다른 사람들에게 뒤지지 않는 실력을 가지고 있다는 것을 보여주기 위한 것일 뿐이었다. 그런 의미에서 가끔 파티가 끝날 무렵 프라스코비야 표도로브나와 춤을 추곤 했고, 그녀는 그의 멋진 춤 솜씨에 반해 그에게 푹 빠져버렸다. 이반 일리치는 결혼 생각이 없었는데, 자신에게 반한 젊은 아가씨를 보자 '결혼 못 할 건 또 뭐야?'라는 생각이 들었다.

프라스코비야 표도로브나는 훌륭한 귀족 가문 출신에 외모도 아름다운 데다 웬만큼 재산도 있었다. 물론 이반 일리치는 더 훌륭한 짝을 고를 수도 있었지만, 그 정도만 해도 꽤 좋은 상대임에는 틀림없었다.

그는 자기 봉급도 적지 않았지만 그녀에게도 그만큼의 수입을 기대할 수 있었다. 그녀는 집안도 훌륭했지만 무엇보다 그녀 자체가 상냥하고 예뻤으며 품행도 나무랄 데 없었다. 그러나 이반 일리치는 그녀를 사랑한다거나 자기 인생의 동반자가 될 만한 어떤 점을 발견했기 때문에 그녀를 선택한 것은 아니었다. 또한 주위 사람들이 정말 잘 어울린다며 부추겨서 결혼한 것이라고 할 수도 없었다.

이반 일리치가 그녀와 결혼한 이유는 두 가지였다. 그러한 여자를 아내로 맞아들이는 것에 대해 자부심을 느꼈고, 동시에 자신보다 높은 계급의 사람들이 옳다고 말하는 일을 하는 것이 당연하다고 생각했기 때문이다.

이반 일리치는 그렇게 결혼했다.

결혼 준비를 하고 결혼식을 올리고, 서로 살갑게 애정 표현을 하고 새 가구와 새 그릇, 새 속옷에 둘러싸여 알콩달콩하게 신혼 생활을 즐길 때는 남부러울 것 없이 행복하고 만족한 나날을 보냈다. 그래서 이반 일리치는 결혼이란 것이 자기가 이상적이라고 생각했던 편안하고 유쾌하고 즐거우며 고상한 삶을 방해하는 것이 아니라 오히려 그러한 삶을 더욱 지켜주는 것이라고 생각하기에 이르렀다.

그러나 아내가 임신하고 몇 달 지나지 않아 결혼 생활의 환상은 산산이 부서지고 말았다. 그가 전혀 예기치 못했으며 피할 수 없는 새롭고 불쾌하고 힘들고 괴로운 일들이 벌어지기 시작했던 것이다.

이반 일리치가 보기에 아내는 아무 이유 없이 그의 즐겁고 고상한 생활을 방해하기 시작했다. 그녀는 뚜렷한 근거도 없이 질투가 늘어갔고, 자기만 신경 쓰기를 바랐으며, 온갖 일에 트집을 잡으며 교양 없이 거칠게 굴었다.

처음에 이반 일리치는 이제까지 자신을 지탱해준 바로 그 태도, 즉 문제를 심각하게 생각하지 않고 가볍게 받아들이면서 점잖게 처신함으로써 이런 불쾌한 상황을 벗어날 수 있으리라 생각했다. 그래서 아내의 기분이나 감정 따위 신경 쓰지 않고 예전처럼 유쾌하고 즐거운 생활을 유지하려고 애썼다. 그는 친구들을 집으로 초대해 카드놀이를 하기도 했고, 클럽이나 친구들의 집으로 놀러 가기도 했다. 그러자 어느 날 그의 아내가 몹시 화를 내면서 그에게 욕설을 퍼붓기 시작했다. 그날 이후로 그녀는 남편이 자기의 요구를 들어주지 않으면 바가지를 긁으며 욕을 퍼부었다. 남편이 굽힐 때까지, 즉 그도 자기처럼 집에 틀어박혀 침울하게 있을 때까지 들들 볶을 작정인 것이 틀림없었다. 이반 일리치는 치가 떨리고 소름이 끼쳤다.

그는 적어도 아내와의 결혼 생활은 늘 즐겁고 고상한 것이 아니며, 도리어 그러한 삶을 파괴한다는 사실을 깨닫게 되었다. 그리고 그런 파괴로부터 자신을 지킬 방법을 모색하기 시작했다. 아내를 꼼짝달싹 못하게 할 유일한 방법은 바로 그의 업무였다. 그래서 그는 자신의 업무와 그에 따르는 여러 가지 의무들을 내세우며 아내에게 맞서 자신의 독자적인 생활을 지켜나가려고 애썼다.

아내는 출산은 물론이고 몇 번을 해도 잘되지 않는 젖 물리는 일이며, 실제로 그렇든 거짓으로 꾸몄든 간에 아이와 산모가 아픈 것까지 모든 일에 남편이 신경 쓰고 살펴봐 주기를 요구했다. 그러나 그는 그런 일들을 어떻게 처리해야 할지도 몰랐을 뿐 아니라 왜 그래야 하는지도 알 수 없었다. 관심을 보여야 했지만, 그에게 너무나 생소한 일이었다. 이런 상황이 거듭됨에 따라 가정 밖에서 자기만의 세계를 구축하고자 하는 생각이 더욱 굳어졌다.

아내가 점점 더 신경질적으로 트집을 잡을수록 이반 일리치는 점점 삶의 무게중심을 자신의 일로 옮겨갔다. 그는 예전보다 더 일에 매달렸고 명예욕도 더욱 강해졌다.

결혼한 지 채 1년도 못 되어 이반 일리치는 결혼 생활이란 어느 정도는 생활의 편의도 주지만, 본질적으로는 매우 복잡하고 힘든 일이라는 것을 절실히 깨달았다. 따라서 자기 의무를 다하면서 상류사회에서 인정받을 수 있는 고상한 삶을 유지하기 위해서는 공직과 마찬가지로 일정한 원칙에 따라 결혼 생활을 해나갈 필요가 있다고 생각했다.

그리하여 이반 일리치는 결혼 생활에 대해 나름의 원칙을 세웠다. 그는 가정에서 아내가 자기에게 베풀어줄 수 있는 편의 사항으로 따뜻한 식사와 집안 살림, 잠자리, 이 세 가지 말고 아무것도 기대하지 않았다. 그리고 무엇보다 중요하게 생각한 것은 세상 사람들 눈에 그럴듯하게 비치는 가정생활을 겉으로나마 보여주는 것이었다. 그것 말고 기쁘고 즐거운 일이 생기면 그저 고마울 따름이었고, 반대로 세 가지가 충족되지 않거나 불평이 나오면 곧바로 자신만의 독립된 세계인 일에 매달려 만족감을 느꼈다.

이반 일리치는 우수한 능력을 인정받아 3년 뒤에는 검사보로 임명되었다. 새로운 직무와 그 일의 중요성, 사람들을 법정으로 소환하거나 구속할 수 있는 권한, 재판정에서의 발언 등 그는 성공을 거둘수록 더욱 자기 일에 몰두했다.

아이들도 늘어갔다. 아내는 불평이 점점 더 늘어났고, 더욱 포악하게 굴었다. 그러나 결혼 생활에 대해 나름의 원칙을 세워둔 이반일리치는 아내의 불평에 조금도 신경 쓰지 않았다.

한 도시에서 7년을 근무한 후, 이반 일리치는 검사로 승진해 다른 지역으로 발령을 받았다. 그는 가족들을 데리고 새로운 지역으로 이사를 했지만 돈은 부족했고 아내는 그곳을 마음에 들어 하지 않았다. 그의 봉급이 더 오르기는 했지만 생활비가 전보다 더 많이 나갔다. 게다가 두 아이를 잃고 나서 이반 일리치는 집에서 생활하는 것이 점점 더 불편하게 느껴졌다.

프라스코비야 표도로브나는 새로운 거주지에서 안 좋은 일이 생길 때마다 모든 것을 남편 탓으로 돌렸다. 부부가 나누는 대화는 대부분 아이들을 키우는 문제에 관한 것이었는데, 그때마다 그전에 다퉜던 문제까지 들춰내기 일쑤였고, 따라서 두 사람의 대화는 으레 부부 싸움으로 이어지게 마련이었다. 물론 둘 사이에 애틋한 감정이 전혀 없는 건 아니었지만, 매우 드물게 찾아오는 데다 오래가지도 못했다. 그것은 점점 서로를 멀리하는 은밀한 분노와 증오의 바다에 이르기 전에 잠시 정박하는 작은 섬들과 같은 것이었다.

이반 일리치가 이런 관계를 원하지 않았다면 큰 상심에 빠졌을 것이다. 그러나 그는 이런 상황을 지극히 정상적인 것으로 받아들였을 뿐 아니라 가정생활에서 지켜나가야 할 목표로 생각할 정도였다. 그의 목표는 이런 불쾌한 가정생활로부터 될 수 있으면 멀리 도망가는 것이었으며, 이러한 상황을 자연스러운 것으로 만들어 자신이 어떤 피해도 입지 않는 것이었다. 그러기 위해서 그는 되도록 자기 가족들과 함께 지내지 않으려고 노력했다. 부득이 집에 있어야 할 경우에는 다른 사람들을 불러서 자기의 영역을 지키려고 노력했다.

이반 일리치가 무엇보다 중요하게 여긴 것은 자신의 일이었다. 온통 일에서만 삶의 재미를 느꼈고, 마침내 일하는 재미가 그를 잠식하더니 삶을 송두리째 삼켜버렸다. 마음만 먹으면 한 사람을 얼마든지 파멸할 수도 있는 권력이 자신에게 있다는 것, 법정에 나가거나 부하 직원들 앞에 섰을 때 느껴지는 자신을 향한 존경심, 상관이나 부하 직원들에게 내세울 수 있는 성공, 스스로도 인정하는 탁월한 업무 능력 등, 이 모든 것들이 뿌듯하고 만족스러웠다. 또한 동료들과 얘기를 나누고 함께 식사를 하고 카드놀이를 하는 것도 무척 즐거운 생활의 일부였다. 이처럼 이반 일리치의 삶은 '인생이란 모름지기 유쾌하고 고상해야 한다'는 자신의 신념에 따라 순조롭게 흘러갔다.

나름대로 고상하고 만족스러운 삶이 7년 넘게 이어졌다. 맏딸은 열여섯 살이 되었고, 그동안 사내아이 하나가 죽었으며, 가정불화의 주된 원인이기도 한, 김나지움에 다니는 아들 하나가 있었다. 이반 일리치는 아들을 법률학교에 보내고 싶어 했지만, 아내는 남편에 대한 반발심으로 그 아이를 김나지움에 보냈다. 딸은 집에서 교육받으며 잘 자라주었고, 아들도 공부를 꽤 잘하는 편이었다.

3

결혼하고 이렇게 17년이 흘렀다. 그동안 이반 일리치는 고참 검사가 되었고, 좀더 좋은 자리를 기대하며 전임을 몇 차례나 거절했다. 그런데 갑자기 예기치 않게 불쾌한 일이 발생하더니 그의 평화로운 삶이 뒤흔들렸다.

이반 일리치는 전부터 한 대학교 소재 도시의 수석 판사직을 희망하고 있었다. 그런데 어떻게 된 일인지 동료 고폐가 그를 제치고 그 자리에 오른 것이다. 몹시 화가 난 이반 일리치는 고폐뿐만 아니라 자기의 상관까지 찾아가 항의하며 말다툼을 벌였다. 그러자 사람들은 그를 냉담하게 대하기 시작했고, 다음 인사이동에서도 그는 제외되고 말았다.

1880년의 일이었다. 이반 일리치의 생애 중 가장 힘든 해였다. 그의 봉급은 생활비를 충당하기도 버거울 정도였으며, 사람들도 그에게 등을 돌린 것 같았다. 그는 자신이 지극히 잔혹하고 부당한 처우를 받고 있다고 생각했지만, 다른 사람은 지극히 당연하고 예사로운 일로 받아들였다. 심지어 부친마저 그를 도와주지 않고 외면했다. 그는 모든 사람들한테 버림받았다고 느꼈다. 그들 모두는 그가 연봉 3천 5백 루블을 받는 위치에 있는 것은 당연하며 오히려 운이 좋은 경우라고 생각했다. 일터에서의 온갖 부당한 대우와 그칠 줄 모르는 아내의 바가지 긁는 소리, 분수에 맞지 않는 생활로 늘어만 가는 부채, 그가 처한 이러한 상황을 알고, 또 그것이 결코 정상적인 상황이 아니라는 것을 아는 것도 그 자신뿐이었다.

그해 여름, 그는 생활비도 줄일 겸 휴가를 받아 아내와 더불어 처남이 살고 있는 시골로 떠났다. 일에서 벗어난 시골 생활에서 이반 일리치는 처음으로 견디기 힘들다 못해 고통스럽기까지 한 무료함을 느꼈다. 그래서 그는 이런 식으로는 도저히 살 수 없다고 마음을 굳히고, 어떤 식으로든 즉각적이고도 단호한 조치를 취해야겠다고 생각했다. 밤새 테라스를 거닐며 뜬눈으로 지새운 이반 일리치는 페테르부르크로 돌아가 다른 부처로 옮길 방법을 찾아보고, 자신의 진가를 알아주지 않는 사람들에게 본때를 보여주고자 마음먹었다.

다음 날 그는 아내와 처남이 말리는데도 기어이 기차를 타고 페테르부르크로 떠났다.

그가 원하는 것은 오직 한 가지, 연봉 5천 루블을 받을 수 있는 자리로 가는 것이었다. 그는 어떤 부처, 어떤 업무든 상관하지 않기로 했다. 다만 5천 루블을 받을 수 있는 자리면 되었다. 관청이든, 은행이든, 철도국이든, 마리아 여제 부속 교육기관이든 상관하지 않을 작정이었다. 심지어 세관이라도 5천 루블만 받을 수 있다면, 그래서 자신을 제대로 알아봐 주지 않는 그곳을 떠날 수 있다면 아무 데나 좋았다.

그런데 이반 일리치는 이 여행에서 뜻밖에 깜짝 놀랄 만한 성과를 거뒀다. 쿠르스크 역에서 친구인 F. S. 일린이 같은 일등칸에 탔는데, 그가 쿠르스크 현지사로부터 방금 들은 소식을 이반 일리치에게 전해준 것이었다. 그것은 며칠 내로 이반 일리치가 속한 부서에 대대적인 인사이동이 있을 것이며, 표트르 이바노비치의 자리에 이반 세묘노비치가 임명될 예정이라는 것이었다.

이번에 있을 대대적인 인사이동은 러시아제국은 물론 이반 일리치에게도 매우 중요한 의미를 지니는 것이었다. 새로운 인물 표트르 페트로비치와 자신의 동료이자 친한 친구인 자하르 이바노비치가 부상하는 것이 이반 일리치에게는 유리한 일이었기 때문이다.

이반 일리치는 모스크바에서 이 새로운 소식이 사실임을 확인할 수 있었다. 그는 페테르부르크에 도착하자 자하르 이바노비치를 찾아갔고, 자기가 전에 근무했던 법무부에 자리를 알아봐 주겠다는 확답을 받았다.

일주일 뒤 그는 아내에게 전보로 소식을 알렸다.

'자하르 이바노비치가 밀레르의 후임으로 발령받는 즉시 나도 곧 임명될 것임.'

이반 일리치는 이번 인사이동으로 예전에 일하던 부처에서 뜻하지 않게 동료들보다 2등급이나 높은 자리로 승진되어 5천 루블의 연봉에 이사 비용으로 3천 5백 루블의 수당까지 받게 되었다. 그러자 그는 얼굴도 보기 싫던 사람들이나 이전 근무처에 대한 모든 원한들을 금세 지워버리고 행복한 기분에 잠겼다.

실로 오랜만에 이반 일리치는 유쾌하고 흐뭇한 기분으로 시골로 돌아왔다. 아내 역시 몹시 좋아했고, 잠시나마 두 사람 사이에 평화가 찾아왔다. 이반 일리치는 아내에게 자기가 페테르부르크에서 만나는 모든 사람들로부터 축하받았던 이야기, 그동안 자기를 매정하게 외면했던 사람들이 고개를 숙이며 굽실거린 일, 그들 모두 자기의 지위를 부러워했으며, 특히 페테르부르크 사람들로부터 후한 대접을 받았다는 이야기를 주저리주저리 늘어놓았다.

프라스코비야 표도로브나는 잠자코 그의 말에 귀를 기울였다. 그녀는 남편의 말을 다 믿는다는 표정을 지었으며 토를 달거나 반박하는 말은 일절 입에 올리지 않았다. 그저 자기들이 새로 옮겨가서 살게 될 도시에서 어떤 새로운 생활을 할지 구상하고 계획을 세우느라 여념이 없었다. 이반 일리치도 아내의 계획이 곧 자기의 계획이며 두 사람의 생각이 완벽하게 일치한다는 점, 그리고 이제까지 휘청거리던 자신의 삶이 비로소 예전처럼 즐겁고 고상한 생활로 되돌아갈 것이라는 기대에 흐뭇하고 기뻤다.

이반 일리치는 시골에 오래 머물지 않았다. 9월 10일부터 새로운 업무를 시작해야 했으므로 그 전에 새로운 곳에 살 준비를 끝내야 했다. 살 집도 장만해야 했고, 지방에서의 생활을 정리하고 이삿짐을 옮겨야 했으며, 새로 사들여야 할 것들도 많았다. 한마디로 말해서 자기의 계획과 정확하게 일치하는 아내의 계획에 따라 모든 것을 완벽하게 갖추려면 여유를 부릴 시간이 없었다.

모든 것이 아주 순조로웠다. 그와 그의 아내는 서로 뜻이 잘 맞았고, 함께 지내는 시간이 적기는 했지만 신혼 초의 다정하고 살가운 부부 사이로 돌아간 것 같았다. 이반 일리치는 당장 가족들과 함께 떠나려고 했다. 그러나 갑자기 이반 일리치와 그의 가족에게 살갑고 친절하게 대하는 처남과 처남댁이 더 있다 가라고 말리는 통에 할 수 없이 혼자 출발해야 했다.

이반 일리치는 기분 좋게 시골을 떠났다. 자신의 성공과 아내와의 화해가 상승작용을 일으켜 그는 새로운 근무지로 가는 내내 즐겁고 흐뭇한 기분에 싸였다.

새로운 근무지에서 그는 곧 마음에 꼭 드는 멋진 집을 발견했다. 아내와 자기의 기대에 꼭 들어맞는 그런 집이었다. 넓고 고풍스러운 응접실, 안락하고 중후한 분위기의 서재, 아내와 딸의 방, 아들을 위한 공부방, 이 모든 것들이 자기 가족을 위해 설계된 집 같아 보였다. 이반 일리치는 집을 직접 꾸몄다. 벽지를 고르고 고급스러운 가구도 직접 구입했다. 특히 자기가 좋아하는 품위 있고 고풍스러운 가구를 사들였고, 우아한 천 덮개까지 새로 장만했다. 하나씩 꾸며갈수록 자기가 머릿속에 그려온 집의 모습이 갖춰졌다.

이제 절반쯤 정리했을 뿐인데도 벌써 기대 이상으로 훌륭했다. 완전히 다 꾸며놓으면 분명 촌스러운 구석이라고는 찾아볼 수 없는 아수 우아하고 품위 있는 집이 될 터였다. 그는 잠자리에 누워서도 머잖아 완성될 가장 넓은 응접실을 그려보며 잠들었다. 아직 덜 꾸며진 거실을 둘러보며 곧 제자리에 놓일 벽난로와 병풍, 진열장, 여기저기 적절하게 배치될 작은 의자들, 벽면 곳곳에 걸릴 화려한 무늬의 크고 작은 접시들, 청동 조각품 등을 상상해보는 것이었다. 그는 자신과 비슷한 취향을 지닌 파샤(아내 프라스코비야의 애칭—옮긴이)와 리잔카(딸 리자의 애칭—옮긴이)가 이 집에 들어서자마자 깜짝 놀랄 모습을 상상하며 즐거워했다. 아내와 딸은 이 정도일 줄은 미처 상상도 못 하고 있을 터였다. 그는 특히 집 전체에 고상한 분위기를 더해줄 골동품들을 싸게 살 수 있었다.

그는 가족들을 놀래주려고 모든 것들이 기대한 것보다 못할 것이라고 짐짓 엄살을 떠는 편지를 써서 보냈다. 그는 집 꾸미기에 푹 빠진 나머지 처음 기대했던 것만큼 새로운 업무에 관심을 쏟지 못했다. 심지어 법정에 나가서도 커튼걸이 받침대를 매끈한 것으로 할지 아니면 굴곡 있는 것으로 할지 생각하며 앉아 있곤 했다. 그는 이 일에 심취한 나머지 직접 가구들을 여기저기 놓아보기도 하고, 심지어 커튼을 바꿔 달아보기도 했다. 한번은 말귀를 못 알아듣는 도배장이에게 자기가 원하는 것을 직접 보여주려고 사다리를 올라가다가 발을 헛디뎌 미끄러진 적도 있다. 그러나 워낙 강인하고 몸놀림이 민첩했기 때문에 크게 다치지는 않았고, 창틀에 튀어나온 손잡이에 옆구리를 부딪쳐 아프기는 했지만 오래가지 않았다. 이반 일리치는 집을 꾸미는 내내 유쾌하고 활력이 넘쳤다. 그는 아내에게 보내는 편지에 자기가 15년은 젊어진 것 같다고 쓰기도 했다.

그는 9월 중으로 집 정리를 완전히 끝내려고 했지만 예상과 달리 10월 중순까지 이어졌다. 그 대신 집을 아주 멋지게 꾸밀 수 있었다. 그 자신만 그렇게 생각한 것이 아니라 집을 보는 사람들마다 그렇게 말했다.

사실 그의 집은 별로 부유하지 못하면서 꽤 부유해 보이려는 사람들에게서 흔히 볼 수 있는 취향으로 꾸며졌다. 다마스크 천으로 만든 커튼, 흑단목 가구, 갖가지 화초, 카펫, 청동 조각품 등 하나같이 번들번들 윤이 나는 짙은 색이었는데, 이 모든 것들이 잘사는 집 안 분위기를 흉내 내는 것이었다. 그의 집을 장식하고 있는 물건도 모두 다 그런 것들로, 특별히 주목할 만한 것들은 아니었지만, 그에게는 아주 특별하게 보였다.

그는 기차역으로 가족들을 마중 나가 산뜻하게 새로 단장한 집으로 데리고 왔다. 하얀 넥타이를 맨 하인이 화초로 장식된 현관문을 열자 가족들은 환하게 불이 밝혀진 집 안으로 들어와 응접실과 서재를 뛰어다니며 기쁨에 찬 환호성을 질렀다. 그 모습을 보며 이반 일리치는 더없이 행복했다. 그는 가족들에게 이곳저곳을 보여주며 그들의 찬사 속에서 뿌듯한 만족감을 느꼈다.

그날 밤 차를 마실 때 프라스코비야 표도로브나가 그에게 사다리에서 떨어진 건 어떻게 되었냐고 물었다. 그는 웃으면서 자기가 사다리에서 떨어지는 바람에 도배장이가 깜짝 놀랐던 일을 몸짓까지 해가며 이야기해주었다.

"한때 내가 체조 선수였잖아. 다른 사람들 같았으면 죽었을지도 모르지. 하지만 난 옆구리만 조금 다쳤을 뿐이야. 처음에는 좀 아팠는데 지금은 다 나았어. 멍이 조금 남아 있기는 하지만."

그들은 새로운 집에서 새로운 생활을 시작했다. 물론 살다 보면 누구나 그렇듯 방이 하나 더 있었으면 하는 생각이 들고, 또 늘어난 수입으로 처음에는 잘 살아가다가도 점차 5백 루블쯤 더 있었으면 좋겠다는 생각이 들기도 했지만 아주 만족스러운 생활이었다. 특히 아직 다 갖춰지지 않아서 물건을 사고 다시 배열하고 손봐야 할 것들이 남아 있었던 이사 초기가 더없이 좋았다. 물론 남편과 아내 사이에 의견 차이가 생기기는 했지만 둘 다 만족한 상태였던 데다 할 일도 많아서 크게 다투거나 하지 않았다.

집 정리가 다 끝나자 조금씩 따분함이 느껴지고 불만도 생겼지만, 새로운 사람들과 사귀기 시작하고 새로운 생활에 적응해가면서 점차 안정되어 갔다.

이반 일리치는 오전 내내 법정에 있다가 점심 식사는 집에서 했다. 처음 얼마 동안은 기분이 좋았다. 물론 집안일로 속상할 때도 있었다. 그는 식탁보나 커튼에 얼룩이 묻거나 커튼을 묶는 줄장식 띠가 끊어지는 것을 참을 수 없었다. 집을 꾸미느라 심혈을 기울였던 만큼 그것들이 조금이라도 망가지는 것을 못 견뎠다. 그러나 전체적으로 보아 이반 일리치의 삶은 자신의 신념대로 쾌적하고 유쾌하며 고상하게 흘러갔다.

그는 아침 9시에 일어나 커피를 마시고 신문을 읽은 후 제복을 입고 법원으로 갔다. 거기에는 자기가 해야 할 일들이 이미 준비되어 있었고, 그는 도착하자마자 곧바로 일을 처리하면 되었다. 그를 기다리고 있는 일이란, 청원자들, 집무실에 쌓인 각종 질의서, 일상적인 업무, 공판과 그 준비 회의 등이었다. 그런 공무를 원활하게 처리하기 위해서는 항상 쓸데없는 일상적인 요소들을 배제할 필요가 있었다. 우선 청원자들과는 사적인 관계를 맺어서는 안 되고, 부득이 관계를 맺을 때도 반드시 공적인 이유가 있어야 한다. 그리고 공적인 일이 끝나면 관계도 깔끔하게 정리해야 한다. 예를 들어 어떤 사람이 찾아와 뭔가를 알고 싶어 할 경우 이반 일리치는 자기의 직무를 떠나서는 그 사람과 어떤 관계도 맺을 수 없다. 그러나 그 사람이 공문서에 이름이 올라가는 법원 직원이면 허용되는 범위 내에서 최대한 알아봐 주었다. 물론 인간적이고 친근하게, 말하자면 정중한 태도를 잃지 않았다. 그러나 공적인 관계가 끝나면 다른 모든 관계도 깔끔하게 정리했다.

이반 일리치는 공적인 생활과 사적인 생활을 엄격하고 명확하게 구분하는 탁월한 능력을 가지고 있었다. 이것은 타고난 재능도 있겠지만 오랜 경험으로 숙련된 것이었다. 심지어 일정 분야에 특히 뛰어난 거장들이 그렇듯이 인간적인 관계와 공적인 관계를 자유자재로 맺으며 상난을 치기도 했다. 그가 이처럼 여유를 부리는 까닭은 언제라도 필요하면 인간적인 관계를 끊고 공적인 관계를 맺을 수 있다는 자신감이 있었기 때문이다. 이반 일리치는 이런 기술을 쉽고 유쾌하고 고상하게 구사하는 것을 넘어서 거장의 경지에 이를 정도였다.

휴식 시간이면 그는 담배를 피우고 차를 마시며 정치나 일상적인 화제, 카드놀이에 대해 이야기를 나눴는데, 무엇보다 큰 관심을 두는 것은 인사이동에 관한 것이었다. 그러고 나면 그는 비록 몸이 피곤하기는 했지만 마치 다른 연주자들보다 자기 파트를 훨씬 더 훌륭하게 연주해낸 오케스트라의 제1바이올린 연주자처럼 뿌듯한 기분으로 집으로 돌아갔다.

집에 돌아오면 으레 아내와 딸은 마차를 타고 외출하고 없거나 아니면 손님과 함께 있었다. 김나지움에 다니는 아들은 과외 선생과 함께 학교에서 배운 것을 복습하거나 내일 배울 것을 예습하고 있었다. 모든 것이 순조로웠다.

손님이 없는 날이면 이반 일리치는 늦은 점심을 먹고 나서 사람들 입에 많이 오르내리는 책을 읽곤 했다. 그리고 밤에는 책상 앞에 앉아 서류를 검토하고, 법조문들을 들춰보고, 법조항을 적용해 증거자료를 따져보는 등 일을 했다.

그는 이런 일들이 즐거운 것은 아니었지만 그렇다고 딱히 지루한 것도 아니었다. 카드놀이를 할 수 있을 때 이런 일을 하면 지루하겠지만, 그렇지 않을 때면 아내와 단둘이 있거나 혼자 우두커니 앉아 있는 것보다는 나았다. 이반 일리치는 사회적 지위가 높은 신사 숙녀들을 초대해 조촐한 만찬을 즐기는 것을 좋아했다. 자기 집 응접실이 다른 집의 응접실과 별반 다르지 않고, 자기와 비슷한 사람들과 같은 방식으로 시간을 보내며 살아간다는 것을 확인하면서 위안을 느꼈던 것이다.

한번은 저녁 만찬 이후에 댄스파티를 가진 적도 있었다. 이반 일리치는 기분 좋게 한껏 즐겼고, 별다른 문제도 없었다. 그런데 손님들에게 대접할 케이크와 사탕 문제로 아내와 크게 다투고 말았다. 프라스코비야 표도로브나는 자기 나름대로 생각해둔 것이 있었는데, 이반 일리치가 무조건 비싼 제과점에서 사야 한다고 우겨서 케이크를 잔뜩 주문한 바람에 결국 케이크가 엄청 많이 남은 데다 무려 45루블이나 지불해야 했기 때문이다. 두 사람은 볼썽사납게 목소리를 높였다. 아내는 남편에게 '멍청한 고집쟁이'라고 했고, 남편은 화를 못 이겨 두 손으로 머리를 쥐어뜯으며 이혼과 관련된 말들을 내뱉었다. 그러나 파티 자체는 유쾌했다. 최상류층 인사들이 참석했고, 이반 일리치는 트루포노바 공작 부인과 춤을 추었다. 그녀는 '내 슬픔을 가져가 주오'라는 단체를 설립한 것으로 유명한 사람의 여동생이었다.

이반 일리치가 일에서 느끼는 기쁨은 자존심이 충족되는 데서 오는 기쁨이었고, 사교 활동에서 느끼는 기쁨은 허영심이 채워지는 데서 오는 기쁨이었다. 그러나 그가 진정으로 기쁨을 느끼는 것은 카드놀이를 할 때였다. 하루 일과를 모두 마치고 나서, 어떤 불쾌한 일을 겪었다 하더라도, 마치 어둠을 밝히며 환하게 타오르는 촛불처럼 모든 어둡고 우울한 기분을 떨쳐버릴 단 하나의 기쁨이 있다면 점잖고 마음이 맞는 친구들과 카드놀이를 하는 것이었다. 딱 넷이 좋았다. 다섯 명이 하면 한 번씩 쉬어야 하는데 겉으로는 쉬는 것도 좋은 척했지만 내심 속이 쓰렸다. 빙 둘러앉아 (좋은 패가 들어왔을 때는) 명석한 두뇌를 굴리며 진지하게 카드놀이를 한 다음, 저녁을 먹고 포도주를 한 잔 마시는 것, 이것이 이반 일리치의 진정한 기쁨이었다. 특히 카드놀이에서 돈을 조금 땄을 때는 (많이 따는 것은 그다지 좋아하지 않았다) 가장 기분 좋게 잠자리에 들었다.

그와 그의 가족들은 이렇게 살아갔다. 최상류층들만 모이는 사교계에서 활동했고, 신분 높은 사람들과 젊은이들이 그의 집을 드나

들었다. 주위 사람들을 대하는 시선은 남편이나 아내, 딸까지 모두
완벽하게 일치했다. 벽마다 일본산 도자기 접시들을 걸어놓은 자기
집 거실에 몰려와 살가운 척하는 친구며 친척들, 그리고 궁상스럽
고 보잘것없는 사람들과는 넌지시 거리를 두었다. 그러자 변변찮은
사람들은 곧 발길을 끊었고, 그의 집에는 오직 최상류층 인사들만
드나들었다.

젊은 친구들은 딸 리잔카에게 매혹되어 그녀 주위에 몰려들었는
데, 그중에는 드미트리 이바노비치 페트리셰프의 아들이자 그의 유
일한 상속자인 예심판사 페트리셰프도 있었다. 이반 일리치는 두
사람을 어떻게 해야 할지 아내와 의논했다. 그들은 딸과 페트리셰
프를 삼두마차(말 세 필이 끄는 썰매로 눈이 녹으면 마차로 쓴다.—옮긴이)에 태
워 놀러 보내는 게 좋을지, 아니면 작은 소란을 일으켜 주의를 주는
것이 좋을지 곰곰이 생각해보았다.

이것이 그들이 살아가는 방식이었고, 모든 일이 순조롭게 풀렸다.

4

이반 일리치의 가족 모두 건강했다. 가끔 이반 일리치가 입안에
이상한 맛이 느껴진다거나 왼쪽 배가 불편하다고 말하기는 했지만
병이 생겼다고 여길 정도는 아니었다.

그러나 불편하고 언짢은 증상이 점점 더 심해지더니 통증까지는

아니더라도 기분 나쁠 정도로 계속 옆구리가 묵직했다. 그 상태가
점점 더 나빠지면서 이반 일리치가 늘 불쾌한 기분을 안고 살다 보
니 골로빈 가에 감돌던 가벼운 즐거움과 고상한 분위기가 흔들리
기 시작했다. 남편과 아내가 자주 다투기 시작하면서 여유 있고 유
쾌한 생활이 깨졌으며 겨우 품위를 유지하는 정도였다. 두 사람은
예전처럼 자주 다퉜다. 격렬한 싸움으로 번지지는 않고 평정을 유
지할 수 있는 작은 섬들이 나타날 때도 있었지만 그 수가 극히 적었
다. 이 무렵부터 프라스코비야 표도로브나는 대놓고 자기 남편처럼
까탈스러운 사람도 없다니 비난했는데, 아주 근거 없는 말은 아니
었다. 뭐든 부풀려서 말하는 습관이 있었던 그녀는 자기 성격이 좋
기에 망정이지 그렇지 않았으면 남편처럼 까탈스러운 성격을 20년
이나 참고 살지 못했을 것이라고 떠들어댔다.

사실 최근 들어 시비를 거는 쪽은 늘 이반 일리치였다. 그는 저녁
식탁에 앉아 수프를 한 숟가락 뜨는 순간부터 불평을 늘어놓았다.
접시에 이가 빠졌다, 음식이 왜 이렇게 맛이 없느냐, 아들이 식탁에
팔꿈치를 괴고 식사를 한다, 딸아이 머리 모양이 이상하다며 투덜
거렸다. 그리고 그 모든 것을 아내 탓으로 돌렸다. 처음에는 아내도
일일이 그의 말에 대구하며 사나운 말을 퍼부었다. 그러나 식사를
할 때마다 두어 번 정도 격하게 화내는 것을 보고는 음식을 먹었을
때 나타나는 병적인 증세라는 것을 깨달은 뒤부터 참았다. 그녀는
입을 꾹 다물고 얼른 식사를 끝내려고 애썼다.

프라스코비야 표도로브나는 이렇게 잘 참는 자신이 대견하게 느껴졌다. 그리고 남편의 고약한 성격 때문에 자기의 삶이 망가졌다고 결론 내리자 자신이 하염없이 불쌍한 생각이 들었다. 그녀는 자신을 불쌍하게 여기는 만큼 남편을 향한 증오심이 더욱 커졌다. 그녀는 차라리 남편이 죽었으면 좋겠다는 생각이 들기도 했지만 실제로 그러기를 바라지는 않았다. 왜냐하면 남편이 죽으면 봉급도 받을 수 없기 때문이었다. 이런 생각이 들자 그녀는 몸서리칠 정도로 남편이 밉고 화가 났다. 남편이 죽더라도 자신은 구원받을 수 없다는 사실에 더욱 비참했다. 그녀는 속으로는 분노에 치를 떨었지만 겉으로는 내색하지 않으려고 애썼다. 그러나 분노를 애써 억누르고 있는 아내의 모습에 이반 일리치의 분노는 더욱 끓어올랐다.

어느 날 유난히 억지를 쓰는 이반 일리치 때문에 또 한바탕 부부싸움이 일어났는데, 흥분이 가라앉았을 때 그는 아무래도 병에 걸려 신경이 날카로워져서 그런 것 같다고 화를 낸 이유를 아내에게 설명했다. 아내는 병에 걸렸으면 치료를 해야 할 것 아니냐면서 유명한 의사에게 가보라고 애원했다.

그는 의사를 찾아갔다. 그러나 그가 예상했던 대로 언제나 그렇듯 모든 절차가 형식적이었다. 차례를 기다리는 것이나, 의사가 거만하고 권위적인 표정으로(사실 법정에서 그가 익히 짓는 표정도 그랬다) 여기저기 몸을 두드려보고, 청진기를 대어보더니 대답할 필요도 없는 뻔한 질문을 했다. 그러고는 '우리한테 다 맡겨요. 우리가 다 알아서 할 테니. 우리는 어떻게 해야 하는지 명확히 알고 있으니 믿고 맡기시면 됩니다. 모든 사람들에게 똑같이 처리해드릴 겁니다'라고 말하는 듯한 진지한 표정을 짓는 것이었다. 모든 것이 법정과 비슷했다. 그 유명한 의사는 그가 법정에서 피고를 대할 때처럼 그를 대했다.

의사가 말했다.

"이러이러한 증상을 보니 당신 몸속에 이러이러한 병이 있는 것 같군요. 하지만 이러이러한 검사를 해보고 그래도 확증할 수 없다면 이러이리한 병을 가정해볼 수 있습니다. 이러이러한 병이라고 가정한다면……."

이반 일리치가 궁금한 것은 딱 한 가지였다. 바로 자신의 병이 위중한지 아닌지 하는 것이었다. 그러나 의사는 그런 것은 중요하지 않다는 듯 무시해버렸다. 의사의 입장에서 그런 질문은 별 필요도 없고 생각해볼 가치도 없는 것이었다. 그들에게 중요한 것은 오로지 그의 병이 콩팥처짐증인지, 만성 대장염인지, 아니면 맹장염인지, 여러 가지 가능성들을 추적하는 것이었다. 결국 그들에게 문제가 되는 것은 이반 일리치의 생명이 아니라, 신장염이냐 맹장염이냐 하는 것뿐이었다. 죽을병인 거냐, 살 수 있느냐 하는 이반 일리치의 질문에는 아랑곳하지 않고 오로지 콩팥처짐증인지 맹장염인지를 두고 고민할 뿐이었다. 그러고는 마침내 이반 일리치를 앞에 두고 한껏 폼을 잡으면서 맹장염 쪽으로 가닥을 잡았다. 물론 소변

검사 결과 새로운 징후가 나타나면 다시 진찰해봐야 한다는 단서를 다는 것도 잊지 않았다.

이 모든 것이 정확하게 이반 일리치가 법정에서 멋들어진 폼으로 피고들에게 수천 번도 더 써먹은 방법 그대로였다. 의사 역시 안경 너머로 그를 바라보며 엄숙하지만 얼핏 유쾌한 빛이 엿보이는 그런 표정으로 자신의 진단 결과를 멋지게 요약해주었다. 의사의 간단한 진찰 결과를 듣고 이반 일리치는 자신의 병이 중하다는 결론을 내렸다. 그러나 자기가 중병에 걸렸다는 사실이 의사는 물론 다른 사람들한테는 별 상관 없는 일이라는 생각이 들었다.

그런 결론에 도달하자 이반 일리치는 자신이 한없이 가련하고 불쌍하게 느껴졌다. 죽느냐 사느냐 하는 중대한 문제 앞에서 그토록 무관심한 태도로 일관하는 의사에 대해 분노와 증오심이 일었고, 몹시 가슴 아프고 고통스러운 충격에 휩싸였다.

그러나 그는 아무 말도 하지 않고 일어나 탁자 위에 진료비를 올려놓고 한숨을 쉬며 말했다.

"환자들이란 종종 어리석은 질문을 하곤 하겠지만 그래도 한 가지 묻고 싶은 게 있습니다. 제 병세가 어떤지요? 심각한가요?"

그러자 의사는 안경 너머로 그를 근엄하게 바라보았다. 그의 표정은 마치 '법정에 선 피고가 주어진 질문의 범위를 지키지 않는다면, 나는 어쩔 수 없이 당신을 이 법정에서 퇴장시킬 수밖에 없소'라고 말하는 것 같았다.

"필요한 말씀은 다 드렸습니다. 더 정확한 것은 몇 가지 검사를 해봐야 알 수 있습니다."

의사는 이렇게 대답하고 가볍게 고개 숙여 인사했다.

이반 일리치는 천천히 병원을 나와 힘없이 삼두마차에 올라타고 집으로 향했다. 그는 집으로 오는 내내 의사의 말을 곱씹어보면서 무슨 말인지 이해할 수 없는 복잡한 의학용어를 일반적인 말로 해석해 자기 상태가 심각한 중병이라는 건지, 아니면 걱정할 정도는 아니 건지 궁금증에 대한 해답을 알아내려고 애썼다. 결국 의사가 한 말에 따르면 이주 심각하다는 생각이 들었다. 이반 일리치는 거리의 모든 것들이 침울하게 보였다. 마부도, 집들도, 지나가는 사람들도, 상점들도 모두 우울하게 보였다. 단 1초도 쉬지 않고 고통을 주는 이 알 수 없는 통증이 의사의 모호한 말들과 함께 전과 달리 더욱 심각하게 느껴졌다. 이반 일리치는 우울한 기분으로 새삼스레 통증에 더욱 신경 썼다.

집에 도착하자 그는 아내에게 의사를 만나고 온 일을 이야기했다. 아내는 그의 말에 귀를 기울였다. 그러나 한참 이야기를 하고 있는데 딸이 모자를 쓰고 들어왔다. 아내와 딸은 외출을 하려던 참이었다. 딸은 마지못해 자리에 앉아서 아버지의 지루한 이야기를 들었지만 오래가지 못했다. 아내도 그의 말이 다 끝나기도 전에 말했다.

"알겠어요. 잘됐어요. 이제부터 건강에 신경 쓰고 약은 꼬박꼬박

챙겨 드셔야 해요. 처방전을 나한테 주세요. 게라심한테 약국에 가서 약을 타 오라고 할게요."

아내는 옷을 갈아입으러 방을 나갔다. 그는 아내와 함께 있는 동안 숨도 제대로 못 쉬다가, 그녀가 나가자 무겁게 한숨을 내쉬며 중얼거렸다.

"그래 뭐, 그럴지도 모르지. 아직은 괜찮은지도……."

그는 약을 먹으면서 의사의 지시를 착실하게 따랐다. 의사의 처방과 지시 사항은 소변검사 결과에 따라 달라졌다. 그러나 소변검사 결과에 따른 진단과 증상이 일치하지 않는 혼란스러운 상황이 발생했다. 도무지 이해할 수 없는 일이었지만 어쨌든 의사가 말한 것과는 다른 증상이 나타났던 것이다. 의사가 미처 발견하지 못한 것이 있거나, 거짓말을 했거나, 아니면 뭔가 숨기고 있는 것 같았다. 그러나 이반 일리치는 의사의 지시를 충실히 따랐고, 처음 한동안은 그것으로 위안을 삼았다.

의사한테 진찰을 받은 후 위생과 약 복용에 관한 지시 사항을 철저히 지키고, 통증은 물론 신체기관의 움직임을 하나하나 세심하게 신경 쓰면서 관찰하는 것이 이반 일리치의 주요 일과였다. 그리고 이제 그에게 가장 큰 관심사는 인간의 질병과 건강이었다. 아픈 사람이나 병으로 세상을 떠난 사람, 혹은 병을 이겨낸 사람, 특히 자기와 같은 병을 이겨낸 사람들 이야기를 들을 때면 흥분을 억누르면서 귀를 기울였고, 도움이 될 만한 것이 없나 이것저것 물어보고 자기의 증상과 비교하기도 했다.

그러나 이반 일리치의 통증은 줄어들지 않았다. 하지만 그는 자기가 회복되어 가고 있으며 전보다 훨씬 좋아졌다고 스스로 믿으려고 애썼다. 별일 없이 마음이 편안할 때는 그렇게 스스로를 속일 수 있었다. 그러나 아내와 말다툼을 하거나 직장에서 일이 꼬일 때, 카드놀이에서 나쁜 패가 들어오거나 할 때면 병이 있다는 사실을 온몸으로 느꼈다. 예전 같으면 좋지 않은 일이 생겼더라도 어떻게 해서든 좋게 해결하려고 노력하고, 카드놀이에서 크게 이기듯이 멋지게 승리했을 것이다. 그러나 지금은 조금만 상황이 안 좋게 돌아가도 금세 낙담했다. '이제 겨우 병도 조금씩 나아지고 약효도 나타나기 시작했는데, 이런 불쾌한 일들이 생기다니' 하면서 짜증을 내곤 했던 것이다.

그는 자신의 불운과 자기를 불쾌하게 만들면서 망가뜨리려는 사람들에게 분노와 증오를 퍼부었다. 이런 증오심이야말로 자신을 죽이는 것이라는 사실을 알면서도 어쩔 수 없었다. 그는 주위 상황과 사람들에 대한 증오로 병이 더욱 악화되고, 따라서 불쾌한 일들은 아예 쳐다보지도 말아야 한다는 것을 누구보다 잘 알고 있었다. 그러나 그는 정반대로 행동했다. 자신에게는 무엇보다 안정이 필요하다고 말하면서도, 안정을 깨뜨리는 일만 찾아다니며 신경을 곤두세우다가 조금만 비위에 거슬리면 폭발하듯이 화를 냈다.

의학 서적을 읽고 이 의사 저 의사를 찾아다니는 것도 그의 상태를 더욱 악화시켰다. 그의 병은 천천히 진행되었기 때문에 쉽게 자신을 속일 수 있었다. 매일매일 증세를 비교해보는데 별로 달라지지 않았던 것이다. 그러나 의사한테 진찰을 받으면 증세가 악화되는 것 같았다. 그것도 아주 빠른 속도로. 하지만 그는 끊임없이 이 의사 저 의사 찾아다니며 진찰을 받았다.

이번 달에도 그는 또 다른 유명한 의사를 찾아갔다. 그 의사는 맨 처음 찾아간 의사와 거의 똑같은 말을 하면서도 다른 관점에서 소견을 밝혔다. 결국 이 의사의 말을 듣고 이반 일리치의 의심과 공포는 더욱 커졌다.

뛰어나기로 소문난 의사 중에 친구의 친구도 있었는데, 그 의사는 그간 만나본 의사들과는 전혀 다른 진단을 내리면서 완치될 수 있다고 말했다. 그러나 이것저것 자세히 물어보고 나서 여러 가지 추측들을 해대는 통에 이반 일리치는 더욱 혼란스럽고 의심만 커졌다.

동종요법 의사들은 또 다른 진단을 내리면서 약을 처방해주었고, 이반 일리치는 일주일 동안 몰래 그 약을 복용했다. 하지만 일주일이 지나도 상태가 나아지지 않자, 이번뿐 아니라 이전 치료법까지 믿을 수 없다는 생각이 들어 더욱 침울했다.

한번은 알고 지내는 한 부인이 성상(聖像)을 이용한 치유법에 관해 그에게 이야기했다. 이반 일리치는 그녀의 이야기를 주의 깊게 듣다가 문득 그 사실을 믿고 싶어 하는 자신을 발견하고는 경악을 금치 못했다. 그는 스스로에게 말했다.

'내가 이렇게 나약한 정신을 가지고 있다니. 당치도 않아! 말도 안 되는 엉터리야! 그런 것에 속아서는 안 되지. 확실하게 의사 하나를 정하고 그의 지시만 따라야 해. 맞아, 그래야 해. 그러면 되는 거야. 더 이상 고민하지 말고 여름까지 한 가지 치료법만 철저히 따르자. 그럼 효과가 나타날 거야. 이제 더 이상 흔들리면 안 돼.'

하지만 말이 쉽지 실제로 그렇게 하기는 쉽지 않았다. 옆구리 통증은 멈추기는커녕 점점 더 심해졌으며 끊이질 않았다. 입안에서 감도는 이상한 맛도 더 강해졌다. 입에서 역한 냄새가 나는 것 같아 음식을 먹고 싶은 생각도 들지 않았고 기력도 급격하게 떨어졌다.

그는 더 이상 자신을 기만할 수 없었다. 이반 일리치에게 이제까지 일어났던 그 어떤 것보다 무섭고 심각한 일이 그의 몸속에서 일어나고 있었다. 그것은 그 혼자만이 알 수 있었으며 주위 사람들은 전혀 이해하지 못했다. 어쩌면 이해하고 싶어 하지 않는 것인지도 몰랐다. 그들은 세상만사가 변함없이 잘 흘러가고 있다고 생각했다. 무엇보다도 그러한 사실이 이반 일리치를 더 고통스럽게 했다. 그의 가족들, 특히 사교계에서 한창 주가를 올리고 있는 아내와 딸은 그의 고통을 전혀 알지 못했고, 왜 우울하고 신경질적으로 구는지 이해할 수 없다고 되레 화를 내며 그를 비난했다. 물론 아내와 딸은 그런 내색을 하지 않으려고 애썼지만, 그는 이미 그들이 자신을 불편한 존재로 여긴다는 것을 알고 있었다. 아내는 그의 병에 대해 자기 입장을 명확하게 정해놓고 그가 뭐라고 하건 무슨 짓을 하건 상관없이 그것을 고수했다.

예를 들어 아내는 주위 사람들에게 이렇게 말했다.

"나약한 사람들이 그렇듯이 우리 집 양반은 의사의 지시 사항을 철저히 지키지 못한답니다. 어느 날은 약을 먹고 식사를 하고 제시간에 잠자리에 들다가도, 또 어느 날 제가 조금이라도 신경을 덜 쓰면 약도 먹지 않고 의사가 먹지 말라고 한 철갑상어 고기를 먹는 거예요. 그뿐인가요? 카드놀이를 하느라 새벽 1시에 들어오기도 하는걸요."

그러면 이반 일리치는 화를 내며 말했다.

"내가 언제 그랬소? 표트르 이바노비치 집에서 딱 한 번 그런 걸 가지고 그런 식으로 말하다니."

"세베크 씨 집에서도 그랬잖아요."

"어차피 통증 때문에 잠을 이룰 수가 없어서 그런 거요."

"이유야 어떻든 간에 그런 식으로는 병이 나을 수 없잖아요. 우리만 괴롭고요."

프라스코비야 표도로브나는 남편의 병에 대한 자기 입장을 이반 일리치나 다른 사람에게 거침없이 드러냈다. 병에 대한 책임은 철저히 남편 본인에게 있으며, 남편이 병에 걸려 자기를 불행하게 만들었다는 것이다. 이반 일리치는 아내가 일부러 그러는 것이 아니라 어쩔 수 없는 상황이라 무의식중에 그런 말들이 튀어나오는 거라고 애써 생각해보았지만 크게 위로가 되지 않았다.

법원에서도 이반 일리치는 사람들이 자기를 전과 다르게 대한다는 것을 알아챘다. 아니, 알아챘다기보다 그렇게 생각했다. 어떤 때는 사람들이 자신을 곧 자리에서 물러날 사람으로 여기고 신중하게 동정을 살피다가, 또 어떤 때는 돌연 살갑게 다가와 가벼운 농담을 하듯 너무 걱정 말라고 하는 것이었다. 그의 몸속에서 무언가가 뿌리를 내리고 끊임없이 그의 기력을 빨아먹으며 꼼짝달싹 못하게 옭아매 어딘가로 끌고 가는 이 무시무시한 일이 가벼운 농담거리라도 되는 것인가. 특히 장난도 잘 치고 쾌활하면서도 고상한 시바르츠의 대도를 보면 이반 일리치는 10년 전 자신의 모습이 떠올라 더욱 화가 나서 참을 수 없었다.

어느 날은 친구들이 그의 집에서 둘러앉아 카드놀이를 했다. 패를 돌리자 각자 새 카드를 부드럽게 하려고 살짝 구부렸다. 이반 일리치는 다이아몬드 패는 다이아몬드끼리 모아 모두 일곱 장이 되었다. 그와 한편인 친구가 으뜸패가 없다며 다이아몬드 카드 두 장을 주었다. 더 이상 좋을 수 없었다. 즐겁고 활력이 넘쳤다. 크게 이긴 거나 마찬가지였다. 그런데 그때 갑자기 이반 일리치는 빨아들이는 듯한 통증과 함께 입속에서 이상한 맛이 감도는 것을 느꼈다. 이런 상황에서도 카드게임에서 이겼다고 좋아한다는 것 자체가 참으로 기괴한 일이라는 생각이 들었다. 그는 자기 파트너인 미하일 미하일로비치를 바라보았다. 그 우락부락한 손으로 탁자를 치더니 정중하면서도 의기양양하게 확실히 이길 수 있는 패를 밀어주었다. 그는 이반 일리치가 애써 손을 뻗지 않아도 될 만큼 카드를 그의 앞으로 쭉 밀어주는 배려심을 보였다. 그것을 보고 이반 일리치는 생각했다.

'뭐야? 내가 손도 못 뻗을 정도로 기운이 없다고 생각하는 거야?'

그러다 이반 일리치는 깜박 잊고 자기편의 으뜸패를 내놓는 바람에 다 잡은 승리를 놓치고 말았다. 그는 게임에서 졌다는 사실보다 미하일 미하일로비치가 안타까워하는 모습을 보고도 자신은 아무렇지 않다는 사실에 더욱 절망감을 느꼈다. 그는 미하일 미하일로비치가 왜 그처럼 태연한지 생각하려니 무서웠다. 그리고 자신이 아무렇지 않은 이유를 생각하자니 더욱 끔찍하고 두려웠다.

힘들어하는 이반 일리치를 보고 모두 말했다.

"피곤하면 그만하고 좀 쉬지?"

쉬다니? 천만에! 그는 전혀 피곤하지 않았다. 세 판으로 승부를 가리는데 그는 끝까지 게임을 했다. 모두 말없이 침울한 표정을 짓고 있었다. 이반 일리치는 자기 때문에 분위기가 처져 있다는 것을 느꼈지만 달리 어쩔 수가 없었다. 그들은 간단하게 저녁 식사를 하고 집으로 돌아갔다.

이반 일리치는 홀로 남았다. 그는 자신의 삶에 독이 퍼졌고, 그 독이 다른 사람의 삶에까지 번지고 있으며, 그 독이 약해지기는커녕 자기 몸속에 더욱더 깊이 스며들고 있다는 사실을 뼈저리게 느꼈다. 육체적 통증과 더불어 정신적인 공포를 품고 잠자리에 드는 것만큼 끔찍한 일도 없었다. 겨우 잠들었다가도 통증으로 잠이 깨어 밤새 뜬눈으로 지새는 날이 많았다. 그리고 아침이 되면 자리에서 일어나 옷을 입고 직장으로 나가 말을 하고 서류를 작성해야 했다. 그리고 휴일이면 24시간을 꼬박 집 안에 틀어박혀 매 순간 통증을 느끼며 고통스러운 시간을 보내야 했다. 그렇게 파멸의 끝자락에서 그는 자기를 이해해주거나 위로해주는 사람 하나 없이 홀로 외롭게 버텨야 했다.

5

이렇게 한 달이 지나가고 또 한 달이 흘렀다. 새해를 앞두고 처남이 그가 있는 도시에 볼일이 있어 왔다가 그의 집에 들렀다. 마침 이반 일리치는 법원에 나가 있었고, 프라스코비야 표도로브나도 장을 보러 나가고 없었다. 이반 일리치가 집으로 돌아와 서재에 들어서자 건장한 처남이 여행 가방을 풀고 있었다. 이반 일리치의 발소리를 듣고 고개를 든 처남은 한순간 아무 말 없이 그를 쳐다보았다. 놀란 그의 눈빛이 모든 것을 말해주었다. 처남은 입을 벌리고 '앗!' 하고 외마디 비명을 지를 뻔했다. 그의 행동이 모든 것을 분명히 말해주고 있었다.

"왜 그러나? 내가 많이 변했나?"

"네, 좀 변하셨네요."

이반 일리치는 자기의 외모에 대해 이야기하려고 했으나 그의 처
남은 입을 다물거나 말을 돌려버렸다. 그러다 프라스코비야 표도로
브나가 돌아오자 처남은 누이를 보려고 방을 나갔다. 이반 일리치
는 방문을 잠그고 거울에 비친 자기 모습을 들여다보았다. 처음에
는 앞모습을, 그다음에는 옆모습을 살펴보았다. 그리고 아내와 나
란히 그린 자신의 초상화를 가지고 와서 거울에 비친 자기 모습과
비교해보았다. 그 차이는 무서울 정도였다. 그는 소매를 팔꿈치까
지 걷어 양팔을 내려다보다가 소매를 다시 내리고 소파에 앉았다.
그의 낯빛이 캄캄한 밤보다 더 어두웠다.

"이럴 수가……, 이럴 수는 없어!"

그는 혼자 중얼거리면서 벌떡 일어나 책상 앞으로 가서 서류 하
나를 펼쳐 들고 읽으려고 했다. 그러나 한 글자도 눈에 들어오지 않
았다. 그는 문을 열고 넓은 거실로 나갔다. 응접실 문은 닫혀 있었
다. 그는 발뒤꿈치를 들고 살며시 다가가 응접실에서 아내와 처남
이 나누는 이야깃소리를 엿들었다.

"아니야. 네가 지나치게 생각하는 거야."

프라스코비야 표도로브나가 말했다.

"지나치다니요? 누님은 매형 모습 안 보여요? 마치 죽은 사람 같
잖아요. 매형 눈 좀 봐요. 저게 산 사람 눈빛이에요? 도대체 매형 병
명이 뭐랍니까?"

"아무도 모른다나 봐. 니콜라예프(이 사람은 또 다른 의사였다)

62

씨가 뭐라고 하던데 난 잘 모르겠더라고. 레셰티츠키(또 다른 저명한 의사였다) 씨는 또 전혀 다른 말을 했고……."

이반 일리치는 소리 없이 자리를 떠나 자기 방으로 돌아왔다. 그리고 침대에 누워 생각하기 시작했다.

'그래 신장병이야. 콩팥처짐증이 분명해!'

그는 신장이 제 위치에 가만히 있지 않고 이리저리 돌아다니고 있다는 의사의 말을 곱씹어보았다. 그는 상상력을 총동원해 신장을 붙잡아 단단히 고정하려고 애썼다. 조금만 노력하면 실제로 그렇게 할 수 있을 것 같은 생각도 들었다.

'아무래도 표트르 이바노비치한테 가봐야겠어.'(표트르 이바노비치의 친구 중에 의사가 있었다.)

그는 곧 종을 울려 마차를 준비하라고 이르고 외출 준비를 했다.

"어디 가시려고요, 장(이반의 프랑스식 이름—옮긴이)?"

그의 아내가 여느 때와 달리 우울하고 다정한 투로 물었다. 그녀답지 않게 상냥한 태도에 이반 일리치는 되레 화가 났다. 그는 아내를 쳐다보며 무뚝뚝하게 말했다.

"표트르 이바노비치 좀 만나고 오겠소."

이반 일리치는 의사 친구를 둔 동료의 집으로 가서 그와 함께 의사를 만나러 갔다. 그는 오랫동안 의사와 이야기를 나눴다. 의사로부터 자기 몸에 나타난 증상에 대해 해부학적으로, 그리고 생리학적으로 자세히 설명을 듣고 나서야 이반 일리치는 모든 것을 이해했다.

의사는 그의 맹장 속에 아주 작은 뭔가가 생겼고, 고칠 수 있다고 말했다. 하나의 기관에 에너지를 모으고 나머지 기관의 활동을 약화하면 흡수작용이 일어나면서 모든 것이 정상으로 돌아올 수 있다는 것이었다.

이반 일리치는 식사 시간에 조금 늦게 나타났다. 그는 식사를 끝내고 서재에서 일을 하려고 했으나 가족들과 유쾌하게 이야기를 나누느라 얼른 일어나지 못했다. 마침내 그는 서재로 들어가 곧바로 일을 처리했다. 서류들을 읽으면서도 그의 머릿속에는 한 가지 생각이 떠나지 않았다. 일이 끝나는 대로 시작해야 할, 더 이상 미룰 수 없는 중요한 일이 하나 있다는 것이었다. 그리고 업무를 끝낸 뒤 그 중요한 일, 즉 맹장에 관해 세세하게 알아보아야 한다는 사실을 떠올렸다. 그러나 그는 잠시 생각을 떨쳐버리고 차를 마시러 응접실로 갔다. 손님들이 이야기를 나누고 피아노를 치며 노래를 부르기도 했다. 딸의 배필로 삼고 싶은 예심판사도 와 있었다. 이반 일리치는 그들과 함께 저녁을 보냈다. 프라스코비야 표도로브나가 보기에 그날 밤 이반 일리치는 다른 누구보다 즐거워 보였다. 그러나 그의 머릿속에서는 중요한 일, 그러니까 맹장에 대해 꼼꼼히 따져봐야 한다는 사실이 한순간도 떠나지 않았다.

11시에 그는 친구들과 작별 인사를 나누고 자기 방으로 들어갔다. 병이 든 이래로 그는 서재에 딸린 작은 방에서 홀로 잠을 잤다.

그는 방에 들어가 옷을 벗고 에밀 졸라의 소설을 집어 들었지만 그것을 읽지는 않고 곧 생각에 잠겼다. 그러자 그토록 바라던, 맹장염이 치료되는 듯한 기분이 들었다. 의사의 말대로 흡수작용이 일어나고 이어서 배설작용이 이루어지면 정상으로 회복되는 것이었다.

그는 소리쳤다.

"그래, 바로 이거야. 자연치유에 효과적인 일을 하면 돼."

그리고는 갑자기 약이 생각나 자리에서 일어나 약을 먹고는 다시 반듯이 누웠다. 그는 약효가 나타나 통증이 서서히 줄어들기를 기다리며 온 정신을 집중했다.

"규칙적으로 약을 복용하고 몸에 안 좋은 것들을 피하기만 하면 돼. 벌써 조금씩 좋아지는 것 같군. 그래, 훨씬 좋아졌어."

그는 자신의 옆구리를 만져보았다. 손으로 살짝 눌렀는데도 아프지 않았다.

"아프지 않아. 훨씬 좋아졌어."

그는 촛불을 끄고 옆으로 누웠다. 맹장이 좋아진 것 같았고 흡수작용도 일어나는 것 같았다. 그러나 그때 갑자기 오랫동안 느껴오던 묵직하고 칼로 찌르는 듯한 통증이 다시 찾아왔다. 은근하고도 집요하며 끔찍한 통증이었다. 입에서도 예의 그 역한 맛이 솟아났다. 그는 가슴이 철렁 내려앉으면서 머리가 어지러웠다.

그는 중얼거렸다.

"오! 신이시여! 또 시작됐어. 이놈의 통증은 영원히 멈추지 않으려나!"

그는 이제 자신의 병을 전혀 다른 관점에서 보기 시작했다. 그는 혼잣말을 계속했다.

"맹장이냐 신장이냐 하는 문제가 아니야. 죽느냐 사느냐 하는 문제야. 지금은 살아 있지만 내 생명이 서서히 빠져나가고 있어. 난 그것을 막을 수가 없어. 나 자신을 속여봤자 별수 없어. 나를 제외한 모든 사람들 눈에는 내가 죽어가고 있다는 사실이 명백하겠지. 문제는 앞으로 몇 주 아니면 며칠이나 더 살 수 있느냐 하는 거야. 혹 모르지. 지금 당장 죽을지도. 환한 빛이 비추던 자리에 지금은 어둠뿐이군. 지금은 여기 이렇게 살아 있지만 곧 거기로 가겠지. 그렇다면 거기가 도대체 어디란 말인가?"

갑자기 그의 몸이 차가워지면서 숨이 멎는 듯했다. 그는 자신의 심장 고동 소리만 들리는 것 같았다.

"내가 이 세상을 떠나면 어떻게 될까? 아무것도 없는 건가? 내가 이 세상에서 사라지면 나는 어디에 있는 것인가? 내가 진짜 죽는 건가? 싫어! 죽고 싶지 않아!"

그는 벌떡 일어나 촛불을 켜려고 했다. 그러나 부들부들 떨리는 손으로 더듬거리다 초와 촛대를 바닥에 떨어뜨리고 말았다. 그는 쓰러지듯 베개에 벌렁 드러누웠다.

"불을 켠들 무슨 소용이야! 이러나저러나 매일반인걸!"

그는 이렇게 중얼거리며 두 눈을 크게 뜨고 어둠을 응시했다.

"죽음! 진짜 죽는 거야. 그런데도 아무도 신경 쓰지 않고 알고 싶어 하지도 않고 가엾어하지도 않다니. 즐겁게 놀기만 하잖아. (문 너머로 노랫소리와 반주 소리가 희미하게 들려왔다) 저들이라고 안 죽겠어? 결국은 다 똑같지. 어리석기는. 내가 먼저 가고 저들은 나중에 가는 것뿐이야. 결국 모두 다 죽게 마련인데 뭐가 그리 즐거울까? 짐승 같으니라고."

그는 악에 받친 나머지 숨조차 쉬기 힘들었다. 견딜 수 없는 통증이 밀려왔다. 모든 사람들이 이처럼 무시무시한 공포를 겪어야 하는 운명을 타고났을 리는 없었다. 그는 또다시 자리에서 일어났다.

'이건 아냐. 뭔가 잘못됐어. 마음을 가라앉히고 처음부터 다시 생각해보자.'

그는 생각을 정리해보았다.

'그래, 병이 시작된 게 언제였더라? 옆구리를 부딪쳤지. 처음에는 괜찮았어. 조금 쑤시기는 했지만 다음 날도 그랬고. 그런데 낫지를 않고 더 심하게 아프길래 의사에게 진찰을 받았지. 기분이 우울하고 걱정이 돼서 또 의사를 찾아갔어. 그러다 깊은 나락으로 조금씩 빠져들어 간 거야. 기력이 떨어지면서 점점 나락에서 헤어나올 수 없게 됐어. 몸은 더욱더 쇠약해지고 내 눈은 죽은 사람처럼 빛을 잃었지. 이렇게 죽음이 서서히 다가오고 있는데 나는 맹장인지 신장인지 아무 소용 없는 일에 정신을 쏟고 있다니. 병을 어떻게 치료할까 그 고민만 하고 있는데, 정작 이건 죽음에 관한 문제야. 정말 내

가 죽는 걸까?'

공포심이 또다시 그를 휘감았다. 그는 숨을 헉헉거리며 몸을 숙여 성냥을 찾다가 침대 옆에 놓인 탁자에 팔꿈치를 찧었다. 탁자가 그를 방해하고 다치게 했다고 생각하자 그는 화가 치밀어 탁자를 세게 밀어 넘어뜨렸다. 그리고 절망에 사로잡혀 숨이 넘어갈 듯 뒤로 자빠졌다. 지금 당장 죽을 것만 같았다.

마침 프라스코비야 표도로브나가 집으로 돌아가는 손님들을 배웅하고 있었다. 그녀는 무언가가 넘어지는 소리를 듣고 그의 방으로 달려왔다.

"무슨 일이에요?"

"아냐, 아무것도. 뭘 좀 떨어뜨렸어."

그녀는 밖으로 나가 초를 가져왔다. 그는 마치 1킬로미터를 전력 질주한 사람처럼 숨을 헐떡거리며 쓰러진 듯 누워 있었다. 그녀를 응시하고 있는 그의 눈은 꼼짝도 하지 않았다.

"무슨 일이에요, 장?"

"아……아무것도 아니야. 뭘…… 좀 떨어……뜨렸어……."

그는 아내에게 말해봤자 이해하지 못할 거라고 생각하며 그렇게 말했다. 아닌 게 아니라 그녀는 전혀 알아채지 못했다. 그녀는 바닥에 떨어진 촛대를 세워 촛불을 붙이고 손님을 배웅하러 얼른 방을 나갔다.

그녀가 돌아왔을 때도 그는 여전히 드러누운 채 천장만 쳐다보고 있었다.

"왜 그래요? 더 안 좋아져서 그래요?"

"그런 것 같아."

그녀는 고개를 흔들며 그의 곁에 앉았다.

"이봐요, 장, 아무래도 레셰티츠키 선생님을 모셔 오는 게 좋을 것 같은데, 어때요?"

그 말은 치료비 따위는 아끼지 말고 유명한 의사를 불러오겠다는 뜻이었다. 그는 독기 어린 미소를 지으며 "됐어!"라고 말했다. 그녀는 잠시 그대로 앉아 있다가 그의 곁으로 다가와 이마에 입맞춤을 했다. 아내가 입맞춤을 할 때 그는 아내를 진심으로 증오했고, 그녀를 밀쳐내고 싶은 것을 겨우 참았다.

"그럼 잘 자요! 당신이 편히 잘 수 있게 해달라고 기도할게요."

"그래."

6

이반 일리치는 자신의 죽음이 임박했다는 사실을 깨닫고 깊은 절망에 빠져 헤어나지 못했다. 마음 깊은 곳에서 자신이 죽어가고 있음을 느낄 수 있었다. 그러나 그는 자신이 죽는다는 사실을 받아들일 수도 없었고, 도무지 이해할 수도 없었다.

예전에 키제베터(독일의 철학자—옮긴이)의 논리학에서 삼단논법의 예로 나온 "율리우스 카이사르는 인간이다. 인간은 죽는다. 그러므로 카이사르는 죽는다."는 명백한 사실이 카이사르에게만 해당하는 일이었지 자신한테는 적용되지 않는 것쯤으로 생각해왔다. 왜냐하면 카이사르는 인간이니까, 그것도 보통 인간이니까 그 논리가 맞는 것이었다. 그러나 그는 카이사르가 아니고, 더구나 보통의 인간도 아니었다. 그는 자신이 보통 인간들과는 전혀 다른 존재라고 생각하며 살았다. 그는 엄마와 아빠, 미탸와 볼로댜, 장난감들, 마부와 유모, 카텐카(미탸, 볼로댜, 카텐카는 모두 형제 누이의 애칭—옮긴이)에게 특별한 존재, 유년 시절과 소년 시절, 청년 시절에 그 모든 기쁨과 슬픔, 감동을 느꼈던 바냐(이반의 어릴 때 애칭—옮긴이), 그 누구보다 특별한 바냐였다. 바냐가 끔찍이도 좋아했던 작은 가죽 공의 냄새를 카이사르가 알 수 있을까? 어머니의 손에 입맞춤했던 사람이 카이사르였던가? 그토록 기분 좋게 사각거리던 어머니의 비단 치맛자락의 감촉을 느꼈던 것이 카이사르란 말인가? 그토록 깊이 사랑에 빠졌던 아이가 카이사르였던가? 카이사르가 나처럼 능란하게 재판을 할 수 있단 말인가?

카이사르는 인간이었고, 그러므로 그가 죽는 것은 당연하다. 그러나 바냐, 나, 이반 일리치, 나만의 감정과 사고를 지닌 나의 죽음은 전혀 다른 문제다. 내가 죽는다는 것은 도저히 있을 수 없는 일이다. 너무나 끔찍스러운 일이다.

그는 이렇게 느끼고 있었다.

"내가 카이사르처럼 죽는다면 나는 그 사실을 이해할 수 있어야 해. 내 안에서 우러나올 테니까. 하지만 그런 것을 전혀 느낄 수 없어. 나와 친구들, 우리 모두는 카이사르와 전혀 다르다고 생각해왔어. 그런데 지금 이게 뭐란 말인가?"

그는 계속 혼잣말을 했다.

"이럴 수는 없어! 어떻게 이럴 수가 있지? 하지만 이게 현실이야. 어떡하지? 어떻게 받아들여야 하지?"

그는 자기가 죽는다는 사실을 도무지 받아들일 수 없었다. 그래서 이 말도 안 되는 병적인 생각을 떨쳐버리고 건강하고 올바른 생각만 하려고 애썼다. 그러나 그것은 단지 생각에 머무르지 않고 엄연한 현실로 나타났다.

그는 고통스러운 생각을 떨쳐내기 위해 다른 생각들을 억지로 끄집어내 보았다. 그렇게 해서라도 마음을 지탱해보고 싶었던 것이다. 그는 죽음에 대한 생각을 떠올리지 않았던 이전의 사고방식으로 돌아가려고 노력했다. 그러나 이상하게도 죽음에 대한 생각이 끼어들지 못했던 그 모든 생각들이 아무런 효력을 발휘하지 못했다. 요즘 들어 이반 일리치는 죽음에 대해서는 전혀 생각하지 않았던 이전의 감정을 되살리기 위해 노력하며 대부분의 시간을 보냈다.

때때로 그는 혼자 이렇게 중얼거리기도 했다.

"일을 하자. 나는 그동안 일 때문에 살지 않았는가!"

그는 머릿속에 떠오르는 여러 가지 의혹을 떨쳐내면서 법원으로 출근했다. 동료들과 이야기를 나누고, 오랜 습관대로 재판정에 앉아 생각에 잠긴 눈길로 사람들을 바라보았다. 참나무 의자 팔걸이에 뼈밖에 안 남은 양팔을 걸치고 늘 그래 왔듯이 동료 쪽으로 몸을 기울여 사건 서류를 밀어주며 몇 마디 귓속말을 던졌다. 그러다 돌연 앞을 보고 꼿꼿이 앉아 의례적인 말로 개정을 선언했다. 재판 중이건 말건, 빨아들이는 듯한 옆구리 통증은 어김없이 찾아와 그를 괴롭혔다. 이반 일리치는 되도록 통증에 신경 쓰지 않으려고 애썼지만 소용없었다. 통증은 사라지지 않았고, 죽음이 잠시도 비켜서지 않고 마주 서서 자기를 노려보았다. 그는 몸이 차갑게 얼어붙는 듯했고 눈앞이 캄캄했다. 그는 자신에게 물었다.

"정녕 죽음은 사실인가?"

이 명석하고 예리한 판사가 실수를 저지르는 것을 보고 동료들과 부하 직원들은 놀라움과 동정의 눈빛으로 그를 바라보았다.

그는 겨우 정신을 차리고 몸을 추슬러 재판을 끝내고 참담한 기분으로 집에 돌아왔다. 그는 법원 업무에 매달려도 더 이상 자신이 숨기고 싶은 것을 숨길 수 없다는 것을 깨달았다. 재판을 하는 도중에도 죽음으로부터 벗어날 수 없었던 것이다. 게다가 더욱 참을 수 없는 것은 죽음이 아무것도 할 수 없게 만들어 오로지 자기만 똑바로 바라보게 한다는 사실이었다. 어떤 일도 하지 못하게 하고 말로 표현하지 못할 고통만을 느끼게 했다.

이런 상태에서 벗어나기 위해 이반 일리치는 위안이 될 만한 다른 방어막을 찾았다. 그러나 새로운 방어막도 잠시 가림막이 되어주기는 했으나 그를 구원해주지는 못했다. 방어막은 곧 무너졌다. 무너졌다기보다 투명해졌다고 해야 할 것이다. 죽음은 그 어떤 방어막도 뚫고 들어왔다. 죽음을 막을 수 있는 것은 아무것도 없었다.

요즘 들어 그는 자신이 직접 꾸민 거실에 자주 나왔다. 사다리를 올라타다 미끄러져 떨어졌던 바로 그 거실이었다. 이 거실에서 옆구리를 다치면서 병이 시작되었기 때문에 이 방을 꾸미는 데 자신의 목숨을 희생했다고 생각하니 씁쓸한 웃음이 절로 나왔다. 그는 거기에 놓인 니스 칠한 탁자에 긁힌 자국이 있는 것을 발견했다. 어쩌다 생겼는지 생각해보니 앨범에 붙어 있는 청동제 장식 모서리가 구부러져서 거기에 긁힌 것이었다. 그가 정성껏 꾸미며 소중히 간직해오던 앨범이었다. 앨범을 들고 살펴보니 찢어진 곳도 있었고, 거꾸로 붙은 사진도 있었다. 그는 물건을 함부로 다루는 딸과 그 친구들에게 화가 났다. 그들은 물건을 이런 식으로 망가뜨려놓았다. 그는 사진을 꼼꼼하게 다시 정리하고 구부러진 청동 장식도 곧게 펴놓았다.

그러다 문득 앨범이 놓여 있는 탁자를 꽃으로 장식된 구석 쪽으로 옮겨야겠다는 생각이 들었다. 그는 하인을 불렀다. 그의 아내와 딸이 무슨 일인가 하고 나왔다가 탁자 옮기는 것을 반대하자 그는 큰 소리로 버럭 화를 냈다. 그러나 그 순간에는 머릿속에 죽음에 대한 생각이 떠오르지 않았고 죽음이 그의 눈앞에 나타나지도 않아 괜찮았다.

그가 직접 탁자를 들어 옮기려 하자 아내가 얼른 나서서 말했다.

"당신은 가만히 있어요. 하인들 시키면 되잖아요. 또 다치면 어쩌려고 그래요?"

그때 갑자기 죽음이 방어막 너머에서 어렴풋이 나타나기 시작했다. 그는 그것이 곧 사라지기를 바라면서도 은연중 옆구리에 신경이 쏠렸다. 모든 것이 변함없었고, 고통스러운 통증도 그대로였다. 그는 더 이상 죽음을 망각할 수 없었다. 죽음이 꽃 장식 뒤에 또렷이 실체를 드러내고 그를 응시했다. 그는 다 소용없는 일이라는 생각이 들었다.

'마치 전장에서처럼, 여기 이 커튼을 달다가 내 목숨을 잃었다! 어떻게 이런 일이 있을 수 있는가? 이 얼마나 무섭고도 우스꽝스런 일인가! 이럴 수는 없다! 말도 안 돼! 하지만 사실이다!'

그는 서재로 들어가 누웠다. 그리고 또다시 죽음과 마주하게 되었다. 그러나 죽음과 마주한들 그것을 상대로 자신이 무엇을 할 수 있단 말인가. 아무것도 할 수 없었다. 그저 오직 죽음을 바라보며 차갑게 굳어질 뿐이었다.

7

이반 일리치가 병을 발견한 지 석 달째, 그의 병세는 눈에 띄지 않게 서서히 악화되었기 때문에 어떤 상태라고 말할 수 없었다. 이제 그의 아내와 딸, 아들, 친지와 하인들, 그리고 의사들, 심지어 이반 일리치 자신까지도 관심은 오직 하나였다. 그가 언제 고통에서 영원히 벗어나 세상을 떠날 것인지, 병든 그로 인해 힘들어하는 주위 사람들을 언제 홀가분하게 해줄 것인지 하는 것이었다. 이반 일리치는 그 사실을 누구보다 잘 알고 있었다.

그는 점점 잠을 잘 수 없었다. 그래서 아편을 쓰기도 하고 모르핀 주사를 맞기도 했다. 그러나 이런 것으로도 통증을 견뎌낼 수 없었다. 약에 취해 반쯤 정신이 몽롱한 상태에서 처음에는 통증이 덜한 것 같았지만 얼마 지나지 않아 전과 다름없는, 아니 더 심한 통증이 느껴졌다.

의사의 지시에 따라 특별 처방식을 만들었지만 점점 더 입맛이 떨어지고 구역질이 났다.

그가 대소변을 볼 수 있도록 특별 용변기까지 설치했지만 그것을 사용하는 것도 고역이었다. 불결하고 추한 모양새, 악취, 그리고 용변을 볼 때마다 다른 사람의 도움을 받아야 한다는 사실 자체가 견딜 수 없었다.

그러나 불쾌하고 고통스러운 상황에서 이반 일리치는 하나의 위안을 찾아냈다. 매번 배설물을 처리하러 들어오는 주방 하인 게라심이었다. 농부였던 게라심은 도시 생활을 해서 살집이 통통하고 건강하며 깔끔한 젊은이였다. 그는 항상 쾌활하면서도 평온한 표정이었다. 처음에 이반 일리치는 늘 깨끗한 러시아 복식을 단정히 차려입고 불쾌한 일을 거리낌없이 하는 이 사내를 보기가 여간 부끄러운 것이 아니었다.

한번은 이반 일리치가 볼일을 보고 용변기에서 일어서기는 했지만 바지를 끌어 올릴 힘조차 없어서 그대로 푹신한 안락의자에 주저앉고 말았다. 그는 앙상하게 힘줄만 튀어나온 벗은 허벅다리를 두려운 표정으로 내려다보았다. 그때 기분 좋은 타르 냄새가 나는 두꺼운 장화를 신은 게라심이 가볍고 기운찬 발걸음으로 신선한 겨울 공기를 몰고 들어왔다. 게라심은 깨끗한 삼베 앞치마를 두르고 깨끗한 면 셔츠의 소매를 걷어 올려 건강한 팔뚝을 드러내고 있었다. 그는 이반 일리치는 쳐다보지도 않고 바로 변기 앞으로 걸어갔다. 그는 아픈 사람이 기분 상하지 않도록 자신의 얼굴에 생명의 기쁨을 드러내지 않으려고 애쓰는 것이 분명했다.

이반 일리치가 기운 없는 목소리로 그를 불렀다.

"게라심."

게라심은 흠칫했다. 그는 자기가 무슨 잘못을 저지른 것이 아닌가 걱정하는 듯했다. 그는 수염이 돋기 시작한 선량하고 생기 넘치는 얼굴을 돌리며 대답했다.

"예, 나리?"

"이런 일 하자니 불쾌하지 않나? 용서하게. 하지만 내가 어떻게 할 도리가 없지 않은가?"

"그런 말씀 마십시오. 저는 괜찮습니다. 나리는 몸이 불편하시잖습니까?"

게라심은 초롱초롱한 눈으로 그를 바라보며 희고 튼튼한 이를 드러내 보였다. 그리고 기운차고 능숙한 손놀림으로 재빨리 일을 끝내고 경쾌한 발걸음으로 방을 나갔다. 5분 후에 그는 여전히 경쾌한 발걸음으로 돌아왔다.

이반 일리치는 내내 안락의자에 앉아 있었다. 그는 게라심이 깨끗하게 씻은 용변기를 원래 있던 자리에 내려놓자 말했다.

"게라심, 이리 와서 날 좀 부축해주게. 혼자 힘으로는 일어설 수가 없어서 그래. 드미트리는 내보냈거든."

게라심은 건강한 팔로 발걸음처럼 가볍게 그를 부축해 일으키고는 다른 손으로 그의 바지를 끌어 올려 입힌 다음 그를 자리에 앉히려고 했다. 그러나 이반 일리치는 소파에 앉혀달라고 요청했다. 게라심은 힘들이지도 않고, 그렇다고 너무 세게 붙잡지도 않고 그를 거의 들다시피 부축해 소파에 앉혀주었다.

"고맙네. 자넨 참 능숙하군. 뭐든 잘하는 것 같아."

게라심은 다시 미소를 짓고는 방을 나가려고 했다. 그러나 이반 일리치는 그가 너무 마음에 들어 함께 있고 싶었다.

"게라심, 그 의자를 이쪽으로 좀 밀어주지 않겠나? 내 발밑에 놓게 말이야. 다리를 올리고 있으면 그나마 편하거든."

게라심은 의자를 가볍게 들다 소리도 없이 내려놓고는 그의 다리를 올려주었다. 이반 일리치는 게라심이 자기 다리를 들어 올리는 순간 너무 편안한 기분을 느꼈다.

"다리를 올리니 너무 편하네. 저 쿠션도 좀 가져다주지 않겠나?"

게라심은 또다시 그의 다리를 들고 쿠션을 받쳐주었다. 이반 일리치는 게라심이 자기 다리를 붙들고 있을 때 너무 편했다. 그러다 보니 게라심이 다리를 내려놓자 불편해지는 것 같았다.

"게라심, 바쁜 일 있나?"

"아뇨, 없습니다."

게라심은 도시 사람들이 주인에게 하는 어투를 배워 쓰고 있었다.

"다른 할 일이 있냐 말이야?"

"없습니다. 일을 다 끝냈거든요. 내일 쓸 장작만 패면 됩니다."

"그럼 내 다리를 들고 있어주지 않겠나?"

"네, 그렇게 해드려야죠."

게라심은 그의 다리를 더 높이 쳐들었다. 이반 일리치는 그렇게 있으면 통증이 전혀 느껴지지 않을 것 같았다.

"그런데 장작은 어떻게 하려는가?"

"염려 마십시오. 이따가 하면 되니까요."

이반 일리치는 게라심한테 앉아서 다리를 들고 있으라고 하고는 잠시 그와 이야기를 나눴다. 이상하게도 게라심이 다리를 들고 있는 동안 몸이 나아진 것 같았다.

그 뒤로 이반 일리치는 가끔 게라심을 불러 그의 어깨 위에 자기

다리를 올려놓고 이야기를 나눴다. 게라심은 이 일을 싫어하지 않고 기꺼이 해주었다. 그런 게라심의 선량하고 친절한 마음에 이반 일리치는 감동했다. 이반 일리치는 다른 사람들의 건강과 힘과 활기를 보면 샘이 나서 화가 치밀었지만 게라심의 힘과 삶의 활력은 불쾌함보다 오히려 평온함과 위로를 주었다.

이반 일리치가 무엇보다 견딜 수 없는 것 가운데 하나는 가식적인 태도였다. 모든 사람들이 마음에도 없는 거짓말을 하고 있었다. 그는 병이 들었을 뿐 죽어가는 것은 아니고, 편안한 마음으로 잘 치료받으면 좋아질 것이라고 믿다. 그러니 이반 일리치는 무슨 방법을 써도 효과가 없을 뿐 아니라 더욱 견디기 어려운 고통과 죽음만이 닥쳐오리라는 사실을 이미 알고 있었다. 그러므로 그는 사람들이 거짓말하는 것이 더욱 괴로웠다. 그들은 모든 사람들이 알고 있고, 심지어 이반 일리치 자신까지도 알고 있는 사실을 받아들이지 않고, 그가 절망적인 상태라는 것을 속이려고 했다. 더구나 이반 일리치가 그러한 거짓말에 동참하기를 바란다는 사실이 그를 더욱 고통스럽게 했다.

거짓말, 죽음을 목전에 둔 그에게 끊임없이 쏟아내는 거짓말, 섬뜩하고도 엄숙한 죽음의 의식을 가벼운 모임을 위한 방문이나, 커튼이 어떠니, 만찬에 나오는 철갑상어 요리가 어떠니 하는 것과 같은 수준으로 치부하는 거짓말, 그 거짓말이 이반 일리치는 치가 떨린 정도로 끔찍했다. 그래서 사람들이 그런 거짓말을 늘어놓을 때마다 그는, '거짓말은 집어치워! 내가 곧 죽을 거라는 건 뻔한 사실이잖아. 나나 당신이나 다 알고 있잖아. 그러니 제발, 적어도 거짓말은 하지 말아줘'라고 울부짖고 싶었다. 그러나 이상하게도 목구멍까지 차오른 이 말을 입 밖으로 내뱉지는 못했다.

그는 자기 주변 사람들이, 말하자면 자기가 평생 유지하려고 노력한 품위를 지키기 위해, 무시무시하고 섬뜩한 죽음의 의식을 종종 일어나곤 하는 불쾌한 일, 특히 조금 교양 없는 (온몸에 역한 냄새가 배인 사람이 응접실에 들어온 것과 같은) 일쯤으로 치부하는 것을 보았다. 그가 어떤 상태인지 알려고 하는 사람도, 진심으로 동정하는 사람도 없었다. 그의 처지를 이해하고 진심으로 가엾게 여기는 사람은 게라심뿐이었다. 이반 일리치는 그런 게라심과 함께 있을 때만 마음이 편안했다. 어떤 때에는 게라심이 잠자러 가지도 않고 밤새 이반 일리치의 다리를 붙잡고 있을 때도 있었다. 그러고는 그가 이렇게 말할 때 이반 일리치는 더없이 기분이 좋았다.

"걱정 마세요, 나리. 저는 얼마든지 잠잘 수 있으니까요."

또 어떤 때는 돌연 편한 어투로 친근하게 이런 말을 하기도 했다.

"나리께서 병에 걸리지 않았더라도 얼마든지 이렇게 돌봐드릴 수 있어요."

이반 일리치는 그의 말에 커다란 위안을 얻었다. 자기 앞에서 거짓말을 하지 않는 사람은 게라심뿐이었다. 모든 정황을 헤아려 문제의 본질이 무엇인지를 정확하게 깨달은 그는 전혀 숨길 필요가 없다고 생각했다. 오로지 그만이 병약하고 뼈만 앙상하게 남은 주인을 진심으로 동정했다. 그는 심지어 이반 일리치가 가서 쉬라고 하는데도 이렇게 말했다.

"우리 모두는 언젠가 죽게 마련입니다. 그러니 나리를 위해 고생하는 것이 대수이겠습니까?"

그의 말은, '죽어가는 사람을 돌보는 것은 조금도 힘들지 않으며, 언젠가 자신이 죽어갈 때도 누군가 자신을 위해 수고를 마다하지 않으면 좋겠다'는 뜻인 것 같았다.

거짓말보다 이반 일리치기 더 괴로운 것은 그 거짓말 때문에 그가 원하는 만큼 사람들이 가슴 아파하고 딱하게 여기지 않는다는 것이었다. 사실대로 고백하려니 조금 부끄럽지만, 오랜 투병 생활을 하다 보니 사람들이 자신을 아픈 아이 대하듯 안쓰러운 눈길로 바라보고 대해주었으면 하는 마음이 가장 간절했다. 어린아이를 대하듯 따뜻하게 쓰다듬어주고, 입맞춤을 해주고, 자기를 위해 울어주었으면 했다. 물론 높은 직책에 오른 법관인 데다 수염도 희끗희끗한 나이인 그를 그렇게 대해줄 사람은 없었다. 그러나 그는 무엇보다 그것을 간절히 바랐다. 그런데 게라심과 사이에는 그와 비슷한 무언가가 있었다. 그래서 이반 일리치는 게라심과 함께 있으면 훨씬 위로가 되었던 것이다.

이반 일리치는 소리 내어 울고 싶었고, 그러면 사람들이 자신을 따뜻하게 어루만지며 함께 울어주었으면 했다. 그러나 법원 동료

판사 세베크가 찾아왔을 때 마음을 터놓고 울기는커녕 되레 진지하고 엄숙하게 생각에 잠긴 표정을 지었다. 그러고는 오랜 습관대로 대법원 판결에 대한 자신의 견해를 말하고, 끝까지 자기주장을 굽히지 않았다. 이처럼 주변 사람들과 이반 일리치 본인의 거짓된 태도가 그의 마지막 생애를 망가뜨리는 가장 무서운 독이었다.

8

아침이 되었다. 게라심이 나가고 하인 표트르가 들어와 촛불을 끄고 커튼을 젖히더니 조용히 방 안을 정리했다. 아침이라는 것을 알 수 있는 것은 이것뿐이었다. 아침이든 저녁이든 금요일이든 일요일이든 이반 일리치에게는 똑같았다.

찌르는 듯한 통증은 단 한순간도 가라앉지 않고 계속되는 것도 여전했고, 자신의 생명이 금방이라도 완전히 꺼져 없어질 듯이 겨우 붙어 있다는 사실을 의식하는 것도 마찬가지였다. 무시무시하고 저주스러운 죽음이 점점 가까이 다가오고 있다는 하나의 현실만이 있을 뿐이었다. 다른 모든 것은 거짓이었다. 이런 판국에 며칠인지, 무슨 요일인지, 아침인지 저녁인지가 무슨 의미 있겠는가.

"차를 드릴까요?"

'이놈은 규칙적인 것밖에 모르지. 매일 아침 주인에게 차를 가져다주는 것만 생각해.'

이반 일리치는 이렇게 생각하면서 대답했다.

"아니, 됐네."

"그럼 소파에 앉으시겠어요? 옮겨드릴까요?"

'방 정리하는데 내가 걸리적거리나 보군. 나는 불결하고 단정치 못하다 이거지.'

그는 속으로 이렇게 생각하며 말했다.

"아닐세. 그냥 있겠네!"

그러나 하인은 여전히 부산을 떨고 있었다. 이반 일리치가 한쪽 팔을 뻗자 표트르가 의례적으로 다가왔다

"뭐가 필요하세요?"

"내 시계 좀 주게."

표트르는 가까이 있는 시계를 집어 그에게 주었다.

"8시 30분이로군. 식구들은 아직 안 일어났나?"

"아직요. 바실리 이바노비치 도련님은 학교에 가셨고, 프라스코 비야 표도로브나 마님은 주인님께서 찾으시면 깨우라고 하셨습니다. 마님을 불러드릴까요?"

"아니야. 그럴 필요 없어."

그는 차나 좀 마셔야겠다고 생각했다.

"그럼, 차를…… 좀 가져다주게."

표트르는 밖으로 나가려고 했다. 그런데 갑자기 이반 일리치는 혼자 남는 것이 두려웠다.

'이놈을 어떻게 붙들어두지? 그렇지, 내 약.'

"표트르, 약 좀 주게."

'아직은 약이 도움이 될지도 모르지.'

그는 숟가락에 약을 따라 꿀꺽 삼켰다.

'아니야, 소용없어. 다 부질없는 짓이야.'

그는 언제나처럼 구역질 나는 절망적인 맛을 느끼자마자 이렇게 단정했다.

'이제는 아무것도 기댈 게 없어. 하지만 이 통증, 이 통증은 어찌해야 할까? 단 1분만이라도 통증이 멈추면 좋으련만!'

그는 신음 소리를 내며 끙끙 앓기 시작했다. 그러자 표트르가 되돌아왔다.

"괜찮아! 가서 차나 가져오게."

표트르는 방을 나갔다. 홀로 남은 이반 일리치는 다시 신음하기 시작했다. 육체적 고통도 고통이지만 그보다 정신적 고통이 더욱 그를 괴롭혔다.

'모든 것이 똑같아. 밤이 지나면 낮이 오고, 매일매일 끝없이 되풀이된다. 차라리 빨리 와버렸으면! 뭐가? 죽음? 암흑? 아니야! 어떤 것이든 죽음보다 나아!'

표트르가 차를 쟁반에 받쳐 들고 왔을 때 이반 일리치는 그가 누구인지, 왜 들어왔는지도 모른다는 듯 당황한 표정으로 그를 바라보았다. 표트르는 그의 시선에 어리둥절했다. 표트르가 당혹해하는 모습을 보고 이반 일리치는 겨우 정신을 차렸다.

"참, 그렇지. 차를 가져오라고 했지. 좋아, 거기 놓게. 세수하는 것 좀 도와주고 셔츠도 새로 입혀주게."

이반 일리치는 세수를 시작했다. 겨우 남은 힘을 짜내 중간 중간 쉬어가면서 손과 얼굴을 씻고 이를 닦았다. 그리고 머리를 손질하려고 거울을 들여다보다가 깜짝 놀랐다. 창백한 이마에 머리카락이 찰싹 달라붙어 있는 자신의 모습이 소름 끼치도록 무서워 보였던 것이다. 그는 셔츠를 갈아입을 때도 자기 몸을 보면 끔찍하리라는 것을 잘 알고 있었다. 그래서 표드르기 옷을 입혀주는 동안 일부러 자기 몸을 내려다보지 않았다.

몸단장을 끝낸 뒤 그는 가운을 걸치고 담요를 두른 다음 차를 마시려고 안락의자에 앉았다. 잠시 상쾌한 느낌이 스쳤다. 그러나 차를 한 모금 머금자 입속에서 다시 고약한 맛이 나더니 통증이 시작되었다. 그는 억지로 차를 다 마시고 자리에 누워 두 다리를 쭉 뻗었다. 그러고는 표트르에게 그만 나가보라고 말했다.

모든 것이 이런 식이었다. 한 가닥 희망이 깜박거리는가 싶다가도 금방 절망의 물결이 덮쳤다. 통증과 통증, 괴로움과 괴로움, 늘 똑같이 되풀이되었다. 특히 그가 견딜 수 없는 것은 혼자 있을 때의 외로움이었다. 그러나 다른 사람이 곁에 있으면 상황이 더욱더 나빴다.

'모르핀이라도 다시 맞아볼까? 잠시라도 고통을 잊게 말이야. 아

무래도 의사에게 다른 방법을 찾아보라고 해야겠어. 이래 가지고는 도저히 못 견디겠어.'

그렇게 한두 시간이 지나갔다. 현관에서 종이 울렸다. 아마 의사일 것이다. 그랬다. 의사였다. 반들반들한 얼굴에 생기가 넘치고 건강하며 유쾌한 의사의 표정은 마치 '놀라셨죠? 걱정 마세요. 제가곧 조치해드릴 테니까요'라고 말하는 것 같았다. 의사도 자신의 표정이 이런 상황에 알맞지 않다는 것을 알고 있었지만, 그의 얼굴에서 영원히 굳어버린 그 표정을 어쩔 수가 없었다. 마치 아침부터 프록코트 차림으로 이집 저집 돌아다니는 사람 같았다. 의사는 환자를 안심시키려는 듯 힘 있게 두 손을 비벼대며 말했다.

"너무 추워서 몸이 얼어붙은 것 같네요. 일단 몸부터 좀 녹이고합시다."

의사는 마치 몸을 녹이고 나면 모든 문제를 깨끗이 해결해주겠다는 듯한 표정으로 말했다.

"좀 어떻습니까?"

이반 일리치는 의사가 '요즘 어때요?'라고 안부 인사를 하려다 그렇게 말하는 건 심했다고 깨달았는지 '간밤에 괜찮았나요?'라는 뜻으로 물어보는 것 같았다.

이반 일리치는 '매일 그런 거짓말을 하고 다니는 게 창피하지 않습니까?'라는 표정으로 의사를 쳐다보았다.

그러나 의사는 그의 표정을 읽지 못했다.

이반 일리치가 말했다.

"견딜 수가 없어요. 통증이 잠시도 멈추지 않고 약해지지도 않아요. 제발 어떻게 좀 해주세요."

"선생님과 같은 병을 가진 사람들은 모두 그런 통증에 시달리죠. 이제 몸이 좀 녹는 것 같습니다. 이 정도면 정확하고 꼼꼼한 프라스코비야 표도로브나 여사도 제 몸이 차다고 나무라지는 않으실 겁니다. 자, 그럼 좀 볼까요?"

의사는 어느새 장난기 어린 표정 대신 진지한 얼굴로 그를 진찰하기 시작했다. 맥박과 체온을 새더니 환자의 몸을 두드려보고 몸에서 나는 소리를 들어보았다.

이반 일리치는 이 모든 것이 부질없는 속임수라는 것을 알고 있었다. 그러나 의사가 아주 진지한 표정으로 무릎을 굽힌 채 체조하듯 몸을 뒤틀어가며 그의 몸에 귀를 갖다 대고 위아래로 살펴보는 것을 보고는 혹시 뭔가 알아내는 건 아닌가 하는 생각이 들었다. 마치 변호사들의 말은 다 거짓말이라는 것을 알면서도 속아 넘어가는 것처럼 말이다.

의사는 여전히 소파 앞에서 무릎을 꿇은 채 그의 몸을 두드리고 있었다. 그때 문간에서 프라스코비야 표도로브나의 비단 옷자락이 스치는 소리가 나더니 이어서 의사의 왕진을 알리지 않았다며 표트르를 꾸짖는 소리가 들렸다.

그녀는 방으로 들어와 남편에게 키스를 하고는, 자기가 한참 전에 일어났는데 착오가 좀 있어서 의사 선생님을 맞이하지 못했다고 변명을 늘어놓기 시작했다.

이반 일리치는 아내 쪽으로 눈길을 돌려 그녀를 발끝에서 머리 끝까지 찬찬히 살펴보았다. 하얀 피부와 우아하고 통통한 몸집, 깨끗하고 고운 팔과 목, 풍성하고 윤기 나는 머리칼, 생기 넘치고 빛나는 두 눈을 보자 내심 울화가 치밀었다. 그의 마음은 온통 아내에 대한 증오심에 사로잡혔다. 그녀의 손길이 닿을 때마다 견딜 수 없을 정도로 증오심이 끓어올랐다.

병든 남편에 대한 그녀의 태도는 처음부터 지금까지 한결같았다. 환자에 대한 의사의 태도가 한번 굳어지면 좀처럼 바뀌지 않듯이 그녀도 마찬가지였다. 의사가 시키는 대로 하지 않았기 때문에 남편의 상태는 순전히 남편 본인 책임이며, 자신은 남편을 사랑하기 때문에 그런 태도를 꾸짖는다는 것이다. 이런 그녀의 태도는 한 번도 바뀌지 않았다.

"보세요. 이렇게 제 말을 안 듣는다니까요. 약도 시간 맞춰 먹지 않아요. 그리고 저렇게 다리를 높이 들고 누워 있답니다. 저런 자세는 틀림없이 몸에 해로울 텐데 말이에요."

그녀는 의사에게 남편이 게라심을 시켜 다리를 들고 있게 한다고 이야기했다. 의사는 경멸이 서린 미소를 부드럽게 짓고 있었는데, 그의 표정은 '어쩌겠어요. 환자들은 으레 어리석은 짓들을 생각하곤 하는데요. 어쩔 수 없는 일 아니겠어요'라고 말하는 것 같았다.

진찰이 끝나자 의사는 자기 시계를 들여다보았다. 그때 프라스코비야 표도로브나가 이반 일리치에게 선언하듯이 말했다. 남편의 의견과는 상관없이 오늘 유명한 의사 선생님을 불러 진찰을 받게 할 것이고, 그 선생님과 미하일 다닐로비치(지금 방문한 의사) 선생님이 진찰 결과를 가지고 서로 의견을 나눌 거라는 것이었다.

"싫다는 말은 하지 말아요. 다 나를 위해 하는 일이니까요."

그녀는 빈정거리는 투로 말했다. 자기가 이 모든 일을 하는 이유는 그를 위한 것이며, 그러므로 그는 이래라저래라 하지 말라는 뜻이었다. 그는 아무 대답도 하지 않고 얼굴을 찌푸렸다. 그는 자기를 둘러싸고 있는 이 거짓말이 너무 복잡하게 얽혀 있어서 이제는 벗어날 수 없을 것 같았다.

그동안 그녀가 남편을 위한 일이라면서 했던 일들은 사실 다 자신을 위한 일이었다. 그런데 이제 그녀는 아예 대놓고 다 자기를 위한 일이니 아무 말 말라고 했다. 반어법으로 해석해야 알아들을 수 있는 말을 하는 것이었다.

마침내 그 유명하다는 의사가 11시 30분경에 도착했다. 또다시 의사가 그의 몸을 두드려보며 진찰했다. 그러고는 그의 옆에서, 혹은 옆방에서 그의 신장과 맹장에 관해 진지한 토론이 벌어졌다. 그들은 짐짓 심각한 표정으로 질문하고 대답했다. 또다시 그가 죽느냐 사느냐 하는 본질적인 문제는 뒷전에 놓고 신장이니 맹장이니 하는 알 수 없는 문제를 주된 쟁점으로 이야기가 오갔다. 미하일 다닐로비치와 유명한 의사는 마치 제 기능을 못하는 신장과 맹장에 당장이라도 어떤 조치를 취할 태세였다.

마침내 그 유명한 의사는 심각하지만 희망이 없는 것은 아니라는 표정을 지으며 집을 나섰다. 이반 일리치가 두려움과 희망 섞인 눈빛으로 그를 바라보며 혹시라도 회복될 가능성이 있느냐고 머뭇머뭇 물어보자, 그는 확답할 수는 없지만 가능성이 없는 것은 아니라고 대답했다. 그 의사를 향한 이반 일리치의 희망 어린 표정이 어찌나 가엾고 애처로운지, 진료비를 지불하려고 방을 나서던 프라스코비야 표도로브나는 남편의 모습을 보고 그만 울음을 터트렸다.

의사의 희망적인 말로 기분이 좋아지기는 했지만 그것도 잠시였다. 또다시 같은 방, 같은 커튼과 벽지, 작은 약병, 그리고 여전한 통증과 고통에 찌든 육신, 모든 것이 그대로였다. 이반 일리치는 또다시 앓는 소리를 내기 시작했다. 그리고 주사를 맞고는 잠에 빠져들었다.

그가 깼을 때는 벌써 어둑한 저녁이었다. 저녁 식사로 그는 맑은 고기 수프를 억지로 조금 먹었다. 그리고 또다시 같은 일, 똑같은 밤이 되풀이되었다.

저녁 식사를 하고 나서 7시경에 프라스코비야 표도로브나가 무슨 모임에라도 나가는지 한껏 차려입고 그의 방으로 들어왔다. 그녀의 풍만한 가슴이 옷 위로 불룩 솟았고, 분칠까지 한 얼굴이었다.

아침에 극장에 갈 거라고 얘기를 해둔 터였다. 사라 베르나르(프랑스의 유명한 연극배우—옮긴이)의 공연 소식을 듣고 아이들과 함께 보라며 이반 일리치가 고집을 부려서 특등석을 예약했던 것이다. 그는 그 일을 까맣게 잊어버리고는 그녀의 옷차림에 몹시 화가 났다. 그러나 곧 자신이 아이들에게 교육적이고 예술적인 감흥을 줄 수 있다며 꼭 특등석을 예약하라고 고집했던 일을 떠올리고는 화를 꾹 눌러 숨겼다.

프라스코비야 표도로브나는 기분이 아주 좋으면서도 죄짓는 것 같은 마음이 조금 들었다. 그녀는 남편 옆에 앉아 좀 어떠냐고 물었다. 이반 일리치는 그녀가 그저 습관처럼 물어보는 것일 뿐 진정으로 그의 상태를 알고 싶은 것은 아니라는 것을 알고 있었다. 아닌 게 아니라 그녀는 남편이 대답하기도 전에 할 말을 쏟아냈다. 자기는 극장 같은 데 가고 싶지 않지만 이미 특등석을 예약해둔 데다 엘렌과 딸과 페트리셰프(딸의 구혼자인 예심판사)가 함께 가기로 되어 있어서 그들만 보낼 수 없어 할 수 없이 간다, 사실 자기는 그냥 집에서 당신과 함께 있는 것이 더 좋다는 것이었다. 그리고 자기가 없는 동안 의사의 지시대로 해야 한다는 말도 덧붙였다.

"참, 표도르 페트로비치(딸의 구혼자)(페트리셰프는 성이다.—옮긴이)가 지금 당신을 만나고 싶어 해요. 리자도요."

"들어오라고 해요."

생기 넘치는 젊은 육체를 한껏 드러내는 옷으로 아름답게 차려입은 딸이 방으로 들어왔다. 이반 일리치는 건강하고 예쁜 딸을 보기가 더욱 괴로웠다. 그런 그의 심정은 아랑곳하지 않고 딸은 자기 모습을 의기양양하게 뽐내는 듯했다. 건강하고 발랄하며 사랑에 빠진 딸의 몸 어디에도 행복을 가로막는 병이라든지 고통이나 죽음 따위가 파고들 틈이 없어 보였다.

표도르 페트로비치도 들어왔다. 그는 연미복 차림에 머리는 카폴식(당시 프랑스의 유명한 테너 가수 카폴이 유행시킨 것으로 정중앙에 가르마를 타고 곱슬머리 두 가닥을 이마 위로 흘러내린 머리 스타일—옮긴이)으로 다듬었다. 힘줄이 도드라진 목에 하얀 칼라를 바짝 조이고, 꽉 끼는 하얀 셔츠는 넓게 퍼진 가슴을 돋보이게 했다. 품이 좁은 검은색 바지 위로 탄탄한 근육질의 허벅지가 드러났다. 그는 한 손에는 흰 장갑을 끼고, 다른 손에는 오페라 모자를 들고 있었다.

김나지움에 다니는 아들이 그의 뒤를 따라 들어왔다. 새 교복 차림에 장갑을 끼고 있었지만, 눈 밑이 무서울 정도로 파랗게 그늘져 있어서 무척 안쓰러워 보였다. 이반 일리치는 왜 그런지 알고 있었다.

이반 일리치는 항상 아들이 가여웠다. 아들의 겁먹은 듯하면서도 동정 어린 눈빛을 보노라면 가슴이 아팠다. 그는 게라심 외에 자기 처지를 진심으로 이해하고 안타깝게 여기는 것은 아들 바샤뿐이라고 생각했다.

모두 자리에 앉더니 그에게 좀 어떠냐고 물었다. 잠시 침묵이 흘렀다. 리자가 어머니에게 오페라글라스는 어디 있냐고 물었다. 어머니와 딸은 그것을 누가 어디에 뒀는지를 두고 옥신각신했다. 볼

썽사나운 모습이었다.

표도르 페트로비치가 이반 일리치에게 사라 베르나르의 공연을 본 적 있느냐고 물었다. 이반 일리치는 처음에 무슨 말을 하는지 모르다가 조금 뒤 대답했다.

"아니, 자네는 본 적 있나?"

"네. 〈아드리엔 르쿠브뢰르〉라는 공연을 본 적 있습니다."

프라스코비야 표도로브나가 그 공연에서 특히 사라의 연기가 일품이었다고 한마디 했다. 그러나 딸이 그녀의 견해에 반대했다. 그리고 무대 위에서 사라가 얼마나 우아한지, 얼마나 실감나는 연기를 펼치는지 하는 이야기가 오갔다. 항상 그렇듯 별 새로울 것도 없는 뻔한 이야기였다.

한참 이야기를 하다가 표도르 페트로비치가 이반 일리치를 바라보더니 문득 입을 다물었다. 그러자 다른 사람들도 그를 바라보고는 입을 다물었다. 이반 일리치는 눈을 부릅뜨고 앞만 쳐다보고 있었는데, 극도로 화가 난 것이 분명했다. 누군가 이 상황을 수습해야 했지만 아무도 그럴 방도가 없었다. 일단 어색한 침묵에서 벗어나야 했다. 그러나 아무도 먼저 말을 꺼낼 엄두를 내지 못했다. 품위를 유지하기 위해 애써 지켜온 가식적인 분위기가 갑작스럽게 깨져 감추고 있던 진실이 만천하에 드러날까 봐 두려웠던 것이다.

리자가 마침내 그 침묵을 깼다. 그녀는 모두가 느끼고 있는 것을 감추고 싶었지만 무심코 말이 튀어나왔다.

"어쨌든 이제 일어나야 해요. 공연 보러 갈 시간이 다 되었어요."

그녀는 자기 아버지가 선물로 준 손목시계를 들여다보며 말했다. 그리고 청년과 자기들만 아는 눈짓을 주고받고 살짝 미소 짓더니 옷자락을 사락거리며 자리에서 일어났다. 그러자 모두 일어나 인사를 하고 방을 나갔다.

그들이 나가자 이반 일리치는 훨씬 편했다. 가식이 끝났기 때문이다. 그것은 그들과 함께 사라졌다. 그러나 통증은 그대로 남아 있었다. 여전히 끊이지 않는 통증, 여전히 사라지지 않는 공포, 그 모든 것이 더 이상 힘겨울 것도, 더 수월해질 것도 없었다. 모든 것이 더욱 나빠졌다.

1분이 지나고, 또다시 1분이 흘렀다. 한 시간이 지나고 또 한 시간이 흘러도 마찬가지였다. 피할 수 없는 마지막 순간이 공포심과 함께 다가오는 것 같았다.

"게라심을 들어오라고 하게."

필요한 것이 없냐고 묻는 표트르에게 그가 말했다.

9

밤늦게 아내가 돌아왔다. 그녀는 발꿈치를 들고 들어왔지만 그는 아내가 들어오는 것을 알아차렸다. 그는 눈을 떴다가 곧바로 감았다. 그녀는 게라심을 내보내고 자기가 남편 옆에 있겠다고 했다. 아내의 말소리를 듣고 그가 눈을 뜨며 말했다.

"아니, 당신은 여기 있을 필요 없소."

"많이 아파요?"

"마찬가지지."

"아편을 좀 드세요."

그는 아내의 말에 따라 아편을 조금 마셨다. 아내가 방을 나갔다.

새벽 3시까지 그는 고통스러운 잠결을 헤맸다. 그는 누군가 자기를 좁고 어둡고 깊은 자루 속에 억지로 밀어 넣으려고 하는데 좀처럼 들어가지 않는 느낌이었다. 그런 끔찍한 고통이 계속되었다. 그는 공포에 떨면서도 어서 빨리 자루 속으로 들어가 나락으로 떨어졌으면 했고, 들어가지 않으려고 몸부림을 치다가도 어느 순간 될 대로 되라는 식으로 몸을 내맡겼다. 그러다 갑자기 쿵 떨어지는 느낌에 퍼뜩 잠이 깼다.

침대 발치에서 게라심이 진득하게 앉아 꾸벅꾸벅 졸고 있었다. 그는 누운 채로 양말을 신은 말라빠진 두 다리를 게라심의 어깨에 얹고 있었다. 갓을 씌운 촛불도, 통증도 그대로였다.

"게라심, 이제 가서 자게."

그가 작은 소리로 말했다.

"괜찮습니다. 좀더 앉아 있겠습니다."

"그럴 필요 없네. 어서 가서 자게."

그는 다리를 내리고 팔을 베고 옆으로 누웠다. 갑자기 자신이 너무나 가여웠다. 그는 꾹 참고 있다가 게라심이 옆방으로 가자 더 이상 참지 못하고 어린아이처럼 흐느껴 울었다. 그는 한없이 무력하고 고독한 자신의 처지가 불쌍해서, 자신에게 잔혹한 사람들과 하느님, 하느님의 부재를 원망하며 통곡했다.

'저에게 왜 이런 고통을 주십니까? 왜 저를 이런 상황으로 몰아붙이시나요? 어찌하여, 어찌하여 당신은 저를 이토록 고통 속으로 밀어 넣는 것입니까?'

그는 대답을 기대하는 것이 아니었다. 대답하지 않을 것이고, 그런 일은 있을 수도 없다는 사실에 더욱 통곡할 뿐이었다. 통증이 또다시 그를 짓눌렀으나 그는 몸을 뒤척이지도 않고, 누군가를 부르지도 않았다.

그는 자신에게 말했다.

"또 몰려오는군! 덮치려면 덮쳐보라지. 그러나 왜? 무엇 때문에? 내가 무슨 큰 잘못을 했다고 이러시는 겁니까? 도대체 왜?"

잠시 뒤 그는 잠잠했다. 울음만 그친 것이 아니라 숨까지 멈추고 정신을 집중했다. 그는 들었다. 외부의 목소리가 아니라 영혼의 소리, 그의 내면에서 물결치는 생각의 흐름에 귀를 기울였다.

'도대체 네가 원하는 게 뭐지?'

이것은 그의 귀에 가장 또렷이 들린 마음의 목소리였다.

'무엇을 원해? 대체 네가 원하는 게 뭐야?'

그는 계속 되뇌었다.

'뭘 원하냐고? 고통에서 벗어나고 싶다. 그리고 살고 싶어.'

자신의 대답이었다.

그는 통증조차 느껴지지 않을 정도로 또다시 정신을 집중해 영혼의 소리에 귀를 기울였다.

'살고 싶다고? 어떻게 살고 싶다는 거야?'

영혼의 소리가 물었다.

'전처럼 유쾌하고 즐겁게.'

'전처럼? 정말 유쾌하고 즐거웠나?'

영혼의 녹소리가 되물었다.

이반 일리치는 기억을 더듬어 지난 삶 가운데 가장 좋았던 순간을 떠올려보았다. 그런데 이상하게도 가장 행복하고 즐거웠다고 생각했던 삶의 순간들이 지금은 전혀 다르게 느껴졌다. 아주 오래전 유년 시절을 제외하고는 모든 시기가 그랬다. 어린 시절은 다시 돌아가도 행복하고 즐거울 그런 순간들이었다. 그러나 그 즐거운 삶을 만끽했던 사람은 더 이상 존재하지 않았다. 마치 다른 사람의 어린 시절을 추억하는 것 같았다.

어린 시절을 거쳐 지금까지의 삶을 되돌아보니 당시에는 그토록 즐겁게 느꼈던 그 모든 것들이 지금 한순간에 녹아내려 아무 의미도 없는 하찮은 것으로, 어떤 것은 더럽고 역겨운 추억으로 변해버렸다. 그리고 어린 시절로부터 점점 더 멀어질수록, 그리고 현재에 가까워질수록 즐거웠던 일들이 점점 더 보잘것없고 꺼림칙한 기억으로 변했다. 법률학교 시절부터 그랬다. 하지만 그때만 해도 진심으로 좋았던 일이 있었다. 유쾌함과 우정, 그리고 희망이 있었다. 그러나 학년이 올라갈수록 좋았던 순간들이 점점 줄어들었다.

현지사 밑에서 처음 특별보좌관 일을 시작할 때도 좋았던 순간들이 있었다. 한 여자와 나눈 사랑의 추억이었다. 그 후에는 모든 것들이 뒤엉키면서 행복했던 순간들이 점점 더 줄어들었다. 그리고 현재에 가까워질수록 좋았던 기억이 거의 사라졌다.

예기치 않았던 결혼, 그에 뒤따른 환멸, 아내의 입냄새, 성욕, 위선, 그리고 활기라고는 없던 직장 생활, 돈 걱정. 그렇게 1년, 2년이 지나고, 10년, 20년이 흘렀다. 특별할 것도 없이, 늘 똑같은 생활이었다. 하루하루 살아갈수록 죽음에 더욱 가까워질 뿐인 그런 삶이었다. '나는 지금까지 줄곧 산을 내려가면서도 올라가고 있다고 생각했어. 그래. 사람들 눈에는 산을 오르는 것으로 보였지만 사실은 내 발밑으로 점점 삶이 멀어져갔던 거야. 그리고 결국 이 꼴이야. 죽을 날만 기다리는 신세.'

'도대체 어떻게 된 것인가? 무엇 때문인가? 이럴 수는 없어! 삶이 이처럼 하찮고 구역질 나는 것이라니, 말도 안 돼. 인생이라는 것이 그처럼 아무 의미도 없고 역겹기만 한 것이라면 나는 왜 죽어야 한단 말인가? 왜 이런 고통 속에서 죽어야 하냐 말이야? 아냐, 이건 아니야.'

'혹 내가 잘못 살아온 것은 아닌가?'

갑자기 이런 생각이 떠올랐다.

'삶의 의무를 다하면서 살았는데 뭐가 잘못되었단 말인가?'

그는 자문했다. 그러나 삶과 죽음의 수수께끼를 풀 유일한 열쇠가 되는 이 질문에 대한 해답은 결코 얻을 수 없다는 결론을 내리고 곧 그런 생각을 떨쳐버렸다.

'지금 내가 원하는 게 뭐지? 사는 것인가? 그렇다면 어떻게 사는 것인가? 법정 집행관의 '개정합니다'라는 말로 시작되는 법원 생활을 하며 사는 것인가?'

그는 마음속으로 '개정합니다', '개정합니다'라고 되뇌었다.

"재판이 시작되었어. 하지만 나는 아무 죄가 없어!"

그는 분노에 차서 울부짖었다.

"대체 내가 무슨 죄를 지었다고 이러는 거야?"

조금 뒤 그는 울음을 그치고 얼굴을 벽 쪽으로 돌리더니 한 가지 생각에 빠져들었다.

'무엇 때문에 이런 끔찍한 일을 당해야 하는가?'

그러나 아무리 생각해봐도 그는 어떤 대답도 얻을 수 없었다. 그러다 이 모든 것이 자기가 올바르게 살지 않은 탓이라는 생각에 이르자, 그는 즉시 올바르고 정당했던 삶의 순간들을 떠올리며 얄궂은 상념들을 쫓아버렸다.

10

그렇게 2주일이 흘렀다. 이반 일리치는 이제 소파에 누워 일어나지도 않았다. 침대에 눕기 싫었던 그는 대부분의 시간을 소파에 누워 거의 언제나 벽만 바라보며 더욱 극심하게 괴롭히는 통증을 견뎌냈다. 그리고 외로이 풀리지 않는 상념에 빠져 있었다.

'이게 뭐지? 내가 정말 죽는 건가?'

그러면 내면의 목소리가 대답했다.

'그래, 정말이야.'

'왜 이런 고통을 받아야 하지?'

그러면 내면의 목소리가 또 대답했다.

'그냥 그런 것뿐이야. 별 이유 없어.'

그리고 더 이상 아무 대답도 들리지 않았다.

통증이 시작되었을 때, 그러니까 그가 맨 처음 의사를 찾아갔을 때부터 그의 내면에는 상반된 두 마음이 자리 잡고 있었다. 그 두 마음은 번갈아가며 잇달아 그를 괴롭혔다. 하나는 두렵고 도무지 받아들일 수 없는 죽음을 기다리는 절망적인 마음이었고, 또 하나는 나아질 거라는 기대로 자기 몸의 움직임을 세심하게 관찰하는 희망적인 마음이었다. 어떤 때는 게으름을 피우며 제 역할을 하지 않는 신장이나 맹장에 대한 생각에 사로잡히는가 하면, 또 어떤 때는 절대 피할 수도, 받아들일 수도 없는 무시무시한 죽음에 대한 공포에 사로잡히곤 했다.

이런 두 가지 상반된 마음은 몸이 아프기 시작한 바로 그때부터 서로 번갈아가며 나타났다. 그러나 병이 진행될수록 신장이니 맹장이니 하는 것들에 대한 생각들은 점점 믿을 수 없고 헛된 것으로 여겨졌고, 자신의 죽음에 대한 인식만이 점점 더 현실적으로 다가왔다.

석 달 전과 지금의 자기 모습을 비교해보고, 조금씩 천천히 산을 내려오고 있는 자기 모습을 상상해보는 것만으로 모든 희망이 무너져 흔적도 없이 사라졌다.

요 근래 등받이에 얼굴을 대고 소파에 누워 지내는 동안 이반 일리치의 외로움은 극에 달했다. 수많은 사람들로 붐비는 도시 한가운데서 많은 친구들과 자기 육신처럼 가까운 가족에게 둘러싸여 느끼는 외로움, 까마득한 땅속이나 저 깊은 바닷속, 그 어느 곳에서도 찾아볼 수 없는 참혹한 외로움이었다.

그는 과거의 추억을 되새기며 하루하루를 견뎌나갔다. 하나씩 떠오르는 지난 기억들이 끊임없이 이어졌다. 가장 최근의 일부터 떠오른 기억은 과거로 거슬러 올라가 아득히 먼 유년 시절에서 멈추곤 했다. 며칠 전 먹은 삶아서 말린 자두를 생각하면 어린 시절에 먹었던 겉이 쪼글쪼글한 프랑스산 생자두, 씨 부분까지 베어 물면 입속에 침이 흥건히 고이던 그 특유의 자두 맛까지 생생하게 떠올랐다. 그러고는 곧바로 프랑스 자두를 먹었던 시절의 추억들, 유모,

형제, 장난감 등에 얽힌 기억들이 꼬리에 꼬리를 물고 이어졌다.

'이런 생각은 하지 말자……. 마음이 너무 아프니까.'

이반 일리치는 스스로를 달래며 현재로 생각을 돌렸다. 소파 등받이에 붙은 단추와 염소 가죽의 주름이 보였다.

'염소 가죽은 비싼 만큼 튼튼하지 않단 말이야. 이것 때문에 싸우기도 했잖아. 그러고 보니 염소 가죽 때문에 싸운 적이 또 있어. 형 동생이랑 같이 아버지의 손가방을 찢어먹고는 호되게 야단을 맞았는데, 그때 엄마가 우리에게 고기만두를 갖다 주셨지.'

기억은 순식간에 어린 시절로 내달렸고, 이반 일리치는 또다시 가슴이 아팠다. 그는 옛날 일을 떠올리지 않으려고 애써 다른 생각을 했다.

그러자 옛 추억과 함께 자신의 병에 대한 여러 가지 기억들이 고개를 들었다. 어떻게 병을 발견했으며, 어쩌다 악화되었는지에 대한 것이었다. 이런 생각을 하면서도 과거로 거슬러 올라갈수록 그의 삶은 더욱 생기가 넘쳤다. 좋은 일도 훨씬 더 많았고 풍요로운 삶 그 자체였다. 그러나 이제 두 가지 기억들이 한데 뒤엉켰다.

'시간이 지날수록 고통이 더 심해지듯이 삶도 갈수록 안 좋아지는군.'

시간을 거슬러 올라가 삶이 시작된 그 지점에서 한 줄기 밝은 빛이 떠올랐지만, 시간이 흐를수록 그 빛은 점점 퇴색했고, 서서히, 그러나 더 빨리 어둠 속으로 잠겨갔다.

이반 일리치는 생각했다.

'죽음에 가까워질수록 그 속도는 점점 더 빨라지는군.'

추락하면서 점점 더 가속도가 붙는 돌처럼 그의 생각은 영혼의 심연으로 떨어져 처박혔다. 갈수록 심해지는 고통과 더불어 생명도 점점 더 빠르게 종말을 향해 내달리고 있었다.

'나는 떨어지고 있다!'

갑자기 그는 몸서리를 치며 저항하려고 했다. 그러나 저항할 수 없는 일이었다 지겨울 정도로 쳐다본 소파 등받이, 그러나 보지 않을 수 없는 그 등받이를 응시하며 기다렸다. 그는 끔찍한 추락, 충격, 그리고 파멸을 기다렸다.

"저항할 수 없다!"

그는 스스로에게 말했다.

"하지만 왜 이런 일이 생겼는지 그 이유만이라도 알아야 하는 거 아냐? 그래, 그것조차 불가능해. 내가 올바른 삶을 살지 못했기 때문이라고 해버리면 간단하겠지. 하지만 그것만큼은 절대 인정할 수 없어."

결코 법에 어긋난 짓을 하지 않았고 올바르고 품위 있는 삶을 살았다고 생각하며 그는 스스로에게 이렇게 말했다.

"그것만은 절대 인정할 수 없어."

그는 입술을 움직여 엷은 미소를 지으며 중얼거렸다. 누가 봐도 틀림없이 그렇게 생각할 정도로 그는 정말 웃고 있었다.

"설명할 방법이 없다! 이 고통과 죽음은…… 무엇 때문인가?"

11

이렇게 또 2주일이 지나갔다. 그동안 이반 일리치와 그의 아내가 바라던 일이 실현되었다. 어느 날 저녁 페트리셰프가 딸에게 정식으로 청혼을 한 것이었다. 그다음 날 아침 프라스코비야 표도로브나는 표도르 페트로비치가 청혼한 사실을 남편에게 어떻게 전할지 곰곰이 생각하며 그의 방으로 들어갔다. 그러나 전날 밤부터 이반 일리치의 상태가 갑자기 악화되어 새로운 증상이 나타났다. 아내가 들어갔을 때 그는 늘 그렇듯 소파에 누워 있었다. 그러나 이전과 완전히 다른 자세였다. 그는 똑바로 누워 신음하면서 치뜬 눈으로 앞만 바라보고 있었다.

아내가 약 이야기를 꺼내자 그는 고개를 돌려 그녀를 보았다. 그녀는 하던 얘기를 마저 끝낼 수가 없었다. 남편의 눈빛에서 자신에 대한 증오심을 읽었기 때문이다.

그는 가까스로 이렇게 말했다.

"제발 나를 평화롭게 죽게 내버려둬!"

그녀가 방을 나가려고 할 때, 딸이 들어와 아침 인사를 하려고 그에게 다가갔다. 그는 아내를 바라보던 눈빛으로 자기 딸을 바라보았다. 딸이 좀 어떠냐고 묻자 얼마 안 있으면 모두가 병든 자기로부터 벗어날 수 있을 거라고 냉랭하게 말했다. 두 사람은 잠시 그의 곁에 앉아 있다가 함께 방을 나갔다.

"우리가 무슨 잘못이라도 했어요?"

리자가 어머니에게 말했다.

"아빠는 마치 우리 때문에 병이 든 것처럼 말하잖아요. 물론 저도 아빠가 불쌍하고 가여워요. 하지만 그렇다고 우리까지 괴롭힐 이유는 없잖아요."

늘 그렇듯 같은 시간에 의사가 방문했다. 이반 일리치는 성난 눈빛으로 '그렇소', '아니오'라고만 대답할 뿐이었다. 그리고 마침내 이렇게 말했다.

"자, 보시오. 이제는 당신도 어쩔 도리가 없다는 것을 잘 알고 있잖소. 그러니 나를 그냥 내버려두시오."

"고통을 조금 덜어줄 수는 있잖습니까?"

"그렇지도 않아요. 그냥 놔두시오."

의사는 거실로 들어가서 프라스코비야 표도로브나에게 남편의 상태가 아주 심각하다고 말했다. 그리고 그의 고통을 조금이나마 덜어줄 방법은 아편밖에 없다고 했다.

의사는 또 육체적인 고통도 견딜 수 없는 것이지만 그보다 더 끔찍하고 힘든 것은 정신적 고통이며, 그것 때문에 환자는 더더욱 견딜 수 없는 괴로움에 몸부림칠 거라고 했다.

정신적 고통이 시작된 것은 전날 밤, 광대뼈가 솟은 게라심의 선량한 얼굴을 바라보다가 문득 '내 삶이, 올바르게 살아왔다고 자부하는 삶이 사실은 그렇지 않은 것이라면 어쩌지?'라는 의구심이 들면서부터였다.

얼마 전까지만 해도 절대 그럴 리 없다고 생각했던 일, 즉 어쩌면 자신이 잘못 살아왔을 수도 있다는 의심이, 그게 맞을지도 모른다는 생각이 갑자기 떠오른 것이다. 사회적 지위가 높은 사람들이 옳다고 생각하는 일에 반하는 짓을 하고 싶었던 어렴풋한 유혹, 마음속에 은밀히 떠오를 때마다 즉시 떨쳐내고 말았던 유혹이 사실은 옳은 것이었고, 다른 모든 것들이 틀렸는지도 모른다는 생각이 들었다. 그리고 자신의 일과 삶의 방식, 사교와 업무상 맺은 인간관계까지 모두 다 거짓된 것이었는지 모른다.

이반 일리치는 그 모든 것들을 변호해보려고 애썼다. 그러다 문득 자기가 변호하려는 것들이 아무 의미 없는 것처럼 느껴졌다. 그는 아무것도 변호할 수 없었다.

그는 생각했다.

'주어진 삶의 모든 것을 나 스스로 망가뜨렸다고 생각하며, 그리고 그것을 회복하지도 못하고 죽어야 한다면, 나는 어떻게 되는 거지?'

그는 반듯이 누워 자신의 삶을 새로운 시각으로 돌아보았다. 그리고 그날 아침, 하인과 아내, 딸과 의사를 차례로 만났을 때 그들이 보여준 행동 하나 하나, 말 한 마디 한 마디를 통해 전날 밤 자신이 깨달은 그 무시무시한 진실이 사실임을 확인할 수 있었다. 그는 그들로부터 자신을 보았으며, 이제까지 살아온 모든 삶의 방식을 보았다. 그리고 그 모두가 잘못된 것이며, 진정한 삶은 물론 죽음까지도 감춰버리는 무시무시하고 거대한 기만이었음을 똑똑히 깨달았다.

이런 자각은 그의 육체적 고통을 10배 이상 가중시켰다. 그는 신음을 하고 몸을 뒤척이며 걸치고 있던 옷들을 쥐어뜯었다. 옷마저 자신을 짓누르며 숨을 못 쉬게 하는 것 같았다. 이런 이유로 그날 아침 그는 모든 사람들을 증오했다.

다량의 아편을 투여하자 그는 곧바로 의식을 잃었다. 그러나 점심 식사를 할 무렵 또다시 통증이 밀려왔다. 그는 사람들을 다 내보내고 혼자 고통에 몸부림쳤다.

아내가 가까이 다가와 말했다.

"여보, 나를 위해서라도(나를 위해서라고?) 해주세요. 아무런 해도 없고, 어쩌면 도움이 될 수도 있어요. 별것 아니니 한번 해봐요. 건강한 사람도 한대요."

그는 눈을 부릅뜨고 말했다.

"뭐? 성찬을 받으라고? 내가 왜? 필요 없소. 하지만 잘 모르겠어……"

그러자 아내가 눈물을 흘리며 말했다.

"그렇게 해요. 사제님을 부를게요. 정말 좋은 분이에요."

"그래, 그렇게 하구려."

사제가 도착하자 그는 참회의 시간을 가졌다. 사제가 참회를 들어주는 동안 그는 자신을 괴롭히던 의혹이 사라지는 것 같아 마음이 훨씬 평온했다. 통증도 조금 사그라드는 듯하자 다시금 삶의 희망이 솟구쳤다. 그는 다시 맹장과 그것이 치료될 가능성에 대해서도 생각해보았다. 그는 눈물이 그렁그렁한 채로 성찬을 받았다.

성찬이 끝나고 다시 자리에 눕자 잠시나마 기분이 좋아지면서 희망을 느꼈다. 그는 언젠가 의사가 제안했던 수술에 대해 생각해보았다. "살고 싶다. 살고 싶다." 그는 스스로에게 말했다. 그때 아내가 성찬을 축하하러 방으로 들어왔다. 그녀는 늘상 하는 말을 몇 마디 하더니 이렇게 물었다.

"좀 낫죠, 그렇죠?"

그는 그녀를 쳐다보지도 않고 "그래."라고 대답했다.

아내의 옷차림, 체격, 얼굴 표정, 목소리, 이 모든 것들이 이구동성으로 그에게 말하고 있었다.

'틀렸어! 네가 이제까지 옳다고 여기며 살아온 그 모든 것들은 거짓이며 기만이었어. 삶과 죽음을 가리고 있는 거짓과 기만이라고!'

이런 생각을 하자 증오심이 치밀었고, 더불어 견딜 수 없는 육체적 고통이 뒤따랐다. 고통에 이어 더 이상 피할 수 없을 만큼 죽음이 목전에 다가왔다는 인식이 뒤따랐다. 그러더니 새로운 증상이 나타났다. 몸을 조이면서 찌르는 듯한 고통에 숨이 멎을 것만 같았다.

"그래."라고 대답할 때 그의 표정은 소름 끼치도록 무서웠다. 그는 아내의 얼굴을 뚫어져라 쳐다보며 이렇게 대답한 후, 그토록 쇠약한 몸에서 어떻게 그런 힘이 나올까 싶을 정도로 고개를 홱 돌리며 소리쳤다.

"나가! 나가라고! 나를 내버려두란 말이야!"

12

그때부터 사흘 밤낮을 잠시도 쉬지 않고 그는 비명에 가까운 신음 소리를 질러댔다. 두 칸 건너 방에 있는 사람도 소름이 끼칠 정도로 무시무시한 소리였다. 그는 아내에게 "그래."라고 대답한 순간 돌아올 수 없는 나락으로 떨어졌다는 것을 깨달았다. 자기의 삶은 끝났으며, 마음속 의혹은 여전히 풀리지 않은 채 진짜 최후의 순간이 다가왔음을 알았다.

"아아! 아악! 아악!"

크고 작은 비명 소리가 끊임없이 이어졌다. 그가 "죽고 싶지 않아!", "죽고 싶지 않아!"라고 소리쳤고, 마지막 음절을 계속 내질렀던 것이다.

사흘 내내 그에게 시간이란 존재하지 않았다. 저항할 수 없는, 눈에 보이지 않는 어떤 힘이 그를 검은 자루 속에 밀어 넣어 그 속에서 고통스럽게 온몸을 흔들며 버둥거렸다. 그는 마치 사형 선고를 받은 죄수가 사형 집행인의 손에서 벗어나려고 몸부림치듯이 살 수 없음을 알면서도 필사적으로 저항했다. 아무리 온 힘을 다해 버텨 보았지만 끔찍하고 두려운 죽음을 향해 한발 한발 다가가고 있음을 매 순간 느꼈다. 그는 자신이 검은 구덩이 속으로 빨려들어 가기 때문에 고통스럽고, 또 그것을 뚫고 빠져나오지 못해 더욱 고통스럽다는 것을 느꼈다. 그가 구멍을 빠져나오지 못하도록 방해하는 것은, 자신이 옳은 삶을 살았다는 의식이었다. 자기 삶을 정당화하려는 의식이 그를 붙잡고 앞으로 나아가지 못하게 했고, 그를 더욱 고통 속으로 밀어 넣었다.

그때였다. 갑자기 어떤 힘이 그의 가슴과 옆구리를 강타하는 듯하더니 숨을 쉴 수가 없었다. 그는 구멍 속으로 내동댕이쳐졌다. 그 구멍 끝에서 밝게 빛나는 어떤 것이 보였다. 기차를 타고 갈 때 흔히 경험할 수 있듯이, 앞으로 가고 있다고 생각했는데 사실은 뒤로 가고 있었음을 깨달았을 때와 같은 느낌이었다.

"그래, 모든 것이 잘못되었다."

그가 혼자 중얼거렸다.

"하지만 괜찮아. 올바른 일을 하면 되니까. 그럼 올바른 일이란 게 뭐지?"

그는 자문했다. 그러다 갑자기 말을 뚝 끊었다.

그것은 사흘째 되던 날, 즉 그가 죽기 2시간 전의 일이었다. 마침 그때 김나지움에 다니는 아들이 방으로 들어와 소리 없이 아버지

곁으로 다가왔다. 죽음을 앞두고 있던 이반 일리치는 절규하며 필사적으로 두 팔을 내젓고 있었다. 그러다 그의 손이 아들의 머리를 쳤다. 아들은 아버지의 손을 잡아 자기의 입술에 갖다 댔다. 아들은 울음을 터뜨렸다.

이반 일리치가 구멍 속으로 떨어져 그 끝에서 빛을 본 것이 바로 이때였다. 그 순간 그는 자신의 모든 삶이 잘못되었지만 그것을 바로잡을 수 있다는 것을 깨달았다. 그리고 '올바른 일이 뭐지?'라고 자문하고는 그 대답을 듣기 위해 입을 다물고 조용히 귀를 기울였다. 그때 누군가 자기 손에 입맞춤하는 것을 느꼈다. 그는 눈을 떴다. 아들의 모습이 보였다. 아들이 불쌍하다는 생각이 들었다. 아내도 그에게 다가왔다. 그는 아내를 쳐다보았다. 그녀는 입을 벌린 채 코와 두 뺨이 눈물범벅이 되어 절망에 찬 표정으로 그를 내려다보았다. 그는 아내도 불쌍하게 느껴졌다.

'그렇다. 나는 이들을 힘들게 하고 있다.'

그는 생각했다.

'모두 다 가엾어. 내가 죽으면 훨씬 낫겠지.'

그는 이 말을 하고 싶었지만 말할 기운도 없었다.

'아냐, 꼭 말로 해야 하나? 행동으로 보여주면 되지.'

그는 눈짓으로 아들을 가리키며 아내에게 말했다.

"데리고 나가……, 불쌍한 것……, 당신에게도……."

그는 또한 '용서해줘'라고 말한다는 것이 '용기 내줘'라는 말이 튀어나와 버렸다. 하지만 고쳐 말할 기력도 없어서, 알아들을 사람은 알아들었을 거라고 생각하며 그저 손만 내저었다.

그러자 돌연 모든 것이 선명하게 떠올랐다. 내면에 뿌리를 내리고 그를 억누르며 괴롭히던 것들이 순식간에 양쪽에서, 열 군데에서, 아니 사방팔방에서 한꺼번에 빠져나가는 것 같았다. 그는 가족들이 가여웠고, 그들의 마음이 아프지 않게 해주고 싶었다. 자신은 물론 가족들도 이 모든 고통으로부터 벗어나게 해주고 싶었다.

'이 얼마나 좋고, 간단한 일인가!'

그는 생각했다.

'그런데 통증은 어떻게 된 거지? 어디로 사라진 거야? 이봐 통증, 어디 있나?'

그는 가만히 귀를 기울여보았다.

'아, 그래, 여기 있네. 하지만 뭐 어때? 있고 싶으면 있으라고.'

'그렇다면 죽음은? 죽음은 어디 있지?'

그는 오랫동안 자신을 괴롭혀온 죽음의 공포를 떠올려보았지만 도무지 느껴지지 않았다. 죽음은 어디 있지? 죽음? 그게 뭐지? 죽음이 사라지자 공포도 더 이상 없었다.

죽음이 사라진 자리에 빛이 떠올랐다.

"그래, 이거다!"

그가 갑자기 소리쳤다.

"이 얼마나 기쁜가!"

112

그 모든 것들이 한순간에 일어났다. 그리고 그 한순간의 의미는 영원히 변하지 않는 것이었다. 그러나 그의 임종을 지켜보던 사람들은 그가 2시간은 더 고통스러워하는 것처럼 보였다. 그의 가슴에서 그르렁거리는 소리가 들렸고, 쇠약해질 대로 쇠약해진 그의 몸이 부르르 떨렸다. 그러다 그르렁거리는 소리와 쉭쉭거리는 가쁜 숨소리도 점차 희미해졌다.

　"임종하셨습니다."

　그를 내려다보던 사람들 가운데 누군가가 말했다.

　이반 일리치도 그 말을 듣고 속으로 되뇌었다.

　'끝났다, 죽음이! 더 이상 죽음은 없다.'

　그는 숨을 깊이 들이쉬더니 그대로 온몸을 쭉 뻗고 숨을 거뒀다.

사람은 무엇으로 사는가

1

옛날 한 구두장이가 아내와 자식을 거느리고 농가에 세 들어 살고 있었다. 그는 집도 없고 땅도 없이, 다만 구두를 고치거나 만드는 일을 하며 먹고살았다. 하지만 빵값은 비싸고 구두 만드는 품삯은 헐해서, 버는 족족 먹을 것만 사도 모자라는 형편이었다.

구두장이와 아내는 양가죽 외투 한 벌을 함께 나눠 입으며 지냈는데, 그마저도 닳아 떨어져서 누더기가 다 되었다. 그래서 새 외투 만들 양가죽을 사야겠다고 벼르던 게 벌써 2년째였다.

가을이 되자 구두장이는 돈을 조금 모을 수 있었다. 3루블짜리 지폐를 아내의 옷장 속에 보관해두었고, 또 마을 농부들에게 받을 돈도 5루블 20코페이카(러시아 화폐단위로 1루블은 1백 코페이카—옮긴이) 가량이나 되었다. 그는 마음속으로 셈을 해보았다.

'농부들에게 5루블을 받고 갖고 있는 3루블을 보태면 양가죽을 살 수 있겠다.'

구두장이는 양가죽을 사려고 아침부터 마을에 나갈 채비를 했다.

그는 아침 식사를 마치자마자 루바시카(블라우스처럼 생긴 러시아 전통 의상—옮긴이) 위에 솜을 넣은 아내의 무명 재킷을 껴입고 그 위에 긴 모직 외투를 걸친 다음, 3루블짜리 지폐를 호주머니에 넣고 나뭇가지 하나를 꺾어 지팡이 삼아 마을을 향해 길을 떠났다.

마을로 들어간 구두장이는 한 농부의 집을 찾아갔다. 그러나 농부는 마침 외출 중이었고, 그의 아내는 일주일 내로 남편이 돈을 가지고 갈 거라고 말했다. 또 다른 농부의 집을 찾아갔지만, 그는 돈이 한 푼도 없다고 딱 잘라 말하더니 구두를 수선한 값이라며 20코페이카를 주었다.

구두장이는 하는 수 없이 가죽 장수에게 가서 양가죽을 외상으로 달라고 부탁했다. 그러자 가죽 장수가 말했다.

"돈만 가지고 오면 마음에 드는 걸 얼마든지 주지. 외상값 받기가 얼마나 힘든지 알고 그런 말을 하는 거요?"

결국 구두장이는 구두 수선비로 받은 20코페이카와 어느 농부한테 낡은 털장화에 가죽을 덧대는 일감을 받은 게 전부였다.

양가죽을 사지 못한 구두장이는 너무나 속이 상해 보드카를 마시는 데 20코페이카를 다 써버리고 집으로 돌아갔다. 아침에는 좀 쌀쌀한 것 같았는데, 술을 한잔했더니 털외투를 입지 않았는데도 몸이 후끈했다. 구두장이는 길을 걸으면서 한 손으로는 지팡이를 들고 울퉁불퉁하게 얼어붙은 땅을 두드리고, 다른 손으로는 털장화를 휘두르며 혼잣말을 했다.

"젠장, 외투 안 입어도 안 춥네. 작은 병 하나 마셨더니 온몸의 피가 내달리는 것 같군. 털외투가 무슨 필요야. 그래, 나는 이런 사나이라고! 암, 하나도 안 추워. 털외투 없어도 살 수 있어! 평생 없어도 된다고! 하지만 마누라가 가만있지 않을 텐데. 그게 좀 걸리네……. 나는 죽어라 일하는데, 이런 나를 업신여기기나 하고 말이야. 안 되겠어. 네놈들이 이번에도 돈을 안 갖고 오면 쫓아가서 모자를 벗겨버려야지. 내가 못할 것 같아? 대체 어쩔 속셈이야? 20코페이카씩 찔끔찔끔 주면 어쩌겠다는 거야! 이깟 20코페이카를 가지고 뭘 하라고? 술밖에 더 마시겠어? 사정이 곤란하다 하는데, 니는 뭐 곤란하지 않은 줄 아나? 너희는 집도 있고 말도 있고 소도 있잖아. 나는 몸뚱이 하나밖에 없다고. 너희는 농사지으니까 빵이라도 먹고 살지. 나는 빵도 사 먹어야 한다고. 아무리 아등바등 살아도 일주일에 빵값으로 최소한 3루블은 있어야 해. 지금도 집에 빵이 없을 테니, 또 1루블 반은 내놔야 한다고. 그러니까 너희는 내 돈을 안 갚으면 안 된다고!"

어느덧 구두장이는 길모퉁이에 있는 교회 앞까지 왔다. 그런데 문득 교회 뒤에 뭔가 하얀 것이 보였다. 구두장이는 눈을 부릅뜨고 살펴보았지만 땅거미가 지기 시작한 때라 당최 알아볼 수가 없었다.

'돌 같은 건 원래 없었는데. 그럼 소인가? 하지만 짐승 같지는 않고, 사람 머리 같은데 어쩐지 너무 하얘. 더구나 이런 데 사람이 있을 리가 없잖아.'

구두장이가 좀더 다가가자 그 허연 것이 똑똑히 보이기 시작했다. 그런데 이게 웬일인가! 사람은 사람인데, 살았는지 죽었는지 모를 사람이 벌거벗은 채 꼼짝도 하지 않고 교회 벽에 기대앉아 있었다. 구두장이는 갑자기 소름이 끼쳤다.

'누가 이 사내를 죽이고 옷을 벗겨서는 여기 내다 버렸나 봐. 더 가까이 가면 나중에 무슨 봉변을 당할지 몰라.'

구두장이는 그 사람을 그냥 지나쳐 갔다. 교회 모퉁이만 돌면 사내의 모습은 보이지 않을 터였다. 그런데 구두장이가 교회를 지나 뒤돌아보니 벽에 기대고 있던 사내가 몸을 움직이기 시작했다. 그런데 왠지 이쪽을 보는 것 같아 구두장이는 덜컥 겁이 났다.

'가까이 가서 살펴볼까? 아니면 그냥 갈까? 저 사내한테 갔다가 무슨 봉변이라도 당하면 어떡해. 어떤 놈인지도 모르는데. 어차피 좋은 일 하다가 이런 데서 저 꼴을 하고 있을 리도 없고. 내가 다가가기 무섭게 덤벼들어 내 목을 조를지도 모르잖아. 그렇게 되면 꼼짝없이 죽는 거지. 내 목을 졸라 죽이지 않더라도 무슨 성가신 일에 휘말릴 수도 있어. 벌거벗은 저 사람을 어쩌지? 그렇다고 내 옷을 다 벗어줄 수도 없고. 에잇! 그냥 가자!'

이런 생각을 하면서 구두장이는 걸음을 재촉했다. 그러나 교회를 거의 다 지나쳐 갔을 무렵 갑자기 양심의 가책을 느꼈다. 결국 구두장이는 발길을 멈추고 혼자 중얼거렸다.

"뭐야, 세몬? 사람이 위험에 처해 죽어가고 있는데, 겁쟁이처럼 모른 척 슬그머니 도망이나 치다니. 네가 무슨 큰 부자라도 돼? 가진 것 뺏길까 봐 그러는 거야? 그럼 안 돼, 세묜!'

세묜은 발길을 돌려 사내 곁으로 다가갔다.

2

세묜이 다가가 자세히 살펴보니, 남자는 젊은이로 웬만큼 건장하고 몸에 얻어맞은 흔적도 없었다. 다만 몸이 꽁꽁 얼어붙어 움직일 수가 없는 모양이었다. 여전히 벽에 기대앉은 남자는 세묜 쪽으로는 고개도 돌리지 않았다. 더구나 지칠 대로 지쳐 눈도 뜨기 힘든 것 같았다. 세묜이 더 가까이 다가가자, 사내는 그제야 고개를 돌리고 눈을 뜨더니 그를 바라보았다. 세묜은 사내의 눈빛이 마음에 들어 털장화를 땅바닥에 내동댕이치고 허리띠를 풀어서 털장화 위에 놓은 다음 긴 외투를 벗었다.

"계속 이러고 있으면 큰일 나네! 자, 얼른 이걸 입게!"

세묜은 사내를 부축해 일으켜 세웠다. 사내는 일어나 세묜을 바라보았다. 사내는 몸도 깨끗하고 손과 발도 거칠지 않았으며 귀여운 인상이었다. 세묜은 그의 어깨에 외투를 걸쳐주었으나 그는 팔을 소매 속에 제대로 넣지 못했다. 세묜은 소매에 두 팔을 끼워주고 옷을 여미고 허리띠까지 매어주었다. 그러고는 낡은 모자까지 벗어 사내에게 씌워주려고 하다가, '내 머리는 벗겨졌지만 이 사내는 머리털이 덥수룩하니 괜찮을 거야'라고 생각하며 모자를 다시 썼다. 그러고는 모자보다 신발을 신겨줘야겠다고 생각했다.

세몬은 사내를 앉히고는 털장화를 신겨주었다.

"됐어. 이제 움직여서 몸을 좀 녹이도록 하게. 다 잘될 거니 걱정 말고. 그런데 걸을 수 있겠나?"

사내는 대답은 하지 않고 우두커니 서서 감동한 표정으로 세몬의 얼굴을 바라보기만 했다.

"왜 대답이 없나? 한데서 겨울밤을 보낼 셈인가? 집으로 돌아가야지. 자, 여기 내 지팡이를 줄 테니 이거라도 짚고 걸어보게. 자, 어서 걸어보라니까!"

그러자 사내가 걸음을 떼기 시작했다. 그는 조금도 뒤처지지 않고 잘 걸어갔다. 같이 걸어가면서 세몬이 사내에게 물었다.

"자네, 어디서 왔나?"

"저는 이 마을 사람이 아닙니다."

"그렇겠지. 이 고장 사람이면 내가 모를 리 없으니까. 그런데 어쩌다 이곳까지 오게 됐나? 이 교회까지 말이야."

"그건 말씀드리기 곤란합니다."

"뻔하지. 나쁜 놈한테 당한 거겠지?"

"저한테 나쁜 짓을 한 사람은 없습니다. 저는 하느님의 벌을 받은 겁니다."

"그야 물론 모든 것은 하느님의 뜻이지. 그렇더라도 좀 쉬려면 어디든 들어가야 할 텐데. 어디로 갈 생각인가?"

"어디든 상관없습니다."

세몬은 깜짝 놀랐다. 사내는 불량배 같지도 않고 말투도 예의 바른데, 도통 자기 얘기를 하지 않았다.

'하긴, 세상에는 말 못할 일도 많지.'

세몬은 마음속으로 생각하면서 사내에게 말했다.

"그럼 우리 집으로 가겠나? 몸을 좀 녹일 수는 있을 테니까."

세몬은 집으로 걸어갔다. 낯선 사내는 한 걸음도 뒤처지지 않고 그와 나란히 걸어갔다. 찬바람이 루바시카 속으로 스며들자 세몬은 점차 술이 깨면서 추웠다. 세몬은 입고 있는 아내의 재킷을 꽉 여미고 코를 훌쩍거리며 걸어갔다. 그는 생각했다.

'대체 이게 무슨 일이람. 털외투를 사러 갔다가 도리어 외투도 없이 돌아오다니. 게다가 벌거숭이 사내까지 데리고 말이야. 아무래도 마트료나가 화낼 텐데!'

마트료나를 떠올리자 세몬은 문득 걱정이 들었다. 그러나 옆의 낯선 사내를 쳐다보고는, 교회 뒤에서 이 사내를 처음 발견했을 때 그가 자신을 바라보던 눈빛을 생각하니 마음이 한결 가벼웠다.

3

세몬의 아내는 일찌감치 집안일을 끝냈다. 장작을 패고 물도 길어 오고 아이들과 저녁 식사까지 하고 나서 그녀는 이런저런 궁리를 하기 시작했다.

'저녁에 빵을 구울까? 아니면 내일 구울까?'

아직 큰 빵 한 조각이 남아 있었다.

'세몬이 점심을 먹었으면 저녁은 많이 안 먹겠지. 그럼 내일은 이걸로 충분할 거야.'

마트료나는 빵을 만지면서 생각했다.

'오늘은 빵을 굽지 말아야겠다. 밀가루도 별로 없고. 이걸로 금요일까지 먹으면 되지, 뭐.'

마트료나는 빵을 치우고, 식탁 옆에 앉아 남편의 해진 외투를 기웠다. 바느질을 하는 내내 마트료나는 남편이 어떤 양가죽을 사 올까 생각했다.

'털가죽 장수에게 속지는 않았겠지. 사람이 워낙 좋아서 말이야. 그이는 꿈에서도 남을 속일 줄 모르는 사람이지만, 어린아이라도 그이를 속이는 것쯤 식은 죽 먹기야. 어쨌든 8루블이면 꽤 큰돈이니까 좋은 털가죽 외투를 만들 수 있겠지. 최고급은 아니라도 어쨌든 털가죽을 살 수 있을 테니. 작년 겨울에는 털외투가 없어서 얼마나 고생했는지! 강에 나갈 수가 있나, 산에 올라갈 수가 있나. 지금도 그렇잖아. 그이가 내 것까지 입고 나가는 바람에 나는 아무것도 못 걸치고 있으니, 원. 아무튼 이제 올 때가 됐는데……. 혹시 술 마시고 있는 거 아냐?'

마트료나가 그쯤 생각하고 있을 때 현관 층계가 삐거덕거리는 소리와 함께 누군가 들어오는 소리가 났다. 마트료나가 들고 있던 바늘을 바늘방석에 찌르고 현관으로 나갔다. 남자 둘이 집으로 들어왔는데, 남편과 낯선 사내였다. 더구나 낯선 사내는 모자도 쓰지 않고 맨발에 털장화를 신고 있었다. 마트료나는 곧바로 남편이 술을 마셨다는 것을 알아챘다.

'역시 술을 마시고 왔구먼!'

남편은 외투도 입지 않은 데다 손에는 아무것도 들고 있지 않았다. 그렇게 멀거니 서 있는 남편을 보자 마드표니는 화가 치밀었다.

'그 돈을 몽땅 술 마시는 데 썼구먼. 처음 보는 놈팡이랑 마시고는 한술 더 떠 집까지 끌어들였어.'

앞서 가는 두 사람을 뒤따라가던 마트료나는 생전 처음 보는 젊고 비척 마른 사내가 바로 자신의 외투를 걸치고 있다는 것을 알았다. 집 안으로 들어온 젊은 사내는 그 자리에 선 채 꿈쩍도 하지 않고 눈길도 들지 않았다. 그 모습을 본 마트료나는 필시 무슨 잘못을 저지르고 겁먹은 거라고 생각했다.

마트료나는 인상을 쓰고 벽난로 쪽에 서서 두 사람의 거동을 살폈다. 세몬은 태연하게 모자를 벗고 의자에 걸터앉았다.

"여보, 저녁 좀 준비해줘요."

마트료나는 입속말을 중얼거리며 꼼짝도 하지 않고 두 사람을 번갈아 쳐다보며 고개만 끄덕거렸다. 세몬은 아내가 화난 것을 알면서도 어쩔 수 없다는 듯 낯선 사내의 손을 잡아 끌면서 말했다.

"여기 앉게. 저녁 먹어야지."

그러자 낯선 사내가 의자에 앉았다.

"저녁 준비 안 했소?"

남편의 말에 마트료나가 화난 목소리로 말했다.

"안 하기는요! 하지만 당신 줄 건 없어요. 보아하니 당신은 염치까지 마셔 없앤 모양이네요. 털외투를 사러 나간 사람이 되레 외투도 없이 듣도 보도 못한 놈팡이까지 끌고 오다니. 당신들 주정뱅이한테 줄 저녁이 어딨어요?"

"마트료나, 잘 모르면서 그렇게 말하지 말아요. 먼저 어떻게 된 일인지 물어봐야 할 것 아니오."

세몬은 긴 외투 호주머니를 더듬어 돈을 꺼냈다.

"돈, 여기 있소. 도리포노프가 안 주더군. 내일은 무슨 일이 있어도 주겠다고 말은 했지만……."

마트료나는 더욱더 화가 치밀었다.

"털가죽도 못 사고 하나밖에 없는 외투를 처음 보는 벌거벗은 사내한테 주고는 집까지 데려오다니."

마트료나는 탁자 위에 놓인 돈을 집어 옷장 속에 넣으면서 말했다.

"저녁은 없어요. 벌거숭이와 술주정뱅이를 일일이 신경 쓰다간……."

"여보, 마트료나, 함부로 말하지 말아요. 내 말 좀 들어보라고."

"당신 같은 주정뱅이 말을 들어서 뭐 해요! 난 애초에 당신 같은 술꾼하고 결혼할 생각이 없었어요. 어쩌다 보니……. 당신은 어머니가 주신 옷감까지 가져다 술값으로 썼잖아요! 털가죽 사러 간다고 나가서는 그것마저 술값으로 홀랑 써버리다니."

세몬은 아내에게 술은 겨우 20코페이카어치밖에 안 먹었고, 이 사내를 데려온 사정도 얘기하려고 했으나 마트료나는 말할 기회조차 주지 않았다. 어디서 쏟아져 나오는지 한꺼번에 두 마디씩 튀어나오는 바람에 세몬이 끼어들 틈이 없었다. 심지어 10년도 더 된 옛날 일까지 들춰냈다. 마트료나는 급기야 세몬한테 달려들어 옷소매를 붙들고 욕설을 퍼부었다.

"내 옷 내놔요. 하나밖에 없는 내 옷까지 뺏어 입고 나가더니 염치도 없지. 어서 벗어요. 이리 내라고요. 덜 떨어진 인간 같으니라고! 차라리 뒈지기나 하지!"

세몬은 아내의 무명 재킷을 벗으려고 했다. 그때 뒤집어진 한쪽 소매를 마트료나가 잡아당기다가 그만 솔기가 뜯어졌다. 마트료나는 그대로 옷을 빼앗아 걸치고 밖으로 뛰쳐나가려다 문간에서 문득 걸음을 멈췄다. 화난 건 화난 거지만, 이 사내가 누군지 알아야겠다는 생각이 들었던 것이다.

4

마트료나는 뒤돌아서서 말했다.

"멀쩡한 사람이 벌거벗고 있을 리가 없어요. 그런데 이 사람은 셔츠도 안 입고 있잖아요. 당신이 나쁜 짓을 하지 않았으면, 어쩌다 이 사람을 데리고 오게 되었는지 말 못할 이유가 뭐예요?"

"내가 말했잖소. 집으로 돌아오는 길에 보니 이 사람이 꽁꽁 언 알몸으로 교회 담장에 기대앉아 있더란 말이오. 글쎄, 여름도 아닌데 벌거벗고 말이오! 마침 내가 그 앞을 지나갔기 망정이지, 안 그랬으면 얼어 죽었을 거요. 하늘이 도운 거지. 살다 보면 언제 무슨 일을 당할지 누가 알겠소! 그래서 외투를 입혀 데리고 온 거요. 당신도 이제 마음 좀 풀어요. 누구든 한 번은 죽는 것 아니겠소."

마트료나는 다시 욕설을 퍼부으려 했으나 낯선 사내의 얼굴을 보는 순간 입을 다물고 말았다. 사내는 죽은 듯이 꼼짝도 하지 않고 의자에 앉아 있었다. 두 손을 무릎에 올리고 고개를 푹 숙이고서는, 눈길 한 번 들지 않고 목이 졸리기라도 한 듯 얼굴을 찡그리고 있었다. 마트료나가 아무 말 없자 세몬이 한마디 했다.

"마트료나, 당신은 하느님을 믿지 않소?"

그러자 마트료나는 다시 한번 낯선 사내를 쳐다보았다. 마트료나는 차츰 마음이 누그러졌다. 그녀는 이내 발길을 돌려 벽난로 쪽 구석으로 가서 저녁을 차리기 시작했다. 크바스(엿기름, 보리, 호밀 등으로

만든 러시아 맥주—옮긴이)를 잔에 따라 탁자에 놓고 빵도 잘라서 내놓
았다. 그리고 나이프와 스푼을 꺼내 놓더니 "드세요."라고 말했다.

세몬은 낯선 사내를 탁자 앞으로 데리고 와서 말했다.

"여기 앉게, 젊은이."

세몬은 빵을 작게 잘라서 사내와 나눠 먹었다. 마트료나는 탁자
끝에 턱을 괴고 앉아 낯선 사내를 살펴보았다. 그러자 문득 이 사내
가 가엾다는 생각이 들었고, 심지어 보살펴주고 싶은 마음조차 일
었다. 그 순간 사내가 기쁜 표정을 짓더니 찌푸렸던 눈썹을 폈다.
식사가 끝나자 마트료나는 탁자를 치우고 나서 낯선 사내에게 물
었다.

"당신 집은 어딘가요?"

"저는 이 마을 사람이 아닙니다."

"그런데 어쩌다 거기 있게 되었죠?"

"그건 말씀드리기 곤란합니다."

"노상강도라도 만났나요?"

"저는 하느님의 벌을 받은 겁니다."

"그래서 벌거벗고 있었단 말이에요?"

"네. 알몸뚱이로 있다가 얼어 죽을 뻔했죠. 아저씨가 그런 저를
불쌍하게 여겨서, 입고 있던 외투를 저한테 벗어 주고는 함께 자기
집으로 가자고 했습니다. 또 여기 와서는 아주머니가 저를 불쌍히
여겨 먹을 것과 마실 것을 주셨습니다. 당신들께 하느님의 은총이

있을 겁니다!"

마트료나는 일어나 창가로 다가갔다. 그러고는 좀 전에 기워놓은 남편의 낡은 셔츠를 집어 낯선 사내에게 건네주고 속바지까지 꺼내 주며 말했다.

"자, 이걸 입어요. 그리고 아무 데나 눕고 싶은 곳에 가서 잠을 자요. 벽난로 옆도 괜찮고 침대 위도 상관없어요."

낯선 사내는 외투를 벗고 셔츠를 입더니 침대로 가서 누웠다. 마트료나는 등불을 들고 외투를 집어 남편 곁으로 갔다.

마트료나는 외투를 덮고 누웠으나 도통 잠을 이룰 수 없었다. 낯선 사내 생각이 줄곧 머릿속에 맴돌았기 때문이다. 물론 그 사내가 남은 빵을 다 먹어버리는 바람에 당장 내일 아침에 먹을 빵이 없고, 셔츠와 속바지까지 내준 것이 아깝기는 했지만, 싱긋 웃던 젊은이의 표정을 떠올리니 왠지 기분이 좋아지는 것 같았다. 마트료나는 꽤 오래 잠을 이루지 못했다. 세몬도 잠이 오지 않아 이불 대신 덮은 외투 자락을 연신 잡아당기며 뒤척였다.

"남은 빵을 다 먹어버렸는데 내일은 어쩌지? 반죽도 안 해놨는데. 옆집 마라냐네 가서 좀 빌려달라고 할까?"

마트료나의 말에 세몬이 대답했다.

"산 입에 거미줄이야 치겠어."

마트료나는 한동안 말없이 누워 있다가 문득 입을 열었다.

"그런데 저 사람 불한당은 아닌 것 같은데, 왜 자기 얘기를 도통 안 하죠?"

"말 못할 사정이 있는 모양이지."

"세몬!"

"왜?"

"우리는 이렇게 남을 도와주고 하는데, 왜 다른 사람들은 아무도 우리를 도와주지 않는 거죠?"

세몬은 뭐라고 대답해야 할지 몰랐다.

"뭐, 어때."

그는 이렇게 말하고는 휙 돌아누워 그대로 잠들었다.

5

이튿날 아침 세몬이 잠에서 깨었을 때, 마트료나는 이미 나가고 없었다. 아이들이 일어나기 전에 이웃집에 가서 빵을 꾸어 올 참이었던 것이다. 세몬의 낡은 셔츠와 속바지를 입은 낯선 사내는 벌써 일어나 의자에 앉아 천장을 쳐다보고 있었다. 어제보다 밝은 얼굴이었다.

"좀 어떤가, 젊은이? 배에서는 빵을 달라고 하고 알몸뚱이는 옷을 원하니 무슨 일이라도 해서 돈을 벌어야 하지 않겠나? 할 줄 아는 일이라도 있나?"

"할 줄 아는 게 아무것도 없어요."

그 말을 듣고 깜짝 놀란 세몬이 이렇게 말했다.

"하고자 하는 마음이 중요하지. 뭐든 배워 익히면 되니까."

"그렇죠. 다 일하는데, 저도 일해야죠."

"자네 이름이 뭔가?"

"미하일이라고 합니다."

"이보게, 미하일. 자네 신상 얘기는 말하고 싶지 않은 것 같은데, 그건 아무래도 괜찮아. 꼭 알아야 하는 건 아니니까. 하지만 밥벌이는 해야 해. 내 밑에서 일하면 이 집에 머물게 해주지."

"고맙습니다. 뭐든 배우겠습니다. 가르쳐만 주세요."

세몬은 실을 집어 손가락에 감아 꼬으며 말했다.

"썩 어려운 일은 아니니 걱정 말게. 자, 봐……."

미하일은 한 번 보고는 금세 손가락에 실을 감아 꼬았다. 그다음에는 실을 꿰는 법을 가르쳐주었는데, 그 또한 금방 배워 능숙하게 해냈다. 세몬이 가죽을 꿰매는 것을 보여주자 미하일은 이것도 금방 따라 했다.

세몬이 가르치는 족족 미하일은 금방 터득했다. 마침내 사흘째되는 날부터는 미하일 혼자 일할 정도가 되었는데, 마치 이제까지 쭉 구두장이 일을 해온 것 같았다. 그는 허리 한 번 펴지 않고 부지런히 일만 하면서도 빵은 조금밖에 먹지 않았다. 그리고 쉴 때는 말없이 천장만 쳐다보았다. 밖으로 나가지도 않았고, 웃지도 않았다. 미하일이 싱긋 웃은 것은 처음 온 날 마트료나가 저녁을 차려주었을 때뿐이었다.

6

일주일이 지나고, 어느덧 1년이 흘렀다. 미하일은 여전히 세몬의 집에 살면서 구두장이 보조로 이름을 날렸다. 세몬의 보조 미하일 만큼 모양 좋고 튼튼한 구두를 만들 줄 아는 사람이 없다는 소문이 자자해 이웃 마을 사람들까지 구두 주문을 하는 바람에 세몬의 돈주머니는 점점 불어났다.

그러던 어느 겨울날, 세몬과 미하일이 마주 앉아 일을 하고 있을 때였다. 방울 소리를 요란스럽게 울리며 삼두마차가 세몬의 집 앞에 멈췄다. 창문을 내다보니 마부석에서 젊은 남자 하나가 뛰어내려 마차 문을 열었다. 그러자 털외투를 입은 신사가 마차에서 내렸다. 신사가 세몬의 집 현관 층계를 올라오자 마트료나가 뛰어나가 문을 열어주었다. 신사가 몸을 굽히고 안으로 들어와 허리를 쭉 펴자 머리가 거의 천장에 닿을 정도였다. 마치 신사의 몸뚱이가 방 안에 꽉 들어찬 듯했다.

세몬은 일어나 인사를 건넸다. 그는 몸집이 큰 신사의 모습을 보고 놀라 벌어진 입을 다물지 못했다. 이렇게 덩치 큰 사람을 이제까지 한 번도 본 적이 없었던 것이다. 세몬은 마른 편이었고, 미하일도 깡마른 체격이었다. 마트료나 또한 마치 마른 나뭇가지처럼 살

이라고는 없었다. 이 신사는 어디 다른 나라에서 온 사람처럼 불그
스름한 얼굴은 번들번들했고, 목은 황소처럼 굵은 것이 마치 무쇠
몸뚱이 같았다.

신사는 숨을 크게 내쉬더니 털외투를 벗고 의자에 걸터앉았다.

"이 구둣방 주인이 누구지?"

세몬이 신사 앞으로 나서며 말했다.

"접니다, 나리."

그러자 신사는 함께 온 젊은이에게 큰 소리로 말했다.

"페지카, 그걸 갖고 오너라!"

그러자 젊은이가 달려가더니 꾸러미 하나를 가지고 돌아왔다. 신
사는 꾸러미를 받아 탁자 위에 놓고는 그 젊은이에게 열어보라고
명령했다. 젊은이가 꾸러미를 열자 신사는 거기서 나온 가죽을 손
가락으로 가볍게 찌르며 세몬에게 말했다.

"주인장, 이게 무슨 가죽인지 알겠나?"

세몬이 가죽을 만져보더니 대답했다.

"아주 좋은 가죽입니다."

"아무렴, 좋은 가죽이고말고. 멍청하기는! 난생처음 보는 가죽이
겠지. 독일산이야. 20루블이나 주고 샀다고."

세몬은 겁먹은 목소리로 말했다.

"저 같은 것이 감히 구경이나 할 수 있었겠습니까?"

"당연히 그렇겠지. 그래, 이 가죽으로 내 발에 꼭 맞는 구두를 만

들 수 있겠나?"

"물론입니다, 나리."

그러자 신사가 돌연 큰 소리로 말했다.

"물론이라고? 너는 이 구두의 주인이 누구인지, 무슨 가죽으로 만드는지 똑똑히 기억해둬. 나는 1년을 신어도 늘어나거나 해지지 않고 모양이 그대로 유지되는 구두를 원해. 그런 구두를 만들 자신이 있으면 가죽을 재단하고, 자신 없으면 아예 손도 대지 마. 미리 말하지만 1년이 되기도 전에 구두가 해지거나 모양이 일그러지면 네 놈을 가만두지 않을 거야. 감옥에 처넣을 테니 단단히 각오하는 게 좋아. 대신 1년이 지나도 일그러지지 않고 해지지도 않으면 그때 구둣값으로 10루블을 더 주지."

세몬은 덜컥 겁이 나서 아무 대답도 못하고 미하일을 돌아보았다. 그는 팔꿈치로 미하일을 쿡 치고는 나지막이 물었다.

"이봐, 어쩌지?"

그러자 미하일이 그 일을 받으라는 듯이 고개를 살짝 끄덕였다. 그것을 보고 세몬은 1년을 신어도 일그러지지 않고 해지지도 않는 구두를 만들어보기로 했다.

신사는 젊은이한테 왼쪽 구두를 벗기라고 하고 다리를 쭉 폈다.

"발 치수를 재!"

세몬은 5센티미터가량 되는 종이를 붙여 펴고는 신사의 깨끗한 양말을 더럽힐까 봐 앞치마에 손을 닦고 무릎을 꿇은 채 발 치수를 재기 시작했다. 발바닥 크기와 발등 높이를 잰 다음 종아리를 재려는데 도무지 종이 양쪽 끝이 맞닿지 않았다. 신사의 종아리가 어찌나 굵은지 통나무 같았던 것이다.

"똑바로 해. 종아리가 꽉 껴서는 안 돼."

세몬은 종이를 더 붙였다. 신사는 의기양양하게 앉아 양말 속으로 발가락을 꼼지락거리면서 방 안에 있는 사람들을 둘러보다가 미하일을 보더니 물었다.

"저 친구는 누군가?"

"여기서 일하는 구두장이입니다. 나리 구두를 만들 겁니다."

"똑똑히 새겨들어. 1년 동안 조금이라도 뒤틀려서는 안 돼."

신사가 미하일에게 이렇게 말하자 세몬도 미하일을 돌아보았다. 그러나 미하일은 신사의 얼굴은 보지 않고 그 뒤 구석 쪽을 똑바로 쳐다보았다. 마치 신사의 뒤에 누군가 있는 듯했다. 그러다 갑자기 미하일이 싱긋 웃으며 환한 표정을 지었다.

"뭘 웃고 있어? 바보 같으니라고. 정신 똑바로 차리고 기한 내에 만들 생각이나 하라고."

그러자 미하일이 말했다.

"네, 그렇게 하겠습니다."

"됐어! 좋아!"

신사는 다시 구두를 신고 털외투를 걸치더니 문 앞으로 걸어갔다. 그러나 몸을 숙여야 한다는 것을 잊고 그만 이마를 문에 쾅 부덮히고 말았다. 신사는 욕설을 내뱉더니 이마를 문지르며 밖으로 나갔다.

신사가 마차를 타고 떠나자 세몬이 말했다.

"정말 어마어마하군. 굉장한 몸집이야. 큰 도끼로도 못 죽일 거야. 방이 흔들릴 정도로 이마를 세게 부딪쳤는데도 아픈 기색 하나 없잖아."

그러자 마트료나가 말했다.

"저리 부유하게 사는데 체격이 안 좋을 이유가 있겠어요? 저렇게 건강한 사람은 염라대왕도 어쩌지 못하지 싶네요."

7

세몬이 미하일에게 말했다.

"일단 주문을 받기는 했지만, 자칫 잘못하다간 철창신세 지겠어. 값비싼 가죽인 데다 나리 성격도 보통이 아니니 말이야. 실수하면 큰일인데…… 자네는 눈도 밝고 솜씨도 나보다 좋으니 재단을 하게. 치수 본, 여기 있네. 나는 겉가죽 꿰매는 일을 맡지."

미하일은 세몬이 이르는 대로 신사가 맡긴 가죽을 탁자 위에 펼쳐놓고 칼로 재단하기 시작했다. 마트료나는 미하일의 곁으로 다가가 재단하는 것을 보고는 깜짝 놀랐다. 그녀도 구두 만드는 일에 웬만큼 능숙한 사람인데, 가만히 보니 가죽을 둥글게 자르는 것이 장화 모양이 아니었던 것이다. 마트료나는 귀띔해줄까 하다가 생각을 고쳐먹었다.

'그 나리가 어떤 장화를 만들라고 했는지 내가 제대로 못 들었는지 몰라. 미하일이 더 잘 알 테니 괜히 참견하지 말고 잠자코 있어야지.'

하지만 미하일이 가죽 재단을 마치고 꿰매기 시작했는데, 실이 장화를 꿰맬 때처럼 두 겹이 아니라, 슬리퍼를 꿰맬 때처럼 한 겹인 것이었다. 그것을 보고 마트료나는 또다시 깜짝 놀랐지만 역시나 아무 말 하지 않기로 했다.

미하일은 정성을 다해 신발을 꿰맸다. 점심때가 되어 세몬이 어떻게 되어가고 있는지 보려고 다가가 보니, 미하일이 신사의 가죽으로 슬리퍼를 꿰매고 있는 것이 아닌가. 세몬은 깜짝 놀라 속으로 말했다.

'어떻게 된 거지? 1년을 같이 일하면서 한 번도 실수한 적 없는데, 하필 중요한 일에서 실수를 저지르다니. 나리는 분명 굽 있는 장화를 만들어달라고 했는데, 평평한 슬리퍼를 만들어버렸으니 이 일을 어쩐다? 비싼 가죽만 못 쓰게 됐네. 나리한테 뭐라고 둘러대지? 이런 가죽은 다시 구할 수도 없을 텐데……'

세몬은 미하일에게 말했다.

"이보게, 어찌 된 일인가? 이게 무슨 짓이야? 자네가 나를 아주 죽일 참이군. 나리는 장화를 주문했는데, 자네가 만든 건 대체 뭔가?"

세몬이 미하일을 나무라려고 할 때 현관문 두드리는 소리가 들렸다. 문을 열고 보니 아까 그 신사와 함께 왔던 젊은 하인이었다.

"안녕하십니까?"

"그래, 무슨 볼일이라도 있소?"

"마님의 심부름을 왔습니다. 주인어른 구두 때문에요."

"구두요?"

"구두인지 뭔지, 아무튼 장화가 필요 없게 되어서요. 나리께서 그만 돌아가셨거든요."

"아니, 뭐라고요! 그게 무슨……."

"아까 이 집을 떠나 저택으로 돌아가시는 길에 마차 안에서 돌아가셨어요. 저택에 도착해 문을 열었는데, 나리께서 짐짝처럼 나뒹굴어 있지 뭡니까? 돌아가신 거예요. 마차에서 겨우 끌어 내렸어요. 그러자 마님께서 그러시더군요. '얼른 구둣방에 가서 전하거라. 아까 나리께서 주문하신 장화는 이제 필요 없으니 그 가죽으로 죽은 사람에게 신기는 슬리퍼를 만들어달라고 말이다. 슬리퍼가 다 될 때까지 기다렸다가 가져오고.'"

미하일은 탁자 위에 재단하고 남은 가죽을 돌돌 말았다. 그리고 완성된 슬리퍼를 탁탁 소리 나게 털어 앞치마로 정성껏 닦고는 말아놓은 가죽이랑 같이 하인에게 주었다. 슬리퍼를 건네받은 하인은 인사를 하고 돌아갔다.

8

다시 한 해가 지나고, 그렇게 미하일이 세몬의 집에 살게 된 지도 어느덧 6년째였다. 미하일은 처음부터 그랬듯이 여전히 아무 데도 가지 않았고, 불필요한 말은 한 마디도 하지 않았다. 그동안 싱긋 웃은 것은 단 두 번뿐이었다. 한 번은 마트료나가 저녁 식사를 차려주었을 때였고, 다른 한 번은 구두를 맞추러 온 신사를 보았을 때였다.

세몬은 자기 제자가 여간 대견하지 않았다. 이제는 미하일이 어디서 왔는지는 묻지도, 궁금해하지도 않았고, 다만 그가 자기 집을 떠나면 어쩌나 하는 걱정뿐이었다.

어느 날 식구들이 한자리에 모여 앉아 있을 때였다. 마트료나는 화덕에 올려놓은 음식 냄비를 바라보고 있었고, 아이들은 의자 사이를 뛰어다니면서 가끔 창밖을 내다보곤 했다. 세몬은 창가에 앉아 구두를 꿰매고 있었고, 미하일도 다른 창가에서 구두 밑창을 붙이고 있었다.

그때 사내아이가 의자를 타고 미하일한테 다가와 창밖을 내다보더니 그의 어깨를 잡고 흔들면서 말했다.

"미하일 아저씨, 저기 좀 보세요. 처음 보는 아주머니가 여자애 둘이랑 우리 집으로 오는 것 같아요. 그런데 여자애 하나가 절름발이에요."

사내아이의 말이 끝나기 무섭게 미하일은 일손을 멈추고 고개를 돌려 멀거니 창밖을 쳐다보았다. 그런 미하일의 모습을 보고 세몬은 깜짝 놀랐다. 이제까지 미하일이 그렇게 창밖을 내다본 적이 없었기 때문이다. 그런데 지금은 창밖을 뚫어져라 쳐다보고 있었다. 세몬도 하던 일을 멈추고 창밖을 내다보았다. 정말로 깔끔하게 옷을 차려입은 부인이 자기 집 쪽으로 걸어오고 있었다. 그녀는 털외투에 긴 목도리를 두른 여자아이 둘의 손을 양쪽으로 잡고 있었다. 여자아이들은 구별을 못할 정도로 똑 닮았는데, 한 아이가 다리를 살짝 절룩거렸다.

부인은 바깥 층계를 올라와 현관문을 열더니 두 여자아이부터 집 안으로 들여보내고 자기도 따라 들어왔다.

"안녕하십니까?"

"어서 오세요. 무슨 일이시죠?"

부인은 탁자 앞에 앉았다. 두 여자아이는 낯설어서 그런지 그녀의 무릎에 안기듯이 바짝 기대고 있었다.

"아이들이 봄에 신을 가죽 구두를 좀 맞추려고요."

"아, 네, 그러시군요? 이렇게 작은 아이들 구두는 만들어본 적이 없지만……, 한번 해보죠. 가장자리에 장식을 달까요, 아니면 안에 천을 덧대어 접는 게 좋을까요? 우리 미하일의 솜씨가 워낙 좋으니 원하는 것을 말씀해보세요."

세몬은 그렇게 말하면서 미하일을 돌아보았다. 그런데 미하일은 두 여자아이를 쳐다보느라 정신이 없었다. 세몬은 처음 보는 그의 모습에 적잖이 놀랐다. 두 아이 다 굉장히 귀여운 얼굴이기는 했다. 까만 눈동자, 오동통하고 발그레한 볼, 입고 있는 털외투나 목도리도 고급스러웠다. 하지만 그렇더라도 미하일이 왜 그리 눈을 못 떼는지 이해할 수 없었다. 마치 전부터 알던 아이들이라도 되는 듯한 표정이었다.

세몬은 의아한 생각을 잠시 접어두고 부인을 향해 돌아앉아 흥정을 했다. 그리고 가격이 정해지자 치수를 재어야 했다. 부인은 절름발이 여자아이를 안아 자기 무릎에 앉혔다.

"번거롭겠지만, 이 아이의 치수로 두 아이의 구두를 만들어주세요. 불편한 발로 한 짝을 만들고, 나머지 발에 맞춰 세 짝을 만드시면 됩니다. 쌍둥이라 발 치수가 아주 꼭 같거든요."

세몬은 발 치수를 재면서 물었다.

"귀여운 아이가 어쩌다 이렇게 됐습니까? 태어날 때부터 그런 건가요?"

"그렇지는 않아요. 그 애 엄마 때문이죠."

부인이 그렇게 대답하자 마트료나가 끼어들었다. 아이들 엄마가 어디 사는 누구인지 궁금했던 것이다.

"그럼 부인은 이 아이들의 친엄마가 아니시군요?"

"네. 나는 엄마도 아니고 친척도 아니에요. 아무 관계도 아닌 남인데, 맡아서 기르게 되었답니다."

"직접 낳지는 않아도 키우다 보면 자연히 정들게 마련이죠."

"그럼요. 정들고말고요. 두 아이 다 내 젖을 먹여 키웠거든요. 내가 낳은 자식도 있었는데 그만 하느님께서 데려가셨어요. 그 아이는 그렇게 가여운 마음이 안 들었는데, 이 아이들은 너무 불쌍해서……."

"그런데 대체 누구네 자식인가요?"

9

부인은 이런 이야기를 들려주었다.

"벌써 6년이나 됐네요. 이 아이들은 태어난 지 일주일도 못 되어 천애 고아 신세가 되고 말았어요. 아버지는 이 아이들이 태어나기 사흘 전에 죽었고, 어머니도 아이들을 낳고 하루도 안 되어 세상을 떠났죠. 그때 저는 그 사람들 옆집에서 남편과 농사를 지으며 살았어요. 그 집 부부와 우리 가족은 늘 뒷문으로 오가는 사이였어요.

어느 날 이 아이들 아버지가 도와주는 사람 하나 없이 혼자 숲에서 일하다가 큰 나무가 쓰러지면서 거기에 깔리고 말았답니다. 저희가 집까지 겨우 옮겨다 놓기는 했는데 오래 버티지 못하고 곧 저세상으로 떠나버렸죠. 그러고는 며칠 뒤 그의 아내가 쌍둥이, 그러니까 이 아이들을 낳았어요. 몹시 가난하고 일가친척 하나 없는 외톨이인 데다 가정부 할머니나 아주머니도 없었으니 그야말로 홀로 아이를 낳다가 홀로 죽어간 거예요. 이튿날 아침에 궁금해서 뒷문으로 그 집에 들어가 보니, 가엾게도 애들 엄마는 벌써 숨을 거뒀더군요. 더구나 죽으면서 이 아이에게 쓰러지는 바람에, 엄마의 몸에 눌려 이 아이의 다리를 못 쓰게 되었답니다. 시체를 닦고 수의를 입히고 관을 짜서 장례식을 치러준 건 모두 마을 사람들이었어요. 모두 착하고 친절한 사람들이었죠.

그런데 갓난아이 둘만 남겨지는 바람에 한바탕 야단이 났어요. 때마침 거기 있던 여자들 중 젖먹이를 가진 사람은 나뿐이었어요. 태어난 지 겨우 8주밖에 안 된 아들이 있었거든요. 첫아이였죠. 마을 사람들이 모여 아기들을 어떻게 해야 할지 의논한 끝에 나한테 말했죠. '우선 마리아 당신이 이 아기들을 좀 맡아주면 좋겠어요. 잠시만 돌봐줘요. 우리가 곧 다른 방법을 찾아볼 테니.' 그래서 제가 잠시 두 아이를 데리고 있기로 했어요. 처음에는 다리가 온전한 아기에게만 젖을 물렸어요. 절름발이 아이한테는 줄 생각도 하지 않았죠. 도무지 살 것 같지 않았거든요. 그런데 어느 날 갑자기 그 아이가 가여운 생각이 들더군요. 그래서 그 뒤부터는 똑같이 젖을 물렸어요. 내 아들과 이 아이 둘, 그러니까 세 아이에게 한꺼번에 젖을 물린 거죠! 그때는 나도 젊은 데다 기운도 좋아서 그럴 만했어요. 두 아이에게 젖을 물리다 하나가 젖꼭지를 놓으면 나머지 아이에게 젖을 물렸죠. 그렇게 하느님의 뜻에 따라 두 아이를 잘 키웠어요.

그런데 2년째 되던 해에 내가 낳은 자식이 죽고 말았어요. 그 후로는 아이를 낳지 못했고요. 한편 집안 형편이 차츰 좋아져서 지금은 이 마을 어느 상인의 방앗간을 맡아서 운영하고 있답니다. 넉넉한 급료 덕에 살림살이가 풍족하지만 아이가 생기지 않더군요. 정말 이 두 아이가 없었더라면 쓸쓸해서 어떻게 살았을지 몰라요! 정말 귀여운 아이들이에요. 이 아이들은 나한테 촛불과도 같은 존재예요."

부인은 한 손으로 절름발이 여자아이를 끌어당기고, 다른 손으로는 뺨을 타고 흐르는 눈물을 닦아냈다. 마트료나도 길게 한숨을 내쉬며 말했다.

"사람들이 흔히 말하길, 부모 없이는 살아갈 수 있어도 하느님 없이는 살아갈 수 없다더니, 정말 그러네요!"

세 사람이 이야기를 주고받고 있는데 갑자기 구석 쪽 미하일이 앉은 자리에서 섬광이 번쩍하더니 집 안을 환하게 비췄다. 모두 깜짝 놀라서 그쪽을 돌아보았다. 미하일은 두 손을 무릎 위에 얹은 채 천장을 바라보며 싱긋 웃고 있었다.

10

부인이 여자아이 둘과 함께 집을 떠나자, 미하일은 의자에서 일어나 손에 쥐고 있던 일감을 탁자에 올려놓더니 앞치마를 벗고 세몬과 그 아내에게 허리 굽혀 인사했다.

"주인 아저씨, 아주머니, 안녕히 계십시오. 하느님께서 저를 용서해주셨듯이 당신들도 저를 용서해주시기 바랍니다."

어느새 미하일의 뒤로 후광이 비치고 있었다. 세몬도 미하일에게 고맙다고 인사했다.

"미하일, 자네는 평범한 사람이 아닌 게 분명해. 그래서 가지 말라고 붙잡을 수도, 꼬치꼬치 캐물을 수도 없어. 그런데 딱 한 가지 궁금한 것이 있네. 맨 처음 자네를 우리 집에 데리고 왔을 때, 자네는 몹시 침통한 표정을 짓고 있다가 아내가 저녁을 차려주자 밝게 웃었지. 그 이유가 뭔가? 또 한 신사가 장화를 주문했을 때도 자네는 밝은 표정으로 싱긋 웃었고, 지금 그 부인이 아이 둘을 데리고 오자 자네는 세 번째로 싱긋 웃었네. 그리고 몸에서 후광이 비쳤네. 미하일, 자네 몸에서 어떻게 그런 빛이 나는지, 그리고 딱 세 번 웃은 까닭이 무엇인지 말해주겠나?"

그러자 미하일이 말했다.

"제 몸에서 빛이 나는 것은 하느님의 벌을 받은 제가 이제야 용서를 받았기 때문입니다. 그리고 제가 세 번 웃은 것은 하느님의 세 가지 말씀을 깨달았기 때문입니다. 첫 번째는 아주머니가 저를 가엾게 여기셨을 때였고, 두 번째는 부자 신사가 장화를 주문했을 때였으며, 마지막으로 세 번째는 두 여자아이를 보았을 때였습니다."

그러자 세몬이 말했다.

"그 말씀을 나한테도 들려주게. 어찌하여 하느님께서 자네한테 벌을 내리셨는지? 그리고 자네가 깨달은 하느님의 세 가지 말씀이 무엇인지 말이네."

그러자 미하일이 대답했다.

"저는 하느님의 말씀을 따르지 않았기 때문에 벌을 받은 겁니다. 원래 저는 천사였습니다. 어느 날 하느님께서 한 여자의 영혼을 거둬 오라고 명하셨습니다. 그런데 그 여자는 딸 쌍둥이를 낳고 쇠약한 몸으로 누워 있었습니다. 여자 곁에는 갓난아이 둘이 꼬무락거리고 있었죠. 여자는 아이들에게 젖을 물릴 기운도 없어 보였습니다. 여자는 저를 보더니 하느님이 보내셨다는 것을 알고 흐느껴 울며 말했습니다. '아, 천사님! 남편이 숲에서 니무에 깔려 죽어 불과 며칠 전에 장례식을 치렀답니다. 저한테는 이 갓난아이들을 거둬줄 형제자매도, 큰어머니도, 작은어머니도, 할머니도 없습니다. 제발 저를 데려가지 말아주세요. 제 손으로 이 아이들을 키우게 해주세요! 부모 없이 어린아이는 살아갈 수 없답니다!'

저는 그 여자와 아이들이 너무 불쌍해서 아이 하나를 안아 그 어머니의 젖을 물려주고 나머지 한 아이는 어머니의 팔에 안겨주고는 하늘나라로 올라갔습니다. 그리고 하느님 앞에 나가 이렇게 말했습니다. '저는 도저히 산모의 영혼을 거둬 올 수 없었습니다. 남편은 나무에 깔려 죽었고, 여자는 이제 막 쌍둥이를 낳았습니다. 여자는 제발 자기 손으로 아이들을 키우게 해달라고 애원하면서 어린아이는 부모 없이 살아갈 수 없다고 했습니다. 그래서 저는 산모의 영혼을 거둬 올 수 없었습니다.'

그러자 하느님께서 말씀하셨습니다. '다시 내려가서 산모의 영혼을 거둬 오거라. 그러면 세 가지 깨달음을 얻게 해줄 것이다. 첫째, 인간의 내면에는 무엇이 있는지, 둘째, 인간에게 허락되지 않는 것은 무엇인지, 마지막으로 셋째, 사람은 무엇으로 사는지, 이 세 가지를 모두 깨닫게 되는 날 다시 하늘나라로 돌아올 수 있을 것이다.' 저는 다시 지상으로 내려와 산모의 영혼을 거두어 갔습니다.

그때 두 아기는 어머니의 품에서 떨어져 있었는데, 어머니의 몸이 쓰러지면서 한 아이의 다리를 짓누르고 말았습니다. 그래서 그 아이는 한쪽 다리를 절룩거리게 된 겁니다. 여자의 영혼을 하느님께 바치려고 하늘로 올라가는데 어디선가 세찬 폭풍이 휘몰아치더니 저의 두 날개가 부러지고 말았습니다. 저는 그대로 지상에 떨어졌고, 여자의 영혼만 하느님께 올라갔습니다. 그렇게 해서 저는 길바닥에 쓰러져 있었던 겁니다."

11

세몬과 마트료나는 자기들이 재워주고 입혀주고 먹여주던 사람이 누구인지, 한집에 살면서 함께 일한 사람이 누구인지 깨닫고 경외심과 기쁨의 눈물을 흘렸다. 그러자 천사가 말했다.

"저는 벌거벗은 채 들판에 내던져졌습니다. 인간으로 살아가는 불편함이나 추위, 배고픔도 모르던 제가 어느 날 갑자기 인간이 되

146

어버린 것입니다. 배가 너무 고파서 참을 수가 없었고, 몸도 꽁꽁 얼어붙는 것 같았는데도 어떻게 해야 좋을지 몰랐습니다. 마침 들판 한가운데 하느님을 모시는 교회가 보이더군요. 몸을 좀 쉴 수 있을까 해서 가보았지만 문이 잠겨 들어갈 수 없었습니다. 그래서 저는 얼음처럼 차가운 바람이라도 피하려고 교회 뒤로 가서 벽에 기대앉았습니다. 얼마 안 있어 날이 저물자 배는 더욱 고프고 몸은 완전히 얼어붙어 거의 죽을 지경이었습니다.

그때 마침 어떤 사람이 장화를 들고 혼잣말을 중얼거리며 걸어오는 소리가 들렸습니다. 인간이 된 지는 처음으로 언젠가는 죽을 인간의 얼굴을 마주하게 되었습니다. 하지만 저는 그 얼굴을 보기가 무서워 돌아앉았습니다. 귀를 쫑긋 세우고 들어보니 그 남자는 이렇게 추운 겨울에 어떻게 따뜻한 옷을 마련해야 하나 걱정하고 있었습니다. 그때 저는 생각했습니다.

'나는 추위와 배고픔으로 죽기 직전이다. 마침 저기서 사람이 오고 있지만, 그는 어떻게 하면 아내와 함께 입을 털외투를 장만할까, 또 어떻게 먹고살아야 하나, 온통 그 생각뿐이다. 그러니 이 남자한테는 나를 도와줄 여유가 없다.'

저를 발견한 그 남자는 얼굴을 찌푸리더니 더 무서운 표정을 지으며 제 곁을 지나 터덜터덜 걸어갔습니다. 한 줄기 남은 희망마저 사라진 듯했죠. 그런데 갑자기 남자가 발길을 돌려 저한테 가까이 다가오는 소리가 들렸습니다. 그 얼굴을 다시 쳐다보았을 때는 방금 지나간 남자가 아니라 다른 사람이라고 생각할 정도였죠. 방금 전 지나갈 때는 그의 얼굴에 죽음의 기운이 서려 있었는데, 다시 돌아왔을 때는 생기가 돌면서 신의 그림자가 드리운 것이었습니다. 남자는 제 곁으로 다가와 자기 옷을 벗어서 입혀주고는 저를 자기 집으로 데려갔습니다.

집에 도착하니 어떤 여자가 잔소리를 쏟아내기 시작했는데, 그 모습이 남자보다 더 무서웠습니다. 그녀의 입에서 뿜어 나오는 죽음의 입김 때문에 저는 거의 숨을 쉴 수가 없었습니다. 여자는 나를 춥디추운 바깥으로 내쫓으려고 했습니다. 그때 저를 쫓아냈다면 여자는 죽었을 겁니다. 저는 그것을 잘 알고 있었죠. 그러나 그때 남편이 하느님 얘기를 꺼내자 여자는 금세 화를 누그러뜨렸습니다.

여자가 저녁을 차려주고는 제 얼굴을 흘끗 쳐다보았을 때, 이미 그녀의 얼굴에서 죽음의 그림자는 흔적도 없이 사라지고 생기가 가득했습니다. 저는 그녀의 얼굴에서 신의 얼굴을 보았죠.

그때 '인간의 내면에는 무엇이 있는가?'라는 하느님의 첫 번째 말씀을 깨닫게 되었습니다. 인간의 내면에 있는 것은 사랑이었습니다. 하느님께서 약속하신 대로 깨달음을 저에게 주셨다는 생각이 드는 순간 너무 기뻐서 저절로 싱긋 웃은 겁니다.

그러나 세 가지를 다 알게 된 것은 아니었습니다. '인간에게 허락되지 않는 것은 무엇인지, 사람은 무엇으로 사는지'는 여전히 알 수 없었습니다.

어느덧 당신들과 함께 생활한 지 1년이 지났습니다. 그러던 어느 날, 한 신사가 찾아와 1년 동안 신어도 해지지 않고 모양도 변하지 않는 장화를 만들어달라고 했습니다. 그런데 문득 신사를 쳐다보니, 그의 등 뒤에 제 동료 천사가 서 있는 것이 아니겠습니까? 그 천사는 제 눈에만 보였죠. 저는 알았습니다. 날이 저물기 전에 그가 죽는다는 것을 말이에요. 저는 생각했습니다. '이 남자는 1년을 신어도 끄떡없는 구두를 만들어달라고 하는데, 정작 자기가 오늘 저녁이 되기도 전에 죽는다는 걸 알지 못한다.' 그때 저는 '인간에게 허락되지 않은 것은 무엇인가?'라는 하느님의 두 번째 말씀을 깨달았습니다.

인간의 내면에 무엇이 있는지는 이미 깨달았습니다. 그리고 인간에게 허락되지 않은 것이 무엇인지도 알아냈습니다. 그것은 곧 '자기 몸에 필요한 것은 무엇인가?' 하는 문제였습니다. 그래서 저는 두 번째로 싱긋 웃었습니다. 동료 천사를 만나서 기쁘기도 했지만 그보다 하느님께서 두 번째 깨달음을 주신 것이 너무나 기뻤던 것입니다.

하지만 저는 아직 전부 깨달은 것은 아니었습니다. 사람은 무엇으로 사는지를 몰랐던 것입니다. 그래서 저는 여기 계속 살면서 하느님께서 마지막 깨달음을 주시기를 기다렸습니다. 그리고 6년이 지난 오늘, 부인이 데리고 온 쌍둥이를 보고는 엄마 없이도 그 아이들이 잘 자라고 있다는 것을 알게 되었습니다. 저는 생각했습니다.

'어머니가 아이들은 부모 없이 살아갈 수 없다며, 자식을 돌볼 수 있도록 살려달라고 애원했을 때 나는 그 말을 믿었다. 그런데 아무 관련도 없는 사람이 두 아이를 잘 기르고 있지 않은가.'

그 부인이 다른 사람이 낳은 아이를 바라보며 감동의 눈물을 흘릴 때 그녀의 얼굴에서 신의 그림자를 발견했고, 비로소 사람은 무엇으로 사는지를 깨달았습니다. 그와 동시에 하느님께서 마지막 깨달음과 함께 저를 용서해주셨다는 것을 알고는 세 번째로 싱긋 웃었던 겁니다."

12

그때 온몸에 빛을 휘감은 천사가 나타났다. 똑바로 쳐다볼 수 없을 만큼 눈부신 빛이었다. 천사는 큰 소리로 말했다. 그것은 마치 천사가 말하는 것이 아니라 하늘에서 울리는 소리 같았다.

"나는 깨달음을 얻었다. 모든 사람들은 스스로를 돌보는 마음으로 살아가는 것이 아니라 사랑으로 살아가는 것이다. 어머니는 자기 자식들이 살아가는 데 무엇이 필요한지 알 수 없었다. 또 부자는 자기에게 무엇이 필요한지 알지 못했다. 저녁때까지 자기에게 필요한 것이 산 자가 신을 장화인지, 죽은 자가 신을 슬리퍼인지 알 수 없었다. 그것은 어떤 사람에게도 허락되지 않은 것이다.

내가 인간으로서 이 지상에서 무사히 살아갈 수 있었던 것은 나

스스로에 대해 이런저런 걱정을 했기 때문이 아니라, 지나가던 사람과 그 아내의 사랑이 있었기 때문이다. 그들이 나를 가엾게 여기고 사랑을 베풀어주었기에 아무 탈 없이 살아갈 수 있었다. 태어나자마자 부모를 잃은 두 아이들이 잘 자랄 수 있었던 것은 마을 사람들이 두 아이의 생계를 걱정해주어서가 아니라, 한 여인이 아이들을 가엾게 여기고 사랑을 베풀어주었기 때문이다. 모든 인간들이 살아갈 수 있는 것은 각자 자신의 일을 염려하고 고민하기 때문이 아니라 그들 마음속에 사랑을 간직하고 있기 때문이다.

그동안 나는 하느님께서 인간에게 생명을 부여하시고 모든 인간들이 더불어 살아가기를 바라신다는 것은 익히 알고 있었지만, 이번에 한 가지 깨달음을 더 얻게 되었다. 하느님께서는 인간들이 제각기 흩어져 따로따로 살기를 원하지 않는다. 그러므로 모든 인간들에게 각각 필요한 것이 무엇인지 알려주지 않았다. 하느님께서는 인간들이 함께 어울려 살기를 원하시기에, 자신을 포함한 모든 사람들에게 필요한 것이 무엇인지에 대한 깨달음을 주신 것이다.

나는 비로소 깨달았다. 사람들은 각자 자기 자신을 돌봄으로써 살아갈 수 있다고 생각하지만, 사실 인간은 타인의 사랑으로 살아가는 것이다. 사랑을 품고 사는 자의 마음속에 하느님이 깃들어 있다. 하느님은 그 사람의 마음속에 살아 계신다. 왜냐하면 하느님이 곧 사랑이기 때문이다."

이어서 천사는 마치 집이 울릴 듯한 목소리로 하느님께 찬송을 올렸다. 그러고 나자 천장이 양쪽으로 갈라지더니 땅에서 불기둥이 솟아 하늘 끝까지 뻗어 올라갔다. 세몬과 그의 아내, 아이들 모두 무릎을 꿇고 바닥에 엎드렸다. 천사 미하일은 등 뒤의 날개를 활짝 펼치고 하늘로 날아올라 갔다.

세몬이 정신을 차리고 보니 집은 이전 그대로였고, 집 안에는 자신의 가족 말고 아무도 없었다.

바보 이반

1

아주 오랜 옛날 한 나라의 어느 마을에 부유한 농부가 살고 있었다. 농부는 슬하에 아들 셋과 딸 하나를 두었다. 무관인 세몬, 배불뚝이 타라스, 바보 이반, 귀머거리에 벙어리인 딸 말라냐가 그들이었다. 무관 세몬은 왕을 위해 싸우러 전쟁터에 나갔고, 배불뚝이 타라스는 장사를 배운답시고 장사치 밑으로 들어갔고, 바보 이반은 집에 남아 누이와 함께 살면서 열심히 농사를 지었다.

전쟁에서 공을 세워 높은 벼슬과 땅을 얻은 무관 세몬은 귀족의 딸을 아내로 맞이했다. 하지만 세몬은 땅도 많이 가지고 있고 들어오는 돈도 많았는데도 늘 돈에 허덕였다. 남편이 돈을 벌어오기 무섭게 아내가 귀족 생활을 유지하느라 돈을 펑펑 써댔던 것이다. 그래서 세몬의 수중에 돈이 모일 날이 없었다. 돈이 떨어진 세몬은 도조(賭租, 남의 땅을 빌려 농사를 짓고 그 대가로 주는 곡식—옮긴이)를 거둬볼까 하고 농장으로 갔다. 그러자 마름(지주 대신 소작을 관리하는 사람—옮긴이)이 그에게 이렇게 말하는 것이었다.

"우리한테는 도조를 바칠 것이 없습니다. 가축이며 농기구며 말, 소, 쟁기, 아무것도 없는데 무슨 곡식이 있겠습니다. 곡식을 거두려면 먼저 이런 것부터 갖춰야 합니다."

그래서 세몬은 아버지를 찾아가 말했다.

"아버지는 부자이시면서 왜 저한테는 아무것도 안 주시는 겁니까? 아버지의 땅을 3분의 1만 저한테 주세요. 제 소유로 말입니다."

그러자 아버지가 말했다.

"그렇다면 너는 이 집에 뭐라도 보탠 것이 있느냐? 내가 너에게 땅을 3분의 1이나 줄 이유가 있느냐 말이다. 내가 너에게 땅을 준다면 이반과 네 누이가 불만을 가질 것이다."

그러자 세몬이 말했다.

"하지만 이반은 바보라 아무것도 몰라요. 그리고 누이도 귀머거리에 벙어리고요. 그런 애들한테 땅이 무슨 필요가 있겠어요?"

아들의 말을 듣고 아버지가 말했다.

"그럼 이반이 뭐라고 할지, 어디 한번 물어보자꾸나."

아버지가 물어보자 이반은 이렇게 대답했다.

"그럼요, 드리죠."

결국 세몬은 아버지의 땅 3분의 1을 자기 소유로 옮기고는 다시 왕을 섬기러 떠났다.

배불뚝이 타라스도 돈을 꽤 많이 모아서 장사치의 딸을 아내로 맞아들였다. 그러나 그는 여전히 만족하지 못하고 아버지에게 찾아와 말했다.

"저한테도 땅을 주세요. 제 몫을 달란 말입니다."

그러나 아버지는 타라스에게도 땅을 물려주고 싶지 않아서 세몬이 왔을 때와 똑같이 말했다.

"너는 이 집에 보태준 게 하나도 없지 않으냐? 그리고 이 집이며 땅이며 모든 것은 다 이반의 것이다. 그 아이가 번 것이야. 나는 그 애하고 네 누이가 서운해할 일은 할 수가 없다."

그러자 타라스가 말했다.

"저 녀석은 바보예요. 저런 녀석한테 뭐가 필요하겠어요? 저 녀석은 장가도 못 간다고요. 누가 시집을 오려고 하겠어요. 벙어리 누이도 마찬가지고요. 저런 아이한테 땅이 무슨 필요 있겠어요. 그 아이들한테는 아무것도 필요 없다고요."

그러고는 이반에게 말했다.

"이반, 곡식을 절반만 나한테 줘. 그리고 난 연장 같은 건 필요 없으니까 네가 다 가지고 저 잿빛 수말이나 주렴. 수말은 밭을 가는데 별 쓸모가 없을 테니."

그러자 이반이 웃음을 터뜨리며 말했다.

"그래요, 가져가세요. 난 또 잡아 오면 되죠, 뭐."

이렇게 해서 타라스도 한몫 챙겼다. 그는 곡식을 싣고 수말도 끌고 갔다. 그리고 이반은 늘 그래 왔듯이 늙어빠진 암말 한 마리로 농사를 지으면서 어머니와 아버지를 모시고 살았다.

2

큰 도깨비는 형제들이 말다툼 한 번 하지 않고 의좋게 재산을 나
눠 가지는 것이 영 못마땅했다. 그래서 큰 도깨비는 작은 도깨비들
셋을 불러 큰 소리로 말했다.

"저 아래 세상을 좀 내려다봐. 세 형제 보이지? 무관 세몬과 배불
뚝이 타라스, 그리고 바보 이반, 세 녀석 말이야. 저 녀석들이 의좋
게 사는 게 몹시 거슬린단 말이야. 아무래도 저 녀석들 싸움을 붙여
야겠어. 서로에게 별 불만 없이 지내고 있는데, 특히 저 바보 이반
이란 놈이 내 일을 망치고 있지 뭔가. 이제부터 너희 셋이 각자 저
녀석들에게 들러붙어 서로 싸움을 붙이고 의를 끊어놓으란 말이야.
어때, 할 수 있겠지?"

"물론이죠. 못할 게 뭐 있나요?"

작은 도깨비들이 이구동성으로 말했다.

"그럼 어떻게 할 건데?"

"먼저 이렇게 하죠. 저 녀석들을 먹을 것 하나 없이 알거지로 만
든 다음 셋 다 한곳으로 부르는 거예요. 그러면 틀림없이 셋이 치고
받고 할 겁니다."

그러자 큰 도깨비가 말했다.

"그래 그거야. 됐다! 각자 자기 할 일이 뭔지 잘 알고 있는 것 같
군. 그럼 어서 움직여. 단, 저 세 놈의 사이를 갈라놓기 전에는 내 앞

에 나타날 생각 마. 실패하면 너희 세 놈의 가죽을 홀랑 벗기고 말 테니 그리 알라고."

작은 도깨비들은 어느 숲으로 들어가 무슨 일부터 시작할지 상의 했다. 도깨비들은 하나같이 조금이라도 쉬운 일을 맡으려고 했다. 오랫동안 상의해도 결론이 나지 않자 궁리 끝에 제비뽑기로 각자 역할을 정했다. 그리고 일을 빨리 끝낸 도깨비는 다른 도깨비들을 도와주기로 약속했다. 작은 도깨비들은 각자 맡은 일을 열심히 해 내고 정해진 날짜에 다시 보기로 하고 헤어졌다.

드디어 다시 보기로 한 날, 작은 도깨비들이 하나둘 모였다. 그들 은 각자 맡은 일이 어떻게 되었는지 설명하기 시작했다. 세몬을 맡 았던 첫째 도깨비가 먼저 말했다.

"나는 순조롭게 진행되고 있어. 세몬이란 놈은 내일 틀림없이 자 기 아버지를 찾아갈 거야."

그러자 다른 도깨비들이 물었다.

"어떻게 했는데?"

첫째 도깨비가 대답했다.

"우선 세몬한테 용기를 잔뜩 불어넣어 주었지. 그랬더니 그 녀석 이 왕에게 세계를 정복하겠다고 큰소리치지 않겠나. 그러자 왕이 세몬을 대장으로 임명해서는 인도 왕을 공격하라고 한 거야. 그래 서 모두 인도로 출정했지. 그날 밤 나는 세몬의 군사들이 쓸 모든 화약에 물을 부어놓고, 인도 왕한테 가서 짚으로 군사들을 엄청나게 많이 만들어놓으라고 했어. 세몬의 군사는 지푸라기 군사를 보고는 사방팔방에서 인도 군사들이 몰려오는 줄 알고 잔뜩 겁먹었더군. 세몬이 '발사' 명령을 내렸지만, 대포나 총이나 나가지를 않는 거야. 결국 세몬의 군사들은 걸음아 나 살려라 하고 줄행랑을 놓고 말았어. 도망가는 모습이 꼭 양 떼 같더군. 인도 왕은 달아나는 세몬의 군사를 쳐부줬어. 세몬은 갖은 수모를 당하고 땅도 완전히 몰수당했어. 그리고 패전한 대가로 내일 사형에 처해질 거야. 나는 이제 하루치 일만 끝내면 돼. 말하자면, 세몬이 집으로 돌아갈 수 있도록 감옥에서 빼내는 일이지. 내일이면 내 일은 다 끝나니까 너희 둘 중에 내 도움이 필요한 사람 말해봐."

그러자 타라스를 맡았던 둘째 도깨비가 자기가 한 일을 이야기해 주었다.

"나는 네 도움 같은 건 받지 않아도 돼. 아직까지 아무 문제 없으니까. 타라스란 녀석도 앞으로 일주일 이상 버티지 못할 거야. 나는 먼저 그 녀석의 배에 욕심을 잔뜩 불어넣었어. 그랬더니 그 녀석은 남의 재산까지 무턱대고 탐내면서 한 번도 보지 못한 것들까지 마구 사들이더군. 돈을 있는 대로 긁어모아 엄청나게 사들이고 있어. 그래도 욕심이 더 나는지 빚을 내면서까지 사들이고 있는 중이야. 엄청나게 사대더니 지금은 그 많은 것들을 어떻게 처리해야 할지 몰라 안달이더군. 물건을 사느라 빚낸 돈을 갚아야 할 기한이 일주일 뒤인데 그 전에 나는 그 녀석의 물건들을 모두 거름으로 만들어버릴 작정이야. 결국 그 녀석은 돈을 갚지 못하고 자기 아버지한테 달려가게 될걸."

두 도깨비는 이반한테 갔다가 돌아온 셋째 도깨비에게 물었다.

"그런데 넌 어떻게 됐어?"

그러자 셋째 도깨비가 대답했다.

"사실은, 내 일은 썩 잘 풀리지 않네. 나는 먼저 배탈을 나게 할 작정으로 그 녀석의 크바스 병 속에 침을 잔뜩 뱉어놓았어. 그리고 녀석의 밭을 돌처럼 딱딱하게 굳혀놓았지. 농사를 못 짓게 말이야. 그정도면 밭을 길 수 없을 거라고 생각했어. 그런데 그 바보 녀석이 글쎄 쟁기를 가지고 와서 묵묵히 밭을 갈지 뭔가? 배가 아파 끙끙거리면서도 계속 밭을 가는 거야. 할 수 없이 나는 그 녀석의 쟁기를 부러뜨렸어. 그랬더니 그 녀석은 집으로 돌아가 다른 쟁기를 가지고 와서 계속 밭을 갈지 않겠나. 할 수 없이 내가 땅속으로 들어가 쟁기를 붙잡아보려고 했는데, 그것도 쉽지 않더군. 그 녀석이 쟁기를 눌러대는 데다 보습이 날카로워서 결국 손만 베이고 말았어. 결국 그 녀석은 밭을 거의 다 갈고 이제 겨우 한 두둑 정도밖에 남지 않았다네. 그러니 자네들이 와서 나를 좀 도와주게. 우리 셋이 덤벼들어 그 녀석을 일어나지 못하게 해야 해. 그렇지 않으면 우리 일은 몽땅 물거품이 되고 말아. 그 바보 녀석이 계속 농사를 지을 수 있으면 그들은 별로 힘들지 않을 거야. 바보 놈이 형들을 도와줄 테니 말이야."

그러자 세몬을 맡고 있는 첫째 도깨비가 내일 자기 일을 끝내고 도와주겠다고 약속했다.

3

묵힌 밭을 갈기 시작했던 이반은 이제 한 두둑 정도밖에 남지 않았다. 그는 남은 한 두둑도 마저 다 갈아버릴 작정으로 말을 타고 밭으로 왔다. 못 견딜 정도로 배가 아팠지만 일을 끝내야 한다는 생각밖에 없었다. 이반은 고삐를 당겨가며 쟁기로 밭을 갈기 시작했다. 한 번 갔다 되돌아오려고 하는데 마치 나무뿌리에 걸리기라도 한 듯 쟁기가 앞으로 나가지 않았다. 작은 도깨비가 두 발로 쟁기를 꽉 누르고 있었기 때문이다. 이반은 참 희한한 일이라고 생각했다.

'아까 올 때는 나무뿌리 같은 게 없었는데······.'

이반은 땅속에 손을 집어넣어 보았다. 그러자 뭔가 뭉클한 것이 손에 잡혔다. 그는 그것을 꽉 움켜쥐고 있는 힘껏 끌어냈다. 새까만 나무뿌리 같은 것이 꿈틀거려 자세히 살펴보니 살아 움직이는 작은 도깨비였다.

"이게 뭐야? 빌어먹을! 뭐 이런 게 다 있어!"

이반은 쟁기에 내리쳐 산산조각을 내버릴 요량으로 작은 도깨비를 번쩍 쳐들었다. 그러자 작은 도깨비가 소리 질렀다.

"제발 죽이지 말아주세요. 그 대신 한 가지 소원을 들어드리겠습니다."

"네가 뭘 할 수 있는데?"

"뭐든 말씀만 하십시오."

이반은 머리를 긁적이며 말했다.

"내가 지금 배가 너무 아픈데 말이야, 낫게 해줄 수 있나?"

"물론이죠. 할 수 있고말고요."

작은 도깨비가 말했다.

"그럼 낫게 해줘."

그러자 작은 도깨비는 몸을 숙이고 밭두둑을 손으로 긁어대며 뭔가를 찾기 시작했다. 그러더니 곧 가지 3개가 달린 작은 뿌리를 뽑아 이반 앞으로 내밀며 말했다.

"이걸 드십시오. 세상 어떤 통증도 금세 싹 가실 겁니다."

이반은 도깨비가 건네주는 뿌리를 받아 가지 하나를 쭉 찢더니 으적으적 씹어 먹었다. 그러자 신기하게도 금세 복통이 사라졌다.

그것을 보고 작은 도깨비가 다시 애원했다.

"이제 저를 제발 놔주십시오. 그러면 땅속으로 들어가 두 번 다시 나오지 않겠습니다."

그러자 이반이 대답했다.

"좋아. 마음대로 하렴! 잘 가거라!"

이반이 말을 마치기 무섭게 작은 도깨비는 물속에 빠진 돌처럼 순식간에 흔적도 없이 땅속으로 사라졌다. 작은 도깨비가 들어간 자리에 구멍만 하나 남아 있을 뿐이었다.

이반은 가지 2개가 남은 뿌리를 모자 속에 쑤셔 넣고 남은 두둑을 남김없이 갈고 나서 쟁기를 뒤집어엎고 집으로 돌아왔다. 말을 풀어놓고 집 안으로 들어가 보니 맏형 세몬 내외가 저녁을 먹고 있었다. 왕한테 땅을 몰수당하고 감옥에 갇혔다가 간신히 도망쳐 이곳으로 온 것이었다. 세몬은 이반을 보더니 말했다.

"이제부터 너랑 같이 살련다. 새로 일자리를 구할 때까지 나하고 집사람을 좀 거둬다오."

"그럼요. 걱정 말고 여기서 지내세요."

이렇게 말하며 이반이 의자에 앉았다. 그런데 세몬의 아내는 이반의 몸에서 나는 흙냄새가 몹시 불쾌해 남편에게 말했다.

"도저히 견딜 수가 없네요. 흙투성이에 역한 냄새를 풍기는 사람이랑 어떻게 한자리에서 밥을 먹어요?"

그러자 세몬이 동생에게 말했다.

"네 형수가 네 몸에서 나는 냄새를 못 견뎌하니 너는 문간에서 식사하는 게 좋겠다."

"그러죠, 뭐. 마침 날도 저물어 한 바퀴 살펴보고 와야 해요. 말먹이도 줘야 하고요."

이반은 빵과 겉옷을 집어 들고 밖으로 나갔다.

4

세몬에게 들러붙어 있던 작은 도깨비는 그날 밤 모든 일을 마치자마자 약속대로 바보를 골려주려고 이반을 맡은 작은 도깨비를 찾아왔다. 그러나 밭을 아무리 찾아 헤매도 작은 도깨비가 보이지 않았다. 첫째 도깨비가 발견한 것은 작은 구멍 하나뿐이었다.

도깨비는 심상찮은 일이 생겼음을 직감했다.

'아무래도 좋지 않은 일이 생긴 모양이야. 그렇다면 내가 대신 남은 일을 처리해야지. 어디 보자, 밭은 벌써 다 갈아버렸으니, 그렇다면 목초지에 가서 골탕 먹여야겠다.'

작은 도깨비는 이반의 목초지로 가서 홍수를 일으켰다. 목초지는 순식간에 흙탕물에 잠겼다. 이것을 전혀 모르고 있던 이반은 밤에 한 바퀴 순찰하고 나서 큰 낫을 들고 풀을 베러 나갔다. 이반은 목초지에 도착하자마자 풀을 베기 시작했다. 그런데 몇 번만 낫질을 해도 금세 날이 무뎌져 풀이 베어지지 않았다.

"가서 숫돌을 가져와야지 안 되겠어. 간 김에 빵도 좀 가져오고. 일주일이 걸리든 한 달이 걸리든 풀을 다 베기 전에는 집에 들어가지 않겠어."

이 말을 듣고 작은 도깨비가 생각했다.

'이런 바보 녀석 같으니! 아무래도 안 되겠다. 이 정도로는 이 녀석을 꺾을 수 없겠어. 다른 방법을 생각해봐야지.'

집에 가서 숫돌을 가지고 온 이반은 낫을 갈아가며 풀을 베기 시작했다. 작은 도깨비는 풀 속에 몰래 숨어 낫공치를 붙잡고 낫을 흙 속에 처박았다. 하지만 이반은 아랑곳하지 않고 힘들게 계속 풀을 베어나갔다. 이제 늪 주위 한 줄만 베면 되었다. 그것을 보고 작은 도깨비는 늪 속으로 들어가 생각했다.

'손가락이 잘리는 한이 있더라도 절대 풀을 못 베게 꽉 붙들고 있어야지 안 되겠어.'

이반은 늪 주위의 풀을 베기 시작했다. 억센 풀도 아닌데 웬일인지 낫이 잘 들지 않았다. 은근히 화가 치민 이반이 온 힘을 다해 낫을 휘두르는 바람에 작은 도깨비는 더 이상 버틸 수가 없었다. 뒤로 물러날 겨를조차 없었던 작은 도깨비는 안 되겠다 싶어 덤불 속으로 얼른 숨었다. 그런데 이반이 큰 낫으로 덤불을 칠 때 그만 작은 도깨비의 꼬리가 절반이나 잘려 나가고 말았다. 이반은 누이한테 풀을 걷어 모으라 이르고는 다시 호밀을 베러 갔다. 이반이 큰 낫을 들고 호밀밭에 갔을 때는 이미 꼬리 잘린 작은 도깨비가 호밀을 마구 헤집어놓은 뒤였다. 이반이 보아하니 큰 낫으로 호밀을 벨 수 없을 것 같았다. 그래서 그는 집에 가서 작은 낫을 가지고 돌아와 호밀을 베었다. 호밀밭을 금세 다 베고 나서 이반은 말했다.

"자, 이제 귀리를 베면 되겠다."

이 말을 듣고 꼬리 잘린 작은 도깨비가 생각했다.

'이번에는 제대로 한 방 먹여야지. 내일 아침에 두고 보자.'

이튿날 아침, 작은 도깨비가 귀리밭으로 달려갔을 때는 이반이 귀리를 다 베고 난 뒤였다. 밤새 낟알이 떨어질까 봐 이반이 잠도 자지 않고 귀리를 벤 것이다. 작은 도깨비는 약이 올라 참을 수가 없었다.

"그 바보 녀석이 내 꼬리를 잘라놓더니, 나를 또 괴롭히네. 전쟁에 나갔을 때도 이렇게 힘들지는 않았는데. 빌어먹을 놈! 잠도 자지 않으니 당해낼 재간이 없군. 안 되겠다. 이번에는 호밀을 썩혀버려야겠어."

작은 도깨비는 호밀을 썩히려고 가리 속에 들어갔다가 따뜻한 기운에 그만 저도 모르게 꾸벅꾸벅 졸고 말았다.

그때 마침 이반이 호밀단을 나르려고 암말에 수레를 매어 끌고 누이와 함께 왔다. 그는 곧장 호밀 가리로 다가와 호밀단을 수레에 싣기 시작했다. 두어 단가량 덜어냈을 때 이반의 눈앞에 작은 도깨비의 등짝이 나타났다. 이반은 도깨비를 집어 번쩍 쳐들었다. 꼬리가 잘린 작은 도깨비는 도망가려고 발버둥을 치고 있었다. 그 모습을 보고 이반이 말했다.

"어! 그때 그놈 아냐? 못된 것 같으니라고. 또 어디서 나온 거야?"

작은 도깨비는 다급히 말했다.

"아닙니다. 그건 제가 아니에요. 요 앞에 봤던 건 제 친구예요. 저는 당신 형님 세몬한테 있었던 도깨비입니다."

"어떤 놈이건 간에 똑같이 혼쭐을 내줘야겠다!"

이반이 묵사발을 만들 작정으로 밭두렁에 내리치려 하자 작은 도깨비가 싹싹 빌면서 사정했다.

"이번 한 번만 풀어주세요. 그러면 두 번 다시 나타나지 않겠습니다. 놓아주시기만 하면 원하시는 건 뭐든 들어드리겠습니다."

"네가 뭘 할 수 있는데?"

"군사를 만들어달라 하시면 그것도 할 수 있죠."

"그런 건 필요 없어. 쓸데가 있어야 말이지."

"쓸데가 없다니요. 어디든 쓸모가 있죠. 무슨 일이든 시키는 대로 할 수 있는데요."

"그럼 노래도 부를 수 있나?"

"그럼요. 당연하죠."

"그렇다면 어디 한번 만들어봐."

그러자 작은 도깨비가 말했다.

"호밀 한 단을 똑바로 세우고 흔들면서 이렇게 말하면 됩니다. '내 종에게 이르노라. 다발이 아니라 짚의 수만큼 군사가 될지어다!' 간단하죠."

이반은 작은 도깨비가 알려준 대로 했다. 그러자 호밀단이 사방으로 흩어지더니 어마어마한 군사가 나타났다. 기수가 앞장서고 나팔수까지 나타나 북을 치고 나팔을 불어댔다. 그것을 보고 이반은 크게 웃음을 터뜨리더니 말했다.

"거참, 보통 솜씨가 아니구나! 여자아이들이 보면 정말 좋아하겠는걸."

그러자 작은 도깨비가 말했다.

"이제 저를 놓아주시는 거죠?"

"안 돼. 호밀단으로 군사를 만들면 낟알을 못 쓰잖아. 다시 호밀단으로 되돌릴 방법을 가르쳐줘. 그래야 낟알을 털 것 아냐?"

그러자 작은 도깨비가 말했다.

"이렇게 말하면 됩니다. '내 종에게 이르노라! 군사의 수만큼 호밀 줄기가 되어라!'"

이반이 그렇게 말하자 군사는 다시 호밀 줄기로 변했다. 작은 도깨비는 또다시 사정사정했다.

"제발 좀 놔주세요."

"그러지. 잘 가거라."

이반은 작은 도깨비를 놓아주었다.

이반이 말을 마치기 무섭게 작은 도깨비는 물속에 떨어진 돌처럼 땅속으로 사라져버렸다. 그리고 그 자리에는 구멍 하나만 남았을 뿐이었다.

이반이 농사일을 끝내고 집으로 돌아오니, 둘째 형 타라스 내외가 한창 저녁을 먹고 있는 중이었다. 배불뚝이 타라스는 결국 빚을 갚지 못하고 도망치다시피 살던 곳을 떠나 아버지를 찾아온 것이었다. 그는 이반을 보자 이렇게 말했다.

"이반, 내가 장사를 다시 시작할 때까지 집사람하고 나를 좀 거둬

주렴."

"그럼요. 얼마든지 여기 계셔도 좋아요."

이반이 겉옷을 벗고 식탁 앞에 앉자 타라스의 아내가 말했다.

"어휴, 땀 냄새 좀 봐. 이렇게 고약한 땀 냄새를 풍기는 바보랑 어떻게 같이 밥을 먹어요!"

그러자 타라스가 말했다.

"이반, 너한테서 지독한 냄새가 나니 너는 저 문간에 가서 먹는게 좋겠구나."

"네, 그럴게요. 마침 날도 저물어 한 바퀴 살펴보고 와야 해요. 말먹이도 줘야 하고요."

이반은 빵을 들고 밖으로 나갔다.

5

타라스를 맡았던 작은 도깨비도 그날 밤 일이 끝나는 대로 친구를 도와 바보 이반을 골려주려고 왔다. 그러나 아무리 밭을 샅샅이 뒤져봐도 친구의 모습이 보이지 않았다. 이번에도 그가 발견한 것은 구멍 하나뿐이었다. 그래서 목초지로 가봤더니 늪가에 잘린 꼬리 하나가 떨어져 있었다. 그리고 호밀밭에 가보니 거기에도 구멍이 하나 있었다.

'아무래도 친구들이 큰 변을 당한 모양이다. 그렇다면 내가 친구

들 대신 바보 녀석을 혼내줘야지.'

작은 도깨비는 타작하는 곳으로 가서 이반을 찾아보았다. 그러나 이반은 진작에 밭일을 끝내고 숲으로 가서 집 지을 나무를 베고 있었다. 좁은 집에서 같이 살려니 불편한 게 이만저만이 아니었던 형들이 이반에게 자기들이 살 집을 지어달라고 한 것이다. 숲으로 달려간 작은 도깨비는 이반이 나무 쓰러뜨리는 것을 방해하려고 나무 꼭대기에 올라갔다. 이반은 나무가 쓰러지기 좋은 쪽을 겨냥해 밑동을 도끼로 쳐서 홈을 파놓았는데도, 이상하게 나무가 엉뚱한 쪽으로 쓰러져서는 다른 나뭇가지에 걸리는 것이었다. 그러자 이반은 지렛대를 가지고 방향을 틀어가면서 가까스로 나무 하나를 쓰러뜨렸다.

이반은 또 다른 나무를 베려고 했으나 이번에도 엉뚱한 방향으로 쏠리는 바람에 있는 힘을 다해 가까스로 나무를 쓰러뜨릴 수 있었다. 세 번째로 나무를 벨 때도 마찬가지였다. 이반은 처음에 50그루쯤은 너끈히 베어 쓰러뜨릴 작정이었지만 채 열 그루도 베기 전에 해가 뉘엿뉘엿 기울기 시작했다. 땀으로 흠뻑 젖은 몸뚱이에서 안개처럼 김이 무럭무럭 솟는데도 그는 일손을 멈추지 않고 또 한 그루를 베어 눕혔다. 마침내 이반은 등이 욱신거리면서 다리에 힘이 탁 풀리고 말았다. 이반은 조금 쉬어야겠다는 생각에 도끼를 나무에 내리쳐 박아놓고 주저앉았다. 작은 도깨비는 이반이 가만히 있는 것을 보고 기뻐했다.

'흥! 드디어 녹초가 되어 도끼를 내팽개쳤군. 이제 나도 좀 쉬어야겠다.'

작은 도깨비는 나뭇에 걸터앉아 쌤통이라며 즐거워했다. 그런데 이반이 다시 일어나 도끼를 들고 힘껏 나무를 내리쳤다. 나무는 금세 빠지직 소리를 내며 넘어갔다. 순식간에 일어난 일이라 미처 피하지 못한 도깨비는 쓰러진 나무 밑에 손이 끼고 말았다. 이반은 도깨비를 보고 깜짝 놀라 소리쳤다.

"아니, 이런 망할 것! 이놈이 언제 또 나타난 거지?"

"아닙니다! 제가 아니에요. 저는 당신의 둘째 형님 타라스한테 있다가 오늘 왔습니다."

"네가 어떤 놈이든 상관없어!"

이반은 작은 도깨비를 쳐 죽이려고 도끼를 힘껏 치켜들었다. 그러자 작은 도깨비가 손이 발이 되도록 싹싹 빌며 애원했다.

"제발 목숨만 살려주세요. 원하는 건 뭐든 다 들어드릴게요!"

"네가 할 수 있는 게 뭔데?"

"원하는 만큼 돈을 만들 수 있습니다."

"그래? 어디 한번 해봐!"

그러자 작은 도깨비가 말했다.

"자, 이 떡갈나무 잎을 두 손으로 비벼보세요. 금화가 후두두 떨어질 겁니다."

이반은 작은 도깨비의 말대로 나뭇잎을 손으로 비벼보았다. 그랬

170

더니 과연 누런 금화가 후두두 떨어졌다.

"애들이 가지고 놀면 재미있어 하겠네."

"이제 저를 놓아주시는 거죠?"

작은 도깨비가 말했다.

"좋아. 가거라."

이반은 지렛대로 작은 도깨비를 빼내 주면서 말했다. 작은 도깨비는 이반의 말이 끝나기 무섭게 물속에 떨어진 돌처럼 땅속으로 모습을 감췄다. 그리고 그 자리에는 역시나 구멍 하나가 남았을 뿐이었다.

6

이반 덕택에 형제들은 각자 집 하나씩 가지고 살게 되었다. 이반은 밭일을 모두 끝내고 나서 잔치를 열어 형들을 초대했다. 그러나 형들은 이반의 초대를 거절했다.

"농부들 따위나 모이는 잔치에 가서 뭐 해."

형들은 이렇게 말하고 잔치에 오지 않았다.

이반은 농부와 아낙네들을 불러 음식을 대접하고 자신도 거나하게 취했다. 취기가 오른 이반은 춤판이 벌어진 한가운데로 걸어 나가 아낙네들에게 자기를 칭찬해달라고 하며 이렇게 말했다.

"그러면 생전 처음 보는 신기한 구경거리를 보여줄게요."

그러자 아낙네들은 환호성을 지르며 그를 칭찬했다.

"자, 이제 보여줘요."

아낙네들이 재촉하자 이반이 말했다.

"잠시만요. 얼른 가서 가져올게요."

이반은 이렇게 말하더니 씨앗 상자를 들고 숲으로 뛰어갔다. 그모습을 본 아낙네들은 그를 바보라며 비웃고는, 이내 그에 대해 잊어버렸다. 얼마 후 이반은 다시 씨앗 상자를 들고 돌아왔다.

"자, 나눠 줄게요!"

"뭔데요? 어서 줘봐요."

이반은 씨앗 상자 속에 손을 넣어 금화를 한 움큼 쥐더니 아낙네들에게 던졌다. 그러자 갑자기 일대 소동이 벌어졌다. 아낙네들이 금화를 주우려고 한꺼번에 몰려들었고, 서로 먼저 가지려고 아우성이었다. 농부들도 달려와 금화를 줍느라 정신이 없었다. 그 바람에 노파 하나가 하마터면 사람들에게 깔려 죽을 뻔했다. 이반은 그 모습을 보고 껄껄 웃으며 말했다.

"싸우지들 말아요. 여기 더 있으니까요."

그러고는 다시 금화 한 움큼을 던졌다. 사람들이 우르르 몰려들었다. 이반은 상자 속에 들어 있던 금화를 모두 흩뿌렸다. 하지만 사람들은 계속 더 달라고 떼를 썼다.

"이제 없어요. 다음에 또 줄게요. 자, 이제 춤추고 노래 불러요."

아낙네들이 노래를 부르기 시작하자 이반은 고개를 흔들며 말했다.

"당신들 노래는 영 흥이 안 나네요."

"그럼 어떤 노래를 불러줄까요?"

아낙네들이 물었다.

"그럼 내가 직접 보여줄게요."

이반은 헛간으로 달려가 보릿단에서 줄기를 한 움큼 빼내 낟알을 떨어내고 그것을 똑바로 세운 다음 흔들면서 말했다.

"내 종에게 이르노라. 다발이 아니라 보릿짚의 수만큼 군사가 되어라."

그러자 보릿짚이 사방으로 흩어지더니 군사로 변했다. 순식간에 나타난 군사들은 북을 두드리고 나팔을 불어대기 시작했다. 이반은 군사들에게 노래를 부르라고 명령하고는 그들을 거느리고 밖으로 나갔다. 모여 있던 사람들은 깜짝 놀라 입을 다물지 못했다. 군사들은 한바탕 쿵작거리며 신나게 노래를 불렀다.

군사들이 노래를 마치자 이반은 사람들에게 아무도 따라오지 말라고 단단히 이르고는 그들을 데리고 다시 헛간으로 들어갔다. 이반은 군사들을 다시 보릿짚으로 만들고 다발로 묶어서 건초 더미에 내던지고는 집으로 돌아와 잠들었다.

7

이튿날 아침 무관 세몬이 이 소식을 듣고 이반을 찾아왔다.

"너 나한테 모두 말해라. 도대체 그 군사들을 어디서 데려왔느냐? 그리고 또 어디로 데려간 거냐?"

"왜요? 그것들을 가지고 뭘 하시게요?"

"뭘 하다니? 군사만 있으면 뭐든 다 할 수 있어. 심지어 나라를 세울 수도 있단다."

이반은 깜짝 놀라며 소리쳤다.

"진작 말씀하시죠. 군사들은 얼마든지 만들 수 있어요."

이반은 형과 함께 헛간으로 가서 말했다.

"형님이 원하시는 대로 군사를 만들어드릴게요. 하지만 꼭 데려가셔야 해요. 안 그러면 내가 다 먹여 살려야 하거든요. 그렇게 되면 이 마을에 있는 곡식이 하루 만에 동이 나고 말 거예요."

무관 세몬은 무슨 일이 있어도 군사들을 데리고 떠나겠다고 약속했다. 이반이 보릿단을 땅바닥에 세우고 흔들면서 주문을 외자 군사들이 나타났다. 이반이 보릿단을 하나씩 흔들 때마다 1개 중대가 만들어졌고, 얼마 지나지 않아 들판이 군사들로 가득 들어찼다.

"어때요? 이 정도면 되겠어요?"

세몬은 기뻐 어쩔 줄을 모르며 대답했다.

"됐고말고. 이만하면 충분하다. 고맙구나, 이반."

"별말씀을요. 더 필요하시면 언제든지 말씀하세요. 얼마든지 만들어드릴 테니까요. 요즘은 보릿짚이 남아도는 철이라 괜찮아요."

무관 세몬은 곧 군대를 지휘하여 대오를 갖춘 다음 곧바로 전투에 나갔다.

세몬이 떠나자 이번에는 배불뚝이 타라스가 이반을 찾아왔다. 그도 어제 일을 듣고 온 것이었다. 타라스는 이반에게 간곡히 부탁했다.

"나한테 솔직히 말해주렴. 그 많은 금화를 어디서 난 거냐? 나한테 그만한 돈이 있다면, 그걸 밑천으로 전 세계의 돈이란 돈은 다 긁어모을 거다."

그러자 이반이 말했다.

"정말요? 진작에 말씀하시지 그랬어요. 지금이라도 형님이 원하시는 만큼 만들어드릴게요."

"그래, 나는 씨앗 상자로 세 상자면 충분하다."

타라스는 기뻐서 소리쳤다.

"그래요. 그럼 같이 숲으로 가세요. 말을 끌고 가야겠어요. 무거워서 다 들고 올 수 없을 테니까요."

두 사람은 말을 타고 숲으로 갔다. 이반이 떡갈나무 잎을 훑어 손으로 비비자 금화가 후두두 쏟아졌다. 금화가 한 무더기 쌓이자 이반이 말했다.

"이 정도면 되겠어요?"

타라스는 너무 기뻐서 펄쩍펄쩍 뛸 정도였다.

"지금 당장은 이걸로 충분하단다. 정말 고맙다, 이반."

"별말씀을요. 필요하시면 언제든지 더 만들어드릴게요. 숲에 널린 게 떡갈나무 잎인데요, 뭐."

배불뚝이 타라스는 짐수레에 금화를 잔뜩 싣고 장사를 하러 떠났다.

그렇게 해서 이반의 두 형들은 집을 떠났다. 세몬은 군대를 이끌고 전쟁을 벌였고, 타라스는 돈을 가지고 장사를 했다. 그리고 마침내 무관 세몬은 두 나라를 정복했고, 배불뚝이 타라스는 장사에 성공해 큰돈을 벌었다.

그러던 어느 날 세몬과 타라스가 만나 이런저런 이야기를 주고받을 때였다. 세몬이 어떻게 해서 그 많은 군사들을 얻게 되었는지 터놓고 얘기하자 타라스도 장사 밑천이 어디서 났는지 솔직히 털어놓았다. 그러자 세몬이 아우 타라스에게 말했다.

"두 나라를 정복해서 좋기는 하다만 넉넉지는 못해서 말이다. 군대를 먹여 살리려면 더 많은 돈이 필요하거든."

배불뚝이 타라스도 말했다.

"저도 골치예요. 돈은 웬만큼 모았는데 그걸 지켜줄 사람이 있어야 말이죠."

그러자 세몬이 말했다.

"그럼 이반을 다시 찾아가 보는 건 어떨까? 내가 그 녀석한테 군

대를 더 만들어달라고 해서 너한테 주면 그들이 네 돈을 지키면 되
잖니. 그리고 너는 군대를 먹여 살릴 만큼 돈을 만들어달라고 해서
나한테 주면 되고 말이야."

"그거 좋은 생각이네요."

세몬과 타라스는 곧바로 이반을 찾아갔다. 세몬이 먼저 말을 꺼
냈다.

"이반, 아무래도 군사가 좀 부족해서 말이다. 군사를 좀더 만들어
주면 좋겠는데. 한 두어 짚단이라도 좋으니 말이야."

그러자 이반이 고개를 저으며 말했다.

"그럴 수 없어요. 형님한테는 더 이상 군사를 만들어드리지 않겠
어요."

"아니, 왜? 지난번에 네가 언제든지 만들어주겠다고 했잖아."

"그러기는 했지만, 더 이상 만들지 않겠어요."

"그게 무슨 말이냐? 뭣 때문에 그러느냐 말이다!"

"형님의 군사가 사람을 죽였잖아요. 며칠 전 길옆 밭을 갈고 있는
데 한 아낙네가 통곡을 하면서 길을 가고 있지 뭐예요. 그래서 누가
죽기라도 했냐고 물었더니 그 아낙네가 이렇게 말하더군요. '남편
이 전쟁터에 나갔다가 세몬의 군사한테 죽임을 당했답니다.' 나는
군대가 그저 노래나 부르는 건 줄 알았는데 사람을 죽였다는 거예
요. 그래서 나는 더 이상 군대를 만들지 않을 거예요."

이반은 고집스럽게 군대를 만들어주지 않았다.

배불뚝이 타라스도 나서서 금화를 더 만들어달라고 사정했으나 이번에도 이반은 고개를 저으며 말했다.

"이제 더 이상 금화를 만들지 않을 거예요."

"아니, 왜? 지난번에는 언제든 찾아오라고 하지 않았느냐? 그런데 이제 와서 이러는 이유가 대체 뭐냐?"

"그때는 그랬지만 지금은 더 이상 만들어드릴 수 없어요."

"왜 그러느냐 말이다."

"형님의 금화가 미하일로프네 암소를 앗아갔단 말이에요."

"그게 무슨 소리냐? 내 금화가 암소를 빼앗다니?"

"미하일로프한테는 암소 한 마리가 있었는데, 그 암소 젖으로 그 집 아이들이 우유를 먹었어요. 그런데 며칠 전부터 그 집 아이들이 우리 집을 찾아와 우유를 좀 달라고 하는 거예요. 그래서 너희 집 암소는 어쩌고 나한테 와서 우유를 달라고 하느냐고 물으니 어떤 사람이 와서 끌고 가버렸다는 거예요. 그래서 대체 누가 그랬냐고 물었더니 배불뚝이 타라스네 마름이 자기 엄마한테 금화를 세 닢 주고 그 암소를 끌고 갔다더군요. 엄마가 암소를 팔아버리는 바람에 더 이상 우유를 마실 수 없게 되었다는 거예요. 노리개로 쓰면 좋겠다 싶어서 금화를 드린 건데, 그걸로 어린애들한테서 암소를 빼앗아가 버리다니요. 그래서 더 이상 형님에게 금화를 만들어드리지 않을 거예요."

　이반은 역시나 고집스럽게 금화를 만들어주지 않았다. 세몬과 타라스는 빈손으로 집에 돌아갈 수밖에 없었다. 돌아가는 길에 두 사람은 어떻게든 난관을 헤쳐 나가기 위해 머리를 맞대고 궁리해 보았다.

세몬이 말했다.

"이렇게 하면 되겠다. 네가 나한테 군대를 먹여 살릴 돈을 주면 나도 네 돈을 지킬 군사들을 너한테 주는 거야. 내가 가진 군사의 절반을 주마."

타라스는 세몬의 제안을 흔쾌히 수락했다. 두 형제는 각자 가진 재산을 서로 맞바꿔 가짐으로써 둘 다 부자에 한 나라의 왕이 되었다.

8

이반은 줄곧 한집에서 부모님을 모시고 살면서, 벙어리 누이와 함께 열심히 농사를 지었다.

한번은 이반의 집에서 키우던 늙은 개가 병으로 죽게 되었다. 이반은 불쌍한 개한테 빵이라도 한 조각 줘야겠다고 생각했다. 그래서 벙어리 누이한테 얻은 빵을 모자에 담아 와서 개 앞에 던져주었다. 그때 마침 모자에 뚫린 구멍 사이로 작은 도깨비가 준 작은 뿌리에서 가지 하나가 같이 떨어졌다. 늙은 개는 빵과 뿌리를 날름 주워 먹었는데, 먹자마자 벌떡 일어나더니 펄쩍펄쩍 뛰는가 하면 컹 컹 짖고 꼬리를 흔들었다. 순식간에 병이 나은 것이다. 그 모습을 보고 이반의 부모가 깜짝 놀라서 물었다.

"도대체 어떻게 했길래 병들어 죽어가던 개가 갑자기 나은 거냐?"

그러자 이반이 대답했다.

"먹으면 모든 병이 다 낫는 풀뿌리 가지가 2개 있었는데, 그중 하나를 이 개가 먹었어요."

그 무렵 그 나라 공주가 병에 걸려 왕의 근심이 이만저만이 아니었다. 갖은 애를 써도 병이 낫지 않자 왕은 급기야 공주의 병을 고치는 사람에게는 큰 포상을 내리고, 아직 결혼하지 않은 사람일 경우 공주와 혼인을 맺게 해주겠다고 선포했다. 왕은 이 내용을 나라 방방곡곡에 써 붙였다. 이반이 사는 마을에도 이 방문이 나붙었다.

이 소식을 들은 이반의 아버지와 어머니는 아들을 불러 말했다.

"너도 왕이 내린 방문을 들어 알고 있지? 어떤 병이든 낫게 한다는 그 풀뿌리면 공주님의 병을 낫게 할 수 있을 거야. 그럼 너는 평생 행복하게 살 수 있어."

"네, 그럴게요."

이반은 이렇게 대답하고는 곧바로 떠날 준비를 했다. 부모님은 외출복까지 마련해 이반에게 입혀주었다. 모든 준비를 끝내고 이반이 집 문을 나설 때였다. 손이 굽은 여자 거지가 그의 집 문간에 서 있다가 그를 보자 애원했다.

"당신이 무슨 병이든 고칠 수 있다는 말을 들었습니다. 제발 부탁

이니, 내 손을 좀 고쳐주세요. 이렇게 굽은 손으로는 신발조차 신을
수 없답니다."

그러자 이반이 흔쾌히 말했다.

"그러죠!"

이반은 하나 남은 풀뿌리를 꺼내 여자 거지에게 주었다. 여자 거
지는 풀뿌리를 삼키자마자 그 자리에서 손을 마음대로 움직일 수
있었다.

이반이 공주의 병을 낫게 할 마지막 남은 풀뿌리를 덜컥 여자 거
지에게 주는 것을 본 그의 부모는 한목소리로 아들을 야단쳤다.

"네놈 눈에 거지는 가엾고 공주님은 아무렇지 않단 말이냐?"

이 말을 듣고 이반은 공주가 가여운 생각이 들었다. 그래서 그는
서둘러 말에 짐수레를 매고는 수레에 짚을 잔뜩 쌓더니 그 위에 앉
아 떠나려고 했다.

이를 보고 그의 아버지가 말했다.

"지금 어디 가려고 그러는 거냐?"

"공주님한테요. 병을 고쳐드려야죠."

"하지만 너한테는 병을 고칠 약이 없잖아?"

"그건 걱정 마세요."

이반은 이렇게 대답하더니 곧 말을 몰고 떠났다.

궁궐에 도착한 이반이 궐문 앞에 멈춰 서서 내리자마자 갑자기
공주의 병이 말끔히 나았다. 왕은 뛸 듯이 기뻐하며 신하들에게 이

반을 불러오라고 명령했다. 신하들은 이반을 좋은 옷으로 갈아입히고 왕에게 데리고 갔다.

이반을 보자 왕이 말했다.

"그대를 부마로 삼겠노라. 공주와 결혼하거라."

이반이 대답했다.

"황공하옵니다, 전하."

이반은 공주와 결혼했고, 얼마 뒤 왕이 세상을 뜨자 새 왕의 자리에 올랐다. 그렇게 세 형제 모두 왕이 되었다.

9

세 형제는 각자의 나라를 다스리며 살았다.

맏형 세몬은 그야말로 떵떵거리며 살았다. 그는 짚으로 만든 군사를 기반으로 군대를 늘려나갔다. 그는 열 집에 한 명씩 군사를 징집했는데, 특별히 키 크고 피부가 하얗고 깨끗한 사람으로 선발했다. 그는 이런 군사들을 모아 훈련시켰고, 자기가 거느리는 군사들을 내세워 사람들을 제압했다. 자기한테 복종하지 않는 사람들은 당장 군사를 보내 무릎 꿇게 했던 것이다. 그래서 모든 사람들이 그를 무서워했다.

또한 세몬은 풍요로운 생활을 누렸다. 그가 생각하거나 눈으로 보고 원하는 것은 무엇이든 그의 것으로 만들 수 있었다. 그가 명령만 하면 군사들이 무엇이든 빼앗거나 잡아서 그의 앞에 대령했던 것이다.

배불뚝이 타라스도 호화롭게 살았다. 그는 이반한테 받은 금화를 탕진하지 않고 그 돈을 밑천으로 어마어마하게 많은 돈을 모았다. 그리고 자기 돈은 돈궤에 꽁꽁 숨겨두고 그럴듯한 제도를 만들어 자기 나라 백성들에게 돈을 뜯어냈다. 그는 인두세(人頭稅), 통행세, 거마세, 짚신세, 각반세, 복장세 등 온갖 세금을 만들어 백성들 주머니에서 돈을 긁어냈다. 돈이 없는 백성들은 가진 물건들을 죄 가져와 바쳤고, 그것마저도 없는 백성들은 노역으로 충당하려고 몰려왔다.

바보 이반도 그럭저럭 잘살았다. 그는 장인의 장례식을 치르자마자 왕의 옷을 벗어 왕비의 옷장에 집어넣고 다시 낡은 삼베옷을 걸치고 짚신을 신고 일을 시작했다.

"가만히 있으려니 답답해서 안 되겠어. 자꾸 배만 나오니 더 먹을 수도 없고, 잠도 못 자겠어."

그는 부모님과 벙어리 누이를 불러들여 또다시 농사일을 하기 시작했다. 이런 그를 보고 사람들이 물었다.

"왕의 신분으로 왜 이런 일을 하십니까?"

"괜찮아. 왕도 일해서 먹고살아야 하니까."

어느 날 신하들이 몰려와 이반에게 말했다.

"전하, 궐내에서 일하는 사람들의 녹봉을 줄 돈이 없습니다."

"없으면 안 주면 될 거 아닌가?"

"그러면 일을 하지 않을 것입니다."

"그러라지, 뭐. 일하지 않아도 상관없어. 오히려 자기들 마음대로 일하게 될 거야. 모두 밭에 거름이나 내라고 해. 그 정도 거름이야 충분히 만들어놓았겠지."

한번은 어느 백성이 판결을 내려달라고 왕인 이반에게 찾아와 말했다.

"저놈이 제 돈을 몰래 훔쳐 갔습니다."

그러자 이반이 말했다.

"그래? 돈이 필요해서 그랬나 보군."

이반의 기이한 행동을 보고 모든 사람들이 그가 바보라는 것을 알게 되었다. 왕비가 그에게 말했다.

"사람들 모두 당신이 바보라고 수군거려요."

"뭐, 어때? 나는 상관없어."

이반의 아내는 거듭 생각하더니 이렇게 결심했다.

"아내가 남편의 뜻을 거스를 수는 없는 법이고, 바늘 가는 데 실 가는 것은 당연한 것 아닌가?"

그녀는 곧 왕비의 옷을 벗어 옷장에 집어넣고는 벙어리 시누이를 찾아가 농사일을 배우기 시작했다. 어느 정도 일을 익히자 왕비는 남편의 일을 거들었다.

결국 이반이 다스리는 나라에서 똑똑한 자들은 모두 떠나버리고 바보들만 남게 되었다. 돈을 가진 사람은 하나도 없었다. 모두 스스로 일해서 먹고살았으며, 다른 사람들을 도우며 살아갔다.

10

한편 큰 도깨비는 작은 도깨비들을 목이 빠지게 기다리고 있었다. 그러나 작은 도깨비들은 코빼기도 보이지 않고 세 형제가 서로 치고받고 싸우다 모두 파멸했다는 소식도 전혀 들리지 않았다.

큰 도깨비는 할 수 없이 직접 작은 도깨비들을 찾아나서기로 했다. 그러니 아무리 돌아다녀 봐도 작은 도깨비들은 온데간데없고, 찾아낸 것이라고는 겨우 구멍 3개뿐이었다.

'아무래도 실패한 모양이군. 그렇다면 내가 직접 나설 수밖에!'

큰 도깨비는 이반 형제들을 찾아갔으나 그들은 이미 예전에 살던 곳을 떠나고 없었다. 게다가 셋 다 각자의 나라를 다스리며 잘살고 있었다.

큰 도깨비는 맨 먼저 세몬의 나라로 갔다. 도깨비는 장수로 둔갑해 세몬 왕 앞으로 나가서 말했다.

"왕께서 위대한 장수라는 소문을 듣고 찾아왔습니다. 저도 그 방면에 익힌 바가 있어 전하를 섬기기를 바라옵니다."

세몬은 그에게 이것저것 물어본 뒤 꽤 훌륭한 사람이라고 판단했다. 세몬은 그를 기꺼이 부하로 삼고 가까이 두었다. 새로운 장수는 먼저 세몬에게 강력한 군대를 만드는 법을 제안했다.

"우선 군사를 더 많이 모아야 합니다. 그렇지 않으면 이 나라에는 농사일 하는 사람들만 늘어나게 됩니다. 젊은이들은 모두 군사로 뽑아 훈련시켜야 합니다. 둘째, 신식 소총과 대포를 만들어야 합니다. 콩을 흩뿌리듯 한 번에 총알 백 발이 날아가는 소총을 만들어 바치겠습니다. 그리고 어떠한 것이든 불로 태워버리는 무시무시한 대포를 만들겠습니다. 이 대포 한 방이면 사람이든 말이든 성벽이든 모조리 불에 타 없어질 것입니다."

세몬 왕은 새로운 장수의 제안을 기꺼이 받아들였다. 그리하여 나라의 젊은이란 젊은이는 모조리 군사로 뽑을 것을 명령했다. 또 새로운 공장을 짓고 신식 소총과 대포를 만들어 이웃 나라를 공격했다. 전쟁이 벌어지자 세몬의 군사들이 일제히 총과 대포를 퍼부어 단숨에 적진의 절반을 불태우고 적군을 격퇴했다. 혼쭐이 난 이웃 나라 왕은 하루아침에 항복하고 자기 나라를 바쳤다. 세몬 왕은 크게 기뻐하며 말했다.

"이제는 인도 왕을 정복해야겠다."

하지만 인도 왕은 이미 세몬의 군대가 쳐들어올 것을 미리 짐작하고 대비를 해둔 상태였다. 인도 왕은 자기 나라의 젊은 남자들은 물론이고 심지어 아직 결혼하지 않은 처녀들까지 모조리 군사로 만들었다. 그리하여 그의 군대는 세몬의 군대보다 훨씬 더 많았다. 게다가 세몬 군대의 소총이며 대포 만드는 법을 알아내고, 공중으로 날아올라 적군의 머리 위에서 폭탄을 던지는 것까지 고안해냈다.

이 사실을 전혀 모르고 있던 세몬 왕은 의기양양하게 인도 왕을 공격했다. 그는 지난번처럼 순식간에 인도를 정복할 수 있다고 생각했다. 그러나 날카로운 낫이라고 언제까지나 잘 드는 것은 아니었다. 인도 왕은 세몬의 군대가 포탄이 미치는 거리까지 들어오지 못하게 막음과 동시에 여자 군사들을 공중으로 날려 보내 적군의 머리 위에 폭탄을 떨어뜨렸다. 여자 군사들은 진딧물에 약을 치듯 세몬의 군대에 폭탄을 퍼부었다.

혼비백산한 세몬의 군대는 제각기 달아나느라 바빴고, 결국 세몬 왕 혼자 남겨졌다. 인도 왕은 세몬의 나라를 정복하고 모든 재산을 몰수했다. 겨우 도망친 세몬은 이리저리 떠도는 신세가 되었다.

큰 도깨비는 맏형 세몬을 파멸시키고 나서 타라스 왕을 찾아갔다. 이번에는 장사치로 둔갑해 타라스의 나라에 들어간 도깨비는 후한 인심을 자랑하며 돈을 마구 뿌리다시피 했다. 그가 어떤 물건이든 후한 값을 쳐준다는 소문이 퍼지자 백성들은 너도 나도 그에게 몰려들었다. 그 덕분에 백성이 돈을 많이 벌게 되어 밀린 세금을 깨끗이 청산했고, 어떤 세금이든 체납하는 일이 없었다.

타라스 왕은 크게 기뻐하며 그 장사치를 고마워했다. 돈이 점점 불어난 타라스 왕은 생활이 점점 더 풍요로워지자 새로 궁전을 지을 계획을 세웠다.

그는 백성들에게 목재나 돌을 실어 나르는 일을 하면 후한 품삯을 치르겠다고 약속했다. 타라스 왕은 예전처럼 백성들이 돈을 벌려고 자기한테 몰려오리라 생각했다. 그런데 백성들은 목재며 돌을 모두 그 장사치에게 가져가 팔았고, 일꾼도 모두 그에게 몰려들었다. 하는 수 없이 타라스 왕은 처음보다 품삯을 더 올렸다. 그러자 장사치는 더 많은 돈을 내걸었다. 그렇게 해서 타라스 왕의 새 궁전은 좀처럼 완공되지 못하고 있었다.

가을이 되자 타라스 왕은 새 정원을 만들 계획을 세우고 백성들을 불렀다. 그러나 왕의 정원을 공사하는 데는 아무도 오지 않고 모두 장사치의 집 연못을 파러 가버렸다.

겨울이 되자 타라스 왕은 신하에게 털외투를 만들 검은담비 가죽을 사 오라고 명령했다. 그러나 신하가 돌아와 이렇게 아뢰었다.

"그 장사치가 비싼 값에 검은담비 가죽을 몽땅 사들여 남은 것이 하나도 없습니다. 그자는 심지어 검은담비 가죽으로 방석까지 만들었다 합니다."

타라스 왕은 신하에게 종마(種馬)를 사 오라고 명령했다. 그러나 신하는 빈손으로 돌아와서는 모든 말들이 그 장사치의 집 연못에 채울 물을 나르고 있다고 전했다.

이처럼 모든 백성들이 왕의 일은 전혀 하지 않고, 그 장사치의 일이라면 뭐든 달려들었다. 그러고는 장사치한테서 번 돈으로 세금을 냈다.

타라스 왕은 더 이상 놔둘 곳이 없을 정도로 많은 돈이 들어왔지만, 반대로 살기는 점점 더 힘들었다. 이제는 어떤 계획을 세우기는

커녕 하루하루 살아갈 궁리를 해야 했다. 궁색한 게 한두 가지가 아니었다. 자기 밑에서 일하던 요리사도 여자 종들도 모두 그를 떠나 장사치한테 가기 시작했다. 먹을 것까지 동이 날 지경이었다. 물건을 사러 시장에 나가봐도 아무것도 없었다. 이미 장사치가 몽땅 사들였기 때문이다. 백성들은 오직 그에게 세금만 바칠 뿐이었고, 그는 오직 돈만 벌어들일 뿐이었다.

급기야 잔뜩 화가 난 타라스 왕이 장사치를 다른 나라로 내쫓아버렸다. 그러나 장사치는 국경 부근에 자리를 잡고 똑같은 짓을 되풀이했다. 백성들은 여전히 돈을 벌려고 그에게 몰려갔다. 타라스 왕의 생활은 악화될 대로 악화되어 며칠째 아무것도 먹지 못하는 날도 있었다. 심지어 장사치가 왕비를 사려 한다는 소문까지 나돌았다. 지칠 대로 지친 타라스 왕은 도무지 어찌할 바를 몰라 망연자실했다.

그러던 어느 날 맏형 세몬이 타라스를 찾아와 말했다.

"나를 좀 도와다오. 인도 왕한테 패하고 도망 다니는 신세가 되었단다."

그러자 배불뚝이 타라스가 말했다.

"나도 이틀째 아무것도 못 먹고 있어요. 뱃가죽이 등에 붙을 지경이라고요."

11

큰 도깨비는 두 형제를 거덜 내고 나서 이반을 찾아갔다. 이번에도 장수로 둔갑해 이반 앞에 나타나서는 군대를 만들라고 권했다.

"군대가 없다면 왕의 체통이 서지 않을 것입니다. 백성들이 왕의 뜻을 따르지 않을 거라는 말입니다. 명령만 내리시면 백성 가운데 군사를 모아 훌륭한 군대를 만들겠습니다."

이 말을 듣고 이반이 대답했다.

"그거 괜찮겠군. 그럼 어디 한번 만들어보거라. 그리고 그들에게 노래를 가르치거라. 나는 군사들의 노래를 듣고 싶구나."

큰 도깨비는 이반의 나라를 돌아다니면서 군사를 모집했다. 그는 군사가 되는 사람에게는 보드카 한 병과 빨간 모자를 주겠다고 했다. 그러자 바보들이 코웃음을 치며 말했다.

"우리한테도 술은 얼마든지 있어. 우리가 직접 빚었거든. 그리고 모자도 원하는 모양을 말만 하면 여자들이 얼마든지 만들어준다고. 알록달록한 것이든 술이 주렁주렁 달린 것이든 어떤 것도 다 만들어줘."

누구 하나 군사가 되려고 하지 않자 큰 도깨비는 다시 이반을 찾아갔다.

"이 나라의 바보들은 스스로 군사가 되려는 자들이 없습니다. 그러니 부득이 강제로 모집할 수밖에 없습니다."

"그것도 괜찮은 방법이군. 그럼 어디 강제로 모집해보거라."

그러자 큰 도깨비가 사람들에게 공포했다.

"모든 백성들은 군사가 되어야 한다. 거역하는 자는 왕의 명으로 참형에 처할 것이다."

이 말을 듣고 바보들이 장수한테 몰려가 물었다.

"군사가 되지 않으면 왕께서 참형에 처할 거라고 하셨는데, 그럼 군사가 되면 어떻게 되는 겁니까? 군사가 되어 전쟁터에 나가면 목숨을 잃는다던데요."

"뭐, 그럴 수도 있지."

이 말을 듣고 바보들이 말했다.

"그럼 우리는 군사가 되지 않겠습니다. 어차피 죽을 거라면 차라리 집에서 죽는 게 낫죠."

"바보 같으니라고! 군사가 된다고 해서 반드시 죽는 건 아냐. 하지만 군사가 되지 않으면 왕의 손에 영락없이 죽는 거라고. 알겠어?"

그러자 바보들은 잠깐 생각하더니 왕한테 직접 물어봐야겠다며 이반에게 몰려갔다.

"장수가 하는 말이 우리 모두 군사가 되어야 한답니다. 그리고 군사가 되면 죽지 않을 수 있지만, 군사가 되지 않으면 왕께서 저희 모두를 반드시 참형에 처할 거라는데, 그게 사실입니까?"

그러자 이반이 껄껄 웃으며 말했다.

"나 혼자서 어떻게 너희 모두를 참형할 수 있겠는가? 내가 바보만 아니었어도 너희가 알아듣도록 설명해주었을 텐데, 나도 뭐가 뭔지 잘 몰라 안타까울 뿐이다."

"그렇다면 저희는 군사가 되지 않겠습니다."

그러자 이반이 말했다.

"그렇게 하거라. 군사가 되지 않아도 되느니라."

바보들은 장수한테 몰려가서 군사가 되지 않겠다고 말했다.

일이 생각대로 풀리지 않자 큰 도깨비는 이웃 나라 타라칸 왕한테 가서 아첨을 떨어 환심을 사고는 은근슬쩍 싸움을 부추겼다.

"이참에 이반 왕의 나라를 치시는 게 어떻습니까? 돈은 그다지 많지 않은 나라이나 곡식이며 가축 등 온갖 물품들이 풍족하게 쌓여 있습니다."

장수의 말에 귀가 솔깃한 타라칸 왕은 이반의 나라를 정복하기로 결심했다. 그는 총과 대포를 갖추고 대군을 모아 이반의 나라로 쳐들어갔다. 이웃 나라 군대가 국경을 넘어서려고 하자 백성들이 이반에게 달려와 말했다.

"타라칸 왕이 우리 나라를 공격했습니다."

"괜찮아. 공격하라지, 뭐!"

타라칸 왕은 국경 부근에서 먼저 척후병을 보내 이반 군대의 동정을 살폈다. 그러나 척후병이 아무리 돌아다녀 봐도 군사 하나 보이지 않았다. 군대가 어디선가 불쑥 나타날 수도 있다는 생각에 한참을 기다려보았지만 지나가는 말로도 군대라는 말을 들을 수 없었다. 말하자면 싸울 상대가 없었던 것이다.

타라칸 왕은 우선 마을 하나를 점령하려고 군사를 보냈다. 그러나 군사들이 마을에 들이닥치자 바보들이 뛰쳐나와 께름한 눈길로 그들을 쳐다볼 뿐이었다. 군사들이 마을에 있는 곡식이며 가축을 마구 약탈해도 바보들은 무엇이든 기꺼이 내주었다. 스스로를 방어하려는 사람도 없었고, 심지어 군사들에게 자기 마을에서 같이 살자고 했다. 군사들은 다른 마을도 가보았으나 마찬가지였다. 군사들은 이튿날까지 이 마을 저 마을을 돌아다녀 봤지만 가는 곳마다 똑같은 반응을 보였다. 어디를 가나 바보들은 가진 것을 모두 내어줄 뿐 아니라 자신을 방어하려고 하지도 않았다.

그들은 되레 군사들에게 이렇게 말했다.

"당신네 나라에서 살기 어려우면 언제든 우리 나라로 와서 같이 살아요."

군사들은 온 나라를 돌아다녀 보았지만 어디에도 군대 같은 건 없었다. 백성들 모두 스스로 일해서 먹고살았고, 자기만 잘 먹고 잘 살려고 아등바등하기는커녕 서로 도와가며 살았다.

결국 전의를 상실한 군사들은 타라칸 왕에게 돌아가 전했다.

"저희는 전쟁을 할 수 없습니다. 저희를 다른 나라로 보내주십시오. 이 나라에서는 도저히 전쟁을 치를 수가 없습니다. 아무것도 모르는 힘없는 사람들을 일방적으로 무참히 죽이는 짓을 할 수 없습니다."

이 말을 듣고 화가 머리끝까지 치민 타라칸 왕은 군사들에게 온 나라의 마을이란 마을은 모두 공격해서, 집이며 곡식을 불태우고 가축들을 모조리 죽여버리라고 명령했다.

"명령에 따르지 않는 자는 가차 없이 처벌할 것이다."

군사들은 겁에 질려 왕의 명령을 따랐다. 그들은 마을마다 돌아다니며 집과 곡식을 불태우고 가축을 죽이기 시작했다. 그런데도 바보들은 자기 몸을 보호하려고 하기는커녕 그저 울기만 할 뿐이었다.

바보들은 말했다.

"무엇 때문에 우리를 이렇게 괴롭히는 겁니까? 왜 우리가 가진 것을 다 없애는 것입니까? 필요한 게 있으면 차라리 가져가세요."

이 말을 듣고 군사들은 침통한 기분에 빠졌다. 결국 군사들은 더 이상 공격하지 않고 뿔뿔이 흩어졌다.

12

군대의 힘으로도 이반을 무너뜨리지 못하자 큰 도깨비는 타라칸을 떠났다. 그리고 단정한 신사의 모습을 하고 이반의 나라로 들어갔다. 배불뚝이 타라스와 마찬가지로 이번에는 돈으로 이반을 무너뜨릴 속셈이었다. 그는 이반 앞에 나타나 말했다.

"저는 당신들에게 도움이 될 좋은 지식을 전하고자 합니다. 그 전에 먼저 이 나라에서 집을 짓고 장사를 시작하려 합니다만."

그러자 이반이 말했다.

"그래, 좋다. 여기서 살거라."

이튿날 아침 신사는 금화가 가득 들어 있는 커다란 자루와 종이 뭉치를 가지고 광장으로 나가 사람들에게 말했다.

"당신들의 삶은 돼지의 삶과 다름없습니다. 그러므로 나는 당신들에게 어떻게 살아야 하는지를 가르쳐주고자 합니다. 먼저 이 도면대로 집을 지어주세요. 당신들이 내가 지시하는 대로 일을 하면 그 대가로 이 금화를 드리겠습니다."

이렇게 말하면서 그는 사람들에게 금화를 보여주었다. 바보들은 몹시 신기해했다. 지금까지 그들은 필요한 것이 있을 때마다 서로가 가진 것을 맞바꾸거나 품앗이를 하며 살았기 때문에 돈이라는 것을 가져본 적이 없었던 것이다. 그들은 첫눈에 금화가 마음에 들었다.

"노리개로 쓰기 좋겠는데."

큰 도깨비는 타라스의 나라에서 그랬듯이 누런 금화를 마구 뿌려댔다. 사람들은 금화를 받고 가진 물건을 팔기도 하고, 금화를 품삯으로 얻으려고 그 집을 드나들며 온갖 일을 했다. 큰 도깨비는 속으로 쾌재를 불렀다.

'일이 술술 풀리는 것 같은데! 이번에는 무슨 일이 있어도 그 바보 녀석을 타라스처럼 망가뜨려야지. 다시는 일어나지 못하게 해줄 테다!'

바보들은 금화를 가지고 목걸이를 만들어 여자들에게 나눠 주기도 하고 여자아이들한테는 머리장식으로 달아주기도 했다. 얼마 지나지 않아 어린아이들까지 금화를 가지고 놀 정도였다. 사람들은 금화가 생길 만큼 생기자 더 이상 얻으려고 하지 않았다. 하지만 신사의 대궐 같은 집은 절반도 채 완성되지 않은 데다 곡식이나 가축도 한 해 분량을 채우려면 아직 멀었다. 신사는 사람들에게 끊임없이 말했다.

"내 집에서 일하면 후한 품삯으로 금화를 주겠소! 곡식이든 가축이든 어떤 물건이든 간에 가지고 오기만 하면 비싼 값을 쳐서 금화를 주겠소!"

그러나 아무리 얘기를 해도 일하러 오거나 물건을 가지고 오는 사람 하나 없었다. 이따금 사내아이나 여자아이가 달걀을 가지고 와서 금화로 바꿔 가거나 물건 같은 것을 날라주고 금화를 받아 가는 정도였다. 그러자 큰 도깨비는 차츰 먹을 것이 모자라기 시작했다.

한번은 큰 도깨비가 어느 집으로 들어가 아낙에게 암탉을 한 마리 달라고 하면서 금화를 내밀었다. 그러자 아낙이 말했다.

"그건 우리 집에도 잔뜩 쌓였어요."

또 한번은 어느 날품팔이꾼 집을 찾아가 비웃을 좀 달라고 하며 금화를 내밀자 날품팔이꾼이 말했다.

"우리는 그런 거 필요 없어요. 애들이 없으니 가지고 놀 사람도 없거든요. 그리고 하도 귀한 물건이라길래 이미 세 닢이나 얻어놨

196

어요."

큰 도깨비는 빵을 사려고 어느 농사꾼의 집으로 들어갔다. 그러나 그 농사꾼도 금화를 받으려 하지 않았다.

"우리는 필요 없어요. 그냥 적선하리다. 잠깐만 기다려요. 마누라한테 빵을 좀 가져오라고 이를 테니."

그러자 큰 도깨비는 "퉤!" 하고 침을 뱉더니 도망가 버렸다. 적선을 하고 안 하고는 별개의 문제였다. 이런 말을 듣는 상황 자체가 칼보다 더 무서웠던 것이다.

결국 큰 도깨비는 빵 한 조각 구하지 못했다. 사람들 모두 금화를 충분히 가지고 있었기 때문에 어느 집을 가든 아무리 많은 금화를 내밀어도 어떤 것도 내주지 않았다. 대신 모두 이렇게 말하는 것이었다.

"다른 걸 가지고 오든지 아니면 일을 하시구려. 그도 아니면 차라리 적선을 구하든지."

그러나 큰 도깨비는 금화 말고는 가진 것이 아무것도 없었다. 그렇다고 일을 하고 싶지도 않았고, 적선을 구하는 것은 더더욱 할 수 없는 일이었다. 급기야 화가 치민 큰 도깨비가 사람들에게 항의하듯이 말했다.

"정말 이해할 수 없군. 당신들은 금화가 필요하지 않소? 돈만 있으면 뭐든지 살 수 있고, 편하게 앉아서 어떤 일꾼이든 부릴 수 있는데 말이오."

그러나 바보들은 들은 척도 하지 않고 대꾸했다.

"돈 같은 건 필요 없어요. 이 나라에는 돈으로 값을 치를 일도 없고 세금도 없으니까요. 그까짓 돈을 무엇에다 쓰겠어요?"

결국 큰 도깨비는 저녁도 먹지 못하고 잠자리에 들었다.

이 일은 이반 왕의 귀에까지 들어갔다. 백성들이 그를 찾아와 이렇게 말했던 것이다.

"도대체 어찌해야 할지 모르겠습니다. 어느 날 갑자기 멀끔하게 차려입은 신사가 나타났는데, 그자는 맛있는 음식과 좋은 술을 즐겨 마시고, 깨끗한 옷이나 입고 어슬렁거리면서 일 같은 건 아예 할 생각을 안 합니다. 그렇다고 적선을 구하지도 않고, 하는 일이라고는 이집 저집 다니면서 금화를 내미는 게 전부라니까요. 처음에는 금화를 얻으려고 아무거나 다 그 사람한테 주었습니다. 하지만 이제는 모두 금화를 웬만큼 가지고 있어서 그자에게 뭐 하나 주는 사람이 없습니다. 이 신사를 어떻게 해야 할까요? 굶어 죽지나 않을까 걱정입니다."

이반은 다 듣고 나서 이렇게 말했다.

"굶어 죽게 할 수는 없지. 어쨌든 먹여 살려야 해. 그자를 양치기처럼 이집 저집 돌아다니게 하거라."

그렇게 해서 집집마다 돌아다니던 큰 도깨비는 어느덧 이반이 사는 궁궐까지 찾아오게 되었다. 큰 도깨비가 점심을 먹으러 들어가니 마침 이반의 벙어리 여동생이 식사를 차리는 중이었다. 그녀는 지금까지 수없이 게으름뱅이한테 당해왔다. 게으름뱅이는 일도 하지 않으면서 밥때가 되면 맨 먼저 달려와서는 그녀가 차려놓은 음식을 싹 먹어치우고 가버리는 것이었다. 그래서 벙어리 처녀는 손만 보면 게으름뱅이인지 아닌지 금방 알 수 있었다. 그녀는 손에 굳은살이 박인 사람은 식탁에 앉히고, 굳은살이 없는 사람은 먹다 남긴 찌꺼기를 주었다.

큰 도깨비가 식탁에 앉자 벙어리 처녀는 얼른 손부터 보았다. 그 손에는 굳은살이 박이기는커녕 매끈하고 깨끗한 데다 손톱까지 길었다. 벙어리 처녀는 얼른 도깨비를 끌어냈다. 그러자 이반의 아내가 당황한 도깨비에게 말했다.

"이해하세요. 아가씨는 손에 굳은살이 박이지 않은 사람은 절대 식탁에 앉지 못하게 해요. 그러니 조금 기다렸다가 다른 사람들이 먹다 남긴 것을 드세요."

'왕의 궁궐에서 돼지 먹이 같은 것을 나한테 주려고 하다니!'

화가 난 큰 도깨비가 이반에게 가서 따졌다.

"왕의 나라에서는 모든 사람이 손을 써서 일을 해야 한다는 우스운 법이라도 있나 봅니다. 그것은 어리석은 사람들 머리에서 나온 생각일 뿐입니다. 영리한 사람들은 무엇으로 일하는지 아십니까?"

그러자 이반은 말했다.

"바보인 우리가 어찌 그걸 알겠나? 우리는 무슨 일이든 손과 등으로 한다네."

"그것은 당신들이 바보라서 그런 겁니다. 그래서 내가 머리를 써서 일하는 법을 가르쳐드리려고 합니다. 그러면 손보다 머리로 일하는 것이 훨씬 편하고 도움이 된다는 것을 알게 될 겁니다." 이반은 크게 놀라며 말했다.

"그래서 우리를 바보라고 하는군."

큰 도깨비가 계속 말을 이었다.

"물론 머리로 일하는 것도 결코 쉬운 일은 아닙니다. 내 손에 굳은살이 박이지 않았다고 먹을 것을 주지 않았는데, 그것은 머리로 일하는 것이 백 배는 더 어렵다는 것을 모르기 때문입니다. 머리로 일하다 보면 가끔 머리가 터질 수도 있으니까요."

이반은 잠시 생각하고는 말했다.

"그런데 어째서 너는 그처럼 자신을 괴롭히는 건가? 머리가 터질 수도 있는 걸 보면 결코 쉬운 일은 아니겠군. 그렇다면 차라리 손과 등을 써서 좀더 쉬운 일을 하면 되지 않겠는가?"

그러자 도깨비가 말했다.

"내가 내 자신을 괴롭히는 것은 바보인 당신들을 불쌍히 여기기 때문입니다. 그러지 않으면 당신들은 영원히 바보로 남을 것입니다. 그러니 이제부터 당신들에게 머리로 일하는 법을 가르쳐주겠습니다."

이반은 솔깃한 표정으로 말했다.

"어서 가르쳐주게. 손으로 하기 지쳤을 때 머리로 할 수 있는 방법을 말이야."

도깨비는 그것을 가르쳐주겠다고 약속했고, 이반은 나라 방방곡곡에 다음과 같은 방문을 붙였다.

"다른 나라에서 온 훌륭한 신사가 모든 사람들에게 머리로 일하는 법을 가르쳐줄 것이다. 머리로 일하면 손으로 할 때보다 훨씬 더 많이 벌 수 있으니 모두 나와서 배우도록 하라."

이반의 나라에는 높은 망루가 세워져 그 위에 단이 마련되었다. 그리고 망루에는 사다리가 걸쳐졌다. 이반은 백성들한테 잘 보이도록 신사를 그곳으로 데리고 갔다. 신사는 망루 위에 서서 지껄이기 시작했다. 바보들은 어떻게 하면 손 대신 머리로 일할 수 있는지 신사가 직접 보여주겠거니 생각했다. 그러나 큰 도깨비는 어떻게 하면 일을 하지 않고 먹고살 수 있는지를 그저 말로 설명할 뿐이었다. 바보들은 큰 도깨비가 도대체 무슨 말을 하는 건지 도통 알아들을 수 없었다. 그래서 잠시 듣고 있다가 급기야 각자 자기 일을 하러 가버렸다.

큰 도깨비는 하루 종일 망루 위에 서서 계속 지껄이기만 했다. 다음 날도 마찬가지였다. 그는 배가 너무 고파 뭐라도 좀 먹었으면 했다. 그러나 바보들은 저 사람이 손보다 머리로 일을 더 잘할 수 있을 테니 자기가 먹을 빵쯤은 충분히 만들어 먹었을 거라고 생각했다. 그래서 어느 누구도 단 위에 서 있는 도깨비에게 빵을 가져다줄 생각을 하지 않았다.

큰 도깨비는 그 이튿날도 하루 종일 단 위에 서서 계속 지껄여대기만 했다. 사람들은 가까이 다가가 잠깐 쳐다보고는 얼마 안 있어 각자 일하러 뿔뿔이 흩어졌다.

이반은 가끔 신하들에게 물어보았다.

"그래, 그 신사가 머리로 일하기 시작했는가?"

"아닙니다. 아직까지는 계속 지껄여대기만 할 뿐입니다."

큰 도깨비는 하루 종일 단 위에 서 있느라 차츰 기력이 떨어지더니 비틀거리기 시작했다. 그러다 급기야 기둥에 머리를 부딪치고 말았다. 바보 하나가 이 광경을 보고 이반의 아내에게 알려주자, 그녀는 들로 달려가 남편에게 말했다.

"어서 가보세요. 드디어 신사가 머리로 일하기 시작했답니다."

"그게 정말이오?"

이반은 말을 돌려 곧장 망루 있는 곳으로 갔다. 아무것도 먹지 못하고 지칠 대로 지친 도깨비는 계속 비틀거리며 머리를 기둥에 박고 있다가 이반이 도착했을 때 갑자기 거꾸러지더니 우당탕 소리를 내면서 사다리의 가로대를 한단 한단 세듯이 부딪히며 거꾸로 떨어졌다.

그것을 보고 이반이 고개를 끄덕이며 말했다.

"머리가 터질 수도 있다고 하더니 정말이구나. 아닌 게 아니라 저렇게 일하다가는 머리가 남아나지 않겠어!"

사다리 밑으로 굴러떨어진 큰 도깨비는 결국 땅속에 머리를 처박고 말았다. 이반은 신사가 얼마나 많은 일을 했는지 보려고 가까이 다가가 보았다. 그런데 갑자기 땅이 쫙 갈라지더니 큰 도깨비가 그 사이로 떨어지고 그 자리에는 구멍만 하나 남았다.

이반은 머리를 긁적이며 말했다.

"이런 젠장맞을 놈이 다 있나! 또 그놈이었단 말인가! 그놈들의 아비가 분명해. 별 이상한 놈도 다 있군!"

이후로 이반은 오늘날까지 잘 살고 있으며, 다른 나라의 백성들이 여전히 그의 나라로 몰려들고 있다. 오갈 데 없는 두 형들도 이반을 찾아갔고, 이반은 기꺼이 그들을 거둬주었다.

누구든 찾아와 "우리를 좀 거둬주세요."라고 말하면 이반은 늘 이렇게 말한다.

"그렇게 하고말고. 이곳에서 살아도 좋다. 이곳에는 없는 것이 없으니."

단, 이 나라에는 하나의 관습이 있었으니, 손에 굳은살이 박인 자는 식탁에 앉고, 굳은살이 없는 자는 남이 먹다 남긴 찌꺼기를 먹어야 한다는 것이었다.

사랑이 있는 곳에 신도 있다

어느 거리 지하의 작은 방에 마르틴 아브제이치라는 구두장이가 살고 있었다. 그의 방에는 창문이 하나밖에 없었고, 큰길 쪽으로 난 그 창 너머로 거리를 지나가는 사람들이 보였다. 물론 지하에서는 발밖에 보이지 않았지만, 마르틴은 구두만 보고도 누구인지 알았다.

오랫동안 그곳에서 살고 있는 마르틴은 주위에 친구들이 많았다. 그 거리에서 구두 수선으로 한두 번쯤 마르틴의 신세를 지지 않은 사람이 없을 정도였다. 그는 사람들의 구두창을 새로 갈아주거나, 터진 부위를 다시 꿰매주었고, 개중에는 새 가죽을 덧대어준 것도 있었다. 그래서 마르틴은 창 너머로 자기가 수선한 구두를 볼 때가 많았다.

일감도 많았는데, 마르틴이 좋은 가죽을 쓰는 데다 품삯도 싸고 언제나 날짜를 꼬박꼬박 잘 지켰기 때문이다. 손님이 원하는 날짜에 어김없이 꼭 맞추는 마르틴의 이런 성격 때문에 일감이 끊이는 날이 없었다. 마르틴은 워낙 천성이 착한 사람이었고, 나이를 먹을

205

수록 더욱 자기 영혼을 생각하며 한층 더 신(神)에게 가까이 이르고 있었다.

오래전 마르틴이 누군가의 밑에서 일할 때 그의 아내는 세 살짜리 아들을 남기고 세상을 떠났다. 이 아들 위로도 아이들이 있었는데 웬일인지 일찍 하늘나라로 갔다. 처음에 마르틴은 어린 아들을 시골에 있는 누이에게 맡길까 하다가, 아무래도 아들이 가엾어서 보낼 수가 없었다.

'내 아들 카피토슈카를 남의 집에 맡길 수는 없어. 아비 어미 없이 얼마나 가여운 신세겠어. 힘들더라도 내가 키워야지.'

마르틴은 주인집을 떠나 셋방에서 아이와 단둘이 살았다. 그런데 그 아들이 아버지의 심부름을 할 만큼 자라 한시름 놓았을 즈음 갑자기 병으로 앓아눕더니 일주일여를 고열에 시달리다 세상을 떠났다.

마르틴은 아들의 장례를 치른 뒤 실의에 빠져 하느님을 원망했다. 너무너무 슬프고 고통스러워서 차라리 자기도 데려가 달라고 하느님께 빈 적도 많았다. 살 만큼 산 자기를 데려가지 않고 왜 그토록 어리고 하나밖에 없는 아들을 데려갔냐며 원망의 말을 쏟아내기도 했다. 마르틴은 심지어 교회에 나가지도 않았다.

그러던 어느 날 같은 고향에 살았던 노인이 마르틴을 찾아왔다. 그 노인은 8년째 성지순례를 하고 있는 중이었다. 마르틴은 이 노인과 이런저런 살아가는 이야기를 주고받다가 신세 한탄을 늘어놓기 시작했다.

"난 이제 살고 싶지도 않아. 그냥 죽으면 좋겠다는 생각뿐이야. 그래서 이제는 오직 그 한 가지 기도만 하고 있어. 나는 소망을 잃어버린 사람이 되었어……."

그러자 노인이 말했다.

"그런 생각하면 못 써. 우리는 하느님께서 하시는 일에 대해 이러니저러니 할 수 없어. 모든 일은 우리 같은 인간의 지혜가 아니라 하느님의 재량으로 정해지는 것이니까. 자네 아들은 죽고 자네는 살아야 한다는 것이 하느님의 뜻이네. 그것을 원망하며 괴로워하는 것은 자네가 자신의 안위만을 위해 살려고 하기 때문이야."

"그게 아니면 무엇을 위해 살아야 한단 말인가?"

마르틴이 묻자 노인이 말했다.

"하느님을 위해. 마르틴, 하느님께서 주신 생명이니 하느님을 위해 사는 것이 당연한 것 아니겠나? 하느님을 위해 살면 모든 걱정 근심이 사라진다네."

한동안 말이 없던 마르틴이 이윽고 입을 열었다.

"하느님을 위해 산다는 게 대체 어떤 것인가?"

그러자 노인이 말했다.

"어떤 것이 하느님을 위해 사는 삶인지는 그리스도께서 가르쳐주시지. 자네 글 읽을 줄 아나? 성경을 읽어보면 하느님을 위해 사는 것이 어떤 것인지 알게 될 거야. 거기에 다 적혀 있으니까."

이 말에 마르틴은 큰 감흥을 얻었다. 그날부터 그는 커다란 활자로 인쇄된 신약성서를 사서 읽기 시작했다. 처음에는 일요일이나 축제일에만 읽으려고 했으나, 일단 빠져들다 보니 매일 읽지 않을 수 없었다. 한번은 등불의 기름이 다 닳은 것도 모르고 성경에 빠져 있을 때도 있었다. 성경을 읽을수록 하느님께서 말씀하시고자 하는 것이 무엇인지, 하느님을 위해서 사는 것이 어떤 것인지 명확히 알게 되었다. 그러자 마음도 한결 가벼워졌다. 전에는 온종일 한숨이 끊이지 않았고 잠자리에 누워서까지 아들 카피토슈카 생각만 했다. 그러나 지금은 오로지 하느님께 감사의 기도를 드릴 뿐이었다.

"하느님, 감사합니다. 모든 일을 당신께 맡기고 그 뜻에 따르겠습니다."

그 뒤부터 마르틴의 삶이 완전히 달라졌다. 전에는 축제일에 빈둥빈둥 놀면서 카페에 들어가 차를 마시거나 보드카를 들이켜곤 했다. 어쩌다 아는 사람이랑 한잔하면 많이 마시지 않았는데도 쓸데없이 자질구레한 말을 늘어놓거나 괜히 화를 내며 소리 지르기 일쑤였다. 하지만 이제는 그러지 않았다. 그는 하루하루 평온하고 만족스러운 나날을 보냈다. 아침부터 일을 시작해 일정한 시간만큼 하고 나면 걸쇠에 걸어놓은 등불을 가져다 탁자 위에 놓고 벽장에서 성경을 꺼내 읽기 시작했다. 성경을 읽을수록 그 뜻이 머릿속에 명확하게 박혔고, 그의 마음은 점점 더 밝고 평안해졌다.

그날도 마르틴은 평소와 마찬가지로 밤늦게까지 성경에 빠져 있었다. 〈누가복음〉을 읽고 있었는데 제6장에 다음과 같은 내용이 있었다.

"네 뺨을 치는 자에게 다른 쪽 뺨도 대주며, 네 겉옷을 빼앗는 자에게 속옷도 내주어라. 무릇 네게서 구하는 자에게 줄 것이며, 네 것을 가져가는 자에게 돌려받으려 하지 말라. 남에게 받고자 하는 대로 남에게 주어라."

그는 계속해서 다음 구절을 읽었다. 그리스도는 이렇게 말하고 있었다.

"너희는 나를 수님이라 부르면서, 어찌하여 내가 말하는 것을 행하지 않느냐? 나에게 와서 내 말을 듣고 행하는 자란 어떤 자인지 너희에게 보여주리라. 그는 집을 짓되 땅을 깊이 파고 주춧돌을 반석 위에 놓은 사람과 같으니, 집에 홍수가 들더라도 집을 튼튼하게 지었기에 조금도 흔들림이 없을 것이다. 그러나 내 말을 듣고도 행하지 않는 자는 모래 위에 집을 지은 사람과 같아서, 홍수가 들면 그의 집은 곧 무너져 내리고 말 것이다."

이 말씀을 읽고 마르틴의 마음속은 크나큰 기쁨으로 넘쳤다. 그는 안경을 벗어 성경 위에 놓고는 탁자에 팔꿈치를 괴고 생각에 잠겼다. 그리고 이 말씀에 견주어 지금까지 자신이 행한 일들을 생각해보았다.

'내 집은 반석 위에 서 있는가, 모래 위에 서 있는가? 반석 위에 놓였다면 좋을 텐데. 편안한 마음으로 이렇게 홀로 앉아 있다면 좋을 텐데. 그러면 모든 것을 기꺼이 하느님의 뜻에 맡기고자 하는 마음이 들지만, 뜻밖에 그 뜻을 거스르고 말지. 하지만 더 열심히 일해야 해. 아, 이렇게 기분이 좋을 수가! 신이시여, 바라옵건대 저에게 힘을 주시옵소서!'

마르틴은 잠잘 시간이 지났는데도 성경을 놓을 수가 없어 제7장까지 읽어나갔다. 백부장(百夫長)의 이야기, 과부의 아들 이야기, 요한이 제자에게 대답하는 부분을 읽고 나서, 마침내 바리새인 부자가 그리스도를 자기 집에 초대한 대목까지 읽었다. 그리고 죄 많은 여인이 그리스도의 발에 향유를 바르고 그 위에 눈물을 떨어뜨리자 그리스도가 그녀의 죄를 사해주었다는 이야기도 읽었다. 그는 44절에 이르렀다.

"여자를 돌아보시며 시몬에게 이르시되, 이 여자를 보아라, 내가 네 집에 들어왔을 때 너는 내게 발 씻을 물도 주지 않았지만, 이 여인은 눈물로 내 발을 적시고 머리카락으로 닦아주었다. 너는 내게 입맞춤하지 않았으나, 저 여인은 내가 들어왔을 때부터 내 발에 입맞추기를 그치지 않았다. 너는 내 머리에 향유를 발라주지 않았지만, 저 여인은 내 발에 향유를 발라주었느니라."

이 구절을 읽고 마르틴은 생각했다.

'발 씻을 물도 주지 않고, 입을 맞추지도 않고, 머리에 향유도 발라주지 않고……'

마르틴은 다시 안경을 벗어 성경 위에 놓고 생각에 골몰했다.

'아무래도 나는 그 바리새인처럼 행동한 것 같아. 오직 내 생각만 한 것을 보면 말이야. 차를 마셔야겠다느니 깨끗하고 따뜻한 옷을 입어야겠다는 생각만 하고 손님을 위해 뭘 할지는 생각하지 않거든. 자기중심적으로 생각하고 손님은 아무래도 상관없었어. 하지만 손님이 누구인가? 바로 하느님이시다. 하느님께서 나를 찾아오시면 나는 대체 어떻게 해야 할까?'

턱을 괴고 생각에 잠겨 있던 마르틴은 어느새 그대로 잠이 들었다.

"마르딘!"

문득 등 뒤에서 자기를 부르는 소리를 듣고 마르틴은 깜짝 놀랐다. 누군가 하고 고개를 돌려보았으나 아무도 없었다. 그가 몸을 돌리자 그 목소리가 또다시 또렷하게 들렸다.

"마르틴! 내일 큰길을 내다보거라. 내가 거기 있을 테니!"

마르틴은 의자에서 벌떡 일어나 눈을 비비고 주위를 둘러보았다. 꿈인지 생시인지 도무지 갈피를 잡을 수 없었다. 그는 얼떨떨한 기분으로 잠자리에 들었다.

이튿날 아침 마르틴은 해 뜨기 전에 일어나 맨 먼저 하느님께 기도를 올렸다. 그리고 벽난로에 불을 지펴 보리죽을 끓이고, 주전자에 찻물을 준비해 불 위에 올려놓은 다음 앞치마를 두르고 창가에 앉아 작업을 시작했다. 마르틴은 일하는 중에도 머릿속에서 어젯밤 일이 떠나지 않았다. 그냥 착각일 뿐이라고 생각하다가도, 한편으로는 실제로 그 목소리를 들은 게 분명하다고 생각했다.

'충분히 있을 수 있는 일이지.'

이런 생각을 하면서 마르틴은 작업을 하기보다 창밖으로 큰길을 내다볼 때가 더 많았다. 낯선 구두가 보이면 몸을 숙여 얼굴을 보려고 했다. 정원지기가 새 가죽 장화를 신고 지나가는가 하면, 지게꾼이 지나가기도 했다. 얼마 후 군데군데 땜질한 해진 장화를 신은 니콜라이 1세 시대의 늙은 병사가 삽을 들고 지나갔다. 마르틴은 장화를 본 순간 스테파니치라는 것을 알았다. 옆집에 사는 상인이 인정상 데리고 있는 사람인데, 정원지기의 일을 거들어주고 있었다. 스테파니치는 마르틴의 집 창 너머 길가에 쌓인 눈을 치우기 시작했다. 마르틴은 한동안 그 모습을 바라보다가 고개를 돌려 다시 작업을 했다.

'아무래도 내가 노망이 난 모양이야. 눈 치우는 스테파니치를 보고 그리스도가 오신 건 아닌가 생각하다니. 내가 잠깐 정신이 나갔었나 봐.'

마르틴이 미소를 지으며 생각했다.

그러나 몇 바늘 더 꿰매기도 전에 마르틴은 또다시 창밖으로 고개를 돌렸다. 스테파니치가 삽을 벽에 기대놓고 앉아 햇볕을 쬐며 쉬는 것이 보였다. 이제 늙어서 눈을 치울 기력도 없는 모양이었다. 마침 주전자의 찻물이 끓는 것을 보고 마르틴은 그에게 차라도 대접해야겠다고 생각했다. 그는 들고 있던 일감에 바늘을 찔러놓고 일어났다. 그리고 탁자 위에 찻잔을 놓은 다음 손가락으로 창문 유리를 톡톡 두드렸다. 스테파니치는 소리를 듣고 창가로 다가왔다. 마르틴은 들어오라고 손짓하고는 방문을 열어주었다.

"들어와서 불 좀 쬐게. 몸이 꽁꽁 얼었을 테니 와서 좀 녹이게."

마르틴의 말에 스테파니치가 반가워하며 대답했다.

"아유, 고마우이. 그렇잖아도 뼛속까지 시리는 것 같아."

스테파니치는 문 앞에서 눈을 털고 들어와 마룻바닥이 더러워지지 않도록 장화에 묻은 눈까지 닦아냈다. 그러는 중에도 계속 몸을 덜덜 떨었다.

"그냥 들어와도 되네. 이리 주게. 내가 털어줄 테니. 나야 늘 하는 일이니까. 어서 이쪽으로 와서 앉게."

마르틴은 그에게 따뜻한 차를 권했다. 그는 찻잔 2개에 차를 따라서 하나는 그에게 주고 자기도 찻잔을 들고 후후 불어가며 마셨다. 스테파니치는 차를 마시고 나서 잔을 엎고 먹던 설탕을 그 위에 올려놓더니 잘 마셨다고 인사했다. 그러나 마르틴이 보아하니 조금 더 마시고 싶은 눈치였다.

마르틴이 말했다.

"한 잔 더 마시게."

마르틴은 그의 잔에 차를 따라주고 자기 잔에도 차를 가득 따랐다. 그런데 마르틴은 차를 마시는 동안에도 계속 창밖을 힐끔거렸다. 그것을 보고 스테파니치가 물었다.

"기다리는 사람이라도 있나?"

그러자 마르틴이 멋쩍게 말을 꺼냈다.

"기다리는 사람이라……. 거참, 말하기가 좀 부끄러워서 말이야. 기다린다고 하기도 그렇고, 아니라고 하기도 그렇네. 어젯밤 들은 소리가 계속 마음에 걸려서 말이야. 꿈인지 생시인지 잘 모르겠지만. 어제저녁에 성경을 읽고 있는데, 왜 있잖나, 그리스도가 세상 곳곳을 다니며 고초를 겪은 이야기 말이야. 자네도 읽거나 들은 적이 있을 거야."

"듣기만 했네. 난 원래 글을 모르지 않나."

스테파니치가 대답했다.

"그리스도가 세상을 두루 다니시다가 바리새인의 집에 오셨는데 바리새인이 제대로 대접하지 않은 구절을 읽고 곰곰이 생각에 빠졌지. 어떻게 그리스도를 대접하지 않을 수가 있을까? 하지만 그리스도가 나에게 오셨다면 나는 어떻게 대접했을까? 과연 나는 바리새인과 달리 제대로 대접했을까? 이런 생각을 하면서 깜박 잠이 들었네. 한참 졸다가 나를 부르는 소리를 듣고 퍼뜩 잠이 깼어. 주위를 둘러보니 아무도 없었네. 하지만 분명히 누군가 나지막하게 '기다려라, 내가 거기 갈 것이니'라고 말하는 소리가 들렸네. 그것도 두 번이나 말이야. 아무리 잘못 들은 것이라고 스스로를 타일러도, 그 목소리가 너무나 또렷해서 자꾸 기다려지는 걸 어쩔 수가 없네."

스테파니치는 아무 대꾸도 하지 않고 고개를 갸웃거렸다. 그가 차를 다 마시고 잔을 내려놓자 마르틴은 다시 차를 가득 따라주었다.

"한 잔 더 마시게. 그러면 몸이 따뜻해지고 기운이 날 것이네. 나는 이런 생각이 들었네. 그리스도께서는 세상을 두루 돌아다니실 때 사람을 가려 대하지 않았고, 되레 미천한 사람들을 더욱 보살펴주신 게 틀림없다고 말이야. 늘 가난한 사람들과 함께하시고, 우리처럼 죄 많은 기술자들을 제자로 택하셨지. 마음이 교만한 자는 아래로 떨어지고, 마음이 가난한 자는 위로 올라간다고 말씀하셨으니까. 또 너희는 나를 주님이라고 부르지만 나는 너희의 발을 씻어주겠다고도 하셨고, 우두머리가 되고 싶은 자는 모든 사람의 하인이 되라고도 말씀하셨네. 그리고 마음이 가난하고 겸손하며 인정이 있는 자는 행복할 거라고 말씀하셨네."

스테파니치는 차 마시는 것도 잊은 채 가만히 마르틴의 말을 듣고 있었다. 그러더니 어느새 눈물이 그의 볼을 타고 흘러내렸다.

"한 잔 더 마시게."

마르틴이 또다시 차를 권했다. 그러나 스테파니치는 잔을 밀어놓고 일어나 성호를 그으며 인사했다.

"잘 마셨네, 마르틴 아브제이치. 고마워. 덕분에 몸도 다 녹고 마음까지 따뜻해졌네."

"자주 들러 같이 차를 마시세. 나는 손님이 찾아오는 게 좋네."

스테파니치가 나간 뒤 마르틴은 차를 마저 따라 마시고 찻잔을 치운 다음 다시 창가로 돌아가 구두 뒤꿈치를 꿰매기 시작했다. 그는 일을 하면서도 계속 창밖을 바라보며 그리스도께서 오시기를 기다렸고, 그리스도의 행적과 사역만을 생각했다. 또한 그의 머릿속은 줄곧 그리스도의 말씀으로 가득 차 있었다.

창밖으로 군화를 신은 사람과 신사화를 신은 사람이 지나갔다. 그 뒤로 반들반들 윤이 나는 방한용 덧신을 신은 이웃집 주인이 지나갔고, 또 빵가게 주인이 바구니를 옆에 끼고 지나갔다.

그런데 긴 털실 양말에 다 떨어진 신발을 신은 여자가 걸어오더니 창가 쪽 벽 앞에 멈춰 섰다. 마르틴이 창 너머로 내다보니 이 마을 사람은 아닌 것 같은데, 남루한 옷차림으로 아기를 안고 있었다. 그녀는 아기가 춥지 않게 하려는 듯 바람을 등지고 벽 쪽을 바라보고 있었다. 하지만 아기를 덮어줄 보자기 하나 없었고, 심지어 여자가 입은 것도 얇디얇은 여름옷이었다. 그녀는 우는 아기를 달래려고 애쓰는 모양이었으나 아기는 좀처럼 울음을 그치지 않았다. 마르틴은 출입문을 열고 밖으로 나가 계단에 서서 그녀를 불렀다.

"아주머니! 아주머니!"

여자는 그가 부르는 소리에 뒤돌아보았다.

"이렇게 추운 바깥에서 아기를 울리면 어떡하오? 어서 이리로 들어오시오. 따뜻한 방 안에 있으면 아기를 달래기도 쉬울 거요. 어서 이리 들어와요!"

여자는 깜짝 놀라 가만히 쳐다보다가 곧 그를 따라 집 안으로 들어갔다.

마르틴은 여자를 침대 있는 곳으로 데려갔다.

"자, 여기, 난롯불 가까이에 앉아 몸을 녹이면서 아기에게 젖을 먹여요."

"어제부터 아무것도 못 먹었더니 젖이 잘 안 나와요."

여자는 침울한 표정으로 이렇게 말하고는 아기에게 젖을 물렸다. 마르틴은 쯧쯧 혀를 차더니 난로 뚜껑을 열어 따뜻한 수프를 꺼내 그릇에 담아서 빵과 함께 식탁에 내놓았다. 보리죽은 아직 덜 익어서 내놓을 수가 없었다. 그러고는 못에 걸린 수건을 가져다 식탁 위에 놓았다.

"이리로 와서 좀 들어요. 아기는 내가 좀 봐줄 테니 침대에 내려놓구려. 나도 예전에 아이를 키워본 적이 있어서 웬만큼 아기 볼 줄 안다오."

여자는 식탁 앞에 앉더니 성호를 긋고 나서 빵과 수프를 먹었다. 마르틴은 침대에 걸터앉아 손가락을 입가에 갖다 대고 까꿍 하며 아이를 어르기 시작했다. 하지만 손가락을 입에 넣거나 하지는 않았다. 아교풀이 잔뜩 묻어 새까맸기 때문이다. 그의 손가락을 뚫어 져라 쳐다보던 아기가 어느새 울음을 그치고 방긋거렸다. 아기를 쳐다보던 마르틴도 흐뭇하게 웃었다. 여자는 빵과 수프를 먹으면서 자기 얘기를 했다.

"남편은 군인인데, 여덟 달 전쯤 어딘가로 예속되어 가서는 아무 소식이 없답니다. 그래서 저는 남의 집 가정부로 들어갔는데, 얼마

안 되어 이 아이를 낳고 그 집에서도 나왔어요. 갓난아이 딸린 여자는 써주지를 않아서 벌써 석 달째 아무 벌이도 못하고 이렇게 지낸답니다. 입고 있던 옷가지까지 팔아버리고 이제는 빵 한 조각 살 돈도 없어요. 어디 유모 자리라도 있으면 들어가고 싶은데 그것도 여의치 않고요. 젖이 말라서 나오지 않을 거라네요. 지금은 장사를 하는 어떤 아주머니한테 갔다 오는 길이에요. 같은 마을에 사는 여자가 그 집에서 일하는데 나한테도 일자리를 주겠다고 했거든요. 그래서 당장 들어갈 수 있는 줄 알고 가봤더니 다음 주에 다시 오라더군요. 그 먼 곳까지 갔다 오느라 저도 지치고 갓난아이도 여간 힘든 게 아니었을 거예요. 지금 머물고 있는 집 주인아주머니께서 저와 아이를 가엾게 여겨 받아주셨으니 그나마 버티지, 아니었으면 어떻게 살아갈지 막막할 뿐이에요. 그분은 독실한 신자이시거든요."

마르틴이 길게 한숨을 내쉬고는 말했다.

"따뜻한 옷은 없소?"

"따뜻한 옷은커녕 어제 마지막으로 달랑 하나 있는 목도리를 맡기고 20코페이카를 얻었답니다."

그녀는 침대로 돌아와 아기를 안았다. 마르틴은 일어나 벽 쪽으로 가더니 무언가를 찾았다. 그는 한참을 부스럭거리더니 소매 없는 낡은 외투를 들고 왔다.

"이거라도 입어요. 낡기는 했지만 아기를 감쌀 수는 있을 거요."

여자는 외투와 노인을 번갈아 보다가 울음을 터뜨렸다. 그녀는 울먹이는 목소리로 말했다.

"정말 고맙습니다. 하느님께서 축복을 내리실 거예요. 분명 하느님께서 저를 당신의 집 창가로 보내신 거예요. 하마터면 이 아이가 얼어 죽을 뻔했거든요. 집을 나설 때만 해도 괜찮았는데 갑자기 추워지지 뭐예요. 하느님께서는 창가에 앉아 있는 당신이 가엾은 저를 볼 수 있도록 저를 이리로 이끄신 것이 틀림없어요."

마르틴이 싱긋 웃었다.

"그건 우연이 아니었소."

이렇게 말을 꺼낸 마르틴은 군인의 아내에게도 그리스도께서 오늘 여기 오시겠다고 말씀하신 이야기를 들려주었다.

"충분히 있을 수 있는 일이지요."

여자는 일어나 소매 없는 외투를 걸치고 아기를 그 속에 감싸 안았다. 그리고 허리 숙여 마르틴에게 인사했다.

마르틴은 여자에게 20코페이카를 내밀며 말했다.

"그리스도의 이름으로 드리는 거요. 이걸로 목도리를 찾아요."

여자가 성호를 긋고 인사했다. 마르틴도 성호를 그었다.

여자가 가고 나서 마르틴도 식사를 하고 치운 다음 다시 창가에 앉아 일을 시작했다. 그는 일하면서 연신 창밖을 내다보았다. 창문에 뭔가 어른거리면 고개를 들고 누가 지나가는지 쳐다보았다. 아는 사람도 있고 전혀 모르는 낯선 사람도 지나갔다. 그러나 별다른 일은 없었다.

그러다 문득 창밖을 보니 웬 할머니가 마르틴의 창문 바로 앞에 서 있었다. 할머니는 사과 바구니를 들고 있었는데, 거의 다 팔렸는지 몇 개밖에 남아 있지 않았다. 그리고 어깨에는 나뭇조각이 잔뜩 든 자루를 메고 있었다. 공사장 같은 곳에서 쓰고 남은 것을 주워 가지고 가는 모양이었다. 그녀는 자루를 짊어진 어깨가 아파서 다른 쪽 어깨에 메려고 길가에 서서 자루를 내려놓고 나뭇조각을 가다듬고 있었다. 그러는 사이 사과 바구니는 말뚝에 걸어놓았다.

할머니가 자루를 들어 올릴 때였다. 어디선가 닳아 떨어진 모자를 쓴 사내아이가 불쑥 튀어나와 할머니의 바구니에서 사과 하나를 집어 달아나려고 했다. 할머니는 재빨리 돌아서서 소년의 옷소매를 꽉 움켜잡았다. 소년은 할머니의 손을 뿌리치려고 몸부림을 쳤고, 그사이 할머니는 소년의 모자를 벗기고 머리칼을 움켜쥐었다. 사내아이는 할머니에게 큰 소리로 욕을 퍼부었다. 마르틴은 바늘을 어디다 찔러놓을 겨를도 없이 일감을 마룻바닥에 내동댕이치고 밖으로 뛰어나갔다. 그는 급히 계단을 올라가다가 발이 걸려 휘청거리면서 안경을 떨어뜨리기도 했다. 마르틴이 길가로 뛰어나가 보니 할머니는 사내아이의 머리칼을 잡아끌고 경찰서로 가자며 윽박지르고 있었다. 사내아이는 죽을힘을 다해 발버둥 치며 소리를 질렀다.

"난 안 훔쳤다고요. 근데 왜 때려요! 이거 놓으라고요!"

마르틴은 사내아이의 손을 잡더니 할머니에게 말했다.

"이 아이를 놓아주십시오. 그리스도의 이름으로 용서해주세요!"

"안 돼요. 이런 녀석은 경찰서에 끌고 가서 단단히 혼을 내야 해요. 그래야 앞으로 다시는 이런 짓 안 하죠."

"놓아주세요. 다시는 이런 짓 하지 않을 겁니다. 그리스도의 이름으로 그 아이를 놔주세요!"

마르틴이 간곡하게 부탁하자 할머니는 잡고 있던 손을 놓았다.

그 틈을 타서 도망치려고 하는 사내아이를 마르틴이 재빨리 붙잡고 말했다.

"할머니께 잘못했다고 말씀드려라. 앞으로는 두 번 다시 이런 짓 하면 안 된다. 네가 사과 훔치는 걸 나도 봤단다."

그러자 사내아이는 울면서 할머니한테 잘못했다고 빌었다.

마르틴은 할머니에게 "제가 값을 치르겠습니다."라고 하더니 바구니에서 사과 하나를 집어 사내아이에게 주었다.

"자, 이거 받아라."

그러자 할머니가 마르틴에게 말했다.

"괜한 짓을 했구려. 되레 아이 버릇만 나빠져요. 저런 아이들은 일주일쯤 경찰서에서 혼나 봐야 다시는 그런 짓 할 엄두를 못 낸다니까."

그러자 마르틴이 나긋나긋하게 말했다.

"그건 우리 생각일 뿐이에요. 하느님의 뜻은 그렇지 않아요. 사과 하나를 훔쳤다고 이 아이를 때려야 한다면 죄 많은 우리는 대체 얼마나 큰 벌을 받아야겠어요?"

노파는 아무 대꾸도 하지 못했다. 이어서 마르틴은 할머니에게 주인은 소작료를 내지 않은 마름을 용서해주었는데, 정작 그 마름은 소작인들을 못살게 굴었다는 이야기를 들려주었다. 할머니와 소년은 가만히 입 다물고 그의 이야기를 들었다.

이야기를 끝내고 마르틴이 말했다.

"하느님께서는 타인의 죄를 용서하라고 말씀하셨지요. 그래야만 자신도 용서받을 수 있다는 뜻이겠죠. 누구든 용서해야 한다고 하셨는데, 하물며 아직 철모르는 아이들은 더욱 그래야죠."

할머니는 고개를 갸우뚱하고 잠시 생각하더니 긴 한숨을 내쉬고 말했다.

"하지만 아이들이 좀 버릇이 없어야죠……"

"그러니까 우리가 가르쳐줘야죠."

"맞는 말이네요. 나도 자식을 일곱이나 두었는데, 지금은 하나밖에 없답니다."

그리고 할머니는 어느 마을에서 자기 딸과 함께 살고 있고, 외손자가 몇이라는 이야기를 했다.

"기력이 떨어질 대로 떨어진 나이지만 일을 하지 않을 수가 없답니다. 어린 손자들이 너무 가엾거든요. 그 착한 것들이 내가 집으로 돌아갈 때면 모두 마중을 나온답니다. 글쎄 아크슈트 놈은 나를 졸졸 따라다니죠. '할머니가 제일 좋아요'라면서요……"

그러더니 할머니는 마음이 완전히 누그러진 듯 사내아이를 바라보며 말했다.

"쯧쯧, 너도 뭘 모르고 그랬겠지."

할머니가 자루를 다시 집어 들려고 하자 사내아이가 얼른 나서서 말했다.

"제가 들어드릴게요, 할머니. 저도 그쪽으로 갈 거예요."

그러자 할머니는 뭐라고 중얼거리면서 자루를 사내아이의 어깨에 메어주었다. 두 사람은 나란히 걸어갔다. 할머니는 마르틴한테 사과값을 받는 깃조차 잊어버렸다. 마르틴은 그 자리에 서서 두 사람의 뒷모습을 멍하니 바라보았다. 할머니와 사내아이는 서로 이야기를 나누며 걸어갔다.

두 사람이 가고 나서 마르틴은 집 안으로 다시 들어오다가 층계에 떨어져 있는 안경을 발견했다. 다행히 깨진 곳 없이 멀쩡했다. 그는 바늘을 찾아 집어 들고 다시 일을 시작했다.

한참 일하다 보니 어느덧 날이 저물어 바늘귀조차 보이지 않았다. 벌써 점등부가 가스등에 불을 켜려고 거리를 돌아다니고 있었다. 마르틴은 등잔불을 켜고 다시 일을 시작했다. 한쪽 장화 수선을 끝내고 보니 꽤 잘 꿰매져 있었다. 그는 일감을 정리하고 쓰고 남은 가죽 조각을 쓸어낸 다음 실과 바늘을 제자리에 두었다. 그러고는 등불을 탁자 위로 옮겨놓고 벽장에서 성경을 꺼냈다.

마르틴은 가죽 조각을 끼워놓은 면을 펼치려고 했다. 그러나 다른 면이 펼쳐지면서 문득 어젯밤 꿈이 생각났다. 그토록 생생했던 꿈이 떠오름과 동시에 뭔가 부스럭거리는 소리가 들렸다. 마르틴이 뒤돌아보니 불빛이 비치지 않는 어두운 방구석에 처음 보는 낯선 사람이 서 있는 것이 아닌가. 누구인지 알 수 없는 그 사람이 마르틴에게 속삭이듯 말했다.

"마르틴, 너는 나를 못 알아봤지?"

"누구십니까?"

마르틴이 물었다.

"나를 말이다."

목소리가 말했다.

"그도 나였다."

밝은 곳으로 나온 사람은 다름 아닌 스테파니치였다. 그는 싱긋 웃으며 나타났다가 순식간에 사라져버렸다.

"그도 나였다."

그러고는 또다시 목소리가 들리더니 어두운 구석에서 갓난아이를 안은 여자가 나타났다. 여자와 갓난아이가 싱긋 미소 짓는가 싶더니 어느새 눈앞에서 사라졌다.

"그도 나였다."

목소리가 들렸고, 할머니와 사과를 손에 쥔 사내아이가 싱긋 웃으며 나타났다가 사라졌다.

마르틴의 마음은 기쁨으로 충만했다. 그는 성호를 그은 다음 안경을 끼고 성경으로 눈길을 돌렸다. 펼쳐진 면의 첫머리에는 이렇게 쓰여 있었다.

"너희는 내가 굶주릴 때에 먹을 것을 주었고, 목마를 때 마실 것을 주었고, 나그네가 되었을 때 따뜻하게 맞아주었으며, 헐벗었을 때 옷을 주었으니……."

그리고 펼쳐진 면의 맨 밑에는 이런 구절이 있었다.

"너희가 내 형제 중에 가장 보잘것없는 자에게 베풀어준 것은 곧 내게 베풀어준 것이니라."〈마태복음〉 제25장 40절—옮긴이)

마르틴은 자신이 꿈을 꾼 것이 아니었음을 깨달았다. 그날 그리스도는 약속대로 마르틴에게 왔고, 마르틴은 그를 기꺼이 대접했던 것이다.

사람에게는 얼마만큼의 땅이 필요한가

1

도시에 사는 여인이 시골에 사는 여동생의 집을 방문했다. 언니는 도시에 사는 상인과 결혼했고, 동생은 시골에서 농부와 결혼해 살고 있었다. 오랜만에 만난 두 자매는 함께 차를 마시며 이야기꽃을 피웠다.

그러다 언니가 자신의 도시 생활을 자랑하기 시작했다. 그녀는 도시 생활이 얼마나 안락하고 편안한지, 자기 아이들에게 얼마나 좋은 옷을 입히고 얼마나 좋은 것을 먹고 마시는지, 또 얼마나 자주 마차를 타고 연극을 보러 가는지 시시콜콜한 것까지 늘어놓았다.

언니의 자랑에 동생은 왠지 분한 생각이 들어 은근히 도시 생활을 무시하며 자신의 생활, 즉 농부의 생활이 지닌 장점에 대해 늘어놓기 시작했다.

"난 언니의 생활과 내 생활을 바꾸고 싶은 마음이 전혀 없어요. 물론 언니네처럼 화려한 생활을 하지는 못해요. 하지만 그 대신 우리는 지금까지 근심이라는 것을 모르고 살았어요. 도시 생활이란 얼

227

핏 화려해 보일지는 몰라도, 자칫 잘못하다가 돈을 못 벌면 졸지에 가난뱅이로 전락하고 말잖아요. '오늘은 부자라도 내일이면 남의 집 처마 밑에 서 있을 수 있다'는 속담이 있잖아요. 하지만 우리 농사일은 도시 생활보다 안정적이에요. 농사일은 마음만 먹으면 오래 할 수 있거든요. 떵떵거리고 살지는 못해도 배곯을 일은 없답니다."

그러자 언니가 말했다.

"배만 곯지 않으면 뭐 하니? 좋은 옷 한 벌 입어보지도 못하고, 사교 모임 한 번 못 가는데. 애, 넌 어쩜 그런 생각을 할 수 있니? 돼지나 송아지도 배곯지 않고 살 수 있어! 네 남편이 아무리 억척스럽게 일해봐야 결국 거름 더미 속에서 살다가 거름 더미 속에서 죽는 것 아니니? 너희 아이들도 똑같이 살게 될 거고."

동생이 말했다.

"여기 생활이 그렇기는 하죠. 하지만 시골 생활에는 도시 생활 같은 위험이 전혀 없어요. 누구에게 굽실거릴 일도 없고, 두려워할 일도 없지요. 하지만 도시에서는 수많은 유혹 속에서 살아야 하죠. 오늘은 무사히 잘 지냈을지 몰라도 내일이 되면 악마한테 사로잡힐지 모르죠. 언니가 언제 어떤 유혹에 휩쓸리게 될지, 형부가 언제 노름이나 술, 여자들에게 한눈팔게 될지 모르는 일이잖아요. 그렇게 되면 모든 것이 끝장나는 것 아니겠어요? 안 그런가요?"

동생의 남편 바흠이 벽난로 옆에서 두 자매의 이야기를 듣고 있다가 끼어들었다.

"그 말이 맞아요. 우리 농부들은 어릴 때부터 땅을 가꾸고 살아와서 그런 어리석은 생각을 하지 않아요. 우리에게 근심이란 것이 있어봐야 가진 땅이 적다는 정도죠. 내게 원하는 만큼의 땅이 있다면 부러울 것도, 두려울 것도 없을 겁니다. 심지어 악마라고 해도 말이에요."

두 자매는 차를 다 마신 후에도 한참 동안 옷 이야기를 하다가 찻잔과 접시를 치우고 잠자리에 들었다.

그런데 실은 악마가 벽난로 뒤에 웅크리고 앉아 이들의 이야기를 빠짐없이 듣고 있었다. 악마는 농부가 자매들의 이야기에 끼어들어 자기에게 충분한 땅만 있으면 악마도 두려울 것 없다며 우쭐거리는 말을 듣고 미소를 지었다.

'옳지! 어디 너랑 나랑 한판 붙어보자. 내가 너에게 많은 땅을 주마. 그리고 그 땅으로 너를 사로잡을 테다.'

2

그 마을에는 여자 지주가 살고 있었다. 그녀는 바렌카라는 애칭을 가진 품위 있는 숙녀로, 120데샤티나(1데샤티나는 약 1헥타르—옮긴이)가량의 땅을 소유하고 있었다. 지금까지 그녀는 자신의 땅을 경작하는 농부들과 좋은 관계를 유지해왔으나, 최근 한 퇴역 군인 출신의 관리인을 고용하면서 말썽이 생기기 시작했다. 그가 걸핏하면 농부들에게 벌금을 물리며 괴롭혔던 것이다.

바흠 역시 조심한다고 했지만, 그의 말이 지주의 귀리밭을 짓밟고 다닌다든지, 그의 암소가 지주의 정원에 들어가 어슬렁거리거나, 그의 송아지들이 지주의 목초지에 들어가는 일들이 종종 생기곤 했다. 그리고 그럴 때면 어김없이 벌금을 물었다. 그럴 때마다 바흠은 하인들을 꾸짖으며 때렸다.

그 관리인 때문에 바흠은 여름 내내 무진장 고생했다. 그래서 가축들을 우리에 넣어두는 계절이 되자 마음이 얼마나 홀가분한지 몰랐다. 사룟값이 들기는 했지만 벌금 걱정을 하지 않아도 되었기 때문이다.

그런데 겨울이 되자 여자 지주가 땅을 팔려고 내놓았다는 소문이 돌았다. 더구나 그 땅을 큰길가 여관 주인이 사려고 한다는 것이었다. 그 소문을 듣고 농부들은 걱정이 이만저만이 아니었다.

'그 땅이 여관 주인의 손에 들어가면 큰일인데. 그는 여지주보다 훨씬 지독한 사람이라 틀림없이 벌금을 더 많이 물릴 거야. 우리가 그 땅 없이 살아갈 수도 없고. 이 주변에 사는 농부들은 죄 그 땅을 부쳐 먹고사니까.'

이렇게 생각한 농부들은 결국 의견을 모아 함께 여지주를 찾아갔다. 그들은 그 땅을 여관 주인에게 팔지 말고 자기들에게 팔라고 부탁하며 여관 주인보다 더 많은 값을 지불하겠다고 약속했다.

그녀는 그들의 제안을 승낙했다. 농부들은 조합을 결성하여 그 땅을 사들일 방법을 고민했다. 그러기 위해 몇 번의 모임을 가지기도 했다. 그러나 번번이 결론이 나지 않았다. 악마가 갖은 수를 다 써서 훼방을 놓는 바람에 아무리 해도 의견이 모아지지 않았던 것이다. 결국 농부들은 각자 형편대로 땅을 사기로 결정했다. 여지주도 그 의견에 동의했다.

얼마 후 바흠은 자기 이웃 중 한 사람이 20데샤티나의 땅을 샀으며, 우선 땅값의 반만 내고 나머지 반은 1년 내에 갚기로 여지주와 약속했다는 소문을 들었다. 바흠은 그가 너무너무 부러웠다.

'농네 사람들이 땅을 다 사버리면 나는 어떡하지?'

그는 아내와 의논했다.

"다들 땅을 사들이고 있는데, 우리도 10데샤티나쯤은 사야 하지 않겠소? 안 그러면 관리인이 물리는 벌금 때문에 도저히 살 수가 없을 거야."

그들은 어떻게 하면 땅을 살 수 있을지 궁리했다. 그들에게는 저축해둔 돈이 1백 루블 정도 있었다. 거기에 망아지 한 마리와 양봉을 해서 모은 꿀을 팔고, 아들을 남의 집 일꾼으로 보내고, 동서한테 빚을 내서 겨우 땅값의 절반 정도를 마련할 수 있었다.

바흠은 그렇게 모은 돈을 가지고 미리 봐놓은 15데샤티나 정도의 숲이 딸린 땅을 사려고 여지주를 찾아갔다. 그는 여지주와 흥정을 했고, 마침내 계약금을 치렀다. 그리고 곧 도시로 나가 매매와 양도 절차를 밟고 땅값의 절반을 지불했다. 잔금은 2년 내에 치르면 되었다.

바흠은 드디어 자신의 땅을 소유하게 되었다. 처음에는 씨앗을 빌려서 농사를 지어야 했으나, 1년 만에 여지주와 동서한테 진 빚을 모두 갚을 수 있었다. 마침내 바흠은 진짜 지주가 되었다. 그는 자신의 땅을 경작하여 씨를 뿌렸고, 자신의 땅에서 가축을 길렀으며, 자신의 목초지에서 꼴을 베고, 자신의 숲에서 땔감을 구했다. 바흠은 자신의 넓은 밭을 갈거나 자라나는 곡식을 살피고, 자신의 목초지를 둘러볼 때마다 너무나 뿌듯했다. 목초지의 풀이나 꽃들도 예전과는 다르게 보였다. 전에도 이 땅을 밟고 지나다녔지만 지금은 아주 특별한 땅으로 보였다.

3

바흠은 만족스럽게 하루하루를 보내고 있었다. 마을 농부들이 그의 농작물을 해치고 목초지를 망가뜨리지 않았다면 아무 일 없었을 것이다. 마을 사람들이 종종 자기네 소들을 그의 목초지에 놓아먹이거나 이웃집이 말들을 풀어놓는 바람에 그의 밭을 짓밟곤 했던 것이다. 그럴 때마다 그는 소나 말 주인에게 진지하게 부탁해보았지만 소용없었다.

처음에 바흠은 소나 말을 내쫓고 주인한테는 말로 타일렀다. 그러나 결국 참다못해 고소를 하기에 이르렀다. 물론 농부들이 부주의해서 일어난 일일 뿐 결코 악의로 그런 것이 아님을 알고 있었지만, 이런 생각이 들었던 것이다.

'이런 일을 매번 그냥 넘어갈 수는 없어. 그러다가는 언젠가 저들이 내 땅을 아예 못쓰게 만들어버릴 거야. 이쯤에서 본때를 보여줘야 해.'

그는 재판을 걸어 사람들에게 벌금을 받아내기 시작했다. 그러자 바흠의 이웃들은 그를 욕하면서 이제는 고의로 그의 땅을 짓밟기 시작했다. 어떤 사람은 한밤중에 그의 숲에 몰래 들어가 달피나무 여남은 그루의 밑동을 잘라버렸다. 다음 날 바흠은 자신의 숲을 지나가다가 이 광경을 목격하고는 깜짝 놀랐다. 누군가 일부러 그런 것이 분명했다. 달피나무 가지들이 여기저기 흩어져 있고 잘린 그루터기만 덩그러니 남아 있었던 것이다. 바흠은 머리끝까지 화가 치밀었다.

'나쁜 놈들 같으니! 누군지 잡히기만 해봐라! 절대 가만두지 않을 테다.'

그는 누구의 짓인지 곰곰이 생각해보았다.

'누가 이런 짓을 했을까? 아무래도 쇼무카 아니면 이런 짓을 할 사람이 없지.'

그는 곧바로 쇼무카네 집을 찾아가 따졌으나 말다툼만 했을 뿐 아무 소득 없이 돌아왔다. 그러자 바흠은 더욱 그가 한 짓이 틀림없다고 믿었다. 그는 결국 쇼무카를 고발했고, 두 사람은 법정 다툼을 벌였다. 그러나 아무런 증거가 없었기 때문에 쇼무카는 결국 무죄 판결을 받았다. 바흠은 분한 마음이 든 나머지 촌장과 재판관들 앞에서 행패를 부리기도 했다.

"당신네들은 도둑놈 편을 들고 있소. 당신들이 일을 제대로 하고 있다면 저런 도둑놈한테 무죄 판결을 내릴 수는 없을 거요."

바흠은 재판관뿐만 아니라 이웃 사람들과도 다투었다. 그러자 이웃들은 그의 집에 불을 지르겠다고 으름장을 놓았다. 결국 바흠은 넓은 땅을 가지고서도 그 전보다 더 좁은 영역에서 살게 되었다.

그 무렵 바흠은 사람들이 새로운 곳으로 이주하려 한다는 소문을 들었다. 바흠은 혼자 생각했다.

'내 땅이 있는데 떠날 이유가 어딨어. 더구나 이웃 사람들이 이곳을 떠나면 땅도 더 많이 남을 거고 말이야. 땅을 좀더 사서 이 근방 일대를 전부 내 소유로 만들어야지. 그러면 살기가 좀더 나아질 거야. 어쨌든 지금은 땅이 좀 좁으니까.'

그러던 어느 날 바흠이 집에 있을 때였다. 마을을 지나가던 나그네가 그의 집에서 하룻밤 묵게 해달라고 부탁했다. 바흠과 그의 아내는 흔쾌히 승낙하고 음식을 대접하며 나그네와 이런저런 이야기를 나눴다.

나그네는 볼가 강 건너편 아래쪽에서 일하며 산다고 말했다. 뜨문뜨문 이야기하던 그는 많은 사람들이 그곳으로 옮겨가고 있다고 말했다. 그곳으로 이주하면 마을 조합에 가입되어 한 사람당 10데샤티나의 땅을 얻을 수 있다는 것이었다.

"정말 기름진 땅이에요. 밀을 심으면 밀대가 어찌나 쑥쑥 자라는지 말이 보이지 않을 정도예요. 밀 다섯 줌을 심으면 이내 한 다발이 되고 말지요. 어떤 농부는 거의 알거지 상태로 왔다가, 지금은 말 여섯 필에 암소를 두 마리나 가지고 있답니다."

이 말을 들은 바흠은 몹시 들떠서 혼잣말로 중얼거렸다.

"그런 곳이 있는데 이런 좁은 땅에서 힘들게 살 필요가 뭐 있겠어. 이 집은 팔아버리고 그곳에 가서 새 집을 짓고 잘살아 보자. 이런 좁은 땅덩어리에서 살면 평생 골치만 아플 테니. 어쨌든 직접 가서 이것저것 알아봐야지."

여름이 되자 바흠은 그곳으로 출발했다. 증기선을 타고 볼가 강을 따라 사마라까지 가서 그곳에서 다시 4백 베르스타(1베르스타는 약 1,076킬로미터로 약 430킬로미터─옮긴이)를 걸어서 드디어 목적지에 도착했다. 나그네가 말한 대로 농부들은 각자 10데샤티나의 땅을 얻어 풍족하게 살고 있었다. 그리고 누구든지 조합에 가입할 수 있었으며, 배당을 받은 토지 말고도 가장 좋은 땅을 1데샤티나당 3루블에 얼마든지 더 살 수 있었다.

바흠은 그곳 상황에 대해 철저히 조사하고 나서 가을이 되기 전에 집으로 돌아왔다. 그리고 자신의 전 재산을 내놓았다. 땅은 꽤 비싼 값을 받고 넘겨주었고, 집과 가축도 좋은 값에 팔렸다. 그는 마을의 조합에서 탈퇴하고 봄에 가족을 데리고 새로운 곳으로 이사를 갔다.

4

바흠은 곧바로 큰 마을의 조합에 가입했다. 그는 마을 어른들에
게 술을 대접하고 필요한 모든 서류들을 마련해 다섯 가족 앞으로
50데샤티나의 땅과 목초지를 배정받았다. 그는 우선 집을 짓고 가
축을 샀다. 그는 이전보다 3배쯤 더 많은 땅을 가지게 되었다. 더구
나 그 땅이 어찌나 비옥한지 생활은 10배 더 풍족했다. 경작지와
가축의 먹이를 얻을 수 있는 목초지는 원하는 만큼 가질 수 있었고
가축도 얼마든지 키울 수 있었다.

처음에 집을 짓고 가축을 사들이는 동안에는 바흠도 더없이 만족
스러웠다. 그러나 모든 것들이 안정되자 점점 이 땅도 좁다는 생각
이 들었다.

첫해에 바흠은 자기 밭에 밀을 심었다. 밀농사가 무척 잘되자 그
는 밀을 더 심고 싶었다. 그러나 그가 할당받은 농지는 그의 욕심을
채우기에는 턱없이 모자랐다. 자기가 가진 다른 땅에서는 밀농사를
지을 수가 없었다. 이 지방에서는 목초지나 묵힌 땅에 밀농사를 지
었고, 1년이나 2년쯤 밀농사를 지은 다음에는 또다시 땅을 묵혀 풀
이 자라게 했다. 하지만 밀농사를 지을 수 있는 땅에 비해 그것을
원하는 사람들이 훨씬 더 많아서 경쟁자들끼리 다툼을 벌이기 일쑤

였다. 돈 많은 사람들은 그 땅을 사려고 했고, 돈이 없는 사람들은 상인들에게 빚을 내거나 농경지를 빌려 농사를 지었다.

바흠도 밀농사를 많이 짓고 싶었다. 그래서 다음 해에 그는 상인을 찾아가 1년간 땅을 빌렸다. 그리하여 더 많은 밀을 심어 더 많은 밀을 수확했다. 그러나 그가 이 땅에 가려면 마을에서 최소한 15베르스타(약 16킬로미터—옮긴이)를 걸어야 했다. 그 땅 부근에는 장사까지 하는 부유한 농부의 별장이 있었는데, 그것을 보고 바흠은 생각했다.

'여기에 집만 있으면 더할 나위 없을 텐데. 집을 지을 땅만 더 있으면 모든 것이 만족스러울 텐데……'

바흠은 어떻게 하면 땅을 더 살 수 있을지 궁리했다. 이렇게 3년을 보냈다. 그는 땅을 빌려 더 많은 밀을 심었고, 해마다 풍년이 들어 돈도 많이 모았다. 바흠 가족이 생활하기에는 이 정도로 충분했다.

하지만 시간이 지남에 따라 바흠은 남의 땅을 빌려 농사 짓는 일이 구차하게 느껴졌다. 어딘가 쓸 만한 땅이 있으면 사람들이 즉각 달려들어 사버렸기 때문에 조금만 꾸물거려도 그해 농사는 지을 수 없게 되었다.

3년째 되던 해에 바흠은 한 상인과 공동으로 어느 목초지를 빌리게 되어 미리 쟁기질까지 모두 해놓았다. 그러나 그 땅을 두고 사람들 간에 분쟁이 일어나는 바람에 헛일이 되고 말았다. 그는 화가 나서 생각했다.

'내 땅이었다면 사람들한테 굽실거리지 않아도 되고, 구차스러운 일도 없을 텐데……'

바흠은 땅을 살 수 있는지 수소문하기 시작했다. 그러다 어느 농부가 파산을 하는 바람에 급히 처분하려고 6백 데샤티나의 땅을 싼 값에 내놓았다는 소식을 들었다. 바흠은 그와 여러 차례 흥정한 끝에 마침내 땅값의 절반을 나중에 지불한다는 조건으로 1,500루블에 그 땅을 사기로 했다.

거래가 성사되어 계약을 할 무렵 지나가던 상인 하나가 먹을 것을 얻으려고 바흠네 집에 들렀다. 바흠은 그 상인과 식사를 한 후 차를 마시면서 이런저런 이야기를 나눴다. 상인은 자신이 먼 바시키르에서 왔으며, 그곳에서 5천 데샤티나의 땅을 불과 1천 루블에 샀노라고 말했다. 그 말을 듣고 바흠은 귀가 솔깃해 이것저것 캐물었다. 그러자 상인이 말했다.

"내가 한 일이라고는 그저 노인네들 비위를 맞춰준 것뿐이었답니다. 선물을 주거나 술을 조금 대접했죠. 그 덕분에 1데샤티나당 20코페이카라는 헐값에 땅을 사들일 수 있었지 뭡니까?"

상인은 땅문서를 보여주며 계속 말했다.

"그 땅은 모두 작은 개천을 끼고 있는 데다 온통 풀로 뒤덮여 있는 넓은 평원이랍니다."

바흠은 어떻게 그렇게 할 수 있었으며, 누구와 거래했는지 등 자세히 물어보았다.

"1년이 걸려도 다 돌아보지 못할 정도로 넓은 땅이랍니다. 땅들은 모두 바시키르 사람들 소유인데, 그곳 사람들이 워낙 순한 양 같아서 거저 얻은 거나 진배없어요."

바흠이 생각했다.

'가만있자, 내가 왜 고작 6백 데샤티나의 땅에 내 돈 1천 루블에 빚까지 내야 한단 말인가? 그곳에 가면 1천 루블로 그보다 훨씬 더 넓은 땅을 얼마든지 살 수 있는데.'

5

바흠은 상인에게 그곳으로 가는 길을 자세히 물어보았다. 그리고 상인이 떠나자마자 자기도 길을 떠날 준비를 했다. 그는 아내에게 집안일을 맡기고 하인 하나를 데리고 떠났다. 바시키르로 가는 도중 도시에 들러 상인이 말한 대로 차 한 상자와 술과 선물을 샀다. 그리고 길을 재촉하여 5백 베르스타를 여행했다.

그들은 일주일 만에 바시키르의 초원에 도착했다. 모든 것이 상인의 말대로였다. 바시키르 사람들은 개천을 따라 펼쳐진 초원에서 양털로 덮개를 씌운 천막 수레에서 살고 있었다. 그들은 땅을 갈아 농사를 짓지도 않았고 곡식으로 빵을 만들어 먹지도 않았다. 그들이 기르는 가축들은 넓은 초원에서 풀을 뜯고 있었으며, 말들도 떼를 지어 이리저리 돌아다니고 있었다. 천막 수레 뒤에는 망아지들이 매어 있었는데 하루에 두 번씩 암말들을 데려다 젖을 먹였다. 아낙네들은 암말의 젖을 짜서 치즈를 만들었다. 남자들은 그저 술을 마시고 양고기를 먹으며 갈대 피리나 불며 한가롭게 지냈다. 그들 모두 살집이 좋고 유쾌했으며, 여름 내내 빈둥거릴 뿐이었다. 러시아 말은 할 줄 몰랐으나 무척 상냥하고 친절한 사람들이었다.

바시키르인들은 바흠을 보자 천막 수레에서 몰려나와 그의 주위를 에워쌌다. 바흠은 통역을 찾아가서 땅을 사러 왔다고 말했다. 바시키르인들은 반가워하며 바흠을 바닥에 양탄자가 깔려 있는 제일 좋은 천막 수레로 데리고 갔다. 그리고 그를 양털 방석에 앉히고, 그의 주위에 둘러앉아 차와 술과 양고기 요리를 대접했다. 바흠은 짐을 풀고 선물을 그들에게 나누어 주었다. 바시키르인들은 좋아서 어쩔 줄을 몰랐다. 그러고는 그들끼리 소곤거리더니 통역을 통해 이런 말을 전했다.

"당신이 마음에 든다. 그리고 우리의 관습에 따라 선물에 대한 보답을 하고 싶다. 우리가 가진 것 중 원하는 것이 있으면 무엇이든지 주겠다. 원하는 것을 말해보라."

그러자 바흠이 말했다.

"내가 원하는 것은……."

바흠은 조금 뜸을 들이더니 말을 이었다.

"당신들의 땅을 조금 얻었으면 합니다. 내가 사는 지역에는 농사

지을 수 있는 땅이 부족한 데다 경작을 너무 많이 해서 척박한 땅으로 변해버렸답니다. 하지만 당신네 땅은 무척 넓은 데다 비옥한 토양이에요. 지금까지 이렇게 좋은 땅을 본 적이 없습니다."

통역이 그의 말을 전하자 바시키르인들은 자기들끼리 속닥거리며 의논했다. 바흠은 그들이 뭐라고 하는지 전혀 알아들을 수 없었지만 유쾌하게 떠들고 웃는 것으로 보아 긍정적인 대답이 나오리라 짐작했다. 그들은 곧 일제히 입을 다물고 바흠을 바라보았다. 통역이 전했다.

"당신의 친절에 대한 답례로 당신이 원하는 만큼의 땅을 기꺼이 주겠다. 얼마만큼의 땅을 원하는지 말해보라."

그러고 나서 그들은 또다시 의논했다. 그런데 이번에는 목소리를 높이며 옥신각신하는 것이었다. 바흠이 뭣 때문에 다투느냐고 묻자 통역이 이렇게 대답했다.

"몇몇 사람들은 땅 문제는 촌장의 승낙을 반드시 받아야 한다고 말하고, 또 다른 사람들은 촌장의 승낙을 받을 필요 없다고 해서 그러는 겁니다."

6

바시키르인들이 한창 옥신각신하고 있을 때 여우 가죽 모자를 쓴 사람이 천막 안으로 들어왔다. 그러자 떠들던 사람들이 일제히 말을 멈췄다. 통역이 말했다.

"이분이 바로 촌장이십니다."

바흠은 얼른 일어나 자기가 가지고 온 선물 중에 가장 좋은 옷과 5근짜리 차 상자를 그에게 주었다. 촌장은 그것을 받아 들고 맨 윗자리에 앉았다. 사람들이 촌장에게 뭐라고 이야기했고, 촌장은 귀 기울여 듣고 있다가 조용히 하라는 뜻으로 고개를 끄덕이고는 바흠에게 러시아어로 말했다.

"그러죠. 당신이 원하는 만큼 땅을 가지십시오. 이곳에는 땅이 얼마든지 있으니까요."

'내가 원하는 만큼 땅을 가지라고? 이런 일일수록 계약을 단단히 해둬야 해. 나중에 도로 내놓으라고 할지도 모르니까.'

바흠은 이렇게 생각하고는 촌장에게 말했다.

"감사합니다. 정말 고마우신 말씀이군요. 말씀하신 대로 이곳 땅은 정말 넓군요. 나는 그렇게 많은 땅을 원하는 것이 아닙니다. 다만 어느 만큼 가질 수 있는지 말씀해주십시오. 그리고 측량을 해서 제 소유를 명확히 해두고 싶습니다. 신께서도 생명을 주셨다가 곧 거둬 가듯이, 당신들이 친절하게도 나에게 허락한 땅을 당신들의 후손들이 도로 빼앗아갈지도 모르니까요."

촌장은 흔쾌히 승낙했다.

"맞는 말입니다. 그렇게 해드리지요."

그러자 바흠이 말했다.

"어떤 상인한테 듣자 하니 땅문서를 주셨더군요. 나에게도 땅문서를 만들어주었으면 합니다."

촌장이 말했다.

"그렇게 해드리죠. 이 마을 서기와 함께 도시로 나가서 절차를 밟으면 됩니다."

"그런데 땅값으로 얼마나 드리면 될까요?"

바흠이 물었다.

"우리 고장에서는 땅값이 같습니다. 하루치에 1천 루블이죠."

바흠은 의아한 표정으로 말했다.

"그게 무슨 뜻인가요? 하루치가 대체 몇 데샤티나입니까?"

촌장이 말했다.

"우리는 그런 단위 같은 건 모릅니다. 다만 하루치로 땅을 팔지요. 말하자면 하루 동안에 당신이 걸어가는 곳까지 당신 땅이 되는 것이고, 그만큼의 땅값이 1천 루블이라는 겁니다."

바흠은 깜짝 놀라 말했다.

"하루 종일 걸은 만큼이라면 상당히 넓겠는데요."

촌장이 웃으며 대답했다.

"네, 당신이 하루 종일 걸어간 땅이 모두 당신 것이 됩니다. 다만 한 가지 조건이 있습니다. 해 지기 전에 출발한 곳으로 돌아오지 못하면 무효가 됩니다."

"그럼 내가 돌아다닌 땅이라는 표시를 어떻게 하죠?"

"우리가 함께 가서 서 있을 테니 그곳에서 출발해 원을 그리며 다시 돌아오면 됩니다. 괭이를 가지고 다니면서 원하는 곳에 표시하면 됩니다. 조그마한 구덩이를 파놓든지, 나뭇가지나 풀을 꽂아두십시오. 우리가 그 구덩이를 따라 선을 긋고 쟁기질을 하면 되니까요. 얼마든지 돌아다녀도 되지만 반드시 해가 지기 전에 당신이 출발한 지점으로 돌아와야 한다는 것을 명심하세요. 그러면 당신이 둘러본 땅은 모두 당신 것이 됩니다."

바흠은 뛸 듯이 기뻤다. 그들은 아침 일찍 출발하기로 약속하고, 밤늦도록 술을 마시고 양고기도 먹고 차도 마시면서 이야기를 나눴다. 그들은 바흠에게 깃털 이불로 잠자리를 마련해주었다.

7

바흠은 이불을 덮고 자리에 누웠으나 온통 땅 생각뿐이었다. 그는 쉽사리 잠을 이루지 못하고 어떻게 하면 좀더 많은 땅을 가질지 궁리했다.

'하루 동안 50베르스타는 가야지. 둘레가 50베르스타라면 굉장히 넓은 면적이겠지. 그중 토질이 안 좋은 땅은 팔거나 다른 농부한테 빌려주면 돼. 제일 좋은 땅을 골라서 정착해야지. 암소 두 마리로 쟁기를 끌고, 일꾼도 두어 명 써서 50데샤티나 정도만 농사를 짓고, 나머지 땅으로 목축을 해야겠다.'

바흠은 밤새 뜬눈으로 이런저런 생각에 골몰하다 새벽녘에 겨우 잠들었다. 그는 잠이 들자마자 꿈을 꾸었다. 꿈속에서 그는 자신이 누운 천막 수레 밖에서 누군가 낄낄거리는 소리를 들었다. 그는 자리에서 일어나 나가 보았다. 마을 촌장이 수레 앞에 앉아 배를 움켜잡고 큰 소리로 웃고 있었다. 그는 촌장에게 다가가 물었다.

"왜 그렇게 웃으십니까?"

그런데 다시 보니 그는 촌장이 아니라 자기에게 이곳의 땅 이야기를 해준 상인이었다. 바흠은 상인에게 물었다.

"여기는 언제 오셨나요?"

그러자 이번에는 상인이 볼가 강 건너편에서 온 농부로 변했다. 바흠이 다시 자세히 쳐다보니 그 농부의 모습도 이내 사라지고, 이제는 뿔과 발굽을 가진 악마의 모습으로 변했다. 그리고 그의 앞에는 맨발에 셔츠와 속바지 차림을 한 사내가 누워 있었다. 바흠은 가까이 다가가 그 사내를 살펴보았다. 그것은 다름 아닌 죽어 있는 자신의 모습이었다. 바흠은 깜짝 놀라는 순간 퍼뜩 잠이 깼다.

"뭐야, 무슨 꿈이지?"

그는 혼자 중얼거리며 주위를 둘러보았다. 벌써 동이 터서 햇살이 비치기 시작했다. 그는 출발할 시간이 되었으니 사람들을 깨워야겠다고 생각하고는 자리에서 일어났다. 바흠은 여행용 마차에 있는 자기 하인을 깨워 마차에 말을 매라고 지시하고는 바시키르인들을 깨우러 갔다.

"출발할 시간입니다. 초원에 나가 땅을 측량해야죠."

바시키르인들이 일어나 모여들었다. 잠시 후 촌장이 나왔다. 바시키르인들은 또다시 술을 마시며 바흠에게도 차를 권했지만, 바흠은 시간을 지체하고 싶지 않았다.

"어서 출발합시다."

8

바시키르인들은 준비를 마친 다음 말이나 마차를 타고 출발했다. 바흠은 하인과 함께 자신의 마차를 탔다. 초원에 이르자 날이 밝기 시작했다. 바시키르 말로 '시항'이라 부르는 자그마한 언덕에 도착하자 모두 마차와 말에서 내려 한곳으로 모였다. 촌장이 바흠에게 다가오더니 손으로 가리키며 말했다.

"눈에 보이는 모든 땅이 우리 것입니다. 당신이 원하는 곳을, 원하는 만큼 가지세요."

바흠은 이글이글 타오르는 눈빛으로 땅을 바라보았다. 무성한 풀로 덮여 있고 손바닥처럼 평평했으며 굴뚝 속처럼 검고 기름진 땅이었다. 낮게 팬 곳에는 사람의 가슴까지 올 정도로 키 큰 풀이 무성하게 자라 있었다. 촌장은 여우 가죽 모자를 벗어 땅에 놓고 말했다.

"여기가 출발점입니다. 이곳에서 출발해 다시 이곳으로 돌아오면 됩니다. 당신이 돌고 온 땅은 모두 당신의 것입니다."

바흠은 돈을 꺼내 여우 가죽 모자 속에 집어넣었다. 그리고 겉옷을 벗고 조끼 바람으로 가죽띠를 꽉 잡아맸다. 빵이 든 작은 주머니는 목에 걸고 물병은 허리띠에 찬 다음 장화를 단단히 고쳐 신고 하인이 건네주는 괭이를 받아 들었다.

바흠은 출발 준비를 끝내고 잠시 서서 어느 방향으로 갈지 생각했다. 어느 땅이든 다 훌륭했다. 고민 끝에 그는 해가 뜨는 동쪽으로 가기로 결심했다. 그는 동쪽을 향해 서서 제자리걸음을 하며 해가 지평선 위로 떠오르기를 기다렸다.

그는 생각했다.

'1분도 지체해서는 안 돼. 그리고 조금이라도 선선한 때 최대한 많이 걸어야 해.'

드디어 해가 지평선 위로 솟아오르기 무섭게 바흠은 괭이를 어깨에 메고 드넓은 초원으로 힘차게 발걸음을 옮기기 시작했다. 바흠은 느리지도 빠르지도 않은 속도로 걸었다. 그리고 1베르스타마다 걸음을 멈추고 작은 구덩이를 파서 잔디를 몇 덩이 채워 표시했다. 그는 계속 걸어갔다. 발걸음은 점점 더 빨라졌다. 그렇게 가다가 작은 구덩이를 파고, 또 가다가 구덩이를 파면서 계속 걸었다.

바흠은 뒤돌아보았다. 햇빛 아래 시작 언덕과 그 위에 서 있는 사람들, 그리고 여행 마차의 쇠바퀴가 반짝거리는 것도 보였다. 바흠은 5베르스타쯤 걸었을 거라고 짐작했다. 날이 점점 더워지자 그는 조끼를 벗어 어깨에 걸치고 걸음을 재촉했다. 해를 보니 벌써 아침이었다.

'이제 한 꼭짓점을 지났군. 이런 식으로 네 꼭짓점을 지나야 하니 아직 방향을 돌리기에는 이르지. 장화만 벗고 가도록 하자.'

그는 앉아서 장화를 벗어 허리띠에 차고 계속 걸었다. 걷기가 훨씬 편했다.

'5베르스타만 더 가서 왼쪽으로 꺾어야지. 이렇게 좋은 땅을 포기하기는 너무나 아깝거든. 최대한 걸어가는 게 좋겠어.'

그는 여전히 방향을 바꿀 생각은 않고 계속 앞으로 걸어갔다. 돌아보니 시항 언덕은 이제 아득히 멀어져 사람들이 개미처럼 검은 점으로 보였다. 마차 바퀴가 반짝거리는 것도 이제는 겨우 짐작할 수 있을 정도였다.

"좋아, 이만큼이면 충분하다. 이제 방향을 바꿔야지. 땀을 너무 많이 흘렸더니 목이 마르네."

바흠은 걸음을 멈추고 구덩이를 파서 잔디를 채운 다음 물을 들이켜고는 왼쪽으로 방향을 틀었다. 그는 다시 걷고 또 걸었다. 갈수록 풀은 점점 더 키가 크고 무성했다. 바흠은 지치기 시작했다. 해를 쳐다보니 점심때였다.

"좋아, 여기서 조금만 쉬자."

바흠은 걸음을 멈추고 앉아 빵을 먹으며 물을 마셨다. 그러나 드러눕지는 않았다. 누웠다가 잠들어 버릴지도 모른다고 생각했던 것이다.

그는 또다시 걷기 시작했다. 처음에는 걷기가 조금 수월하게 느껴졌다. 빵을 먹고 기력이 조금 살아났기 때문이다. 날은 점점 더워졌고 졸음까지 쏟아졌다. 그러나 그는 몇 시간만 더 견디면 일생이 편할 거라고 생각하며 꾹 참고 걸었다. 꺾어진 방향으로 한참을 걷다가 왼쪽으로 방향을 바꾸려고 마음먹는 순간 눈앞에 촉촉한 분지가 나타났다.

'버리기 아까운 땅이야. 저기서 아마를 키우면 좋겠어.'

그는 계속 앞으로 걸어갔다. 그리고 분지를 지나고 나서야 두 번째 방향을 틀었다. 바흠은 다시 시작 언덕 쪽을 바라보았다. 한낮의 강한 햇빛으로 아지랑이가 피어올라 언덕 위의 사람들이 거의 보이지 않았다.

'좋아, 두 방향은 길게 잡았으니 이제부터는 좀 짧게 가야겠다.'

세 번째 방향으로 접어들면서 그는 걸음을 재촉했다. 해를 보니 벌써 서쪽으로 기울어 있었다. 세 번째 방향으로는 2베르스타밖에 걷지 못했다. 그러나 출발점에 도착하려면 15베르스타나 걸어가야 했다.

'안 되겠다. 땅 모양이 일그러지더라도 이제는 서둘러 돌아가야지. 더 이상 욕심내서는 안 되겠는걸. 이 정도로도 땅은 충분해.'

바흠은 서둘러 작은 구덩이를 파고 잔디를 채운 다음 언덕을 향해 곧장 걸어갔다.

9

바흠은 점점 다리에 힘이 풀렸다. 몸은 이미 땀으로 젖었고, 장화를 벗은 맨발은 군데군데 찢어진 상처투성이로 발을 땅에 딛기조차 힘들었다. 하지만 쉴 수가 없었다. 해가 지기 전에 도착하지 못하면 모든 것이 허사가 되기 때문이었다. 해는 뉘엿뉘엿 떨어지고 있었다.

'아아! 내가 너무 욕심을 부렸나? 늦게 도착하면 어떡하지?'

그는 언덕을 바라본 다음 다시 해를 쳐다보았다. 출발점까지는 아직도 먼데, 해는 어느새 지평선에 가까워지고 있었다. 바흠은 걸음을 재촉했다. 지칠 대로 지쳐 있었지만 걸음을 멈출 수는 없었다. 그는 걷고 또 걸었다. 그러나 언덕까지는 아직도 멀었다. 마침내 그는 조끼와 장화와 물통을 벗어던지고 괭이를 지팡이 삼아 달리기 시작했다.

'아아, 욕심이 과했어. 이젠 망했다. 해 지기 전에 도착하지 못할 것 같아.'

그런 생각이 들자 숨이 더욱 가빴다. 그러나 바흠은 무조건 달렸다. 땀에 젖은 셔츠와 바지가 몸에 찰싹 달라붙었고, 입안이 바싹 타는 듯했다. 가슴은 대장간의 풀무처럼 헐떡거렸고 심장은 방망이질하듯 쿵쿵 뛰었다. 두 다리는 거의 부러질 것 같았다. 바흠은 이러다 죽는 것은 아닌가 하는 두려움마저 밀려들었다. 하지만 여기서 걸음을 멈출 수는 없었다. 죽는다고 생각하자 무섭기는 했지만 포기할 수는 없었다.

'죽도록 고생했는데 이제 와서 그만두면 바보 멍청이밖에 더 되겠어.'

그는 달리고 또 달렸다. 출발점에 가까워졌을 때 바시키르인들이 외치는 소리가 들려왔다. 그들의 고함 소리가 들리자 그의 심장은 한층 더 열띠게 고동쳤다. 바흠은 젖 먹던 힘까지 다해 계속 달렸다. 해는 새빨간 공처럼 지평선에 걸쳐 있었다. 조금 있으면 해가 완전히 넘어갈 터였다.

이제 출발점도 얼마 남지 않았다. 바흠은 그를 향해 손을 흔들며 재촉하는 사람들의 모습과 땅 위에 놓인 여우 가죽 모자, 그리고 그 속에 든 돈까지 보일 만큼 가까이 왔다. 땅바닥에 앉아 배를 움켜잡고 있는 촌장의 모습도 보였다. 그때 문득 바흠은 간밤에 꾸었던 꿈이 생각났다.

'땅은 원 없이 얻었지만 하느님께서 나를 그 땅에 살게 해주실까? 아아! 결국 내가 나 자신을 망치고 말았어. 더 이상 달릴 수가 없어.'

바흠은 지평선 너머로 지는 해를 바라보았다. 해는 이미 둥그스름한 끝 부분만 보일 뿐이었다. 바흠은 안간힘을 다했다. 몸은 앞으로 쓰러지기 직전이었으나 두 다리로 겨우 버티고 있었다. 바흠이 언덕 밑에 도착한 바로 그 순간 주위가 어두컴컴해졌다. 해를 바라보니 이미 지평선 너머로 사라지고 없었다. 바흠은 두려움에 휩싸였다.

'죽도록 고생한 보람도 없구나.'

그가 이렇게 생각하고 걸음을 멈추려는 순간 바시키르인들이 외치는 소리가 들렸다. 그러자 문득 자신은 언덕 아래에 있고, 그들이 서 있는 언덕 위에서는 아직 해가 보일 거라는 생각이 들었다. 그는 다시 힘을 내서 언덕 위로 달려 올라갔다. 언덕 위에서는 아직도 해가 보였다. 언덕으로 올라가자 바흠은 곧장 모자가 놓인 곳으로 달려갔다. 모자 앞에서는 촌장이 주저앉아 배를 움켜쥐며 웃고 있었다. 바흠은 또다시 간밤의 꿈이 떠올라 깜짝 놀랐다. 그러나 그는 더 이상 몸을 지탱할 수 없었다. 두 다리가 꺾이면서 땅에 쓰러지는 순간 그는 손을 뻗어 모자를 꽉 움켜쥐었다.

촌장이 그에게 소리쳤다.

"참으로 대단하오. 참 좋은 땅을 차지했구려."

하인이 달려가 바흠을 부축해 일으켜 세우려고 했다. 그러나 바흠은 이미 피를 토하고 쓰러져 죽고 말았다. 바시키르인들은 안됐다는 표정을 지으며 혀를 끌끌 찼다.

하인은 괭이를 들고 바흠의 시신을 묻을 무덤을 팠다. 바흠의 머리에서 발끝까지 길이로 정확하게 3아르신(약 213센티미터—옮긴이)이었다. 결국 바흠이 차지한 땅은 그것이 전부였다.

두 노인

1

두 노인이 예루살렘으로 성지순례를 떠나기로 했다. 한 사람은 예핌 타라스이치 세베료프라는 부유한 농부였고, 다른 한 사람은 예리세이 보드료프라는 남자로 그럭저럭 사는 편이었다.

농부 예핌은 술 담배도 하지 않고 평생 욕 한 번 한 적 없는 우직하고 고지식한 성격이었다. 심지어 코담배도 하지 않았다. 모든 일을 엄격하고 빈틈없이 처리하는 예핌은 마을 촌장을 두 번이나 지내는 동안 1코페이카의 오차도 없이 완벽하게 해냈다. 예핌은 아들 둘과 벌써 결혼한 손자까지 대가족이 모두 한집에 살았다. 길다란 턱수염은 살짝 희끗한 정도였고 등도 전혀 굽지 않은 그는 얼핏 보기에도 건장한 사내였다.

예리세이는 부유하지도, 그렇다고 가난하지도 않은 평범한 노인이었다. 젊었을 때는 목수 일을 했는데 나이가 들고 나서는 양봉으로 먹고살았다. 큰아들은 일자리를 찾아 먼 지방으로 떠나서 살았고, 집에는 둘째 아들이 남아 있었다. 사교성이 좋고 쾌활한 예리세이는 술 담배를 즐길 뿐 아니라 노래 부르는 것도 좋아했다. 점잖은 성품이어서 집안 식구들이나 이웃 사람들과도 사이좋게 지냈다. 곱슬한 턱수염을 가진 그는 키가 작고 비쩍 마른 몸집에 얼굴빛이 거무스름했고, 자기와 이름이 같은 예언자 예리세이처럼 머리가 벗어졌다.

오래전부터 두 노인은 함께 성지순례를 떠나기로 약속했으나 늘 농사일로 바쁜 예핌 노인 때문에 정작 실행에 옮기지 못했다. 예핌은 일 하나가 끝나면 곧바로 다른 일이 생기곤 했다. 손자가 결혼식을 치렀다 싶으면 곧 막내아들이 군대에서 돌아오는 식이었다. 그리고 이번에는 집을 새로 지어야 했다.

어느 축제일에 길에서 우연히 만난 두 노인은 통나무에 나란히 걸터앉아 이야기를 나눴다.

예리세이가 말했다.

"성지순례는 언제 떠날 셈인가?"

그러자 예핌은 인상을 찌푸리며 말했다.

"조금만 더 기다려줘. 올해는 하는 일마다 좀 꼬여서 말이야. 공사를 시작하기 전에는 1백 루블 정도 들어가겠다 예상했는데, 지금 벌써 3백 루블을 썼는데도 끝날 기미가 보이지 않아. 아무래도 여름이 되어야 하지 않나 싶어. 하느님의 뜻이라면 여름에 떠날 수 있겠지."

"계속 미루면 안 될 것 같은데. 큰맘 먹고 떠나지 않으면 힘들어.

지금 봄이라 성지순례 떠나기 딱 좋은데 말이야."

예리세이가 말했다.

"하지만 벌여놓은 일은 어쩌고?"

"자네 집에는 일할 사람이 자네밖에 없나? 아들한테 맡기면 될 것 아닌가?"

"믿을 수가 있어야지. 나 없는 동안 일을 망쳐놓을 게 뻔해."

"그렇지 않을 거야. 그리고 어차피 우리가 자식보다 먼저 죽을 텐데 그때는 어쩔 건가? 우리 없어도 다 잘하게 마련이야. 자네 아들도 지금부터 일을 배워야 하지 않겠나."

"그러기는 하지만 집이 완성되는 걸 내 눈으로 확인하고 싶어. 그래야 마음이 편해."

"이제 난 모르겠네. 이일 저일 다 끝내고 가자면 한도 끝도 없겠네. 암, 없고말고. 며칠 전에 우리 집 여자들이 축제일이 다가오니 빨래를 해야 한다느니 집 청소를 해야 한다느니 하면서 야단법석이더군. 이것도 해야 하고 저것도 해야 한다며 정신없이 굴더라고. 그런데 우리 큰며느리가 아주 영특한 소리를 하지 뭔가? '축제일이 우리를 기다리지 않고 빨리 다가와 버려서 그나마 다행이네요. 어차피 일이란 게 끝이 없으니까요'라고 말이지."

예핌은 잠시 생각하더니 말했다.

"집 짓는 데 돈이 좀 많이 들어갔어야지. 돈 한 푼 없이 여행을 떠날 수도 없고. 적어도 1백 루블은 가지고 가야 할 텐데."

그러자 예리세이가 껄껄 웃더니 말했다.

"죄받을 소리 하지 말게. 나보다 재산이 10배는 더 많은 사람이 돈 걱정을 하다니. 그런 걱정은 일단 접어두고 언제 떠날지만 생각해보게. 지금 당장은 그만한 돈이 없어도 떠날 마음만 먹으면 어떻게든 마련할 수 있지 않겠나."

예핌도 덩달아 웃으며 말했다.

"자네 정말 부자로군. 그만한 돈을 어디서 구한단 말인가?"

"집 안을 샅샅이 뒤져보면 다만 얼마라도 나오지 않겠나. 그리고 모자라는 건 옆집에다 통나무 벌통 몇 개 팔아서 충당하면 되지, 뭐. 전부 사겠다고도 했으니까."

"벌통을 팔아버렸는데 거기서 벌꿀이 많이 나오면 아무래도 속상하지 않겠나?"

"속상하다고? 그런 말 말게. 이 세상에 속상한 일은 오직 죄지었을 때뿐이야. 영혼보다 더 소중한 건 없지 않나. 그보다 영혼이 안정되지 않으면 더 편하지 않을 거야. 어쨌든 약속한 거니까 떠나자고. 꼭 떠나는 거야, 알겠나?"

예리세이는 이렇게 친구를 설득했다.

2

예핌은 밤새 고민한 끝에 성지순례를 떠나기로 결심했다. 그는 이튿날 아침 예리세이를 찾아가 말했다.

"우리 떠나세. 자네 말대로 사람이 죽고 사는 것도 다 하느님의 뜻인데, 아직 기력이 남아 있을 때 떠나는 것이 좋겠어."

두 노인은 일주일 뒤에 떠나기로 하고 여행 준비를 했다. 부유한 예핌은 여비로 1백 루블을 어렵지 않게 마련했고, 늙은 아내에게 따로 2백 루블을 맡겼다. 예리세이는 먼저 통나무 벌통 10개를 옆집에 팔고 거기서 알을 깐 애벌레까지 주기로 하고 70루블을 마련했다. 나머지 30루블은 집에 모아둔 돈을 다 긁어모으고 다른 식구들한테 조금씩 받아서 채웠다. 늙은 아내는 죽을 때 쓰려고 모아놓은 돈을 전부 그에게 주었고, 며느리도 가진 돈을 내놓았다.

예핌 타라스이치는 모든 일을 아들에게 넘겨주었다. 풀은 어느 목초지에서 얼마만큼 베고, 거름은 어디로 운반하며, 새로 짓는 집 지붕은 어떤 모양으로 올릴지 등 하나도 빠짐없이 가르쳐주었다. 반면 예리세이는 팔아넘긴 벌통의 벌집에서 알을 깐 애벌레를 따로 모아서 꼭 옆집에 넘겨주라고 아내에게 당부하는 것 말고는 집안일에 대해 한 마디도 하지 않았다. 예리세이는 일이란 하다 보면 익히게 되어 있으니 일하는 사람이 알아서 하는 것이 가장 좋다고 생각했다.

두 노인은 여비를 마련했고, 가족들은 과자를 굽고 배낭을 만들고 새 각반과 새 장화를 장만해주었다. 노인들은 갈아 신을 목피 신까지 챙겨 집을 떠났다. 가족들은 동네 어귀까지 나와 두 노인을 배

응했다.

예리세이는 한껏 들뜬 마음으로 집을 나섰다. 그리고 마을을 벗어나자마자 집안일 같은 건 다 잊어버렸다. 그는 오직 함께 가는 친구와 사이좋게 지내자, 사람들이 언짢게 여길 말은 삼가자, 무탈하게 성지순례를 끝내고 집으로 돌아오자 하는 생각만 했다. 그는 입속말로 기도문을 외거나 자기가 아는 성자의 이야기를 머릿속으로 되새기며 길을 걸어갔다. 그리고 여행 중에 만난 사람들에게 친절을 베풀자, 하느님의 말씀대로 말하고 행하자고 다짐했다. 그는 너무 좋아서 어쩔 줄을 몰랐다. 다만 한 가지 참기 어려운 것이 있었는데 바로 코담배였다. 담배를 끊으려고 일부러 쌈지를 집에 두고 왔는데 담배 생각이 간절했던 것이다. 여행 중에 만난 사람에게 코담배를 얻어서는 친구보다 뒤처져 가면서 슬쩍 코담배 냄새를 맡곤 했다.

예핌 타라스이치도 가벼운 발걸음으로 기분 좋게 걸어갔다. 불쾌한 행동이나 쓸데없는 말 한 마디 하지 않았다. 그러나 그는 내내 마음이 편치 않았다. 혹 깜박 잊고 아들에게 일러주지 않은 것은 없는지, 아들이 자기가 가르쳐준 대로 잘하고 있는지 노심초사했다. 그러다 문득 다 그만두고 당장이라도 집으로 돌아가 자기가 직접 일을 처리하고 싶은 충동이 일곤 했다.

3

집 떠난 지 5주일째 되었을 때 두 노인은 목피 신도 다 떨어져 신발도 새로 살 겸 소러시아로 들어갔다. 집을 나선 이후로 밥값이며 잠자리며 모든 것을 돈을 치르고 해결했으나 소러시아에서는 사람들이 너도 나도 두 노인을 자기 집으로 데리고 갔다. 식사를 대접하고 잠자리까지 마련해주면서도 돈 한 푼 받지 않았고, 떠날 때는 가면서 먹으라고 빵과 과자까지 챙겨 주었다.

두 노인은 한결 가뿐한 길음으로 7백 베르스타(약 753킬로미터—옮긴이)를 걸어가 어느 마을에 이르렀다. 그런데 그 마을에 들어서니 사람들이 작년에 흉년이 들어서 곡식이 하나도 영글지 않았다고 했다. 부자도 가지고 있던 물건을 팔아서 먹을 것을 겨우 구했고, 중류층은 빈털터리가 되었고, 서민들은 가난뱅이가 되어 다른 지방으로 떠나거나 동냥질로 하루하루를 버티고 있으며, 겨우내 밀기울과 명아주로 끼니를 때웠다는 것이다.

어느 날 작은 마을에 들어간 두 노인은 빵을 15근가량 사고 그곳에서 하룻밤 묵은 뒤 다음 날 해 뜨기 전에 길을 나섰다. 한낮이 되어 햇볕이 뜨겁게 내리쬐기 전에 조금이라도 더 걸으려는 것이었다. 10베르스타쯤 걸어가자 개울이 나타났다. 두 노인은 개울가에 다리를 펴고 앉아 빵과 물을 넉넉히 먹고 목피 신을 갈아 신었다. 한참 쉬다가 예리세이가 담배쌈지를 슬쩍 꺼내자 예핌이 그것을 보고 머리를 저으며 말했다.

"그 버릇 아직도 못 고쳤나?"

예리세이는 손을 내저으며 말했다.

"도저히 끊을 수가 없어. 죄악에 물든 거지."

두 노인은 충분히 쉬고 나서 다시 길을 재촉했다. 거기서 10베르
스타쯤 더 걸어가니 큰 마을이 나타났다. 그 마을을 지나자 햇볕이
뜨겁게 내리쬐기 시작했다. 예리세이는 지칠 대로 지쳐 잠시 쉬면
서 목을 축이고 싶었다. 그러나 예핌은 걸음을 멈출 생각조차 하지
않았다. 그의 뒤를 버겁게 따라가던 예리세이가 말했다.

"물 좀 마시고 가세."

그러자 예핌이 말했다.

"난 괜찮으니 자네나 마시게."

예리세이는 걸음을 멈추고 말했다.

"그럼, 자네는 계속 가고 있게. 나는 저 농가에 들어가 물 좀 얻어
마시고 금방 따라가겠네."

"그러게."

예핌은 혼자 큰길을 걸어갔고, 예리세이는 방향을 돌려 농가가
보이는 곳으로 갔다.

예리세이가 간 곳에는 회벽질한 작은 집이 한 채 있었다. 아래쪽
은 시커멓고 윗부분은 하얀 벽은 한동안 손보지 않았는지 칠이 다
벗겨졌고 한쪽 지붕은 아예 무너져 내려 있었다. 예리세이는 출입

문이 있는 집 뒤쪽으로 가보았다. 뒷문을 들어서자 담 밑에 남자 하나가 드러누워 있는 것이 보였다. 턱수염도 없는 사내는 소러시아 사람들이 그러듯 외투 자락을 바지 속에 넣고 있었다. 예리세이는 으레 그 사내가 시원한 그늘을 찾아 쉬고 있는 거라고 생각했다. 그러나 남자 위로 햇볕이 내리쬐고 있었고, 더구나 그는 잠이 든 것도 아니었다. 예리세이는 사내한테 다가가 물 좀 마실 수 없느냐고 물었으나 사내는 아무 대꾸도 하지 않았다.

'어디 아픈가? 아니면 꽤나 무뚝뚝한 성격인가 보군.'

예리세이가 현관문 앞으로 나가갔을 때 집 안에서 아이 울음소리가 들렸다. 예리세이는 문고리를 잡고 흔들며 소리쳤다.

"아무도 안 계십니까? 누구 없어요?"

몇 번을 소리쳤지만 인기척도 들리지 않았다. 예리세이가 그만 돌아가려고 하는데, 신음 소리 같은 것이 들렸다.

예리세이는 가만히 귀 기울이며 생각했다.

'무슨 사고라도 난 거 아냐? 들어가 봐야지 안 되겠다.'

4

예리세이가 문손잡이를 돌려보니 문이 잠겨 있지 않고 그대로 열렸다. 집 안으로 들어선 그는 복도를 지나 문이 열려 있는 방으로 갔다. 오른쪽에 벽난로가 있었고, 정면 구석에 성상과 탁자가 놓여 있었는데, 속옷 차림의 할머니가 의자에 걸터앉아 두건도 쓰지 않은 머리를 탁자에 기대고 있었다. 그 옆에는 밀랍 같은 낯빛에 비쩍 마른 사내아이가 할머니 옷자락을 잡아당기며 칭얼대고 있었다.

예리세이가 방으로 들어서자 역한 냄새가 코를 찔렀다. 방 안을 찬찬히 둘러보니 벽난로 앞 마룻바닥에 여자 하나가 쓰러져 있었다. 여자는 엎어진 자세로 가래 끓는 소리를 내면서 한쪽 다리를 오므렸다 폈다 했다. 코를 찌르는 듯한 악취는 그녀의 몸에서 나는 것이었다. 여자는 대소변을 가리지 못하고 고통스럽게 버둥거리고 있었는데 뒤처리를 해줄 사람이 아무도 없는 듯했다.

낯선 사람이 들어오자 할머니가 문득 고개를 들고 소리쳤다.

"당신 누구요? 뭘 얻으려고 왔는지는 모르지만 여기에는 아무것도 없소."

예리세이가 할머니 곁으로 다가가서 말했다.

"물 좀 얻어 마셨으면 합니다."

"방금 아무것도 없다고 했잖소. 물 길어 올 사람도 없어요. 정 목이 마르거든 직접 가서 물을 떠 오구려."

"대체 어떻게 된 겁니까? 이 집에 멀쩡한 사람이 하나도 없는 건가요? 이 아주머니를 보살펴줄 사람은요?"

예리세이가 깜짝 놀라서 물었다.

"없어요. 아무도 없다니까요. 뒤켠에서는 사람 하나가 쓰러져 죽기 직전이오. 그리고 우리도……."

낯선 사람을 보고 잠시 울음을 그쳤던 사내아이는 할머니가 말하자 다시 옷자락을 잡아당기며 "빵, 할머니 빵!" 하고 칭얼댔다.

예리세이가 할머니에게 더 물어보려는데 마침 뒤꼍에 쓰러져 있던 남자가 허청대며 방으로 들어왔다. 벽을 짚고 겨우 걸음을 떼던 남자는 의자에 앉기도 전에 문간 구석에 쓰러지고 말았다.

남자는 다시 일어나지 못하고 그대로 누운 채 말했다.

"전염병이…… 돌았소……."

남자는 한 마디 할 때마다 숨을 몰아쉬며 겨우 말을 이었다.

"너구나 흉년까지 들이 저놈마저 죽게 생겼소……."

남자는 턱으로 사내아이를 가리키더니 흐느껴 울기 시작했다. 예리세이는 짊어지고 있던 배낭을 바닥에 내려놓았다. 그리고 배낭을 다시 의자에 올리고 묶어놓은 끈을 풀어 그 속에서 빵과 나이프를 꺼냈다. 예리세이가 빵 한 조각을 잘라 건네주자 남자는 그것을 받지 않고 사내아이와 여자 쪽을 가리켰다. 사내아이는 빵을 보자마자 두 손을 뻗어 낚아채더니 입과 코를 빵에 처박듯이 게걸스럽게 먹었다. 그러자 벽난로 옆 구석에서 여자아이가 기어 나오더니 예리세이가 들고 있던 빵을 물끄러미 쳐다보았다. 예리세이는 여자아이와 할머니에게도 빵을 한 조각씩 잘라 주었다.

할머니는 빵을 우물우물 씹어 먹으면서 말했다.

"목이 말라 죽겠어. 물 한 그릇 떠 오면 좋으련만. 한번은 내가 물을 뜨러 우물에 갔다가 오는 길에 그만 쓰러졌지 뭐야. 거기에 아직 물통이 있을 텐데. 누가 가져갔을지도 모르지만……."

예리세이는 할머니가 일러준 곳으로 물을 뜨러 갔다. 과연 물통은 아직 그대로 있었다. 그는 물을 떠 와서 그 집 식구들에게 먹였다. 아이들과 할머니는 목을 축여가며 빵을 먹었다. 그러나 남자는 위가 헐어서 빵을 입에 대지도 못했고, 여자는 아예 일어나지도 못했다. 그녀는 정신이 혼미한 채로 나무 침대에 누워 몸부림칠 뿐이었다.

예리세이는 가게에 가서 옥수수와 소금, 밀가루, 버터를 사 왔다. 그리고 도끼를 찾아 장작을 패서 벽난로에 불을 지폈다. 예리세이는 여자아이가 거들어주어 보리죽을 만들었다.

5

식구들은 보리죽으로 끼니를 때웠다. 위가 좋지 않아 빵을 먹지 못하던 주인 남자도 보리죽은 먹을 수 있었다. 아이들은 그릇을 핥다시피 하며 죽 그릇을 싹싹 비우더니 금세 서로 껴안고 침대에 누워 잠들었다. 농부와 할머니는 자기들이 어쩌다 이렇게 되었는지 이야기해주었다.

"썩 넉넉한 살림도 아닌 데다 작년에는 곡식을 한 줌도 거두지 못해서 지난가을부터 그 전에 비축해둔 걸로 끼니를 해결했습니다. 그러다 그것마저 떨어지자 이웃 사람들한테 빌렸고, 가끔 친절한 사람들의 신세를 지기도 했습니다. 처음에는 모두 기꺼이 내주었죠. 하지만 계속 그러다 보니 점점 인상을 찌푸리더군요. 자기들 먹을거리도 부족해서 빌려주고 싶어도 그럴 수가 없다는 사람도 있었고요. 우리도 한두 번도 아니고 번번이 손을 벌리기 여간 민망한 게 아니었고요. 이집 저집 다니면서 돈이며 밀가루며 빵을 빌렸으니 말이에요."

농부가 계속 말을 이었다.

"아무리 돌아다녀도 일거리를 찾을 수가 없었습니다. 마을 사람들 모두 날품팔이로 겨우 입에 풀칠하는 형편이었으니 말이에요. 어쩌다 하루는 일거리를 찾았다 해도 다음 날은 또 다른 일을 찾아 헤매기 일쑤였죠. 심지어 어머니와 딸아이가 이웃 마을에 가서 구걸까지 했답니다. 하지만 거기서도 빵은커녕 변변한 먹을거리 하나 못 얻었어요. 죽지 않을 정도로 근근이 끼니를 때우는 정도였어요. 어떻게든 햇보리가 날 때까지 버티면 되겠다고 생각했는데, 봄부터는 구걸조차 하기 힘든 데다 전염병까지 돌았지 뭡니까. 상황은 더욱 나빠져서 사흘에 한 번꼴로 겨우 음식을 입에 대는 정도였어요. 마침내 풀까지 뜯어 먹는 지경까지 왔는데, 그 풀 때문인지 아내가 그만 쓰러졌습니다. 돈도 없고 기력도 없어서 어찌해야 할지 모르겠습니다."

이어서 할머니가 이야기했다.

"죽 한 숟가락이라도 얻을까 하고 아무리 돌아다녀 봐도 있어야 말이죠. 그러다 그만 기력이 떨어져 이렇게 주저앉아 버렸어요. 손녀딸도 몸이 허약해진 데다 잔뜩 겁을 집어먹고는 바로 옆에 심부름 가는 것도 안 하려고 해요. 그저 벽난로 구석에 웅크리고 앉아 꼼짝도 하지 않는답니다. 어제는 이웃집 여자가 왔다가 죄 쓰러져 있는 것을 보고는 깜짝 놀라서 그냥 달아나 버리더군요. 그 집도 남편이 도망가고 없고, 아이들도 굶어 죽을 판이거든요. 그래서 온 가족이 이렇게 쓰러져 하느님이 부르시기만을 기다리고 있었습니다."

두 사람의 이야기를 듣고 나서 예리세이는 친구를 뒤따라가지 않고 그곳에 머물기로 결심했다.

다음 날 아침 일찍 일어나자마자 예리세이는 마치 자기 집이라도 되는 것처럼 일을 시작했다. 할머니와 함께 밀가루를 반죽하고 벽난로에 불을 지폈다. 그리고 여자아이와 함께 집 주변을 돌아다니며 쓸 만한 물건을 찾아보았으나 아무것도 없었다. 하나도 남김없이 팔아먹었던 것이다. 연장은커녕 당장 몸에 걸칠 옷가지 하나 없었다. 예리세이는 우선 사거나 직접 만들거나 해서 꼭 필요한 물건들을 장만했다.

이렇게 이틀이 지나고, 사흘째 되는 날이었다. 기운이 되살아난 사내아이는 이제 심부름도 가고 예리세이를 잘 따랐다. 여자아이도 활발하게 "아저씨, 아저씨!" 하고 따라다니면서 무슨 일이든 거들어 주려고 했다. 할머니도 이웃집을 드나들 수 있을 만큼 기력을 차렸다. 주인 남자도 일어나 벽을 짚어가며 걸을 수는 있었다. 줄곧 누워 있던 그의 아내도 이제 조금 정신이 드는지 뭐라도 좀 먹어야겠다고 말했다.

식구들의 몸이 회복되기 시작하자 예리세이는 생각했다.

'잠깐 머물다 갈 생각이었는데 너무 오래 있었어. 이제 슬슬 떠나야겠군.'

6

나흘째 되는 날, 예리세이는 생각했다.

'내일이 축제일이니까 오늘 저녁은 이 집 식구들에게 축제일 기념 선물도 사 주고 함께 보내다가 내일 떠나야겠다.'

그날은 축제일 전날이었다. 예리세이는 우유, 밀가루, 기름 등을 사 와서 할머니와 함께 음식을 만들었다.

축제일인 이튿날 아침, 예리세이는 교회에 나가 예배를 올리고 집으로 돌아와 식구들과 같이 맛있는 음식을 먹었다. 이날은 그 집 안주인도 자리에서 일어나 살살 걸을 수 있을 정도가 되었다. 남자는 수염을 매만지고 깨끗한 외투를 걸치고 집을 나서서 마을의 한 부자를 찾아갔다. 남자는 그 부자에게 저당 잡힌 자기네 쌀보리밭과 풀밭을 햇보리가 날 때까지 쓰게 해달라고 부탁할 참이었다. 그러나 남자는 저녁 무렵 어깨를 축 늘어뜨리고 눈물을 흘리며 집으로 돌아왔다. 그 부자가 돈을 가지고 오기 전에는 절대 안 된다고 못을 박았던 것이다. 그 말을 듣고 예리세이는 또다시 생각에 잠겼다.

'이 사람들은 앞으로 어떻게 먹고살지? 다른 사람들은 풀이라도 베러 가는데, 이 사람들은 그마저도 저당 잡혀 할 수가 없으니. 남들은 쌀보리를 거둘 때 이들은 넋 놓고 있어야 한다. 내가 떠나고 나면 이들은 또다시 구걸을 하러 나서야 한다.'

예리세이는 이 생각 저 생각에 빠져 그날 저녁에도 출발하지 못했다. 다음 날 떠나기로 하고 마당에 나가 기도를 올린 다음 잠자리에 누웠으나 도무지 잠이 오지 않았다. 가진 돈도 많이 축나고 시간도 몹시 지체되어 한시라도 빨리 떠나야 하는데 가엾은 사람들 때문에 차마 발길이 떨어지지 않았던 것이다.

이 집 식구들을 끝까지 도와줄 수는 없었다. 처음에는 물이나 길어다 주고 빵이나 한 조각씩 먹이려던 것이 여기까지 오고 말았다. 밭을 찾아주고 나면 아이들이 먹을 우유를 짜낼 젖소도 사 주어야 하고, 보릿단을 실어 나를 말 한 마리도 장만해주어야 한다.

'예리세이, 너 완전히 말려들고 말았어. 발을 뺄 수가 없잖아. 닻을 던져놓고는 이러지도 저러지도 못하게 생겼다고.'

예리세이는 결국 잠을 이루지 못하고 일어나 앉았다. 그는 돌돌 말아서 베개로 삼고 있던 긴 외투를 풀어 주머니에서 담배쌈지를 꺼냈다. 복잡한 머릿속이 개운해질까 하고 코담배를 맡으며 생각에 잠겼으나 뾰족한 수가 떠오르지 않았다. 이쯤에서 떠나기는 해야 하는데, 이 집 사람들을 생각하면 가여워서 견딜 수 없었던 것이다.

그는 다시 외투를 둘둘 말아 베고 누웠다. 밤새 뒤척이던 그는 닭 울음소리가 들릴 무렵 깜박 잠이 들었다. 그러다 누군가 부르는 소리에 눈을 뜨고 자리에서 일어나 보니 문 앞에 배낭을 짊어지고 지팡이를 든 자신의 모습이 보였다. 출입문은 활짝 열려 있었고 그대로 걸어 나가기만 하면 되었다. 그가 걸음을 떼려는데 여자아이가 옷자락을 붙들고 "아저씨, 빵 주세요. 빵 주세요."라고 울부짖는 것이 아닌가. 사내아이는 어느새 그의 발을 부둥켜안고 있었고, 할머니와 주인 남자가 창문으로 그런 자신을 바라보고 있었다. 예리세이는 깜짝 놀라서 퍼뜩 잠이 깼다.

그는 침대에 앉은 채로 생각했다.

"오늘 쌀보리밭이랑 풀밭을 되찾아주어야겠다. 말도 사고, 햇보리가 날 때까지 먹을 밀가루와 아이들에게 먹일 우유를 얻을 젖소도 사 줘야지. 바다 건너 그리스도를 찾아가느라 자칫 내 안에 깃든 그리스도를 잃어버리겠어. 어려운 사람을 도와주는 게 먼저야."

그러고 나서 예리세이는 아침까지 단잠에 빠졌다. 그는 자리에서 일어나자마자 곧바로 부자를 찾아가 돈을 치르고 쌀보리밭과 풀밭을 다시 찾아왔다. 그는 집으로 돌아가는 길에 낫을 하나 사서 주인 남자에게 주면서 풀을 베라고 일렀다. 그리고 마을을 돌아다니다 식당 주인이 말이 딸린 수레를 판다는 얘기를 듣고 적당한 값에 그것을 사기로 했다. 그는 밀가루도 한 포대 사서 수레에 싣고 나서 수레는 식당에 두고 젖소를 사러 갔다. 그는 우연히 앞서 가는 소러시아 여인 둘의 뒤를 따라가게 되었는데 그녀들이 주고받는 이야기를 들으니 다름 아닌 자신의 얘기를 하고 있는 것이었다.

"전혀 모르는 사람이었다네요. 지나가는 순례자였는데 물을 얻어 마시러 들어왔다가 그냥 눌러앉아 버렸다는군요. 오늘도 식당에서 말이 딸린 수레를 샀대요. 세상에 그런 사람이 어디 있겠어요. 우리 거기 가서 구경이나 합시다."

예리세이는 자기를 칭찬하는 말을 듣고 젖소 사러 가던 발길을 돌렸다. 그는 곧장 식당으로 가서 말과 수레 값을 치르고 집으로 돌아왔다. 그가 말이 끄는 수레를 타고 문 앞에 이르자 식구들은 깜짝 놀랐다. 주인 남자는 입을 다물지도 못한 채 문을 열면서 물었다.

"아니, 말이랑 수레가 어디서 난 겁니까?"

"마침 싸게 내놓은 게 있어서 샀네. 말한테 먹일 풀을 좀 베어 오게. 오늘 하루 잘 먹여야겠네. 그리고 밀가루 포대도 내려주고."

주인 남자는 말을 풀고 밀가루 포대도 창고에 갖다 놓았다. 그러고는 풀을 한 바구니 가득 베어다 말먹이로 주었다.

그날 밤 식구들이 모두 잠들었을 때 예리세이는 살그머니 집을 나왔다. 배낭이랑 지팡이는 저녁 무렵 벌써 밖에 내놓았다. 예리세이는 외투를 걸치고 배낭을 짊어진 다음 목피 신을 신고 친구 예핌의 뒤를 쫓아 길을 떠났다.

7

예리세이가 5베르스타(약 5.3킬로미터—옮긴이)쯤 걸어갔을 때 서서히 동이 트기 시작했다. 그는 나무 밑에 앉아 쉬면서 배낭에서 돈주머니를 꺼내 얼마나 남았는지 세어보았다. 모두 17루블 20코페이카였다.

'이걸로는 바다를 건너 그 먼 곳까지 갈 수 없겠어. 하느님을 찾아간답시고 괜히 구걸이나 하다가는 자칫 죄를 짓기 십상이야. 예핌이 가서 내 몫까지 촛불을 밝혀주겠지. 아무래도 나는 평생 성지순례를 못할 팔자인가 봐. 모든 것을 굽어살피시는 하느님께서는 이것도 틀림없이 용서해주시겠지.'

예리세이는 일어나 배낭을 짊어지고 발길을 돌렸다. 그는 사람들 눈에 띌까 봐 멀리 돌아서 마을을 지나 고향으로 향했다. 성지순례를 떠날 때는 너무 힘들어 예핌의 뒤를 쫓아가기 바빴는데, 집으로 돌아가는 발걸음은 가볍기 그지없었다. 마치 하느님이 보살펴주기라도 하는 듯 놀러 가는 기분으로 지팡이를 휘휘 흔들며 하루에 70베르스타(약 75킬로미터—옮긴이)를 걸어가는데도 지치지 않았다.

예리세이가 집에 도착했을 때는 마침 가족들이 밭일을 끝내고 돌아오던 참이었다. 가족들은 노인을 기쁘게 반기면서 어쩌다 친구와 헤어지게 되었는지, 왜 가는 도중에 돌아왔는지, 이것저것 물어보았다. 그러나 예리세이는 자세한 얘기는 접어두고 대충 얼버무리고 말았다.

"하느님의 뜻이 아니었던 모양이야. 예핌도 놓치고, 돈도 잃어버려서 더 이상 갈 수가 없었어. 하지만 다 내가 못난 탓이지, 뭐."

그러고 나서 그는 남은 돈을 아내에게 주었다. 그가 집을 비운 동안 집안일은 아무 탈 없이 돌아갔고, 가족들도 별다른 불평 없이 오순도순하게 지냈다.

예리세이가 돌아왔다는 소식을 듣고 예핌 가족들도 자기 집 어른의 소식을 들으려고 그의 집을 찾아왔다. 그러나 이번에도 예리세이는 두루뭉수리하게 이야기했다.

"자네 아버지는 무탈하게 잘 갔다네. 우리는 베드로 축제일 나흘 전에 헤어졌어. 나는 금방 자네 아버지를 뒤따라가려고 했는데 일이 좀 생긴 데다 돈까지 잃어버려서 돌아올 수밖에 없었지."

그의 말을 듣고 사람들은 몹시 의아해했다. 평소 어수룩한 사람도 아닌데 성지순례를 떠났다가 중간에 돈을 잃어버려 목적지까지 가지도 못하고 돌아오다니 그런 바보 같은 짓이 어디 있나 싶었던 것이다. 그러나 처음에 그 말을 듣고 고개를 갸우뚱하던 사람들도 차츰 그 일을 잊어버렸다.

예리세이도 어느새 그 일은 잊어버리고 다시 일상으로 돌아왔다. 그는 아들과 함께 산에 가서 겨우내 쓸 땔감을 구해 왔다. 집안 여자들을 도와 밀을 빻고, 곳간 지붕을 새로 얹고, 꿀벌의 월동 준비를 끝내고, 벌통 10개를 새로 깐 애벌레와 함께 옆집에 넘겨주었다.

예리세이의 아내는 팔아넘긴 벌통에서 깐 애벌레를 줄여서 열 무더기만 주려고 했는데, 그가 어느 통에서 알을 까고 안 깠는지 일일이 꿰고 있는 통에 열일곱 무더기를 고스란히 건네주었다. 가을걷이가 끝나자 예리세이의 아들은 돈 벌러 떠나고, 그는 집에 남아 목피 신을 만들거나 벌통으로 쓸 통나무를 파내는 일을 했다.

8

한편 예리세이가 사람들이 쓰러져 누워 있던 집에서 묵은 날, 예핌은 온종일 친구를 기다렸다. 그는 자기가 너무 멀리 가면 친구가 뒤따라오지 못할까 봐 길에서 한참을 기다렸다. 기다리다 지쳐 한숨 자고 일어났는데도 친구는 오지 않았다. 해가 이미 기울어가는데도 친구의 모습은 어디에도 보이지 않았다.

예핌은 가만히 생각했다.

'내가 잠든 사이에 지나쳐 가버린 거 아냐? 다리가 아파서 걷지도 못하고 짐수레를 얻어 타고 가다가 나를 미처 못 봤는지도 모르지. 아냐, 허허벌판이라 저 멀리까지 훤히 보이는데 나를 못 보고 지나쳤을 리 없어. 내가 되돌아가면 더 크게 어긋날지도 몰라. 가던 길을 계속 가야겠어. 그럼 여관에서 만날 수 있겠지.'

마을에 이르자 예핌은 그곳 촌장을 찾아가 예리세이의 행색을 설명해주고는 그런 사람이 마을에 들어오거든 자기가 묵고 있는 여관으로 데려다 달라고 부탁했다. 그러나 예리세이는 그날 밤에도 여관에 나타나지 않았다. 예핌은 목적지를 향해 계속 걸어가면서 사람들을 마주칠 때마다 머리가 벗어진 노인을 못 봤는지 물어보았다. 그러나 예리세이를 본 사람은 아무도 없었다. 그렇게 예핌은 계속 혼자 걸어갔다.

'오데사에서는 만날 수 있을 거야. 그것도 아니면 적어도 배에서는 만나겠지.'

예핌은 더 이상 기다리지 않고 걸음을 재촉했다. 여관에서 그는 법의 차림을 하고 길게 기른 머리에 법모를 쓴 순례자를 만나 이런저런 이야기를 나누다가 동행하기로 했다. 그 남자는 아토스에 간 적도 있고, 지금은 예루살렘에 가는 길인데 이번이 두 번째 순례라고 했다.

오데사에 도착한 두 사람은 배를 기다리며 사흘을 보냈다. 여기서도 예핌은 사람들에게 예리세이를 본 적 있냐고 물어보았으나 그를 보았다는 사람이 아무도 없었다.

예핌은 5루블에 외국 여행 허가증을 받았고, 왕복 뱃삯으로 20루블을 치르고, 빵과 청어 등 먹을거리도 샀다. 배에 짐이 먼저 실리고 나서 순례자들이 올라탔다. 예핌도 동행하던 순례자와 함께 배에 탔다.

닻이 올려지고 배는 해안가에서 멀어지더니 서서히 큰 바다로 나갔다. 그날 낮에는 바다 날씨가 좋아서 순조롭게 항해했다. 그러나 저녁때가 되자 갑자기 비바람이 몰아치면서 배가 흔들리고 바닷물이 갑판을 덮쳤다. 어느새 배 안이 온통 술렁거리기 시작했다. 무서워서 비명을 지르거나 울부짖는 여자들도 있었고, 안전한 곳을 찾아 우왕좌왕하는 겁 많은 남자들도 있었다. 예핌도 무섭기는 마찬가지였으나 애써 내색하지 않으려고 했다. 배에 오르자마자 탐보프에서 온 농부들과 함께 바닥에 앉았는데, 다음 날까지 그 자세 그대로 앉아 있었다.

사흘째가 되자 바람이 잦아들었고, 닷새째 되는 날 배는 콘스탄티노플(지금의 이스탄불 — 옮긴이)에 정박했다 순례자들 중 일부는 그곳에 잠깐 내려 성 소피아 대성당을 구경하기도 했으나 예핌은 흰 빵만 조금 사고 곧바로 돌아와 배에 계속 머물렀다. 하룻밤 하룻낮을 머무른 뒤에야 배는 다시 큰 바다로 나왔다. 배는 스미르나(지금의 터키 이즈미르—옮긴이) 항과 알렉산드리아 항구에 차례로 들렀다가 마침내 야파 항구에 도착했다.

순례자들은 모두 야파에서 내렸다. 예루살렘까지는 70베르스타 거리였다. 배에서 내릴 때 또 한 번 아찔한 순간이 있었다. 기선의 높은 갑판에서 보트로 뛰어내려야 하는데 보트가 계속 흔들리는 바람에 자칫 잘못하다가는 보트에 탄 사람이 바다에 떨어질 판이었던 것이다. 두 사람이 물을 잔뜩 뒤집어쓰기는 했지만 모두 별 탈 없이 뭍으로 올라왔다.

배에서 내린 뒤로 사흘째 되는 날 점심 무렵 예핌과 동행인은 예루살렘에 도착했다. 그들은 우선 러시아인들이 주로 묵는 변두리 숙소로 가서 짐부터 풀었다. 그리고 여행 허가증 뒷면에 도장을 받고 식사를 한 다음 성지로 갔다. 가장 중요한 성묘대성당 참배는 아직 출입이 허가되지 않아 총주교수도원부터 갔다. 그곳에서 안내인이 참배자들을 데리고 안으로 들어갔다. 남자와 여자들이 참배하는 공간이 따로 분리되어 있었다.

참배자들 모두 신을 벗고 둥그렇게 둘러앉자 한 신부가 수건을 들고 나와 사람들의 발을 하나씩 닦아주고 입을 맞추는 시늉을 하며 한 바퀴 돌았다. 그 의식이 끝난 뒤 아침 기도를 드리고 나서 촛불을 켜고 돌아가신 양친 부모께 공양을 바쳤다. 그때 성찬이 나와 포도주를 곁들여 먹었다.

다음 날 동이 트자 참배자들은 이집트의 마리아가 칩거했다는 암실로 가서 촛불을 바치고 기도를 올렸다. 그곳에서 아브라함 수도원으로 돌아가 아브라함이 하느님을 위해 칼을 들어 아들을 찔러 죽이려고 했던 사베크 동산을 바라보았다. 그러고 나서 막달라 마리아 앞에 그리스도가 나타났다는 성지와 하느님의 형제 야곱의 교회까지 차례로 둘러보았다. 예핌과 동행한 순례자는 가는 곳마다 희사해야 할 성금 액수를 가르쳐주었다. 그들은 점심때쯤 숙소로 돌아왔다.

식사를 마치고 침상에 앉아 잠자리와 짐을 정리하던 순례자는 깜짝 놀라며 옷가지를 뒤적이기 시작했다.

"누가 내 돈을 훔쳐갔나 봐. 분명 10루블짜리 두 장이랑 잔돈 3루블 해서 23루블이 들어 있었는데……."

순례자는 속상해서 하소연을 늘어놓았지만 어쩔 수 없는 일이었다.

9

예핌은 문득 의아한 생각이 들었다.

'저 사람은 돈을 도둑맞은 게 아닌지도 몰라. 한 번도 희사하지 않은 것을 보면 아예 처음부터 그만한 돈이 없었던 거야. 나한테는 가는 곳마다 얼마 내라고 하면서 정작 자기는 한 푼도 내지 않았잖아. 내기는커녕 나한테 1루블이나 빌려갔어.'

예핌은 그런 생각이 들었으나 얼른 고개를 흔들며 스스로를 타일렀다.

'왜 자꾸 의심이 드는지 모르겠네. 남을 의심하는 건 죄악이야. 쓸데없는 생각 말고 잠이나 자자.'

가까스로 마음을 가다듬었다 싶었는데 다시 순례자가 자신의 돈을 흘긋 쳐다보고, 또 돈을 도둑맞았다고 호들갑을 떨어대던 모습이 떠올랐다.

'애초에 돈이 없었던 게 분명해. 사람들을 속이려고 일부러 도둑맞은 척한 거야.'

저녁이 되자 사람들은 그리스도의 관이 안치된 부활대성당에서 열리는 기도식에 참배하러 갔다. 순례자는 예핌 곁을 잠시도 떠나지 않고 계속 따라다녔다.

부활대성당에는 러시아인 외에 그리스인, 아르메니아인, 터키인, 시리아인 등 여러 나라에서 온 많은 순례자들이 모여 있었다. 예핌도 다른 사람들과 함께 성당 안으로 들어갔다. 한 신부가 순례자들을 이끌고 경계를 서고 있는 터키인 옆을 지나 불이 켜진 9개의 커다란 촛대 있는 곳으로 안내해 하나하나 설명해주었다. 그곳은 그리스도를 십자가에서 내려 기름을 발랐다는 곳이었다. 예핌은 거기서도 촛불을 바쳤다.

이어서 신부는 오른쪽 층계를 올라가 그리스도가 못 박힌 십자가가 세워졌던 골고다로 안내했다. 예핌은 거기서 잠시 기도를 드렸다. 예핌은 지옥까지 땅이 갈라졌다는 자리를 둘러본 다음 그리스도의 손발에 못을 박은 장소, 그리스도의 피를 뼈에 뿌렸다는 아담의 관, 그리스도가 걸터앉아 가시관을 썼다는 돌, 그리스도가 채찍질을 당할 때 묶여 있던 기둥도 둘러보았다. 그다음에 예핌은 그리스도의 발에 채웠다는 2개의 구멍 뚫린 돌도 구경했다. 신부는 다른 것도 보여주려고 했으나 사람들이 앞서 가는 바람에 곧장 그리스도의 관이 있는 동굴로 갔다. 그들이 도착했을 때는 다른 종파의 기도식이 끝나고 러시아정교의 기도식이 시작되고 있었다.

예핌은 죄스러운 의혹이 머릿속에서 떠나지 않아 어떻게 해서든 순례자한테서 멀리 떨어지려고 했다. 그러나 순례자는 잠시도 예핌의 곁을 떠나지 않았고, 그리스도의 관이 있는 동굴까지 따라와 함께 참배했다. 두 사람은 가능한 관 앞에 서고 싶었으나 사람들이 너무 많이 몰려드는 바람에 더 이상 앞으로 나가지도 못하고, 그렇다고 뒤로 물러나지도 못했다.

예핌은 조용히 기도를 드리는 중간에 이따금씩 손을 더듬어 자기 돈주머니가 제대로 있는지 확인했다. 예핌의 마음속에는 두 가지 생각이 자리 잡고 있었다. 하나는 순례자가 자기를 속이고 있다는 것이었고, 다른 하나는 순례자가 돈을 도둑맞은 게 사실이라면 자기는 그런 일을 당하지 않으면 좋겠다는 것이었다.

10

옴짝달싹도 하지 못하고 서서 기도를 올리던 예핌은 문득 그리스도의 관이 놓인 제단 앞에서 타오르고 있는 36개의 성화를 바라보았다. 그때 등잔걸이 바로 밑 맨 앞자리에 싸구려 작업복 외투를 걸친 자그마한 노인 하나가 눈에 띄었다. 농부 행색에 머리가 벗어진 그 노인은 영락없는 예리세이 보드료프의 모습이었다.

예핌은 노인을 뚫어져라 쳐다보며 생각했다.

'예리세이랑 꼭 닮았잖아. 하지만 예리세이일 리가 없어. 그 친구가 나보다 먼저 여기 올 수는 없지. 우리 앞에 떠난 배는 일주일 전에 출발했으니 말이야. 더구나 우리와 같은 배를 타고 온 사람들을 일일이 확인했는데, 예리세이는 거기 없었어.'

몸집이 작은 노인은 세 번 절을 하며 열심히 기도를 올렸다. 한 번은 바로 앞에 있는 그리스도에게, 그다음은 양쪽 러시아정교 사람들에게 절을 했다. 노인이 오른쪽으로 얼굴을 돌렸을 때 예핌은 그의 얼굴을 똑똑히 보았다. 그는 틀림없이 예리세이였다. 거뭇거 뭇하고 곱슬한 턱수염, 이제 막 희끗해지기 시작한 구레나룻, 게다 가 눈썹이며 눈이며 코까지 영락없는 예리세이의 모습이었다. 예핌 은 친구의 얼굴을 확인하는 순간 반갑고 기쁜 한편 어떻게 자기보 다 먼저 와서 맨 앞자리를 차지하고 있는지 몹시 궁금했다.

'저 친구는 어떻게 맨 앞자리까지 갔을까? 아무래도 앞자리를 잡 아줄 만한 사람과 우연히 친해진 건지도 모르지. 그렇다면 출구에 서 예리세이를 붙잡아야겠다. 그 참에 순례자도 따돌리고 저 친구 랑 같이 다니면 되겠네. 그럼 나도 저 친구 덕분에 맨 앞자리에 설 수 있을지 몰라.'

예핌은 예리세이를 놓칠세라 기도식을 올리는 내내 연신 그쪽을 쳐다보았다. 이윽고 기도식이 끝나자 술렁거리는 분위기 속에서 십 자가에 입맞춤하는 의식이 시작되었다. 그때 사람들이 서로 밀치 며 움직이는 바람에 예핌은 그만 더욱 옆으로 밀려나고 말았다. 예 핌은 문득 돈주머니를 도둑맞을지도 모른다는 생각이 떠올라 한 손 으로 더듬어 돈주머니를 잡은 채 조금이라도 한산한 자리로 가려고 사람들을 헤치고 나가기 시작했다. 예핌은 사람들이 덜 밀집한 곳으로 빠져나와 그 근처를 돌아다니며 예리세이를 찾아보았다. 대성당 암실에 가보니 각국에서 온 사람들이 잔뜩 모여 앉아 도시락을 먹고 음료수를 마시거나 책을 읽고 있었다. 하지만 어디에도 예리세이의 모습은 보이지 않았다. 혹시나 하고 숙소로 돌아와 찾아보았으나 거기에도 없었다. 그날 밤에는 순례자도 숙소로 돌아오지 않았다. 결국 빌려간 1루블도 돌려주지 않고 어디론가 가버린 것이다. 예핌은 다시 혼자가 되었다.

다음 날 예핌은 배를 다고 오면서 알게 된 탐보프 출신 노인과 함께 또다시 그리스도의 관을 배례하러 갔다. 이번에도 예핌은 맨 앞으로 가지 못하고 기둥 옆으로 밀려나고 말았다. 기도를 드리면서 문득 앞을 보니 성화 바로 밑 그리스도의 관 옆에 예리세이가 서 있는 것이 아닌가. 제단 앞에 서서 신부처럼 두 팔을 벌리고 있는 예리세이의 머리 위로 빛이 비치고 있었다.

'이번에는 절대 놓치지 말아야지.'

예핌은 사람들을 마구 헤치며 앞으로 갔다. 그런데 가까스로 맨 앞에 가보니 예리세이의 모습은 온데간데없었다. 그새 돌아간 것 같았다.

나흘째 되는 날도 예핌은 그리스도의 관을 배례하러 갔다. 역시나 가장 눈에 잘 띄는 관 옆 특별 상석에 서 있는 예리세이가 보였다. 그는 두 팔을 벌린 채 머리 위에 있는 뭔가를 우러러보고 있었는데 이번에도 그의 머리 위로 빛이 비치고 있었다.

'오늘은 꼭 붙잡고 말 테다. 미리 출구 앞에 나가 있으면 엇갈릴 리 없어.'

예핌은 출구 앞에 우두커니 서서 예리세이가 나타나기를 기다렸다. 그러나 반나절이 지나도록 예리세이의 모습이 보이지 않았다.

예핌은 6주일 동안 예루살렘에 머물면서 베들레헴, 베다니, 요르단 강 등을 둘러보았다. 그리스도 관 옆에서 새 외투에 도장을 받고(이것을 수의로 입는다), 요르단 강물을 작은 병에 담고, 예루살렘의 흙을 주머니에 담고, 성화에 쓰인 초를 얻었다. 그리고 집으로 돌아갈 때 쓸 여비만 남기고 나머지 돈을 모두 여덟 군데 연미사에 이름을 써넣는 데 써버렸다.

예핌은 드디어 귀향길에 올랐다. 야파에서 배를 타고 오데사로 건너와 거기서부터 집까지 걸어갔다.

11

예핌은 동행인 없이 혼자 길을 걸어갔다. 집이 가까워질수록 가족들이 자기 없이 과연 잘 지내고 있을까 하는 걱정이 슬며시 고개를 들었다.

'벌써 1년 가까이 지났으니 많이 변했겠지. 집안 살림을 부유하게 일구는 데는 평생이 걸리지만, 망하는 건 한순간이야. 내가 없는

동안 아들놈은 집안을 잘 건사했나 몰라? 집은 내가 시킨 대로 잘 지었을까?'

어느새 예핌은 지난해에 예리세이와 헤어진 마을 근처에 이르렀다. 그 마을 사람들은 몰라보게 달라져 있었다. 그때와 달리 풍작을 거둬 빵 한 조각이 없어 굶어 죽어가던 시절은 다 잊고 지금은 꽤 넉넉하게 살고 있었던 것이다. 저녁 무렵 예핌이 마을에 들어서기 무섭게 어느 집에서 하얀색 외투를 입은 소녀가 뛰쳐나오며 소리쳤다.

"아저씨! 우리 집에 들이기 쉬디 가세요!"

예핌이 괜찮다며 그냥 지나치려고 하는데도 소녀는 그의 옷자락을 잡아당기며 집으로 데리고 들어갔다. 출입문 층계에는 한 여자가 사내아이와 함께 서서 손짓하며 불렀다.

"어서 오세요. 들어오셔서 저녁이라도 들고 가세요. 하룻밤 묵고 가셔도 좋고요."

예핌은 못 이기는 척 집 안으로 들어가면서 생각했다.

'기왕 들어왔으니 좀 쉬었다 갈까? 겸사겸사 예리세이에 대해서도 물어보고. 그 친구가 여기 어디쯤 들어간 거 같은데.'

예핌이 방으로 들어가자 여자는 어깨에 메고 있던 배낭을 받아주고 씻을 물까지 가져다주었다. 그리고 탁자 앞으로 안내해 우유와 보리죽을 내놓았다. 예핌은 정중하게 고맙다고 인사하고 순례자를 이렇게 대접하다니 정말 고마운 일이라며 가족들을 칭찬했다. 그러자 여자가 고개를 저으며 말했다.

"우리는 순례자들을 대접하지 않을 수 없답니다. 한 순례자께서 우리한테 살아가는 법을 가르쳐주셨으니까요. 하느님을 잊고 제멋대로 살다가 벌을 받아 모두 죽을 날만을 기다리고 있을 때가 있었죠. 지난여름 물 한 모금 먹지 못하고 병들어 쓰러져 있는데, 하느님께서 아저씨와 비슷하게 생기신 분을 저희 집으로 보내주셨어요. 한낮에 물을 얻어 마시려고 들어왔다가 우리를 발견하고는 가여운 나머지 우리를 구하려고 여기 머무르셨죠. 그분은 굶주리고 병들어 일어나지도 못하는 우리에게 빵을 주고 물을 떠다 주었습니다. 마침내 우리가 자리를 털고 일어나자 저당 잡힌 밭을 되찾아주고 수레와 말을 사 주더니 말도 없이 훌쩍 떠나셨어요."

이때 문을 들어서던 할머니가 여자의 말을 가로챘다.

"정말 그분이 사람인지 천사인지 모르겠어요. 생전 처음 보는 사람들을 살뜰히 보살펴주다가 어느 날 갑자기 사라져버렸으니 말입니다. 도대체 누구를 위해 하느님께 기도드려야 할지도 모르겠어요. 그날 일은 아직도 생생합니다. 나는 탁자에 엎드려 하느님이 부르시기만을 기다리고 있었는데, 갑자기 머리가 벗어진 평범한 노인 한 분이 들어오더니 물을 좀 마실 수 없냐는 거예요. 그런데 이 죄 많은 늙은이는 다 죽어가는 마당에 웬 귀찮은 인간이 남의 집에 불쑥 들어와 얼쩡거리나 했죠. 그런데 그분이 방금 말한 대로 우리를 살려준 겁니다. 우리 몰골을 보더니 두말없이 짊어지고 있던 배낭

284

을 내려서 끈을 풀고 빵을 한 조각씩 나눠 주지 뭡니까?"

그러자 옆에 있던 소녀도 한 마디 거들었다.

"처음에는 방바닥에 배낭을 내려놓았다가 다시 의자 위에 올려놓았어요."

그 집 사람들은 서로 말을 가로채며 그 노인의 행동 하나하나와 말 한 마디 한 마디를 빠짐없이 들려주었다. 그가 어디에 앉아 있었으며, 어디서 잤는지, 무엇을 하고, 어떤 말을 했는지, 그들의 이야기는 끝없이 이어졌다. 밤이 되자 주인 남자가 말을 타고 집으로 돌아왔는데 그도 예리세이가 자기 집에 머물면서 자기 가족을 어떻게 도와주었는지 이야기했다.

"그분이 아니었다면 우리 가족은 죄지은 몸으로 죽음을 맞이했을 겁니다. 절망에 잠긴 채 하느님과 인간을 원망하면서 죽어가고 있을 때 그분이 오셔서 우리의 목숨을 구해주셨어요. 그분을 통해 우리는 비로소 하느님을 알게 되었고, 사람을 믿게 되었던 겁니다. 하늘에 계신 예수 그리스도께서 그분을 지켜주시기를 기도합니다. 짐승이나 다름없이 살아가고 있던 우리를 그분이 사람으로 다시 태어나게 해주셨어요."

그 가족은 예핌에게 마실 것과 먹을 것을 대접하고 잠자리까지 마련해주었다. 예핌은 자리에 눕기는 했지만 쉽게 잠을 이루지 못했다. 가족들이 예리세이에 대해 말해준 것과, 예루살렘에서 세 번이나 특별 상석에 서 있던 예리세이를 본 일이 머릿속에서 떠나지 않았다.

'그래, 그 친구는 이곳에서 나보다 앞서 갔던 거야. 내 정성을 하느님께서 받아들이셨는지는 모르지만, 하느님께서 그 친구를 기꺼이 받아들이신 건 분명해.'

이튿날 아침, 가족들은 예핌을 배웅하면서 가는 길에 먹을 고기만두를 싸 주었다. 예핌은 또다시 집을 향해 길을 떠났다.

12

예핌은 꼬박 1년 만에 고향으로 돌아왔다. 저녁 무렵 집으로 들어갔을 때 아들은 보이지 않았다. 조금 있으니 아들이 거나하게 취해서 돌아왔다. 예핌은 아들에게 이것저것 물어보고 나서 자기가 집을 떠나 있는 동안 아들이 돈을 흥청망청 썼다는 것을 알 수 있었다. 나쁜 짓을 하는 데 돈을 다 허비한 것은 물론이고, 집안일도 엉망진창으로 해놓았다. 화가 난 아버지가 꾸짖자 아들은 되레 소리치며 대들었다.

"그러게 아버지는 왜 쓸데없이 집을 비우셨어요. 그냥 계셨으면 좋았잖아요. 성지순례를 한답시고 돈을 잔뜩 쓰고 오시고는 내가 조금 쓴 걸 가지고 이렇게 옥박지르시다니요."

예핌은 화가 치민 나머지 아들에게 손찌검을 했다.

이튿날 아침, 예핌은 아들의 일을 의논하러 촌장의 집으로 가는 길에 예리세이의 집 앞을 지나가게 되었다. 문 앞에 서 있던 예리세이의 아내가 먼저 인사를 건넸다.

"아유, 영감님, 무사히 돌아오셨네요!"

예핌은 걸음을 멈추고 말했다.

"네, 덕분에 별 탈 없이 돌아왔습니다. 중간에 예리세이랑 헤어졌는데, 듣기로 벌써 돌아왔다더군요?"

그러자 할머니는 이야기를 늘어놓기 시작했다. 그 여자는 좀 수다스러운 편이었다.

"그럼요. 예전에 돌아왔죠. 성모승천제가 지나고 얼마 뒤에 돌아왔답니다. 하느님의 보살핌으로 아무 탈 없이 건강한 모습으로 돌아와 온 식구가 얼마나 기뻤는지 몰라요. 그이가 없으면 집안이 여간 적적한 게 아니거든요. 나이가 들 만큼 들어서 썩 큰일은 못하지만 한집안의 가장으로 의지가 되거든요. 특히 아들 녀석이 제 아버지를 보고 어찌나 반가워하던지! 아버지가 계시지 않으면 눈에 빛이 사라진 것 같다나요. 그 이후로 가족 모두 그이를 더없이 소중하게 생각한답니다."

"예리세이는 지금 어디 있나요? 집에 있나요?"

"그럼요. 지금 벌통에서 애벌레를 나누고 있어요. 올해는 알을 굉장히 많이 깠대요. 다 하느님이 보살펴준 덕분이죠. 우리 집 양반도 지금까지 그렇게 알을 많이 까는 벌은 처음 봤다나 봐요. 잠깐 들어와서 보고 가세요. 우리 집 양반도 굉장히 반가워할 거예요."

예핌은 집 안으로 들어가 복도를 지나 뒷문으로 나갔다. 뒤뜰에서 예리세이가 벌통 속의 벌집을 살펴보고 있었다. 예리세이는 머리에 그물도 쓰지 않고 장갑도 끼지 않은 채 회색의 긴 작업복 외투를 입고 있었다. 그런데 자작나무 밑에서 양팔을 벌리고 고개를 들어 위를 바라보고 서 있는 그의 머리가 온통 빛에 휘감겨 있었다. 그리스도의 관 옆에 서 있던 모습처럼 자작나무 잎사귀 사이로 쏟아진 빛이 불타는 듯 그의 머리를 비추고, 그의 머리 주위로 금빛 꿀벌들이 관 모양으로 둥글게 원을 그리며 떼 지어 날아다니고 있었다. 그를 쏘는 벌은 한 마리도 없었다.

예리세이의 아내가 그를 불렀다.

"예핌 영감님이 오셨어요!"

예리세이가 뒤돌아서 예핌을 보자 반가운 미소를 지으며 달려왔다. 그는 턱수염 속에 기어든 꿀벌을 무심하게 집어내면서 말했다.

"어서 오게. 무사히 잘 다녀온 건가?"

"내 육신만 갔다 온 것뿐이네. 자네 주려고 요르단 강물을 떠 왔으니 나중에 우리 집에 들러 가져가게. 그런데 하느님께서 내 정성을 받아들이셨는지는 모르겠네……."

"어쨌든 무사히 돌아와서 기쁘네. 하느님의 보살핌 덕분이야!"

예핌은 잠시 생각에 잠겼다가 말했다.

"몸은 갔다 온 것이 분명하지만 영혼까지 갔다 왔는지는 모르겠네. 영혼은 정작 다른 사람이 갔다 온 건지도……."

"예핌, 모든 건 하느님의 뜻이네. 하느님의 뜻이야."

"그리고 돌아오는 길에 자네가 물을 얻어 마시러 들어갔던 집에 잠깐 들렀네."

예핌이 이렇게 말하자 예리세이가 손사래를 치며 말을 가로챘다.

"모든 건 하느님의 뜻이네. 그럼, 하느님의 뜻이고말고. 어서 안으로 들어가세. 내가 얻은 꿀을 좀 맛보겠나……."

예리세이는 얼른 농사일로 말머리를 돌렸다. 예핌은 깊은 한숨을 내쉬며 입을 다물고 말았다. 그는 농가 식구들이 들려준 이야기며 예루살렘에서 예리세이를 보았던 이야기도 하지 못했다.

예핌은 비로소 깨달았다. 사람은 누구나 이 세상을 살아가면서 죽는 날까지 사랑과 선행을 베푸는 의무를 다해야 하며, 그것이 곧 하느님의 분부라는 것을.

달걀만 한 씨앗

어느 골짜기에서 아이들이 한가운데 줄이 나 있고 생김새는 씨앗 같으나 크기는 달걀만 한 물건을 발견했다. 마침 그곳을 지나가던 행인이 아이들에게 5코페이카를 주고 그 물건을 사서 궁으로 들어가 왕에게 팔았다.

왕은 현자들을 한자리에 불러 이것이 달걀인지 아니면 씨앗인지, 과연 무엇인지 알아보라고 명령했다. 그러나 현자들은 아무리 생각해봐도 그것이 어떤 물건인지 알 수가 없었다. 그때 마침 창턱으로 암탉 한 마리가 뛰어오르더니 창가에 놓인 그 물건을 쪼아 구멍을 내버렸는데 그것을 보고 사람들은 씨앗임을 알았다. 그 즉시 현자들이 왕에게 알렸다.

"이것은 호밀 씨앗입니다."

이렇게 큰 호밀 씨앗을 처음 본 왕은 깜짝 놀랐다. 그리고 현자들에게 이런 씨앗이 어디서 어떻게 생겨났는지 알아오라고 명했다. 현자들은 기억을 더듬고 온갖 책을 뒤져보았지만 알아낼 수 없었다.

그들은 왕에게 말했다.

"어떤 책에도 이러한 씨앗에 관해 쓰여 있지 않습니다. 그러니 농부에게 직접 물어봐야 할 듯합니다. 늙은 농부들 중에 이런 씨앗이 언제 어디서 뿌려졌는지 아는 사람이 있는지 알아보면 될 것 같습니다."

왕은 곧바로 사람을 보내 늙은 농부를 하나 데려오라고 명령했다. 잠시 뒤 이도 몽땅 빠지고, 얼굴이 온통 쭈글쭈글한 늙은이가 왕 앞에 불려 왔다. 왕은 지팡이 2개를 짚고 겨우 발을 떼며 들어온 늙은이에게 씨앗을 보여주며 이런 씨앗을 보거나 그에 관해 들은 적이 있는지 물었다. 그러나 늙은이는 노안으로 앞이 잘 보이지 않아 손으로 더듬어가며 씨앗을 겨우 살펴보았다.

왕은 늙은이에게 물었다.

"이런 씨앗을 본 적이 있는가? 이것을 샀거나 자네 밭에 심은 적은 없는가? 아니면 이런 씨앗에 대해 들은 적은 없는가?"

가는귀를 먹은 늙은이는 왕의 말을 겨우 알아듣고는 더듬더듬 대답했다.

"네, 소인은 이런 씨앗을 산 적도 없고, 심은 적도 없습니다. 이만한 낱알을 거둬들인 적은 더더구나 없고요. 소인이 농사를 지을 시절에는 씨앗들이 모두 작았습니다. 물론 지금도 그렇죠. 소인의 아버지께 한번 여쭤봐야겠습니다. 어쩌면 이런 씨앗에 대해 들은 적이 있을지도 모르니까요."

왕은 노인의 아버지를 데려오라고 명령했다. 곧 노인의 아버지가 지팡이 하나를 짚고 들어왔다. 이 노인은 씨앗을 살펴볼 정도로 눈이 밝았다. 왕이 그에게 물었다.

"이 씨앗이 어디서 생겨났는지 아는가? 이런 씨앗을 심은 적이 있는가? 자네가 농사 짓던 시절에 이런 씨앗을 산 적이 있는가?"

이 늙은이도 가는귀를 먹기는 했지만 아들보다는 귀가 밝아 곧바로 알아들었다.

"소인은 밭에 이런 씨앗을 뿌린 적도, 수확한 적도 없습니다. 이린 씨앗을 산 적 또한 없는데, 그것은 소인이 젊은 시절에는 돈이라는 게 없었기 때문입니다. 모든 사람이 자기 곡식을 거둬 먹고살았고, 모자라면 서로 나눠 먹었습니다. 소인은 이런 씨앗이 어디서 생겨났는지 모릅니다. 소인이 농사 짓던 시절에는 지금보다 씨앗도 더 굵고 수확량도 더 많았지만 이렇게 큰 씨앗은 생전 처음 봅니다. 소인의 아버지께 듣기로는 아버지가 젊은 시절에는 낟알도 훨씬 더 크고 수확량도 훨씬 더 많았다고 합니다. 그러니 소인의 아버지께 여쭤보시는 게 좋을 듯합니다."

왕은 다시 이 늙은이의 아버지를 불러들였다. 맨 처음 불려 온 노인의 할아버지인 그는 지팡이도 짚지 않고 가벼운 걸음으로 들어왔다. 노인은 눈도 밝고 귀도 잘 들리며 또박또박 말했다. 노인은 씨앗을 이리저리 뜯어보고 뒤집어가며 자세히 살펴보더니 말했다.

"이런 옛날 곡식은 참으로 오랜만에 봅니다만……."

노인은 씨앗을 깨물어 자근자근 씹어보고는 덧붙였다.

"이게 그것입니다."

"어서 말해보라. 이런 씨앗이 어디서 생겼는가? 이런 곡식을 심은 적이 있는가? 혹은 누군가에게 이런 곡식을 산 적이 있는가?"

그러자 노인이 말했다.

"소인이 젊은 시절에는 이런 곡식이 흔했습니다. 어디서나 이런 곡식이 났습니다. 소인은 이런 곡식으로 평생 먹고살았고, 또 식구들을 먹여 살렸습니다."

그러자 왕이 또다시 물었다.

"그러니 어서 말해보라. 자네는 이런 씨앗을 어디서 샀는가? 그리고 이런 씨앗을 자네 밭에도 뿌렸는가?"

노인은 싱긋 웃으며 말했다.

"소인이 젊은 시절에는 곡식을 사고파는 일을 상상도 할 수 없었습니다. 그런 죄악을 생각해낼 사람이 어디 있겠습니까? 돈이라는 것도 없었고요. 누구나 곡식을 가지고 있었죠. 소인은 이런 씨앗을 뿌리기도 하고 거둬들이기도 했습니다."

왕은 재차 물었다.

"그럼 어서 말해보거라. 이런 씨앗을 심었던 자네 밭은 어디 있었는가?"

그러자 노인이 말했다.

"소인의 밭은 신의 땅이었습니다. 제가 쟁기질한 곳이 바로 저의 밭이었습니다. 땅은 누구의 것도 아니었습니다. 제 땅이라는 건 없었습니다. 제 것이라고 할 수 있는 것은 오직 저의 노동뿐이었습니다."

"그럼 두 가지만 물어보겠다. 하나는 옛날에는 이처럼 달걀만 한 씨앗이 있었는데, 지금은 왜 생기지 않느냐 하는 것이다. 그리고 또 하나는 자네 손자는 지팡이 2개를 짚고, 자네 아들도 지팡이 하나를 짚고 걷는데, 자네는 어찌해서 그 나이에 지팡이에 의지하지 않고 가뿐히 걸을 수 있는가 하면, 눈과 귀도 밝고, 이도 빠진 것 하나 없이 성하고, 나긋나긋하고 또렷하게 말할 수 있느냐 하는 것이다. 어서, 말해보라."

노인이 대답했다.

"두 가지 질문에 대한 답이 같습니다. 세상 사람들이 자기 힘으로 살아가지 않고 남의 것을 욕심내기 때문입니다. 옛날 사람들은 신의 뜻을 좇으며 살았습니다. 자기가 가진 것만 취할 뿐 결코 남이 가진 것을 욕심내지 않았던 것입니다."

머슴 예멜리얀과 빈 북

남의 집 머슴살이를 하는 예멜리얀이라는 남자가 있었다. 어느 날 들일을 하러 가던 그는 벌판에서 개구리 한 미리를 발견했다. 예멜리얀이 발밑에서 폴짝폴짝 뛰는 개구리를 밟을 뻔하다가 겨우 뛰어넘었을 때 뒤에서 "예멜리얀!" 하고 부르는 소리가 들렸다. 그가 뒤돌아보니 예쁜 아가씨가 자기를 쳐다보고 있었다.

그녀가 말했다.

"예멜리얀, 당신은 왜 결혼을 안 하세요?"

그러자 예멜리얀이 대답했다.

"누가 나한테 시집을 오겠어요? 가진 거라고는 몸뚱이 말고 아무것도 없는데요."

아가씨가 싱긋 웃으며 말했다.

"그럼 내가 당신한테 시집가는 건 어때요?"

예멜리얀은 아가씨가 마음에 들어 말했다.

"나야 당연히 좋지만, 어떻게 먹고사나요?"

"그런 걱정은 말아요. 잠도 줄여가면서 열심히 일하면 어디를 가든 먹고 입는 건 문제없어요."

"그건 그렇죠. 그럼 우리 결혼해요. 그런데 어디서 살죠?"

"시내에 나가서 사는 건 어때요?"

예멜리얀이 흔쾌히 그러자고 하자 아가씨는 그를 데리고 교외의 작은 집으로 갔다. 두 사람은 그 집에서 결혼 생활을 시작했다.

그러던 어느 날 왕이 타고 있는 마차 행렬이 시내를 지나가게 되었다. 왕의 행차가 예멜리얀의 집 앞을 지나갈 때 마침 구경 나온 예멜리얀의 아내를 보고 왕은 아름다운 모습에 깜짝 놀랐다. 왕은 마차를 멈추고 예멜리얀의 아내에게 물었다.

"너는 뭐 하는 처자이냐?"

"저는 아낙입니다. 제 남편은 농부 예멜리얀이고요."

"이렇게 아름다운 아가씨가 농부의 아내라니? 왕비가 되고도 남을 미인인데 말이야."

"황공한 말씀입니다. 하지만 저는 농부의 아내로 만족합니다."

왕은 그녀와 몇 마디 나누고 그곳을 떠났다. 왕은 궁으로 돌아오고 나서도 예멜리얀의 아내가 도무지 머릿속에서 떠나지 않았다. 왕은 어떻게 하면 예멜리얀의 아내를 빼앗을까 궁리하느라 밤새 잠한숨 못 잤다. 그러나 별다른 묘안이 떠오르지 않자 왕은 신하들을 불러놓고 좋은 방법이 없느냐고 물었다.

궁리 끝에 신하들이 말했다.

"예멜리얀을 궁으로 불러들여 혹독하게 일을 시키는 겁니다. 그러다 쓰러져 죽으면 그때 과부가 된 그 아내를 취하시면 되는 것 아니겠습니까?"

왕은 당장 사자를 보내 예멜리얀에게 아내와 함께 궁으로 들어와 정원사로 일하라는 명령을 전했다.

사자의 말을 듣고 아내가 남편에게 말했다.

"나는 괜찮으니 당신 혼자 궁으로 들어가세요. 낮에는 궁에서 일하고 밤에는 집으로 돌아오면 되잖아요."

예멜리얀은 혼자 집을 나섰다. 궁으로 들어가자 내신이 그에게 물었다.

"왜 혼자 온 것이냐? 네 아내는 어디 있는 거냐?"

"아내를 데려올 필요가 뭐 있나요? 집이 없는 것도 아닌데요."

예멜리얀에게는 두 사람 몫의 일거리가 주어졌다. 예멜리얀은 도무지 그날 안에 끝낼 엄두가 나지 않았다. 그러나 한눈팔지 않고 열심히 하다 보니 저녁이 되기 전에 완전히 끝낼 수 있었다. 내신은 예멜리얀이 그 많은 일을 다 끝내자 깜짝 놀랐다.

예멜리얀이 일을 마치고 돌아오니 집 안은 깨끗이 청소되어 있었고 난롯불을 피워 훈훈했다. 아내는 저녁을 준비해놓고 탁자 앞에 앉아 바느질을 하고 있었다. 그녀는 남편에게 저녁을 차려주고 궁에서 어떤 일이 있었는지 물어보았다.

"도저히 혼자 해낼 수 없을 만큼 많은 일을 주는 거요. 아무래도 나를 혹사시켜 죽일 작정인 것 같소."

그러자 아내가 위로하듯이 말했다.

"일의 양 같은 건 신경 쓰지 말아요. 지금까지 얼마나 했나, 또 얼마나 남았나 하는 생각도 하지 말고요. 뒷일이든 앞일이든 생각지 말고 그저 묵묵히 일만 하다 보면 어느새 그날 내로 일이 끝나 있을 거예요."

예멜리얀은 식사를 끝내고 고단한 몸으로 잠자리에 들었다.

다음 날 아침, 예멜리얀은 또다시 궁으로 들어갔다. 이번에는 네 사람 몫의 일이 그에게 주어졌다. 예멜리얀은 아내의 말대로 한 번도 뒤돌아보지 않고 열심히 일했다. 그러자 어느새 해 지기 전에 일이 끝나 집으로 돌아올 수 있었다. 그 이후로도 계속 예멜리얀은 아무리 일이 많아도 그날 안에 끝내고 집으로 돌아왔다.

일주일이 지나자 왕의 신하들은 혹독하게 일을 시키는 것으로는 예멜리얀을 괴롭히거나 죽일 수 없다는 것을 깨달았다. 그래서 예멜리얀이 도저히 하기 어려운 일을 시켰으나 그것 역시 척척 해냈다. 목수 일이며 석수 일, 미장일까지 어떤 일을 시켜도 예멜리얀은 그날 내로 끝내고 저녁에는 아내가 있는 집으로 돌아가는 것이었다.

그렇게 또 일주일이 지나자 왕이 신하들을 불러놓고 말했다.

"너희는 언제까지 그것 하나 해결하지 못하고 거저먹으려 드느냐? 2주일이 지났는데도 아무런 소득이 없지 않느냐? 예멜리얀을 혹사시켜 죽이겠다더니 어찌하여 저놈은 매일 콧노래를 흥얼거리며 집으로 돌아가느냐 말이다! 대체 너희가 나를 우롱하는 게 아니면 뭐란 말이냐?"

신하들은 어쩔 줄을 모르고 얼버무렸다.

"저희는 최선을 다했습니다. 그런데 아무리 일을 많이 줘도 끄떡도 하지 않습니다. 무슨 일이든 빗자루로 쓸 듯이 가볍게 해치우는 것이 도무지 지칠 줄을 모르는 인간입니다. 그래서 굉장히 어렵고 복잡한 일도 시켜보았지만 어찌 된 영문인지 그것마저 깔끔하게 해내는 것입니다. 아무래도 그놈이나 그 마누라가 요술을 부릴 줄 아는 것 같습니다. 그래서 이번에는 사람이 도저히 해낼 수 없는 일을 시킬까 합니다. 예멜리얀을 불러 하루 만에 궁전 앞에 성당 하나를 지으라고 명령하십시오. 하루 만에 완성하지 못하면 왕의 명령을 어긴 죄로 목을 치면 되지 않겠습니까?"

왕은 곧바로 사자를 보내 예멜리얀을 불러들였다.

"너에게 명령하노라. 궁전 앞 광장에 성당을 하나 짓거라. 하루의 시간을 줄 테니 내일까지 완공하도록 하라. 시간 내에 완성하면 후한 상을 내릴 것이고, 그러지 못하면 네 목을 칠 것이야."

왕의 명령을 듣고 나서 예멜리얀은 이제 마지막이라는 생각을 하며 집으로 돌아왔다.

예멜리얀은 곧장 아내에게 말했다.

"어서 떠날 준비를 해요. 어디든 상관없으니 일단 여기를 떠납시다. 지금 도망가지 않으면 아무 죄도 없이 죽임을 당할 판이오."

"그게 무슨 말이에요? 도망을 가다니요? 뭐가 그렇게 두렵나요?"

"어떻게 두렵지 않을 수 있겠소? 왕께서 내일까지 성당 하나를 짓지 못하면 당장 내 목을 치겠다는데요. 지금 도망치는 수밖에 다른 방법이 없어요."

그러자 아내가 차분하게 말했다.

"왕께서 군대를 풀면 어디에 숨어 있든 붙잡히게 마련이에요. 왕의 손아귀에서 벗어나기는 힘들어요. 그러니 할 수 있는 데까지 해보는 수밖에 없어요."

"하지만 도저히 불가능한 일을 어떻게 해낸단 말이오?"

"미리 걱정부터 하지 말고 우선 저녁이나 드시고 주무세요. 그리고 내일은 평소보다 조금 일찍 일어나세요. 그러면 모든 일이 순조롭게 돌아갈 테니."

이튿날 아침, 예멜리얀은 아내가 깨우는 소리를 듣고 일어났다.

아내가 못이랑 망치를 건네주며 말했다.

"자, 얼른 가서 성당을 지어야죠. 거기 가서 하루 일거리만 하면 될 거예요."

예멜리얀이 궁 앞 광장으로 가보니 아내의 말대로 새 성당이 들어서 있었는데, 마무리만 조금 하면 완성되게끔 다 지어져 있었다. 예멜리얀은 저녁까지 마지막 손질을 완전히 끝낼 수 있었다. 저녁 무렵 왕이 궁 밖을 내다보니 광장 한복판에 새 성당이 세워져 있고, 예멜리얀이 이리저리 다니며 끝막음 못질을 하고 있었다. 왕은 새로 지은 성당을 보고 기쁘기는커녕 화가 치밀어 견딜 수가 없었다. 예멜리얀을 처벌해 그의 아내를 빼앗을 구실이 없게 되었던 것이다. 왕은 당장 신하들을 불러들여 소리쳤다.

"예멜리얀이 이번에도 명령을 완수했다. 이래서야 그놈을 처형할 수 있겠는가? 더 어려운 일을 맡겨야겠다. 당장 생각해내지 않으면 너희를 엄벌에 처할 테다."

신하들은 궁리 끝에 예멜리얀에게 강을 파게 하는 것이 좋겠다고 제안했다. 궁전 주위를 흐르며 큰 배를 띄울 수 있을 만큼 넓은 강을 파라고 하는 것이있다. 왕은 예멜리얀을 불러 새로운 일을 명령했다.

"너는 하루 만에 성당 하나를 뚝딱 지었으니 이번에도 능히 할 수 있을 것이다. 내일까지 내가 말한 대로 강을 파지 못하면 네 목이 날아갈 줄 알아라."

어제보다 더 절망한 예멜리얀은 울상이 되어 집으로 돌아왔다.

아내가 그의 표정을 보고 말했다.

"왜 그런 표정을 하고 있나요? 왕께서 또 무슨 어려운 분부를 내리신 거예요?"

예멜리얀이 자초지종을 설명하고 나서 말했다.

"이번에는 무슨 일이 있어도 도망쳐야 해요."

그러자 아내가 말했다.

"그 많은 군대를 피할 수는 없어요. 어디로 도망가든 결국 잡히고 말 거예요. 그러니 이번에도 하는 데까지 할 수밖에요."

"하지만 그런 일을 어떻게 할 수 있단 말이오?"

"어쨌든 오늘 밤에는 더 이상 생각 말고 일단 주무세요. 내일 조금만 더 일찍 일어나면 다 되어 있을 거예요."

다음 날 아침, 아내가 예멜리얀을 깨우더니 삽을 건네면서 말했다.

"이거 가지고 어서 궁으로 가보세요. 다 되어 있을 거예요. 당신은 궁 앞에 쌓인 흙덩이만 조금 다지면 돼요."

예멜리얀이 궁으로 나가 보니 과연 이번에도 궁전 둘레로 강이 흐르고 거기에 큰 배가 떠 있는 것이 아닌가. 예멜리얀은 궁전 앞의 울퉁불퉁한 땅을 평평하게 다지기 시작했다. 왕이 밖에 나가 이 광경을 보고 깜짝 놀랐다.

왕은 생각했다.

'저놈한테는 못할 일이 없나 보군. 그럼 이제 어떻게 해야 한다?'

왕은 또다시 신하들을 불렀다.

"사람으로서는 도저히 할 수 없는 일을 맡겨도 척척 해내니 이래서는 그놈의 아내를 뺏을 수 없다! 그러니 예멜리얀이 도저히 할 수 없는 일을 찾도록 하거라."

신하들은 머리를 맞대고 궁리한 끝에 묘안을 짜냈다.

"예멜리얀을 불러 이렇게 명령하십시오. '어딘지도 모르는 곳에 가서 무엇인지도 모르는 것을 가지고 오라'고 말입니다. 이제 더 이상 그놈도 빠져나갈 수 없을 것입니다. 그놈이 어디를 갔다 오든 전하께서 틀렸다고 하고, 무엇을 가져오든 아니라고 하시면 됩니다. 이번에는 틀림없이 그놈을 처벌하고 그놈의 아내를 취할 수 있을 것입니다."

왕은 크게 기뻐하며 말했다.

"그야말로 묘안이구나."

왕은 당장 예멜리얀을 불러 분부했다.

"어딘지도 모르는 곳에 가서 무엇인지도 모르는 것을 가져오너라. 그러지 못하면 낭장 네 목을 칠 것이니라."

예멜리얀은 집으로 돌아와 아내에게 왕의 분부를 이야기했다. 그러자 아내가 말했다.

"이건 당신을 죽이려고 짜낸 계략이 틀림없어요."

아내는 곰곰이 생각하더니 말했다.

"이번에는 좀 멀리 가셔야겠어요. 한 군인의 어머니이자 아주 늙은 할머니한테 도움을 청해야 하거든요. 당신은 그분이 주는 물건을 가지고 궁으로 가세요. 저도 궁에 가 있을 거예요. 더 이상 그들이 나를 가만 놔두지 않을 거예요. 틀림없이 저를 강제로 끌고 갈 거예요. 하지만 오래 붙잡아두지는 못할 거예요. 당신이 그 할머니가 하라는 대로 하면 저를 구할 수 있어요."

아내는 남편의 행장을 꾸려주고 나서 물건 담는 자루 하나와 물렛가락 하나를 주며 말했다.

"이걸 가지고 가서 그 할머니께 드리세요. 이걸 보시면 당신이 내 남편이라는 것을 알 거예요."

그리고 아내는 남편에게 길을 가르쳐주었다. 예멜리얀이 시내를 벗어나자 훈련받고 있는 군인들의 모습이 보였다. 한참 동안 그들을 구경하던 예멜리얀은 잠깐 앉아 쉬고 있는 그들 곁으로 다가가 물었다.

"하나만 물어봅시다. 어딘지도 모르는 곳으로 가려면 어떻게 가야 합니까? 그리고 무엇인지도 모르는 것을 가져오려면 어떻게 해야 합니까?"

그의 말을 듣고 군인들이 되물었다.

"도대체 누가 그런 걸 시켰소?"

"누군 누굽니까, 이 나라 왕이지요."

그러자 군인들이 말했다.

"사실 우리도 어딘지도 모르는 곳에 가려고 하는데 그게 어딘지 모르겠고, 무엇인지도 모르는 것을 찾고 있으나 그것 역시 뭔지 모르겠소. 그러니 우리도 모르는 것을 어떻게 당신한테 가르쳐줄 수 있겠소."

예멜리얀은 군인들과 함께 잠시 앉아 있다가 다시 일어나 길을 떠났다.

한참 뒤 예멜리얀은 어느 숲에 이르렀다. 그는 숲 속에 있는 작은 오두막으로 들어갔다. 그곳에는 군인의 어머니이자 아주 늙은 할머니가 의자에 앉아 있었는데, 그녀는 침 대신 눈물을 손가락에 묻혀 가며 삼을 삼고 있었다. 할머니는 예멜리얀을 보자마자 대뜸 소리 쳤다.

"여기는 무슨 일로 왔느냐?"

예멜리얀은 물렛가락을 건네주면서 아내가 가보라고 했다고 말 했다. 그러자 할머니는 곧 마음을 진정하고 이것저것 물어보았다. 예멜리얀은 할머니에게 이제까지 있었던 일들을 모두 이야기해주 었다. 지금 아내와는 어떻게 결혼하고 또 어떻게 시내에 살림을 차 리게 되었는지, 어쩌다 왕에게 불려 갔는지, 군에서는 어떤 일을 했 고, 어떻게 성당을 지었으며, 배가 지나다니는 강은 어떻게 팠는지 들려주었다. 그리고 이번에 왕이 어딘지도 모르는 곳에 가서 무엇 인지도 모르는 것을 가져오라고 분부했다고 하자 할머니는 눈물을 그치더니 혼잣말을 했다.

"드디어 때가 왔구나."

그러고는 예멜리얀에게 의자를 권하며 말했다.

"여기 앉아서 뭐라도 좀 들거라."

예멜리얀이 식사를 끝내자 할머니가 실뭉당이 하나를 건네주며 말했다.

"자, 이것을 던져서 굴러가는 쪽으로 따라가거라. 아주 먼 바닷가 까지 가면 큰 마을이 나타날 거야. 그 마을에서 맨 처음 보이는 집 에 들어가 하룻밤 재워달라고 청하거라. 그럼 네가 필요로 하는 것을 찾을 수 있을 거야."

"하지만 그게 뭔지 제가 어떻게 알죠?"

"거기 가면 자기 부모의 말보다 더 잘 듣게 되는 것이 나타날 거야. 그게 바로 네가 찾는 물건이란다. 그걸 가지고 왕에게 가서 내보이면 왕은 틀림없이 그건 아니라고 말할 거다. 그러면 너는 '이게 아니라면 차라리 깨부숴 버리겠습니다'라고 말하거라. 그리고 그걸 두드리며 강가로 가서 산산조각을 내어 강물에 던져버려라. 그럼 네 아내도 찾고 내 눈물도 마를 것이다."

예멜리얀은 작별 인사를 하고 할머니의 집을 나서서 실뭉당이를 던졌다. 실뭉당이는 계속 굴러갔고, 그는 마침내 바닷가 어느 큰 마을에 이르렀다.

예멜리얀은 맨 처음 나타난 높은 집으로 들어가 하룻밤 재워달라고 부탁했다. 주인은 흔쾌히 그를 안으로 들였다.

아침에 예멜리얀은 그 집 아버지가 아들에게 나무해 오라는 소리를 듣고 잠이 깼다. 아들은 아버지의 말에 이렇게 말했다.

"지금 숲에 가기는 너무 일러요. 조금 있다 갈게요."

그러자 난로 앞에 있던 어머니가 말했다.

"이르기는 뭐가 이르다고 그래? 지금 다녀오너라. 아버지가 몸이 편찮으셔서 그러잖니? 아픈 아버지가 직접 나무해 와야겠니?"

아들은 어머니의 잔소리에도 일어날 생각은 하지 않고 혼자 중얼거리며 도로 누워버렸다.

그때 갑자기 길에서 요란한 소리가 나자 아들이 벌떡 일어나 손에 집히는 대로 아무거나 대충 걸치고 밖으로 뛰어나갔다. 예멜리얀은 아버지 말보다 더 잘 따르게 하는 것이 대체 무엇인지 확인하려고 얼른 뒤따라 나갔다. 길에는 어떤 사람이 배에 둥그런 물건을 차고 봉으로 그것을 치면서 걸어가고 있었다. 예멜리얀이 다가가 자세히 살펴보니 대야처럼 둥글게 생긴 그 물건 양편에는 가죽이 붙어 있었다.

예멜리얀이 물었다.

"이게 대체 뭔가요?"

"뭐긴 뭐요? 북이지."

"이건 가짜 북이군요?"

"그렇소."

예멜리얀은 남자에게 그것을 자기한테 주면 안 되겠냐고 부탁했다. 그러나 아무리 애원해도 주지 않자 예멜리얀은 그를 따라나섰다. 예멜리얀은 남자를 온종일 따라다니다 그가 잠깐 잠든 틈에 몰래 그것을 훔쳐 달아났다.

예멜리얀이 물건을 가지고 단숨에 달려와 집으로 가보았으나 아내의 모습이 보이지 않았다. 그가 떠난 뒷날 왕의 신하들이 아내를 강제로 끌고 간 것이었다. 예멜리얀은 곧장 궁으로 들어가 왕을 뵙기를 청하며 말했다.

"어딘지도 모르는 곳에 가서 무엇인지도 모르는 것을 가지고 왔습니다.”

신하들이 그의 말을 전하자 왕은 내일 다시 오라고 분부했다. 예멜리얀은 한 번 더 청했다.

“전하께서 찾아오라고 분부하신 물건을 가지고 왔습니다. 부디 알현을 허락해주십시오. 그렇지 않으면 제가 직접 들어가겠습니다.”

왕은 할 수 없이 나와서 물었다.

“그래, 너는 어디에 갔다 왔느냐?”

예멜리얀은 있는 그대로 대답했다.

“틀렸다. 그럼 무엇을 가지고 왔느냐?”

예멜리얀은 물건을 꺼내려고 했으나 왕은 보기도 전에 말했다.

“그게 아니다.”

그러자 예멜리얀이 말했다.

“그렇다면 이건 깨부숴 버려야겠습니다.”

예멜리얀은 “악마에게나 던져주자!”라고 내뱉더니 북을 두드리면서 궁을 나왔다. 그러자 왕의 군대가 그 북소리를 듣고 예멜리얀한테 몰려들더니 그를 따라가기 시작했다. 군대는 예멜리얀에게 경례를 하고, 그의 명령을 기다렸다. 궁 밖을 내다보던 왕이 군대를 향해 예멜리얀을 따라가지 말라고 소리쳤다. 그러나 군대는 왕의 말은 들은 척도 하지 않고 예멜리얀을 따라갔다. 그것을 보고 왕은 예멜리얀에게 아내를 풀어줄 테니 제발 북을 가져오라고 사정했다.

그러자 예멜리얀이 말했다.

"그렇게는 못 합니다. 저는 이 북을 깨부숴 강물에 던져버리라는 분부를 받았습니다."

예멜리얀은 북을 두드리며 강가로 갔고, 군대도 그 뒤를 따라갔다. 예멜리얀은 북을 산산조각 내 강물에 던져버렸다. 그러자 군인들은 한 명도 빠짐없이 뿔뿔이 흩어져 달아났다.

그리하여 예멜리얀은 아내를 집으로 데려올 수 있었다. 그 후로 왕은 더 이상 그를 괴롭히지 않았다.

세 아들

아들 셋을 둔 아버지가 있었다. 어느 날 아버지는 자식들에게 재산을 나눠 주기로 결심하고 먼저 큰아들에게 돈과 땅을 주면서 말했다.

"나처럼 살아라. 그러면 행복하게 살 수 있느니라."

큰아들은 자기 몫의 재산을 상속받고는 생각했다.

"아버지께서는 당신처럼 살라고 하셨어. 아버지는 즐겁게 사셨으니 나도 그렇게 살면 되겠지."

큰아들은 기분 내키는 대로 유쾌하게 살기로 결심하고 아버지의 곁을 떠났다. 그렇게 1년이 지나고, 10년, 20년이 흐르자 큰아들은 마침내 전 재산을 탕진하고 말았다. 큰아들은 빈털터리로 집에 돌아와 아버지에게 애원했다.

"아버지, 한 번만 도와주십시오."

하지만 아버지는 큰아들의 부탁을 일언지하에 거절했다. 큰아들은 아버지의 환심을 얻으려고 자기가 가진 것 가운데 가장 좋은 것

을 선물로 드렸다. 그러나 아버지는 마음을 돌리지 않았다. 큰아들
이 잘못했으니 용서해달라고 해도 아버지는 요지부동이었다. 그러
자 참다못한 큰아들이 아버지에게 험한 말을 하며 대들었다.

"지금은 한 푼도 주지 않으면서 그때는 왜 재산을 나눠 주면서
평생 풍족하게 살 거라고 하셨어요? 이제까지 누린 기쁨과 즐거움
도 지금의 고통에 비하면 아무것도 아닙니다. 저는 당장이라도 죽
을 것 같아요. 나날이 몸이 안 좋아지는 걸 느껴요. 제가 이렇게 불
행하게 된 게 다 누구 때문입니까? 바로 아버지 때문이에요. 아버지
는 저의 쾌락이 저를 망친다는 것을 뻔히 알면서도 주의를 주지 않
았어요. 그저 '나처럼 살아라. 그러면 다 잘될 거다'라고만 말씀하셨
어요. 저는 아버지처럼 유쾌하고 즐거운 일을 좇아 살았어요. 저는
아버지를 본받아 살았다고요. 하지만 아버지는 평생 그렇게 살아도
별 탈 없을 만큼 돈이 충분했고, 저는 그러기에는 부족했던 거예요.
아버지는 저에게 거짓말을 하셨어요. 아버지를 증오해요. 될 대로
되라죠! 저를 속인 아버지를 저주할 거예요. 아버지의 얼굴은 두 번
다시 보지 않겠어요."

아버지는 둘째 아들에게도 큰아들에게 준 것과 똑같이 재산을 나
눠 주었다. 이번에도 그는 둘째 아들에게 "나처럼 살아라. 그러면
행복하게 살 수 있느니라."라고 말했다.

둘째 아들은 형이 받은 것과 같은 몫을 아버지에게 받았지만 왠
지 기쁘지 않았다. 형이 아버지로부터 재산을 물려받고 어떻게 되

었는지 잘 알고 있었기 때문이다. 그래서 그는 자기는 어떻게 해서든 형처럼 거지꼴이 되지는 말아야겠다고 생각했다.

그는 형이 "나처럼 살아라!"는 아버지의 말씀을 잘못 이해하고 쾌락만을 좇다가 결국 빈털터리가 되었다는 것을 너무나 잘 알고 있었다. 그래서 그는 어떻게 하면 아버지가 주신 재산을 더 많이 늘릴까 밤낮으로 고민했지만 결국 그 뜻을 이루지 못했다.

그러던 어느 날 둘째 아들이 아버지를 찾아가 어떻게 하면 행복하게 살 수 있는지 물어보았다. 그러나 아버지는 아무 말도 하지 않았다. 둘째 아들은 아버지가 행복의 비밀을 가르쳐주고 싶어 하지 않는다고 여기고는, 이번에는 아버지에게 재산을 불리는 비법을 알아내려고 했다. 아들은 더 많은 재산을 축적하고 싶었지만 아무리 해도 돈이 모아지지 않았다. 그는 자기가 욕심이 많다는 생각은 하지 않고 되레 아버지를 비난했다.

둘째 아들은 아버지는 평생 궁색하게 살면서 다른 사람에게는 전혀 베풀지 않았고, 다른 사람들이 그렇게 살았다면 훨씬 더 많은 재산을 모았을 거라며 떠들고 다녔다. 둘째 아들은 그러면서 아버지에게 받은 재산을 다 써버렸고, 수중에 돈이 한 푼도 남지 않았을 때 스스로 목숨을 끊고 말았다.

아버지는 셋째 아들에게도 위의 두 아들에게 준 것과 똑같이 재산을 나눠 주고 역시 같은 말을 했다.

"나처럼 살아라. 그러면 너도 행복하게 살 수 있느니라."

셋째 아들도 재산을 받고 기뻐서 아버지 곁을 떠났다. 그러나 그는 형들이 어떻게 되었는지를 떠올리며 아버지의 말씀을 되새겨보았다.

'큰형은 아버지처럼 산다는 것을 쾌락을 좇는 것으로 잘못 받아들여 재산을 탕진했다. 둘째 형도 아버지의 말씀을 제대로 이해하지 못하고 스스로 파멸하고 말았다. 그렇다면 도대체 자신처럼 살라는 말씀이 무슨 뜻일까?'

셋째 아들은 그동안 아버지가 어떻게 살아왔는지 하나하나 떠올려보면서 문득 깨달은 것이 있었다. 그것은 바로 자기가 태어나기 전까지 아버지는 자신을 위해 마련한 것이 아무것도 없었으며, 자기를 낳고 키우면서 세상 모든 행복을 맛보았다는 것이었다. 두 형을 위해서도 마찬가지였다. 따라서 아버지에게 가장 본받을 점은 거기에 있었다. 자신이 아버지에 대해 알고 있는 전부는 바로 자기와 두 형에게 선을 베풀어주었다는 점뿐이었다.

셋째 아들은 그때 비로소 "나처럼 살아라!"는 아버지의 말씀이 무슨 뜻인지 깨달았다. 그것은 남에게 선을 베풀라는 것이었다. 셋째 아들이 그제야 평온한 마음을 찾았을 때 아버지가 그의 곁으로 다가와 말했다.

"이제 우리는 함께 행복을 누릴 수 있다. 어서 가서 내가 사랑하는 젊은이들에게 나처럼 사는 자는 진정으로 행복한 삶을 살 수 있다고 일러주거라."

셋째 아들은 자기와 같은 젊은이들을 찾아가 아버지의 이야기를 들려주었다. 그 뒤부터 자식들은 자기 몫의 재산을 받았을 때 많이 받은 것을 기뻐하는 것이 아니라 아버지처럼 행복하게 살게 된 것을 기뻐했다.

여기서 아버지는 하느님이고, 아들들은 인간, 행복은 우리의 삶이다. 인간은 하느님 없이도 자기 힘으로 얼마든지 살아갈 수 있다고 생각한다.

어떤 사람은 인생의 가장 큰 목적이 쾌락이라고 생각하고 평생 그것을 좇으며 살다가 막상 죽음 앞에 서면 그동안 무엇 때문에 살았는지, 죽음의 고통으로 끝나는 행복이 무엇인지 전혀 알지 못한 채 생을 마감한다. 이들은 하느님을 저주하고 신을 부정하며 죽어가는데, 맏아들이 이런 사람이다.

둘째 아들과 같은 사람은 인생의 가장 큰 목적은 자아실현이자 자기완성이라고 믿는다. 이들은 오직 자신만을 위해 새롭고 더 좋은 생활을 꾸려나가는 데 온 힘을 쏟는다. 그러나 자신의 삶을 완성하는 동안 그것을 잃어버리고 차차 그것으로부터 멀어져간다.

마지막으로 셋째 아들과 같은 사람들은 이렇게 말한다.

"우리가 신에 대해 알고 있는 모든 것은, 신은 인간에게 선을 베풀고, 우리 인간도 남에게 그처럼 행하라는 분부를 내렸다는 것뿐이다. 그러므로 우리는 신을 본받아 같은 인간에게 선을 베풀며 살아야 한다."

인간이 이러한 생각을 하기에 이르렀을 때 신은 그들을 찾아와 이렇게 말씀하신다.

"이것이 바로 내가 너희에게 바라는 것이다. 나처럼 행하라. 그러면 너희도 나처럼 살게 될 것이다."

불은 놔두면 끄지 못한다

어느 마을에 이반 쉬체르바코프라는 농부가 살고 있었다. 몸이 튼튼한 그는 마을 최고의 일꾼으로 불렸고, 넉넉한 살림에 성장한 아들이 셋이나 있었다. 큰아들은 결혼했고, 둘째 아들은 결혼 적령기에 이르렀으며, 셋째 아들은 미흡하나마 서서히 짐도 나르고 밭일도 돕기 시작한 나이였다. 더구나 현명하고 똑 부러지게 집안 살림을 꾸려나가는 아내에 고분고분 일 잘하는 며느리까지 얻어 이반의 가족은 늘 부족함 없이 살아가고 있었다.

이반의 집에서 일하지 못하는 사람은 늙어서 병석에 누운 아버지뿐이었다. 천식을 앓고 있는 아버지는 7년째 벽난로 옆 침대에 누워 지냈다. 없는 게 없는 이반의 집에는 가축도 풍부했다. 말이 세 필에 망아지, 암소와 송아지도 있었고, 양은 열세 마리나 되었다. 남자들은 부지런히 농사를 지었고, 여자들은 그런 남자들의 신발도 만들고 옷도 꿰매고 집안일을 하는 틈틈이 밭일을 거들기도 했다. 그래서 이반의 집에는 햇보리를 거둬들일 때까지 전해에 추수한 보

319

리가 남아 있을 정도였다. 그리고 세금을 비롯해 여러 가지 비용은 귀리로 충당하고도 남았다.

그러던 어느 날 이반은 이웃에 사는 남자 가브릴로 고르제예프와 다툼을 벌이게 되었다. 가브릴로의 아버지 고르제이 이바노프와 이반의 아버지가 살림을 꾸려나갈 시절에 두 집안은 더없이 정겨운 이웃이었다. 여자들이 키나 물통을 써야 하거나 남자들이 곡식 담을 자루가 필요하면 언제든지 빌려주고, 갑자기 수레바퀴를 갈아야 할 때도 하던 일을 멈추고 달려가 도와주었다. 가끔 송아지가 서로의 타작마당에 뛰어들더라도 그것을 몰아내고는 이렇게 말할 뿐이었다.

"송아지가 이리 못 넘어오게 해줘요. 우리는 짚단을 그냥 널어놓아서 말이야."

송아지 좀 잘 간수하라고 욕을 퍼붓거나 남의 송아지를 자기네 타작마당 어딘가에 감춰놓고 모른 척하는 짓 같은 건 전혀 하지 않았다. 노인들이 일하던 시절에는 오순도순 지내던 두 집안의 관계는 아들 세대가 살림을 맡으면서 완전히 달라졌다. 두 집안의 분쟁은 지극히 사소한 일에서 시작되었다.

이반의 젊은 며느리가 기르던 닭이 이제 막 알을 낳기 시작할 때였다. 그녀는 부활제 때 쓰려고 달걀을 정성스레 모았다. 그녀는 광안에 마련된 작은 닭장에 매일같이 들러서 알을 꺼내곤 했다. 그러던 어느 날 뭔가에 놀란 암탉이 푸드득 날아올라 울타리를 넘더니 옆집 마당에서 알을 낳은 것이었다. 며느리는 꼬꼬댁거리는 소리를 듣고도 닭장에 가보지 않고 속으로 생각했다.

"알은 나중에 가져와야지. 축제일이 얼마 안 남았으니 지금은 집 청소부터 해야 해."

며느리는 집 안을 정리하고 나서 저녁때 닭장으로 가보았다. 그런데 닭장 안 어디에도 달걀이 보이지 않았다. 며느리는 시어머니와 시동생에게 혹시 알을 꺼냈냐고 물어보았으나 그들은 닭장 근처에도 가지 않았다고 했다. 그러더니 막내 시동생 타라스카가 말했다.

"형수님, 아까 보니까 우리 집 암탉이 옆집 마당에 가서 알을 낳던데요."

며느리가 닭장에 가보니 암탉은 벌써 자려는지 수탉과 나란히 홰에 올라앉아 눈을 감고 있었다. 그렇다고 암탉에게 알을 어디서 낳았느냐고 물어볼 수도 없는 노릇이어서 며느리는 곧장 옆집으로 갔다. 마침 옆집 할머니가 마당으로 나오더니 물었다.

"무슨 일로 왔나?"

"우리 집 암탉이 이 집 마당으로 날아와 알을 낳았다고 해서요."

그러자 할머니가 쌀쌀맞게 말했다.

"나는 전혀 못 봤는데. 우리 집도 알 낳는 닭이 있어서 남의 달걀 같은 건 넘보지 않는다고. 달걀이 있나 없나 하고 남의 집 마당이나 기웃거리는 짓 같은 건 하지 않아."

이 말을 듣고 울컥한 며느리가 험한 말을 내뱉자 할머니도 욕을 퍼부으면서 두 사람 사이에 한바탕 싸움이 벌어졌다. 물통을 메고 들어오던 이반의 아내가 이 광경을 보고 며느리를 거들었고, 소란스러운 소리를 듣고 가브릴로의 아내도 뛰쳐나와 욕을 퍼부었다. 양쪽 집 아낙들은 그동안 서로 못마땅하게 여기고 있던 일들을 쏟아내면서 야단법석을 떨었다. '네가 이랬잖느냐, 너야말로 그랬잖느냐, 도둑놈이 따로 없다, 몹쓸 계집이다, 늙은 시아버지를 구박하는 며느리다, 방정맞은 여편네다……'

"남의 키에 구멍까지 내놓고! 그리고 그거 우리 집 멜대잖아. 당장 내놓지 못해!"

그러면서 멜대를 확 잡아당기는 바람에 물통에 담긴 물이 엎질러지고 말았다. 마침 들일을 끝내고 돌아오던 가브릴로가 여자들 싸움에 끼어들어 자기 아내 편을 들자 이반도 아들과 함께 뛰어나와 그야말로 서로 치고받는 싸움이 벌어졌다. 건장한 이반은 힘으로 사람들을 밀치고는 가브릴로의 턱수염을 마구 잡아당겼다. 결국 동네 사람들이 몰려와 겨우 싸움을 말렸다. 하지만 이것은 불화의 시작일 뿐이었다. 가브릴로는 소장을 써서 한 줌이나 뽑힌 턱수염과 함께 관청에 제출하면서 "내가 저 곰보 자식한테 잡히려고 턱수염을 기른 줄 아시오!"라고 말했다.

한편 가브릴로의 아내는 집집마다 돌아다니면서 이반이 소송에 지고 시베리아로 유형을 가게 될 거라고 떠들어댔다. 두 집안은 하루아침에 원수지간이 되었다. 이반의 아버지는 아들을 좋게 타일러보았으나 젊은 혈기에 들은 척도 하지 않았다. 노인은 다시 한번 말했다.

"정말 어리석은 짓을 하고 있구나. 별일도 아닌 일을 가지고 소송까지 벌이다니. 한번 생각해보거라. 따지고 보면 이게 다 달걀 하나 때문에 생긴 일 아니냐? 옆집 아이가 달걀 하나를 주운 게 뭐 대수냐? 달걀 하나가 얼마나 한다고. 모두 다 같은 하느님의 자식 아니냐? 뭐 아쉬울 게 있다고 그러느냐? 저쪽에서 욕을 하면 좋은 말로 하라고 타이르면 될 것을. 치고받고 싸웠더라도 어차피 죄 많은 인간들이 저지른 짓이니 서로를 닦할 것 없다. 네가 먼저 가서 미안하다고 하고 화해를 청하거라. 계속 고집을 피우면 점점 더 일이 얽히게 되느니라."

하지만 이반은 노인의 말을 듣기는커녕 잔소리 그만하라고 툴툴거렸다. 이반은 고집을 꺾지 않고 혼잣말을 했다.

"나는 그놈 턱수염을 뽑은 적이 없어. 절대! 제 손으로 쥐어뜯어놓고는 남에게 뒤집어씌울 속셈이야. 그놈 아들은 남의 머리털을 쥐어뜯고 외투도 찢었잖아."

그러고는 이반도 맞고소를 했다. 두 사람은 중재재판소와 마을재판소에 가서도 여전히 싸웠다. 그러던 중 가브릴로의 수레바퀴가 없어졌는데, 그의 아내와 어머니가 이반의 짓이라고 주장했다.

"우리가 다 봤다고요. 그놈이 밤중에 수레 근처에 갔다니까요. 게다가 옆집 할머니가 봤는데, 그놈이 우리 수레바퀴를 주막에 가지고 가서 억지로 팔려고 했대요."

그 일로 다시 두 사람 사이에 소송이 벌어졌다. 두 집안은 매일같
이 서로 욕을 퍼붓고 싸우기 일쑤였다. 어른들이 그러자 어린아이
들까지 욕을 했고, 냇가에서 만난 며느리들은 빨랫방망이보다 혓바
닥을 더 열심히 놀려대는 형국이었다. 처음에는 서로 트집을 잡는
정도로 시작된 싸움은 날이 갈수록 점점 심해져서 급기야 서로의
집에 있는 물건을 훔쳐가기에 이르렀다. 아낙네들이 아이들에게 도
둑질을 시킨 것이었다. 그러는 사이 두 집의 살림이 점점 축나기 시
작했다.

이반 쉬체르바코프와 가브릴로 고르제예프가 마을재판소와 중재
재판소를 들락거리면서 온갖 사소한 일로 소송을 벌이는 통에 재
판소 사람들도 넌더리를 냈다. 한번은 가브릴로가 이반에게 벌금을
물리거나 유치장에 처넣으면, 그다음에는 이반이 가브릴로에게 똑
같이 그러는 것이었다. 두 사람은 갈수록 물러서기는커녕 더욱 자
기주장만 내세웠다. 개들이 싸울 때는 성질이 점점 사나워져서 한
쪽 개가 살짝 건드리기만 해도 상대 개는 물었다 여기고 더욱 세게
달려든다. 두 사람도 그랬다. 한쪽이 벌금이나 구류처분을 받으면
다른 쪽은 더욱 복수심에 불타는 것이었다.

이렇게 두 사람의 소송은 6년간 이어졌다. 벽난로 옆 침대에 누
워 있는 노인은 여전히 같은 말을 되풀이했다.

"도대체 이게 무슨 짓이냐? 쓸데없는 분쟁은 그만두래도. 일을 소

홀히 하면서까지 싸워서는 안 되느니라. 남을 괴롭힐 생각에 골몰하면 나도 해를 입는 법이다. 성질을 낼수록 상황은 점점 더 나빠질 뿐이다."

그러나 어느 누구도 노인의 말을 귀담아 듣지 않았다.

7년째 되는 해, 어느 날이었다. 마을의 결혼 잔치에서 이반의 아내가 사람들이 다 보는 앞에서 가브릴로에게 자기네 말을 훔치다가 들켰다고 놀려댔다. 사람들 앞에서 큰 망신을 당하고 화가 치민 데다 취기까지 오른 가브릴로는 분을 참지 못하고 이반의 아내에게 덤벼들었다. 임신 중이었던 이반의 아내는 그 일로 일주일이나 앓아눕고 말았다. 이반은 당장 소장을 써서 예심판사를 찾아갔다. 그는 이번에야말로 가브릴로가 시베리아로 유형을 가게 될 거라고 확신했다. 그런데 이반의 고소장은 아무런 효력을 발휘하지 못했다. 예심판사가 이반의 아내의 몸을 조사해보고 나서 아무 상처가 없자 소송을 기각한 것이었다. 그러나 이반은 서기와 배심원들을 찾아다니며 술로 환심을 사서 끝내 가브릴로에게 태형을 내리게 했다.

"가브릴로 고르제예프에게 태형 20대를 선고한다."

이반은 이 판결을 듣고 흡족한 표정으로 가브릴로를 힐끗 바라보았다. 판결문이 낭독되는 동안 얼굴이 하얗게 질린 가브릴로는 재판이 끝나자마자 아무 말 없이 홱 돌아서서 나가버렸다. 이반도 밖으로 나가 말이 매어 있는 곳에 이르자 가브릴로가 그에게 말했다.

"내 등을 채찍으로 내려치고도 네가 무사할 성싶으냐? 네 등이 불에 데지 않게 조심해야 할 거다."

이 말을 듣고 이반은 곧장 재판관에게 달려가 말했다.

"재판관님, 가브릴로가 방금 우리 집에 불을 지르겠다고 협박했습니다. 함께 들은 사람들도 있으니 물어보십시오."

재판관이 가브릴로를 불러 물었다.

"자네가 그 말을 한 것이 사실인가?"

"무슨 말씀이십니까? 저는 아무 말도 하지 않았습니다. 재판관님 권리로 어서 저를 때리십시오. 그놈은 죄 없는 저를 매 맞게 하고 자기는 아무 일 없을 줄 아는 모양입니다."

가브릴로는 더 말하려다 입을 다물고 입술과 뺨을 부르르 떨면서 돌아섰다. 재판관은 그의 모습을 보고 흠칫 놀랐다. 가브릴로가 이반과 자기에게 무슨 짓을 저지를지 모른다는 생각이 들었던 것이다. 나이 지긋한 재판관이 말했다.

"두 사람, 이 자리에서 서로 화해하는 것이 어떻겠나? 가브릴로, 자네도 임신한 아낙을 때린 건 잘못한 것이네. 하느님이 도와주셨기 망정이지 자칫 큰 죄를 지을 뻔하지 않았나? 그렇게까지 해서야 되겠나? 이반에게 사과하게. 이반도 받아줄 거야. 그러면 나도 판결문을 다시 쓰지."

재판관의 말을 듣고 옆에 있던 서기가 나섰다.

"그것은 안 될 말입니다. 형법 제117조에 의하면 쌍방의 화해가 성립되지 않고 이미 판결이 났으므로 그대로 실행해야 합니다."

그러나 재판관은 서기의 말을 참작하지 않고 말했다.

"서기는 관여하지 마시오. 제1조는 하느님을 잊지 않는 것이다. 알겠나? 하느님께서는 이웃과 화목하게 지내라고 하셨다."

재판관은 그렇게 두 사람을 타일러보았으나 소용없었다. 가브릴로는 들은 척도 하지 않고 말했다.

"내년이면 제 나이도 쉰 살입니다. 며느리도 보았고요. 저는 태어나서 지금까지 한 번도 매를 맞은 적이 없습니다. 그런데 저 곰보자식이 저를 채찍 아래로 밀어 넣으려고 하지 않습니까? 그런 놈한테 제가 용서를 구하다니요? 천만의 말씀입니다. 어디 두고 보자, 이반!"

가브릴로의 입술이 또다시 부르르 떨렸다. 그는 더 이상 말을 맺지 못하고 나가버렸다.

마을재판소에서 집까지 거리는 10베르스타(약 10킬로미터―옮긴이)가량 되었다. 그래서 이반은 꽤 늦은 시각에 집에 돌아왔다. 이반은 마차에 매어놓은 말을 풀어 마구간에 집어넣고 집 안으로 들어갔으나 아무도 보이지 않았다. 아들들은 들일을 나가 아직 돌아오지 않았고, 아낙네들은 말과 소를 몰러 나가고 없었다.

이반은 의자에 앉아 조용히 생각에 잠겼다. 판결문을 듣고 낯빛이 변해 홱 돌아서 나간 가브릴로의 모습이 떠올랐다. 이반은 자기가 태형을 받았다면 어떨까 생각하자 섬뜩한 기분이 들었다. 그러면서 가브릴로가 불쌍하고 가슴이 아팠다. 그때 병석에 누워 있던 늙은 아버지가 기침을 하면서 일어나 침대에서 내려왔다. 노인은 계속 기침을 하면서 힘들게 의자에 앉았다. 그는 기침이 잦아들자 팔꿈치를 탁자에 대고 손으로 턱을 괴더니 아들에게 말했다.

"어떤 판결이 났느냐?"

"태형 20대요."

노인은 고개를 젓더니 말했다.

"너는 잘못하고 있느니라. 그렇고말고. 가브릴로가 아니라 바로 네 자신에게 잘못하고 있단 말이다. 가브릴로의 등이 채찍에 맞아 갈라진다고 해서 네 일이 잘될 게 뭐가 있느냐?"

"저한테 해코지는 하지 않겠죠."

"도대체 가브릴로가 너한테 무슨 해코지를 했다고 그러느냐?"

"얼마나 행패를 부렸는지 아세요? 임신한 아내를 때려서 하마터면 죽을 뻔했다고요. 그래 놓고 우리 집에 불을 지르겠다고 협박까지 했고요. 그런 놈을 어떻게 두고보란 말이에요?"

노인은 한숨을 길게 내쉬더니 말했다.

"이반, 나는 지금 수년째 침대 위에 누워 지내고, 너는 세상 어디든 자유롭게 다닐 수 있단다. 그러니 나보다 네가 세상일을 더 잘 알고 있어야 해. 하지만 네 눈은 증오심에 가려 아무것도 보지 못한다. 남의 잘못은 훤히 보이지만 자기 잘못은 등 뒤에 감춰져 있다. 너는 지금 가브릴로가 해코지를 했다고 했지. 하지만 한쪽만 나쁜 짓을 해서는 싸움이 벌어지지 않는다. 싸움은 두 사람 사이에 일어나는 것이니 말이다. 상대의 잘못은 보이지만 자기 잘못은 눈에 들어오지 않는 거다. 그 사람만 나쁜 짓을 하고, 너는 착하다면 절대 싸움 같은 건 일어나지 않는다.

가브릴로의 턱수염을 뽑은 건 누구냐? 절반씩 나눠 가지기로 한 느릅나무를 통째로 빼앗은 건 누구냐? 그 사람을 재판소로 이리저리 끌고 다닌 건 누구냐? 그런데도 너는 모든 걸 가브릴로 탓으로 돌리고 있어. 너의 잘못된 행동까지 그에게 덮어씌우고 있는 거야. 일을 이렇게 만든 건 네 잘못이다. 이반, 나는 그러지 않았고, 너희에게도 그렇게 가르친 적이 없단다. 나와 가브릴로의 아버지는 그렇게 살지 않았다. 우리가 어떻게 지냈는지 아느냐? 우리는 그야말로 진정한 이웃이었단다. 그 집 아낙이 와서 '프롤 아저씨, 밀가루가 떨어졌는데 좀 빌려주세요'라고 하면, 나는 두말없이 '광에 가서 필요한 만큼 가져가세요'라고 말했다. 옆집에 말을 몰 사람이 없으면, '바냐트카, 가서 말 좀 몰아주겠니?'라고 하면 그만이었다. 우리는 스스럼없이 '이게 없는데' 하면 '어서 가져가요'라고 말했단다.

우리 때는 살림살이가 풍족했는데 지금은 어떠냐? 얼마 전에도 한 군인이 플레브나 전투(1877년 러시아-터키 전쟁에서 두 나라 사이에 벌어진 치열한 접전—옮긴이) 이야기를 하던데, 너희가 벌이는 싸움이 그 플레브나 전투보다 훨씬 더 나쁘다는 생각이 들지 않느냐? 도대체 이것이 제대로 된 삶이라고 할 수 있겠느냐? 이건 죄악이니라! 모든 책임은 한집안의 가장인 너에게 있다. 너는 아내와 자식들에게 사람으로서 해서는 안 될 일을 가르치고 있다.

며칠 전에도 철부지 타라스카 놈이 아리나 아줌마에게 어처구니 없이 대드는데도 그 어미는 그저 웃고만 있더구나. 도대체 이게 말이 된다고 생각하느냐? 다 네 탓이니라. 영혼을 생각해보거라. 과연 그런 짓을 해도 되느냐 말이다. 상대가 한 마디 하면 이쪽은 두 마디를 퍼붓고, 상대가 한 대 때리면 이쪽은 두 대를 때려야 직성이 풀리지. 그래서는 안 된다, 이반. 그리스도가 이 세상을 두루 다니시면서 우리에게 보여주고 들려주신 가르침은 이런 것이 아니다. 그리스도께서는 상대가 아무리 험한 말을 해도 침묵하면 상대는 스스로 양심의 가책을 느낀다고 가르치셨다. 상대가 한쪽 뺨을 때리면 다른 쪽 뺨도 마저 내밀면서 '때릴 만한 이유가 있으면 이쪽도 마저 때리시오'라고 말해야 한다. 그러면 상대도 양심상 그렇게 하지 못한다. 그리스도의 가르침은 이런 것이지 쓸데없는 고집이 아니란다. 왜 아무 말이 없느냐? 내 말이 틀렸느냐?"

이반은 잠자코 듣기만 했다. 노인은 한동안 기침을 하고 나서 다시 말을 이었다.

"그리스도께서 우리에게 나쁜 것을 가르쳤다고 생각하느냐? 아니다. 모든 것은 우리를 위한 가르침이었다. 지금 네 살림살이가 어떠하냐? 분쟁이 시작된 이후로 얼마나 나빠졌는지, 소송비로 얼마나 허비했는지 생각해보거라. 마차 삯과 음식값은 또 얼마나 나갔느냐? 네 아이들이 일할 나이가 되었으니 살림살이가 나아져야 하는 게 당연한데 오히려 줄어들지 않았느냐? 그게 무엇 때문이라고 생각하느냐? 그 모든 것이 네 탓이니라. 네 고집으로 벌어진 일이란 말이다. 자식들과 함께 밭을 갈고 씨를 뿌려야 할 때에 악마의 유혹에 넘어가 재판소나 찾아다니고 예심판사나 만나러 다니지 않았느냐? 제때에 쟁기질을 하고 씨를 뿌려주지 않으면 땅은 우리에게 아무것도 주지 않는다. 올해는 왜 귀리 수확량이 더 적지? 너는 귀리밭을 언제 갈았느냐? 재판소에 갔다 오고 나서였다. 재판에 이겨서 득 본 게 무엇이냐? 쓸데없는 짐만 짊어지지 않았느냐 말이다. 생업을 소홀히 해서는 안 된다. 농사일이든 집안일이든 온 식구가 땀 흘려 일하고, 누군가 불쾌한 말을 하더라도 하느님의 말씀을 생각하며 용서하거라. 그러면 모든 일이 순조롭게 풀리고, 네 마음도 더없이 편할 것이다."

이반은 아무런 대꾸도 하지 않고 계속 듣고만 있었다.

"이반, 이 늙은 아비의 말을 귀담아 들어야 한다. 지금 당장 마차를 몰고 나가 소송을 취하하거라. 그리고 내일 아침 가브릴로를 찾아가서 화해를 청하고 집으로 데려오너라. 마침 내일이 축제일이니 술이라도 한잔하면서 그간의 앙금을 말끔히 털어내렴. 네 처와 자식들에게도 앞으로 그런 일 없도록 잘 타이르고."

이반은 길게 한숨을 내쉬었다. 과연 아버지의 말씀이 옳다는 생각이 들자 무거운 짐을 내려놓은 듯 마음이 가벼워졌다. 하지만 어떻게 화해해야 할지 엄두가 나지 않았다. 아들의 이런 마음을 알아

챈 노인이 말했다.

"이반, 미루지 말고 지금 당장 가거라. 불은 애초에 잡지 않으면 끌 수가 없단다. 커진 뒤에는 더 이상 손쓸 수 없게 되느니라."

노인은 할 말이 더 남았지만 계속할 수가 없었다. 아낙네들이 참새처럼 재잘거리며 들어왔던 것이다. 아낙네들은 가브릴로에게 태형이 내려졌고, 화가 난 그가 불을 지르겠다고 말한 것까지 다 들어 알고 있었다. 게다가 자신들이 상상한 것까지 덧붙여 들판에서 옆집 여자들과 한바탕 싸우고 오는 길이었다. 가브릴로의 아내가 뭔가로 예심판사를 협박했다는 말도 있었다. 예심판사가 가브릴로 편을 들어 곧 상황이 뒤바뀔 거라는 얘기도 있었다. 또 수레바퀴며 채마밭 사건까지 한꺼번에 묶어서 왕께 직접 이반을 고소했으므로 이반의 토지는 곧 옆집으로 넘어갈 거라고도 했다. 아낙네들의 이야기를 듣고 이반의 마음은 다시 돌처럼 차갑게 굳어졌다. 그리고 가브릴로와 화해하고 싶은 마음이 싹 사라져버렸다.

농부는 언제나 바깥 농사일이며 잔일들이 많은 법이다. 이반은 아낙네들과 노닥거리지 않고 곧장 밖으로 나가 탈곡장과 곳간을 돌아다니며 정리를 했다. 그가 뒷마당으로 돌아왔을 때는 벌써 날이 저물어 있었다. 젊은이들이 씨를 뿌릴 보리밭을 갈고 돌아왔다. 이반은 밭일이 어떻게 되었는지 물어보고 나서, 말과 소에게 짚을 넣어주었다. 그리고 마구간에 가서 타라스카가 밤에 일하러 나갈 때 쓸 말을 밖에 끌어다 놓고 나서 마구간 문을 닫고 밑에 널빤지를 괴어놓았다.

'대충 정리했으니 들어가서 저녁을 먹고 자야겠군.'

이반은 망가진 말고삐를 들고 집으로 갔다. 그동안 아버지의 말씀이나 가브릴로의 일도 다 잊고 있었다. 그런데 문을 열고 집 안으로 들어서는데 울타리 저쪽에서 가브릴로가 쉰 목소리로 욕하는 소리가 들렸다.

"빌어먹을 녀석! 그런 놈은 죽도록 패줘야 해."

이 말을 듣고 이반은 또다시 가브릴로에 대한 증오심이 끓어올랐나. 이반은 가브릴로가 욕하는 소리를 끝까지 듣고 있다가 더 이상 아무 소리도 들리지 않자 방으로 들어갔다. 방에서는 며느리가 한쪽 구석에서 등불을 밝혀놓고 물레질을 하고 있었다. 아내는 저녁 준비를 하고 있었고, 큰아들은 목피 신을 꿰매고 있었으며, 둘째 아들은 탁자 앞에서 책을 읽고 있었고, 타라스카는 일을 나갈 준비를 하고 있었다. 가브릴로만 아니면 더없이 평온한 가정이었다.

이반은 인상을 찌푸리며 의자에 올라앉은 고양이를 밀치고는 대야를 제자리에 놓아두지 않았다고 아낙네들을 야단쳤다. 한바탕 역정을 내고 나자 이반은 만사가 시큰둥하게 느껴졌다. 이반은 언짢은 기분으로 자리에 앉아 말고삐를 손보는 동안에도 가브릴로의 말을 머릿속에서 떨쳐버릴 수가 없었다. 재판소에서 했던 말이며, 방금 누구한테 하는 말인지는 모르나 쉰 목소리로 "실컷 패줘야지!" 했던 말들이 계속 떠올랐다.

아내는 타라스카에게 저녁을 차려주었다. 타라스카는 저녁을 먹고 나서 짧은 겉옷에 긴 외투를 걸치고 허리띠로 질끈 동여매더니 빵 한 덩이를 챙겨 밖으로 나갔다. 큰아들이 동생을 배웅하려고 일어났으나 이반이 먼저 일어나 현관으로 나갔다. 이반은 한참 동안 거기 서서 주위를 둘러보았다. 큰길로 나간 타라스카는 마을까지 함께 갈 젊은이들을 만난 듯했으나 곧 아무 소리도 들리지 않았다. 이반은 문 앞에 계속 서 있었다. "조심해. 언제 네 등이 불에 탈지 모르니."라던 가브릴로의 말이 머릿속에서 떠나지 않았다.

이반은 생각했다.

'워낙 지독한 놈이라 제 몸이 다친다는 생각은 안 할 거야. 날도 가문 데다 바람도 부니까 울타리 밑으로 슬쩍 기어들어 불을 지르고 도망쳐버릴지도 몰라. 그럼 남의 집에 불을 지르고도 아무런 벌도 받지 않을 거 아냐? 안 돼! 그러기 전에 그놈을 붙잡아야 돼. 절대 놓치면 안 돼.'

이반은 집 안으로 들어가지 않고 집 모퉁이를 돌아갔다. 가브릴로가 무슨 짓을 할지 모른다고 생각한 이반은 마당을 한 바퀴 돌아보기로 했다. 울타리를 따라가면서 이리저리 살펴보던 그는 저쪽 모퉁이에서 뭔가 움직이는 것을 발견했다. 누군가 엿보고 있다가 모퉁이 뒤로 얼른 숨는 것 같았다. 이반은 걸음을 뚝 멈추고 가만히 서서 숨을 죽이고 온 신경을 기울였다. 그러나 사방은 쥐 죽은 듯이 조용했다. 바람이 불어 버드나무 가지가 부딪히고 밀짚이 버스럭거리는 소리만 들릴 뿐이었다. 누가 자기 눈알을 뽑아 가도 모를 정도로 시커먼 어둠도 점차 익숙해져 기둥이며 추녀, 그리고 다른 것들도 희미하게 보이기 시작했다. 그러나 이반이 한참을 서 있어도 사람 그림자 같은 건 눈에 띄지 않았다.

'잘못 봤나? 그래도 이왕 나왔으니 한 바퀴 돌아봐야지.'

이반은 발소리를 죽이며 곳간 주위를 걸어갔다. 목피 신을 신고 있었던 이반은 자기 발소리조차 들리지 않을 정도였다. 그가 모퉁이 가까이 왔을 때였다. 곳간 저쪽 기둥 밑에서 뭔가 번쩍하더니 금방 꺼져버렸다. 가슴이 철렁 내려앉는 듯이 놀란 이반은 자기도 모르게 걸음을 멈췄다. 그런데 우뚝 걸음을 멈춤과 동시에 같은 자리에서 또다시 불빛이 번쩍했다. 자세히 살펴보니 모자를 쓰고 등이 꾸부정한 사내가 이쪽을 등지고 앉아 짚단에 불을 붙이고 있었다. 이반의 가슴은 마구 고동쳤다. 그는 아랫배에 힘을 주고 큰 보폭으로 살금살금 걸어갔다. 그는 발이 땅에 닿는지 허공에 떠 있는지도 모를 지경이었다.

'현장을 덮쳐야지!'

이반이 집 모퉁이의 차양이 맞닿은 곳까지 가기도 전에 그 주위가 환해질 정도로 불이 확 타오르더니 불길이 짚단을 태우면서 지붕으로 올라가고 있었다. 환한 불빛에 온몸이 드러난 사람은 다름 아닌 가브릴로였다.

'이번에는 절대 놓치지 않을 테다!'

이반이 마음속으로 이렇게 되뇌이며 걸어가고 있을 때 절름발이 (가브릴로의 별명—옮긴이)도 발소리를 들었는지 휙 돌아보고는 도망가기 시작했다. 얼마나 다급했는지 절름거리는 발로 토끼처럼 깡충깡충 뛰면서 달아났다.

"거기 서지 못해!"

이반이 소리치며 가브릴로를 뒤쫓아갔다. 이반은 그의 목덜미를 잡으려다 놓치고, 그의 외투 자락을 붙잡았으나 옷이 찢어지면서 넘어지고 말았다. 이반은 벌떡 일어나 소리치며 다시 뛰어갔다.

"저놈 잡아라!"

이반이 넘어지는 사이 가브릴로는 벌써 자기 집 마당으로 들어가고 있었다. 이반은 계속 쫓아가 그를 붙잡으려다 뭔가에 머리를 세게 얻어맞고 쓰러졌다. 가브릴로가 마당에 나뒹구는 떡갈나무 막대기로 이반의 머리를 힘껏 내리쳤던 것이다. 이반은 불이 번쩍하는 듯하더니 눈앞이 캄캄해지면서 정신이 몽롱했다. 그가 정신을 차렸을 때 가브릴로는 이미 온데간데없었다. 사방이 대낮처럼 환했고, 이반의 집 쪽에서 기계라도 돌아가는 듯 덜커덩거리는 소리와 함께 불꽃이 탁탁 튀는 소리가 들렸다. 이반이 돌아보니 뒷마당에 있던 곳간 하나가 불길에 휩싸였고, 다른 곳간에까지 불길이 옮겨붙고 있었다.

"아이고, 세상에! 이게 무슨 일이야!"

이반은 비명을 지르듯 소리쳤다. 그러고는 자기 주먹으로 가슴을 치며 울부짖었다.

"아까 불붙은 짚단부터 껐어야 했는데! 그랬으면 이렇게까지 번지지 않았을 텐데! 아이고, 큰일 났네!"

이반은 이 말만 계속 되풀이할 뿐이었다. 그는 소리만 지를 뿐 힘이 풀린 다리로 걸음을 제대로 걸을 수 없었다. 그가 숨을 헐떡이면서 비틀비틀 걸어 겨우 곳간을 한 바퀴 돌아 불난 곳까지 왔을 때는 거센 불길 때문에 마당을 지나갈 수도 없었다. 사람들이 몰려들었으나 이미 크게 번진 불길을 어찌할 수 없었다. 마을 사람들은 자기 집 가재도구를 끌어내고, 가축들을 안전한 곳으로 몰아내느라 야단법석이었다. 급기야 불길은 이반의 집채까지 옮겨붙었고, 바람까지 부는 바람에 마을의 절반이나 불이 번졌다. 이반의 집은 완전히 타버렸고, 식구들은 옷만 걸치고 겨우 빠져나왔다. 밤일을 나간 말을 빼놓고는 가축들 모두 통구이가 되었고, 닭도 홰에 앉은 채 타 죽었다. 가래나 써레 같은 농기구와 여자들의 옷상자며 뒤주에 넣어둔 곡식까지 모조리 타버렸다. 가브릴로의 집은 그나마 가축들을 몰아내고, 살림살이를 조금 꺼낼 수 있었다.

불은 밤새도록 꺼지지 않았다. 이반은 멍하니 서서 자기 집을 바라보며 중얼거렸다.

"아, 이게 무슨 일이람! 그때 불붙은 짚단부터 껐으면 되었을 텐데……."

그러나 안채의 천장이 내려앉기 직전에 이반은 불길 한가운데로 뛰어들어 그을린 재목을 끌어냈다. 여자들이 들어가지 말라고 아우성을 치는데도 그는 또다시 뛰어들어 재목을 끌어내다 몸을 가누지 못하고 비틀거리며 쓰러졌다. 아들이 뛰어들어 불구덩이에서 아버지를 겨우 끌어낼 수 있었다. 이반은 턱수염과 머리칼이 타고 옷에도 불이 붙어 여기저기 구멍이 났다. 게다가 두 손에는 화상을 입었으나 그는 자기가 어떤 상태인지도 깨닫지 못했다.

사람들은 그를 보고 "정신이 완전히 나간 모양이야?"라며 혀를 끌끌 찼다. 이반은 점점 사그라드는 불길을 멍하니 쳐다보며 "아, 이게 무슨 일이람! 그때 바로 껐으면 됐을 텐데……."라고 계속 중얼거렸다.

다음 날 아침, 이웃 마을 촌장의 아들이 이반을 부르러 왔다.

"아저씨, 할아버지께서 돌아가실 것 같아요. 지금 아저씨를 부르니 어서 가보세요!"

이반은 무슨 말을 하는지 금방 알아듣지 못했다. 정신이 없어서 아버지를 까맣게 잊고 있었던 것이다.

"할아버지께서 아저씨를 부른다고요. 돌아가시기 전에 아저씨를 보려고 한다니까요."

촌장의 아들이 팔을 잡아끌자 이반은 겨우 그의 뒤를 따라갔다. 이반의 아버지는 집에서 업혀 나올 때 불붙은 짚이 몸에 떨어져 화상을 입었다. 그래서 불이 옮겨붙지 않은 이웃 마을 촌장네로 옮겨 갔던 것이다. 그 집에는 나이 든 촌장의 아내와 아이들밖에 없었다.

모두 불에 탄 마을을 구경하러 나간 것이다. 노인은 촛불을 손에 쥔 채 침대에 누워 문 쪽을 쳐다보고 있었다. 아들이 들어오자 노인은 조금 들썩거렸다. 촌장의 아내가 아들이 왔다고 알려주자 노인은 가까이 오라고 했다. 이반이 다가가자 노인이 말했다.

"어떠냐, 이반? 내가 경고하지 않았느냐? 마을을 불태운 사람이 누구냐?"

이반이 말했다.

"그놈이 불을 질렀어요, 아버지! 제 눈으로 똑똑히 봤어요. 그놈이 지붕 밑에서 짚단에 불을 놓았다고요. 저는 그냥 불붙은 짚단을 끌어내 껐으면 됐는데, 그랬으면 아무 일 없었을 텐데……."

"이반! 나는 이제 곧 죽을 거고, 너도 언젠가는 죽는단다. 이건 누구 잘못이냐?"

이반은 아무 대답도 하지 않고 멍하니 아버지를 쳐다보았다. 그러자 노인이 재차 물었다.

"하느님 앞이라 생각하고 말해보거라. 누구의 잘못이냐? 내가 너한테 뭐라고 했느냐?"

이반은 그때 비로소 깨달은 듯 소리쳤다.

"다 저의 잘못입니다, 아버지!"

이반은 바닥에 주저앉아 흐느끼기 시작했다.

"잘못했습니다, 아버지! 용서해주십시오. 저는 아버지 앞에서도, 그리고 하느님 앞에서도 할 말이 없습니다."

노인은 두 손으로 움켜쥐고 있던 촛불을 왼손으로 들고 오른손을 이마까지 들어 올려 성호를 그으려고 했으나 힘이 뻗치지 않아 그만두고 말했다.

"주께 영광이 있으라! 주께 영광이 있으라!"

노인은 가만히 아들을 불렀다.

"이반!"

"네, 아버지!"

"앞으로 어떻게 살아갈 것이냐?"

이반은 계속 울먹이는 목소리로 말했다.

"모르겠어요, 아버지. 앞으로 어떻게 살아가야 할지 정말 모르겠어요."

노인은 눈을 지그시 감았다가 뜨더니 온 힘을 모아 입술을 옴실거리며 말했다.

"살아갈 수 있느니라. 하느님과 함께라면 능히 살아갈 수 있고말고."

노인은 잠시 입을 다물었다가 미소를 지으며 다시 말했다.

"잘 듣거라, 이반! 사람들에게 불을 지른 자가 누구인지 말해서는 안 된다. 남의 죄 하나를 덮어주면 하느님께서는 너의 죄 2개를 용서해주신다."

노인은 양손으로 쥐고 있던 촛불을 가슴께에 갖다 대면서 훅 하고 한 번 숨을 내쉬더니 그대로 세상을 떠났다.

이반은 아버지의 말씀대로 가브릴로가 한 짓을 사람들에게 말하지 않았다. 그래서 마을 사람들은 어쩌다 불이 났는지 끝끝내 아무도 알지 못했다. 이반은 더 이상 가브릴로를 증오하지 않았다. 한편 가브릴로는 이반이 자기가 한 짓을 왜 폭로하지 않는지 의아해했다. 한동안 가브릴로는 이반을 두려워했으나 시간이 지날수록 그런 마음도 사라졌다. 두 집안의 가장이 싸움을 멈추자 다른 식구들도 다투지 않았다. 집을 새로 지을 때까지 두 집안사람들은 한지붕 밑에서 지냈다. 그리고 마을의 모든 집들이 새로 지어지자 이반과 가브릴로는 다시 이웃에 나란히 붙어 살면서, 그들의 아버지들이 그랬던 것처럼 사이좋게 지냈다.

이반 쉬체르바코프는 늙은 아버지가 남긴 교훈이자 하느님의 가르침이기도 한, "불은 애초에 끄지 않으면 안 된다."는 말을 잊지 않고 마음 깊이 새겼다. 그 뒤로 이반은 누군가 자기를 해코지하면 맞서 싸우는 대신 좋게 타일렀다. 또 누군가 자기를 욕해도 똑같이 대들며 욕하지 않고, 나쁜 말을 해서는 안 된다는 것을 일깨워주었다.

이반 쉬체르바코프는 새사람이 되어 집안을 예전보다 더 화목하고 풍족하게 만들었다.

촛불

농노 해방 전의 일이다. 그때는 별별 지주가 다 있었다. 자기도 언젠가는 죽는다는 사실을 잊지 않고 하느님을 믿으며 농노들에게 동정을 베푸는 사람이 있는가 하면 누구보다 악독한 자들도 있었다. 그중 '개천에서 용 났다'는 격으로 농노였는데 단번에 귀족이 된 지주들만큼 농노들을 혹독하게 부리는 자들도 없었다. 그런 자들 때문에 농민들은 비참한 생활에서 벗어나지 못했다. 농민들은 심지어 어떤 토지에 부역을 나가기도 했다. 땅도 많겠다, 토질도 좋겠다, 물이며 목초지며 숲까지 없는 게 없이 풍족해서 지주든 농민이든 아무 문제 없었다. 그런데 지주가 다른 소유지에서 일하던 농사꾼 출신 하인을 데려다 그 토지의 마름으로 앉혔다. 마름은 권력을 잡자마자 농민들을 혹사하기 시작했다. 한집안의 가장이기도 했던 마름은 아내도 있고, 두 딸은 시집을 갔으며, 돈도 남부럽지 않게 모아서 소작인들을 착취하지 않고도 얼마든지 편하게 살 수 있는데도 욕심이 많아 죄악의 길로 들어선 것이다.

그는 정해진 시간보다 더 많이 농민들에게 일을 시켰다. 기와 공장을 세워 남녀 할 것 없이 죄 불러 모아 일을 시켰고, 거기서 만든 기와를 팔아 돈을 챙겼다. 참다못한 농민들이 모스크바에 있는 지주를 직접 찾아가 호소해보았으나 지주는 되레 농민들을 나무라며 쫓아냈다.

이 사실을 듣게 된 마름은 앙심을 품고 농민들을 더욱 혹사하는 바람에 그들의 살림살이는 한층 참담한 지경에 이르렀다. 게다가 같은 농민 중에도 질이 나쁜 자들은 동료들의 일을 마름에게 일러바쳐 서로 곤경에 빠뜨리곤 했다. 이리하여 농민들은 서로 힘을 모으기는커녕 서로 척지고 살았다.

마름의 횡포는 날이 갈수록 더욱 심해졌고, 농민들에게 마름은 사나운 들짐승보다 더 무서운 존재가 되었다. 마름이 마차를 타고 마을을 지나가면 높은 사람이라도 오는 듯 모두 눈에 띄지 않게 얼른 숨어버렸다. 그러면 마름은 농민들이 자기를 무서워한다는 것을 알고 더욱 괴롭히고 혹사하는 터에 농민들의 고통은 이만저만이 아니었다.

그 무렵 몹쓸 악당들을 쥐도 새도 모르게 죽이는 경우도 많았는데, 참다못한 농민들도 은밀히 마름을 처단할 방법을 논의했다. 그 중 배짱깨나 있는 자가 먼저 말을 꺼냈다.

"언제까지 저 악독한 놈을 그냥 둬야 한단 말이야? 이래 죽으나 저래 죽으나 마찬가지니 저놈부터 죽이고 봐야겠어."

부활제 전날, 농민들은 숲에 모였다. 마름이 지주의 숲을 손질하라고 명령했던 것이다. 그들은 점심을 먹으면서 또다시 그 이야기를 꺼냈다.

바실리 미나예프가 말했다.

"이대로는 도저히 살 수가 없네. 저놈은 우리를 말려 죽일 셈이야. 잠시도 쉴 틈 없이 과중한 노동을 시키지 않나? 게다가 조금만 맘에 안 들면 두들겨 패고. 세몬은 맞아 죽었고, 아니심은 족쇄를 차고 곤욕을 치렀어. 도대체 우리는 더 이상 뭘 기대한단 말인가? 오늘 저녁에 그놈이 여기 와서 또 포악한 짓을 해대면 말에서 끌어내려 도끼로 내려치면 끝나는 거야. 그리고 개처럼 끌고 가서 파묻어 버리면 절대 발각될 일 없어. 중요한 건 우리 중 누구도 이 일에 대해 절대 입을 열어서는 안 된다는 거야. 자, 모두 약속해."

바실리 미나예프는 마름에 대한 원한이 그 누구보다 컸다. 마름은 일주일이 멀다 하고 미나예프를 두들겨 패기 일쑤였고, 심지어 그의 아내마저 강제로 데려다 자기 집 하녀로 삼아버렸다.

저녁이 되자 마름이 말을 타고 숲에 왔다. 그는 일하고 있는 농민들을 보자마자 나무를 이렇게 베면 안 된다고 야단쳤다. 그러고는 잘라놓은 나뭇더미에서 보리수 나뭇조각을 발견하고는 고래고래 소리를 질렀다.

"누가 보리수를 베라고 하던? 이걸 벤 게 누구야? 어서 나오지 못해? 좋아, 안 나온다 이거지? 모두 몽둥이찜질 각오해!"

그러자 누군가 시도르가 일한 구역에서 나온 거라고 말했다. 마름은 시도르를 불러내 피가 터지도록 얼굴을 때렸다. 바실리도 나무를 적게 베었다는 이유로 실컷 채찍질을 당했다. 마름이 집으로 돌아가고 나서 농민들은 다시 한자리에 모였다.

바실리가 흥분해서 입을 열었다.

"아니, 자네들이 그러고도 사람이야? 날짐승보다 못하잖아. 해치워버리자고 입을 모을 때는 언제고 막상 그놈 앞에서는 모가지를 잔뜩 웅크리고 있는 참새 떼 같단 말이야. '동료들을 배반하지 말자. 힘을 모아 해치우자!'고 수천 번을 되새긴들 뭐 하겠나? 막상 매가 날아오면 풀숲으로 죄 흩어져버리는데. 그러면 매는 눈여겨보던 놈을 낚아채 잡아먹는 거야. 매가 날아가고 나서 참새들이 풀숲에서 기어 나와 보고는 '한 마리가 없는데? 누구지? 아, 바니카구나. 그놈은 당할 만했어. 그럴 만했다고'라는 식이지. 자네들이 딱 그 짝이야. 배신하지 않겠다고 약속했으면 무슨 일이 있어도 지켜야지! 놈이 시도르를 때릴 때 한꺼번에 달려들어 놈을 죽였어야 했다고. '배신하지 말자! 해치우자!'고 단단히 벼르고는 막상 매가 덤벼들면 혼비백산이 되어 풀숲으로 숨어버리니, 원!"

농민들은 또다시 의논한 끝에 모두 힘을 모아 마름을 죽이기로 결심했다. 마름은 부활제 기간 동안 쌀보리를 뿌릴 밭을 갈라고 명령했다. 그 말을 듣고 농민들은 어떻게 그럴 수가 있냐고 분개하며 바실리의 집 뒤뜰에 모였다.

"하늘 무서운 줄 모르고 제멋대로 날뛰다니! 저런 놈은 살려둬서는 안 돼! 어차피 한 번은 죽을 목숨 아닌가!"

그때 온화한 성품을 가진 페트로시카 미헤예프가 왔다. 그는 이제까지 한 번도 농민들의 모임에 참석하지 않다가 오늘 처음 와서는 이렇게 말했다.

"사람을 죽일 생각을 하다니! 자네들 어떻게 그런 엄청난 짓을 생각한단 말인가? 사람의 목숨을 해치는 건 있을 수 없는 일이야. 몸뚱이 하나 죽이기는 쉽겠지. 하지만 죽인 사람의 영혼은 어떻게 될 것 같나? 우리가 굳이 나서지 않아도 나쁜 짓을 한 놈에게는 천벌이 내리게 마련이야. 그러니 참아야 해."

그 말을 듣고 바실리는 화가 치밀어 소리쳤다.

"잘난 척 그만해. 사람을 죽이는 게 엄청난 죄라는 건 나도 알아. 하지만 죽일 거야. 왜냐하면 그놈은 사람도 아니니까. 선량한 사람을 죽이는 건 죄가 되지만, 그런 개만도 못한 놈을 처단하는 건 하늘의 뜻이기도 해. 인간을 불쌍히 여긴다면 그런 미친개는 죽여야 해. 죽이지 않으면 끊임없이 죄를 되풀이할 뿐이야. 그놈이 우리를 때리는 생각만 해도 이가 갈릴 지경이야. 우리는 다른 사람들을 위해 놈을 죽이는 거야. 아마 모두 우리를 고마워할 거야. 우리가 결단을 내리지 못하고 우물쭈물하는 사이 그놈은 우리 모두를 때려 죽이고 말걸. 쓸데없는 걱정 하지 마. 미헤예프, 자네는 말이 된다고 생각하나? 그리스도의 축제일에 일하는 것이 죄가 아니란 말이야?

그렇게 말하는 자네야말로 일하러 가지 않을걸?"

그러자 미헤예프가 말했다.

"왜 안 가겠나? 하라는 대로 해야지. 하고 싶다고 하고 하기 싫다고 안 할 수 있는 게 아니지 않나? 어떤 사람이 나쁜 짓을 하는지 하느님은 다 알고 계시네. 우리는 하느님을 잊어서는 안 돼. 나는 지금 내 생각을 말하는 게 아니야. 악을 악으로 뿌리 뽑는 게 옳다면, 하느님께서 먼저 그와 같은 본보기를 보여주셨을 거야. 하지만 하느님의 가르침은 그게 아니야. 악을 악으로 다스리면 그 악은 반드시 돌아오게 되어 있어. 사람을 죽이면, 그 피가 자기 영혼에 들러붙어 떨어지지 않는다네. 사람을 죽인다는 것은 자신의 영혼을 피로 물들이는 것과 같아. 결국 자기 마음까지 악에 물들게 되지. 고난에는 굽히고 들어가야 해. 그러면 결국 고난도 굽히고 들어올 거야."

이처럼 농민들 사이에 의견이 분분했다. 바실리와 같은 생각이라는 사람도 있었고, 아무리 힘들어도 죄를 지어서는 안 되므로 끝까지 견뎌야 한다는 사람도 많았다. 결국 농민들은 어느 한쪽으로 결정하지 못하고 헤어졌다.

부활제 전야 행사가 끝나고 나서 저녁때 작업반장이 마름 미하일 세묘니치가 내일은 농민들 모두 쌀보리밭을 갈라고 명령했다고 알려주었다.

이튿날 아침 농민들은 가래와 삽을 들고 밭으로 나갔다. 아침 기도를 알리는 교회 종소리가 울리고 마을 사람들 모두 축제일을 즐기는데 농민들만 밭에 나가 땅을 갈았다.

마름 미하일 세묘니치는 늦잠을 자고 일어났다. 마름의 아내와 과부가 된 딸은 깨끗한 옷을 곱게 차려입고 마차를 타고 교회에 나가 기도식에 참석하고 돌아왔다. 미하일 세묘니치는 차를 한 모금 마시고 파이프로 담배를 피우면서 작업반장에게 물었다.

"농민들 모두 밭으로 나갔나?"

"네."

"한 사람도 빠짐없이 나왔던가?"

"모두 나왔고, 제가 일할 장소까지 지정해주었습니다."

"장소를 정해준 건 잘한 일인데, 제대로 하고 있는지 모르겠군. 자네가 지금 나가서 두 사람이 3천 평씩 제대로 일구라고 일러! 점심때는 내가 직접 가서 확인할 테니까. 조금이라도 미흡하면 아무리 축제일이라도 그냥 넘어가지 않겠어!"

"말씀하신 대로 이르겠습니다."

이렇게 말하고 작업반장이 나가려고 하는데 미하일 세묘니치가 다시 불러 세웠다. 세묘니치는 꺼내기 곤란한 말이라도 있는지 한참을 머뭇거리더니 말했다.

"그리고 자네가 몰래 숨어서 그 도둑놈들이 나에 대해 뭐라고 하는지 좀 들어보게. 욕하거나 험담하는 것까지 빠짐없이 나에게 보고해. 나는 누구보다 그놈들 생리를 잘 알아. 일은 하기 싫고 그저 놀 궁리만 하는 족속들이지. 어떻게 하면 먹고 마시고 놀까 하는 생각밖에 안 한단 말이야. 밭을 가는 것도 다 때가 있고, 그걸 놓치면 한 해 농사를 망친다는 생각은 눈곱만큼도 안 하지. 그러니 누가 뭐라고 하는지 그놈들이 지껄이는 말들을 하나도 빠짐없이 보고해. 내가 알고 있어야 하니까. 이제 나가봐. 숨김없이 다 보고해야 한다는 것 명심해!"

작업반장은 말을 타고 농민들이 일하는 밭으로 갔다.

마름의 아내는 남편이 작업반장에게 한 이야기를 듣고 제발 그만하라고 애원했다. 마음씨가 착하고 유순한 마름의 아내는 어떻게든 남편의 혹독한 성질을 누그러뜨리고 농민들을 감싸려 했다.

"그리스도의 축제일에 제발 죄를 짓지 말아요. 농민들을 쉬게 해주세요."

미하일 세묘니치는 아내의 말을 귓등으로도 듣지 않고 코웃음을 치더니 엄하게 말했다.

"주제넘게 구는 거 보니 당신도 따끔한 맛을 본 지 오래된 모양이군. 건방진 소리 집어치우고 남의 일에 참견 마!"

"당신에 대해 좋지 않은 꿈을 꾸었어요. 제발 오늘만이라도 농민들을 쉬게 해주세요."

"헛소리 그만해! 맛난 음식이나 배 터지게 먹으면서 편히 살다 보니 채찍이 어떻게 생겼는지 잊어버린 모양인데, 당신부터 조심해!"

세묘니치는 버럭 소리를 지르면서 벌떡 일어나더니 불붙은 파이프로 아내의 입을 쿡쿡 찌르면서 방에서 쫓아냈다. 그러고는 잔말 말고 얼른 점심이나 준비하라고 윽박질렀다. 미하일 세묘니치는 고기만두, 돼지고기 수프, 통돼지구이에 우유와 볶음국수를 먹었고, 버찌 술을 마시고 달콤한 케이크까지 먹어치웠다. 식사를 다 하고 나서 거나하게 취한 그는 하녀를 불러 노래를 부르라고 하고 자기는 그 노래에 맞춰 기타를 퉁겼다. 그렇게 하녀와 한창 노닥거리고 있는데 작업반장이 들어왔다.

미하일 세묘니치가 먼저 물었다.

"그래, 모두 잘 갈고 있나? 오늘 할당을 다 끝내겠던가?"

"네, 벌써 절반 넘게 밭갈이를 끝냈습니다."

"대충대충 하지 않고 제대로 하고 있나?"

"네, 모두 겁을 잔뜩 집어먹고는 열심히 하고 있습니다."

"흙도 잘 다지고 있고?"

"겨자씨처럼 곱게 잘 다지고 있습니다."

그러자 마름이 대뜸 물었다.

"그런데 다들 나에 대해 무슨 말 안 하던가? 욕을 했냐 말이야?"

작업반장이 머뭇머뭇하자 미하일 세묘니치가 화를 벌컥 내며 다그쳤다.

"들은 대로 하나도 숨김없이 말해. 에두르거나 거짓말하지 말고 그놈들이 말한 그대로 털어놓으란 말이야. 있는 그대로 말하면 상을 내리고, 그렇지 않고 그놈들을 감싸다간 매질을 당할 줄 알아! 카추샤, 이 사람에게 보드카 한 잔 갖다 줘. 힘 좀 내게."

작업반장은 하녀가 가져다준 술을 한 잔 죽 들이켜고 나서 입가를 닦으며 생각했다.

'이러나저러나 마찬가지야. 이 사람을 욕한 게 내 탓은 아니잖아. 그냥 들은 대로 말해버리자.'

작업반장은 용기를 내어 입을 열었다.

"모두 불만투성이였습니다, 미하일 세묘니치님. 자기들끼리 수군거리는데⋯⋯."

"그래, 뭐라던가? 어서 말해봐!"

"모두 다 한목소리로 이렇게 말하더군요. 마름 양반은 하느님을 믿지 않는 사람이라고요."

마름은 코웃음을 쳤다.

"누가 그런 말을 했지? 그렇게 말한 사람 이름을 다 대봐. 바실리는 나에 대해 뭐라고 하던가?"

작업반장은 고자질하고 싶지 않았지만 그전부터 바실리와 사이가 좋지 않았으므로 들은 그대로 말했다.

"마름님 욕을 가장 많이 한 게 바실리였습니다."

"뭐라고 하던가? 어서 말해봐."

"입에 올리기도 끔찍한 말을 하더군요. '그놈은 틀림없이 개처럼 죽을 거다'고 말했습니다."

"그런 놈이 왜 진작에 나를 못 죽였대? 아무래도 미처 손이 나가지 않았던 모양이지? 그래, 바실리는 조금 있다가 내가 잘 계산해주지. 그리고 치슈카는 뭐라던가?"

"험악한 말을 했습니다."

"그래, 그 험악한 말이 뭐냐 말이다."

"너무 상스런 말이라 입에 올리기가……."

"뭐가 상스러워? 겁먹지 말고 어서 말해봐!"

"그놈 배가 터져 창자가 튀어나오면 속이 시원하겠다고 했습니다."

미하일 세묘니치는 어이가 없어서 웃음을 터뜨리며 말했다.

"어느 쪽이 먼저 터질지 두고 보면 알겠지. 치슈카가 그랬단 말이지? 또 뭐라던가?"

"좋은 말은 한 마디도 하지 않았습니다. 모두 욕하거나 협박 아니면 저주를 퍼부었습니다."

"그럼 페트로시카 미헤예프는 어땠나? 그놈은 뭐라고 하던가? 빌어먹을 그놈도 분명 욕지거리를 내뱉었겠지."

"그건 아닙니다. 페트로시카는 욕하지 않았어요. 그는 한 마디도 하지 않았습니다. 특이한 놈이다 싶어서 저도 좀 놀랐습니다."

"뭘 어떻게 했길래 특이해? 그놈이 무슨 짓을 했지?"

"글쎄요, 잘 모르겠습니다. 쿠르킨 언덕 비탈을 갈고 있는 페트로시카 곁으로 다가갔더니 웬 노랫소리가 들렸습니다. 아주 가늘고 고운 목소리였어요. 그리고 그가 쥐고 있던 가래 손잡이 사이에서 뭔가 반짝이더군요."

"그게 뭔가?"

"작은 불빛이었습니다. 더 가까이 다가가서 자세히 살펴보니 교회에서 파는 5코페이카짜리 양초였습니다. 그걸 가로대에 세워뒀지 뭡니까? 그런데 글쎄, 아무리 바람이 불어도 그 촛불이 꺼지지 않는 겁니다. 그는 새 작업복 외투를 입고 부활제 노래를 흥얼거리며 열심히 밭을 갈고 있었습니다. 가래를 아무리 세게 꺾고 밀고 잡아당겨도 촛불이 꺼지지 않고 계속 타고 있었습니다. 제 눈으로 똑똑히 봤습니다."

"그러고는 그놈이 뭐라고 했나?"

"아무 말도 하지 않았습니다. 나를 보더니 부활제 인사를 건네고 다시 노래를 부르며 일했습니다."

"자네는 그놈한테 뭐라고 했나?"

"저도 아무 말 못 했습니다. 그런데 농민들이 페트로시카를 보고는 부활제에 들일을 했으니 아무리 기도를 드려도 죄를 용서받지 못할 거라고 놀리더군요."

"그러니까 그놈이 뭐라고 하던가?"

"페트로시카는 그저 '땅에는 평화, 사람에게는 선한 마음이 있을지어다!'라고만 했습니다. 그러고는 가래를 잡고 말을 몰면서 나지막이 노래를 불렀습니다. 가로대에 세워둔 촛불은 여전히 꺼지지 않았고요."

세묘니치는 기타를 바닥에 내려놓고 생각에 잠겼다. 그는 하녀와 작업반장에게 나가라고 이르고 침대에 쓰러지듯 누워 한숨을 쉬며 앓는 소리를 냈다. 마치 보릿단을 잔뜩 실은 짐수레를 끌면서 내는 소리 같았다. 아내가 들어와 왜 그러냐고 물어도 아무런 대답도 하지 않았다. 그는 그저 "그놈이 나를 이겼다! 이번에는 내 차례야!"라고만 했다. 그러자 아내가 타이르듯이 말했다.

"지금이라도 농민들을 돌려보내세요. 그러면 별일 없을 거예요. 이제까지는 아무렇지도 않게 악독한 짓을 해대더니 지금은 왜 그렇게 겁을 내죠?"

세묘니치는 아내의 말은 아랑곳하지 않고 계속 혼잣말로 중얼거렸다.

"이제 나는 끝났어. 그놈이 이겼다고!"

아내는 목소리를 좀더 높여 말했다.

"말로만 그놈이 이겼다고 하면 무슨 소용 있어요? 그보다 어서 가서 농민들에게 일손을 놓으라고 하세요. 그러면 다 잘될 거예요. 어서 가세요. 제가 먼저 나가서 말안장을 준비하라고 일러놓을게요."

아내는 다시 한번 남편에게 밭에 나가 일하고 있는 농민들을 집으로 돌려보내라고 타일렀다. 미하일 세묘니치는 들을 향해 말을 몰았다. 한 아낙이 마을로 들어가는 문을 열어주고 얼른 마을 안으로 들어가 버렸다. 그가 나타나자 마을 사람들은 뒤뜰이며 집 모퉁이, 채마밭 등으로 도망가기 바빴다.

미하일 세묘니치는 들로 나가는 문에 이르렀는데, 마침 문이 닫

혀 있었다. 말에 올라탄 채로는 문을 열 수 없었던 그는 큰 소리로
외쳤다.

"문을 열어라!"

몇 번을 소리쳤지만 아무 대답이 없었고, 누구 하나 나타나지 않
았다. 그는 할 수 없이 말에서 내려 직접 문을 열었다. 그리고 다시
말에 올라타려고 한쪽 발로 등자를 딛고 몸을 훌쩍 날려 안장에 걸
터앉으려는 순간, 돼지를 보고 놀란 말이 허공에 앞발질을 해댔다.
그 바람에 몸이 무거운 미하일 세묘니치는 중심을 잃고 그만 말에
서 떨어지면서 울타리의 뾰족한 말뚝에 배가 걸리고 말았다. 미하
일 세묘니치는 배가 찢기면서 땅바닥에 털썩 떨어졌다.

밭갈이를 끝내고 돌아오던 농민들은 마을로 들어가는 문 앞에서
말 한 마리가 안으로 들어가지 않고 콧김만 계속 내뿜고 있는 것을
발견했다. 이를 이상하게 여긴 농민들은 가까이 다가가 말 주위를
살펴보았다. 그랬더니 미하일 세묘니치가 눈을 부릅뜬 채로 사지를
뻗고 드러누워 있는 게 아닌가. 배 밖으로 창자가 터져 나오고, 몸
에서 흘러나온 피가 모여 웅덩이를 이루고 있었다. 대지가 그를 빨
아들이지 않은 것이다. 끔찍한 광경에 혼비백산한 농민들은 황급히
말을 몰고 뒷길로 돌아서 달음질쳤다. 그러나 페트로시카 미헤예프
는 말에서 내려 마름 곁으로 다가갔다. 미하일 세묘니치의 숨통은
이미 끊어져 있었다. 그는 미하일 세묘니치의 눈을 감겨주고 짐수
레에 말을 매어 시체를 싣고 아들과 함께 지주의 집으로 갔다. 페트

로시카로부터 그간의 일들을 모두 전해 들은 지주는 이후로 농민들의 부역을 금하고 소작료만 치르게 했다.

농민들은 하느님의 힘이 악을 악으로 갚는 데서 발현되는 것이 아니라 착한 일을 하는 가운데 발현된다는 것을 깨달았다.

레프 톨스토이

Lev Nikolaevich Tolstoi, 1828. 8. 28~1910. 11. 7

　러시아의 야스나야 폴랴나에서 니콜라이 톨스토이 백작의 넷째 아들로 태어났다. 어머니 마리아는 러시아 명문가 볼콘스키 공작 집안의 외동딸이었다. 1830년(2세) 어머니가 여동생을 낳다가 산욕열로 죽고, 1837년(9세) 아버지가 뇌일혈로 갑자기 세상을 떠난 뒤로 톨스토이를 포함한 다섯 남매는 친척집에서 자라게 되었다.

　1844년(16세) 두 형들이 다니는 카잔대학교에 입학해 법학을 공부했으나 대학 교육에 실망을 느끼고 1847년(19세) 대학을 중퇴한 뒤 자신이 상속받은 고향 야스나야 폴랴나로 돌아왔다. 고향에서 농장을 관리하며 농민들의 생활을 개선해보려고 했으나 자신의 이상주의가 마음먹은 대로 실현되지 않자 포기하고 몇 년간 모스크바와 페테르부르크를 다니며 귀족사회 젊은이들과 어울려 도박을 일삼는 등 방탕한 생활을 했다. 이상주의자이자 쾌락주의자로 성욕과 도박의 유혹을 떨치지 못하면서도 정신적으로는 그러한 생활에 끊임없이 환멸을 느끼던 톨스토이는 1851년(23세) 모든 방탕한 생활을 청산하고 큰형 니콜라이가 있는 캅카스의 군대에 들어갔다.

캅카스의 아름다운 자연 속에서 마음의 안정을 되찾은 톨스토이는 문학에 눈을 뜨고 소설을 쓰기 시작했다. 1852년(24세) 문예지에 발표한 자전소설《유년 시절》이 호평을 받으면서 신인 작가로 명성을 얻었다. 1853년 러시아와 터키 사이에 크림전쟁이 발발했고, 1854년(26세) 톨스토이는 장교로서 세바스토폴 방어전에 참전해 공을 세우고 훈장을 받기도 했다. 그해 3월《소년 시절》을 발표했다.

1856년(28세) 전쟁이 끝나자 군대를 제대한 톨스토이는 야스나야 폴랴나로 돌아와 글을 쓰면서 적극적으로 농사를 관리하기도 했다. 모스크바와 페테르부르크에서 문인들과 교류를 하기도 했는데, 서구 사상과 문화를 맹목적으로 지향하는 데다 위선적이고 우월의식이 강한 문인들을 별로 좋아하지는 않았다. 1856년부터 1861년 사이에 파리, 제네바 등 유럽 여러 나라를 여행했는데, 그곳에서 직접 경험한 유럽 부르주아들의 이기주의와 물질주의에 염증을 느끼기도 했다. 1857년(29세)《청년 시절》을 발표했고, 1858년(30세) 〈세 죽음〉을 탈고했다.

1859년(31세)에는 자신의 영지에서 농민 자녀들을 위한 학교를 설립했고, 1861년(33세)《야스나야 폴랴나》라는 교육 잡지를 발행하기도 했다. 이 잡지에서 지식인이 농민들을 가르치는 것이 아니라

오히려 농민들에게 배워야 한다고 주장해 파란을 일으키기도 했다.

1860년 큰형 니콜라이가 결핵으로 사망했는데, 젊은 시절 혈육의 죽음을 경험함으로써 삶의 의미와 죽음에 대한 끊임없는 의문이 그의 인생관을 지배하게 되었다.

1862년(34세) 오랜 지인인 궁정 의사 베르스의 둘째 딸인 열여덟 살의 소피야 안드레예브나와 결혼했고, 다음 해에 첫아이 세르게이가 태어났다. 톨스토이 부부는 9남 4녀로 모두 13명의 자식을 낳았는데 그중 5명이 어릴 때 세상을 떠났다.

톨스토이는 평생 어떻게 하면 도덕적이고 안정된 삶을 누릴 수 있는가에 집착했는데, 그런 그에게 결혼이야말로 평온하고 행복한 삶의 시작이었다. 결혼 후 15년 동안 톨스토이는 야스나야 폴랴나에서 평온한 삶을 즐기며 창작에 매진했다. 그렇게 해서 탄생한 것이 유럽 근대문학 최고의 걸작으로 꼽히는 《전쟁과 평화》(최초의 제목이 '1805')이다. 1865년(37세) 1부 발표를 시작으로 1869년(41세) 완결된 《전쟁과 평화》는 나폴레옹의 모스크바 침공을 중심으로 한 러시아 사회를 그린 소설로, 전쟁의 공포와 문명의 부조리를 폭로하는 중에도 전체적으로 아름다운 세상과 낙천적인 삶에 대한 메시지를 담고 있는데, 이는 곧 톨스토이의 삶의 철학이기도 했다. 그러나 톨스토이는 러시아 귀족계급으로서 행복하고 부유한 삶에 만족하면서도 늘 도덕적인 삶에 대한 충동을 완전히 잠재울 수 없었는데, 이러한 정신적 불균형 속에서 구상한 것이 바로 또 하나의 대작

《안나 카레니나》이다.

《안나 카레니나》는 1873년(45세)에 집필을 시작해 잡지 연재를 거쳐 1878년(50세) 출판되었다. 《안나 카레니나》는 사랑, 결혼, 가족, 예술, 종교, 죽음 등 보편적인 삶의 모든 주제를 담아낸 작품으로 톨스토이 문학세계의 집대성이라고 할 수 있는 작품이다. 그러나 이 작품을 집필할 무렵부터 톨스토이의 낙관적인 인생관은 서서히 비관주의로 옮겨갔다.

1880년(52세) 죽음에 대한 공포와 삶의 무상함 등으로 정신적 위기를 맞으면서 종교로 귀의하게 되는데 이때를 톨스토이 사상의 전환기라고 할 수 있다. 1882년(54세) 《참회록》을 발표하면서 문학 활동에서 종교적 활동으로 삶의 방향이 바뀌게 되었다. 그는 신학적인 기독교 교의를 배제하고 그리스도의 도덕적 가르침을 추구함으로써 교회의 권위를 부정하고 폭력적이고 억압적인 지배구조, 즉 러시아의 사회체제를 부정했다. 이러한 정신적 변화로 인해 톨스토이는 예술을 거부하고 문학 활동을 중단했으며 초기 자신의 작품이 비도덕적이라며 말살하려고까지 했다. 톨스토이의 변화된 심리는 《참회록》 외에도 《나의 신앙은 무엇인가》(1884년), 《우리는 무엇을 해야 하는가》(1885년), 《인생론》(1887년), 《예술이란 무엇인가》(1897년) 등에 잘 나타나 있다.

톨스토이는 이상주의자였던 데 반해 현실주의자였던 그의 아내는 남편의 사상과 작품을 처음부터 이해하지 못했다. 더구나 종교에 심취하고 개인 생활이 변화하면서 그런 아내와 소원해지기 시작했고, 1884년(56세)에는 아내와의 불화로 가출을 시도하기도 했다. 그는 아내의 반대에도 개의치 않고, 사유제를 악의 근원이라 비판하며 돈과 토지, 저작권 등을 포기하고 농민들과 가까이 지내면서 마음의 위안을 얻었다.

1885년(57세) 제자 블라디미르 체르트코프와 함께 '포스레드니크'('중개인'이라는 뜻) 출판사를 설립해 대중들이 교훈을 얻을 수 있고 복음서의 진리를 쉽게 이해할 수 있는 단편들을 출간했다. 러시아 민화를 각색한 이 단편들은 삶의 기회를 박탈당하고 소외된 민중을 위한 작품으로 러시아 민중문학의 태동이라고 할 수 있다. 대표적인 민화 단편으로 〈사람은 무엇으로 사는가〉, 〈바보 이반〉, 〈사랑이 있는 곳에 신도 있다〉 등이 있다.

1885년 〈홀스토메르〉를 발표했고, 1886년(58세) 〈이반 일리치의 죽음〉, 1887년(59세) 〈사람에게는 얼마만큼의 땅이 필요한가〉 등을 집필했으며, 1889년(61세) 〈크로이체르 소나타〉를 탈고했다. 〈크로이체르 소나타〉는 〈이반 일리치의 죽음〉과 더불어 수작으로 꼽히는 작품이다.

톨스토이는 노년의 대부분을 야스나야 폴랴나에서 보냈다. 충실한 제자 체르트코프, 《대톨스토이전》(1908년 간행)을 집필한 전기작가 비류코프 등 그를 따르는 무리들이 야스나야 폴랴나에 모여들었고, 마치 선지자나 예언자를 추종하듯 모든 계층 사람들이 그를 성자처럼 우러러보았다. 무신론자였던 막심 고리키는 그를 만나고 나서 "이 사람은 그야말로 신과 같다."고 자신의 책에서 고백했다.

그러나 톨스토이의 가족은 막내딸 알렉산드라를 제외하고 모두 다 그의 사상과 삶의 방식을 못마땅하게 여겼다. 특히 아내 소피야의 반발이 심해 부부간의 갈등이 점점 커졌다. 1891년(63세) 톨스토이는 청빈과 금욕을 예찬하며 재산과 저작권을 포기하기로 결심했으나 가족의 반대에 부딪혔다. 결국 톨스토이는 새로운 작품의 판권은 포기했지만 토지와 1881년 이전 작품의 판권은 아내에게 넘겨줄 수밖에 없었다.

톨스토이는 말년에도 여전히 필력을 과시하며 1897년(69세)에 《예술이란 무엇인가》, 1899년(71세)에 《부활》을 발표했다. 잡지에 연재하기도 한 《부활》은 문학적 완성도는 다른 작품에 미치지 못하나 대중적으로 큰 인기를 모았다.

1901년(73세) 그리스도와 교회를 비판했다는 이유로 러시아정교로부터 파문당했고, 사회 비판으로 러시아 정부와 갈등을 빚기도 했다. 톨스토이는 나이에 비해 꽤 건강한 편이었으나 1901년 티푸스와 폐렴 등으로 한동안 크림에서 요양 생활을 했다. 1906년(78세) 늦은 나이에 《인생독본》을 간행하기도 했다.

톨스토이는 물질적인 부를 경멸하고 사유재산 포기와 금욕적인 생활을 설파하면서도 아내가 살림을 맡고 있던 가정에서는 안락하고 호화로운 생활을 했다. 이런 모순된 자신의 태도에 심적 부담과

자괴감을 느낀 그는 자주 가출의 충동을 느꼈다.

말년에 톨스토이는 도덕적이고 영적인 지도자로서 전 세계적인 명성을 얻었지만 개인 생활, 특히 아내와의 불화로 괴로워했다. 1909년(81세)에는 제자 체르트코프와 아내 소피야 사이의 반목이 극에 달해 아내가 자살하겠다고 위협하기도 했다. 1910년(82세) 톨스토이는 체르트코프의 조언으로 자신의 모든 저작권을 막내딸 알렉산드라에게 상속한다는 유언장을 작성했다. 이 일로 아내는 격분했고 남편을 일일이 감시하기 시작했다. 결국 아내에 대한 증오심을 견딜 수 없었던 톨스토이는 '고독과 정신적 평온함 속에서 남은 생을 살기 위해' 10월 28일 막내딸 알렉산드라와 주치의만 데리고 몰래 야스나야 폴랴나를 떠났다. 그의 가출은 전 세계가 깜짝 놀란 사건이었다. 정처 없이 떠돌던 톨스토이는 감기로 인한 폐렴을 앓는 상태에서 아스타포보 역(지금의 톨스토이 역)에 이르렀고, 역장의 관사에서 11월 7일(구력) 새벽 생을 마쳤다. 그의 유해는 이틀 후 야스나야 폴랴나의 숲에 묻혔다. 그가 태어나고 묻힌 야스나야 폴랴나는 현재 톨스토이 박물관으로 보존되어 있다.

톨스토이의 위대함은 인간에 대한 사랑과 믿음을 자신의 문학 작품 속에서 구현한 것뿐 아니라 인생 전반에 걸쳐 실천했다는 데 있다. 더불어 그는 인생의 의미에 대해 끊임없이 고민하고 자신의 도덕적 사상을 실천하고자 애쓴 인물이었다. 그렇기 때문에 문학 활동에만 머무르지 않고, 모순된 종교와 부조리한 사회에 대해 비판을 서슴지 않았고, 농민 교육, 난민구제 등에도 힘썼다. 인도의 마하트마 간디는 톨스토이와 서신을 주고받으면서 그의 비폭력 사상에 영감을 얻어 자신의 나라에서 비폭력 투쟁을 전개하기도 했다. 이러한 점에서 톨스토이는 위대한 예술가인 동시에 위대한 스승이기도 하다.

열 살이 되기 전에 양친 부모 모두 세상을 떠나고 자신을 키워준 고모와 형, 다섯 자녀 등 일찍이 혈육을 잃은 경험을 했던 톨스토이는 자연스럽게 유한한 삶과 죽음의 문제에 집착하게 되었고, 인생의 중반기인 40대를 지나면서 이러한 주제들은 그의 작품에 빈번하게 등장했다.

그중 〈이반 일리치의 죽음〉은 '죽음'이라는 주제에 대해 가장 사실적이고 세밀하며 통찰력이 뛰어난 작품이다. 톨스토이의 영지 가까이에 사는 이반 일리치 메치니코프라는 판사가 한창 일할 나이에 위암으로 세상을 떠났는데, 그의 형제로부터 그의 죽음에 대해 상세하게 전해 듣고 책의 소재로 삼았다.

〈이반 일리치의 죽음〉은 주인공 '이반 일리치'가 죽었다는 소식을 접한 동료들의 이야기로 시작된다. 그들은 이반 일리치의 부고 소식을 듣고 처음에는 충격에 빠졌으나 곧 그의 죽음으로 인해 법원 내에 있을 자리 이동을 떠올리며 자기에게 어떻게 유리하게 작용할지 계산기를 두드리는 한편 그 죽음의 대상이 자신이 아닌 것에 안도한다. 그리고 이반 일리치와 가장 가까운 친구조차 자신의 유일한 즐거움인 카드놀이를 포기하고 추도식에 참석하는 일이 은근히 귀찮게 여겨진다. 가까운 사람의 죽음에 대한 자기중심적인 태도를 신랄하게 묘사한 후 주인공 이반 일리치의 생애와 병이 생기게 된 과정, 그리고 죽음에 이르기까지의 육체적, 정신적 고통이 생생하게 그려진다.

이반 일리치는 사회적 지위로는 성공했다고 할 수 있지만 그 생애를 들여다보면 지극히 평범하고 고된 삶을 산 인물이다. 법률대학 출신으로 사회생활을 하다 뜻하지 않게 결혼하고, 아이 낳고, 한 번의 위기가 있었지만 기회를 잘 잡아 출세한다. 성격이 맞지 않는 아내와는 별다른 애정도 없고, 가정생활에 무관심한 대신 일에 매달리며 친한 사람들과 저녁에 카드놀이를 하는 것을 유일한 낙으로 여긴다. 톨스토이는 이반 일리치를 통해 무미건조하고 아무 가치도 없게 느껴지지만 어느 누구도 그와 달리 살았다고 할 수 없는, 경멸스럽지만 어찌할 수 없는 삶을 그린다. 45년의 짧은 그의 생애는 늘어지지도 축약되지도 않고 밀도 있게 전개된다.

이반 일리치는 집을 꾸미다 우연히 옆구리가 창틀에 부딪친 뒤로 통증이 멈추지 않고 음식을 먹기 힘들어지면서 의사를 찾아간다. 처음에는 막연한 희망을 가지고 이 의사 저 의사를 찾아다니고, 온갖 치료법에 매달리고, 심지어 허무맹랑한 미신에도 귀 기울인다. 그러다 결국 병과 죽음을 피할 수 없음을 깨닫고, 자신이 어쩌다 이런 병에 걸려 고통스럽게 죽어가게 되었는지를 반추해본다. 잘못 살았던 시기가 없고 평생 올바르게 살았다고 생각했지만 자신의 삶을 계속 돌이켜보면서 유년 시절 이후로 행복했던 시기가 없었음을 느끼고 진정한 삶의 의미가 무엇인지를 생각한다. 그리고 자신은 평생 품위 있게 살고자 노력했는데 정작 가족과 아내는 품위 있는 생활을 유지하기 위해 자신의 죽음을 별것 아닌 것쯤으로 치부하고 어떤 동정도 보이지 않는 것을 보고 증오심과 배신감을 느끼면서 자신이 거짓된 삶을 살았음을 느낀다. 그러나 이반 일리치는 끊임없이 이어지는 통증과 그에 못지않은 고독과 외로움 속에서도 자신을 진정으로 동정하는 하인 게라심과 아들 바샤에게 위로를 느끼며 죽음을 맞이한다.

〈이반 일리치의 죽음〉은 한 사람이 병으로 죽어가는 과정을 통해 육체적 고통, 홀로 죽어가는 외로움과 공포, 타인의 죽음을 대하는 위선적인 태도 등을 냉철하고 신랄하게 묘사함으로써 죽음뿐 아니라 삶의 본질과 진정한 의미에 대해 문제 제기를 하는 작품이다.

1879년 이야기꾼 셰골로뇨크가 야스나야 폴랴나에 방문했는데, 톨스토이는 그에게서 들은 이야기를 토대로 민화를 쓰기 시작했다. 1881년 아동잡지 《어린이의 휴식》에 발표된 〈사람은 무엇으로 사는가〉(1885년 출간)는 바로 톨스토이 민화의 효시라고 할 수 있는 작품이다.

1882년 《참회록》 이후 톨스토이의 문학 활동이 종교적, 정신적인 방향으로 기울어가면서 민중에게 봉사할 계획을 세우고 그들에게 유익한 인류 보편적인 진리와 복음서의 진리를 이해하기 쉬운 새로운 형식으로 널리 퍼뜨리고자 했다. 그런 취지로 톨스토이는 제자들과 함께 '포스레드니크' 출판사를 설립하고 소외된 민중의 지적 발달과 교육을 위해 러시아 민화를 각색한 단편들을 간행했다.

이렇게 해서 탄생한 것이 톨스토이의 대표적인 민화 〈사람은 무엇으로 사는가〉, 〈바보 이반〉, 〈사랑이 있는 곳에 신도 있다〉, 〈사람에게는 얼마만큼의 땅이 필요한가〉, 〈두 노인〉, 〈달걀만 한 씨앗〉, 〈머슴 예멜리얀과 빈 북〉, 〈세 아들〉, 〈불은 놔두면 끄지 못한다〉, 〈촛불〉 등이다.

이 민화들은 러시아 민중들의 평범한 삶을 배경으로 하느님을 믿는 사람에게는 사랑이 있다, 선은 악보다 정의롭다, 탐욕은 삶을 불행하게 만든다, 서로에게 사랑을 베푸는 가운데 평온한 삶을 얻을 수 있다, 농사와 노동은 삶의 가치를 더해준다 등 보편적인 진리이자 톨스토이의 사상을 담아내고 있다. 또한 권력과 부를 가진 자들의 횡포, 부르주아 사회체제의 공포, 침략의 야욕, 무위도식하는 지배층 등에 대한 비판과 정의로운 사회에 대한 톨스토이의 이상주의가 표현되어 있기도 하다(이러한 민화들은 당시의 사회체제를 비판했다는 이유로 여러 차례 판매 금지를 당하기도 했다).

톨스토이의 인생관과 행복관, 예술관이 녹아 있기도 한 단순하고 간결한 이야기를 통해 인간다운 삶, 진정한 삶이란 어떤 것인지, 도덕적인 삶을 실천하는 것이 얼마나 가치 있는 일인지를 보여줌으로써 오늘날까지도 진한 감동을 주고 있다.

톨스토이 단편선

초판 1쇄 인쇄 2014년 2월 20일
초판 1쇄 발행 2014년 2월 25일

지은이 레프 톨스토이 | **옮긴이** 북트랜스 | **펴낸이** 신경렬 | **펴낸곳** (주)더난콘텐츠그룹

상무 강용구 | **기획편집부** 차재호 · 민기범 · 남은영 · 성효영 · 윤현주 · 서유미 | **디자인** 서은영 · 박현정
마케팅 김대두 · 견진수 · 서영호 | **교육기획** 함승현 · 양인종 · 지승희 · 이소정 · 구본중
디지털콘텐츠 홍영기 · 최정원 · 박진혜 | **관리** 김태희 · 김이슬 | **제작** 유수경 | **물류** 김양천 · 박진철
기획 추지영

출판등록 2011년 6월 2일 제25100-2011-158호 | **주소** 121-840 서울특별시 마포구 양화로 12길 16
전화 (02)325-2525 | **팩스** (02)325-9007
이메일 book@ibookroad.com | **홈페이지** http://www.ibookroad.com
ISBN 979-11-85051-47-5 04800